스티븐 킹의 창작론

유혹하는 글쓰기

On Writing
by Stephen King

On Writ-ing

스티븐 킹의 창작론

유혹하는 글쓰기

STEPHEN KING 김진준 옮김

김영사

유혹하는 글쓰기

1판 1쇄 발행 2002. 2. 20.
1판 44쇄 발행 2017. 4. 20.
2판 1쇄 발행 2017. 12. 11.
2판 11쇄 발행 2024. 6. 10.

지은이 스티븐 킹
옮긴이 김진준

발행인 박강휘
편집 성화현 **디자인** 윤석진
발행처 김영사
등록 1979년 5월 17일(제406-2003-036호)
주소 경기도 파주시 문발로 197(문발동) 우편번호 10881
전화 마케팅부 031)955-3100, 편집부 031)955-3200 ㅣ **팩스** 031)955-3111

값은 뒤표지에 있습니다. ISBN 978-89-349-7732-2 03840

홈페이지 www.gimmyoung.com   블로그 blog.naver.com/gybook
인스타그램 instagram.com/gimmyoung   이메일 bestbook@gimmyoung.com

좋은 독자가 좋은 책을 만듭니다.
김영사는 독자 여러분의 의견에 항상 귀 기울이고 있습니다.

정직이 최선의 방책이다.

미겔 데 세르반테스

———

거짓말쟁이가 잘 산다.

무명씨

CONTENTS

머리말 하나

1990년대 초에(1992년인지도 모른다. 한창 신나게 살던 시절은 돌이켜 기억하기가 쉽지 않기 때문이다.) 나는 주로 작가들로 구성된 로큰롤 밴드에 가담하게 되었다. '록 보텀 리메인더스(Rock Bottom Remainders)'는 샌프란시스코의 도서 홍보 담당자 겸 뮤지션인 캐시 케이먼 골드마크의 아이디어에서 출발했다. 리드 기타는 데이브 배리가 맡았고, 베이스에 리들리 피어슨, 키보드에 바바라 킹솔버, 만돌린에 로버트 풀검, 그리고 나는 리듬 기타를 맡았다. 이 그룹에는 '딕시 컵스[1960년대 중반에 활동하던 흑인 여성 트리오-옮긴이]' 같은 여가수 트리오도 끼어 있었는데, 멤버는 (대개의 경우) 캐시, 태드 바티머스, 에이미 탄이었다.

원래는 일회성 행사로 끝낼 예정이었다. 우리는 전미 서적상 총회(American Booksellers Convention)에서 두 차례의 공연을 가지면서 한바탕 웃음을 자아내고 낭비했던 청춘을 서너 시간 되살려본 다음 각자의 길로 흩어지려고 했다.

그런데 상황이 달라졌다. 이 그룹은 결국 해산되지 않았던 것이다. 우리는 함께 연주하는 시간이 너무 즐거워 차마 헤어질 수 없었다. 게다가 '진짜' 뮤지션들이 합류하여 색소폰과 드럼을 맡으면서 (그리고 초창기에는 우리의 음악적 스승이었던 앨 쿠퍼가 그룹의 중심에 버티고 있었으므로) 우리의 음악도 제법 들을 만했다. 돈을 내고 들어도 아깝지 않을 정도였다. 물론 U2나 'E 스트리트 밴드'처럼 떼돈을 벌 수야 없겠지만 흔히 말하는 '술값' 정도를 벌기에는 충분한 수준이었다. 우리는 연주 여행을 떠났고, 그 여행에 대하여 책도 썼다 (내 아내는 사진을 찍었고 기분이 내킬 때마다 춤도 추었는데, 그런 날은 꽤 많았다).

그리고 아직도 이따금씩 모여서 연주를 한다. 때로는 리메인더 스라는 이름으로, 또 때로는 '레이먼드 버스 레그스(Raymond Burr's Legs)'라는 이름으로. 멤버는 여러 번 바뀌었다. 칼럼니스트 미치 앨봄이 바바라를 대신하여 키보드를 맡게 되었고, 앨은 캐시와 사이 좋게 지내지 못해 그룹에서 빠졌다. 그러나 핵심 멤버인 캐시, 에이미, 리들리, 데이브, 미치 앨봄, 그리고 나는 계속 남았다. 드럼의 조시 켈리와 색소폰의 에라스모 파올로도 여전하다.

우리가 이런 일을 하는 것은 음악 때문이기도 하지만 한편으론 친구들 때문이기도 하다. 우리는 서로를 좋아하고, 가끔 본업에 대한 이야기를 나눌 수 있다는 것에도 만족한다. 직업 음악가들도 항상 우리에게 그만두지 말라고 말한다. 우리는 작가들임에도 불구하고 서로에게 어디서 아이디어를 얻느냐고 묻는 일은 절대로 없다. 자기 자신도 모른다는 것을 잘 알고 있으니까.

어느 날 밤, 우리는 마이애미 해변에서의 연주를 앞두고 중국 음식을 먹고 있었다. 그때 나는 에이미에게, 작가와의 만남이 끝날 무렵이면 거의 빠지지 않는 질의 응답 시간에 지금껏 한 번도 나오지 않은 질문이 있느냐고 물어보았다. 바지를 입으려면 꼼짝없이 외발로 서야 하는 평범한 인간이 아닌 것처럼 사뭇 근엄하게 서서, 팬들에게 답변할 때, 한 번도 나오지 않은 질문이 있느냐는 것이었다. 에이미는 매우 신중하게 생각해보더니 이윽고 이렇게 대답했다.

"문장에 대해서는 아무도 안 묻더군요."

그 말을 해준 그녀에게 나는 크나큰 신세를 진 셈이다. 그 당시 나는 벌써 일 년이 넘도록 어떤 작은 책 한 권을 써볼 궁리를 하고 있었는데, 다만 나 자신의 동기를 신뢰할 수 없어 망설이던 참이었다. 나는 무엇 때문에 글쓰기에 대한 글을 쓰려고 할까? 나에게 과연 이야기할 만한 내용이 있기나 한 것일까?

물론 쉽게 나처럼 많은 소설책을 팔아먹은 사람은 글쓰기에 대하여 '뭔가' 할 말이 있을 것이라고 생각할 수도 있겠다. 그러나 쉬운 답이 항상 옳은 것은 아니다. 가령 샌더스 대령['켄터키 프라이드 치킨'의 조리법 개발자—옮긴이]이 엄청난 양의 닭튀김을 팔아치웠지만 그 과정에 대해 알고 싶어 할 사람은 별로 없을 듯하다. 주제넘게 글쓰기에 대해 말하겠다고 나서려면 적어도 대중적인 성공보다 더 그럴듯한 이유가 있어야 할 것 같았다.

다시 말해서, 이렇게 짤막한 책일망정 혹시라도 나중에 내가 무슨 문단의 허풍쟁이나 고상한 체하는 얼간이처럼 취급받고 싶지 않았다. 그런 책이나 작가라면 이미 세상에 숱하게 널려 있다. 고맙기도 하지.

그러나 에이미의 말이 옳았다. 문장에 대하여 묻는 사람은 아무도 없다. 물론 델릴로나 업다이크나 스타이런 같은 작가에게는 물어보지만 대중 소설가에게는 묻지 않는다. 그러나 나 같은 얼치기도 나름대로 문장에 대해 고민한다. 그리고 종이 위에 이야기를 풀어놓는 솜씨를 향상시키려고 열심히 노력한다. 이제부터 나는 내가 창작을 하게 된 과정, 지금 내가 창작에 대해 알고 있는 것들, 그리고 창작의 방법 등에 대하여 말해보려고 한다. 이것은 내 본업에 대한 책이며 문장에 대한 책이다.

이런 책을 써도 괜찮겠다는 것을 지극히 간략하고 단도직입적인 방법으로 일러주었던 에이미 탄에게 이 책을 바친다.

머리말 둘

글 쓰기에 대한 책에는 대개 헛소리가 가득하다. 그래서 이 책은 오히려 짧다. 나를 포함하여 소설가들은 자기들이 하는 일에 대하여 그리 잘 알지 못한다. 소설이 훌륭하거나 형편없다면 그것이 무엇 때문인지 모르는 것이다. 그래서 나는 책이 짧을수록 헛소리도 줄어들 것이라고 생각했다.

이 '헛소리 규칙'에서 예외가 되는 주목할 만한 책을 한 권 고른다면 그것은 윌리엄 스트렁크 2세와 E. B. 화이트의 《문체 요강*The Elements of Style*》이다. 그 책에는 헛소리라고 알아차릴 만한 내용이 거의 또는 전혀 없다(물론 짧은 책인데, 겨우 85쪽이니 이 책보다도 훨씬 짧은 셈이다). 지금 이 자리에서 당장 해두고 싶은 말은 모름지기 작가 지망생이라면 《문체 요강》을 반드시 읽어야 한다는 것이다. 그 책에 실린 '작문의 원칙'이라는 장에는 17번 규칙으로 '불필요한 단어는 생략하라'는 말이 씌어 있다. 나도 여기서 그 말을 실천해볼 생각이다.

머리말 셋

　이 책의 다른 곳에서는 직접적으로 언급하지 않았지만 알아둬야 할 규칙이 하나 있다. '편집자는 언제나 옳다.' 그러나 편집자의 충고를 모두 받아들이는 작가는 아무도 없다. 타락한 작가들은 한결같이 편집자의 완벽한 솜씨를 이해하지 못하기 때문이다. 다시 말해서, 글쓰기는 인간의 일이고 편집은 신의 일이다. 이 책은 전부터 나의 수많은 소설을 손보았던 척 베릴이 맡아서 편집했다. 그리고 척은 평소처럼 신묘한 솜씨를 보여주었다.

이력서

이제부터 이야기할 내용은 어린 시절의 기억들이다. 그리고 그때보다는 좀더 분명하게 생각나는 시절, 즉 사춘기와 청년기의 삽화들도 곁들였다. 그렇다고 자서전은 아니다. 일종의 이력서라고나 할까. 작가의 자질은 타고나는 것이다. 그러나 특별한 자질을 말하는 것은 결코 아니다. 수많은 사람들이 적어도 조금씩은 문필가나 소설가의 재능을 갖고 있으며, 그 재능은 더욱 갈고 닦아 얼마든지 발전시킬 수 있다고 나는 믿는다.

STEPHEN KING

나는 메리 카의 회고록 《거짓말쟁이 클럽*The Liars' Club*》을 읽고 경악했다. 사나우면서도 아름다웠고 방언을 자유자재로 구사해 흥겹기도 했지만 그것이 전부가 아니었다. 도무지 빈틈이 없었다. 그녀는 지난 세월에 대하여 '모든 것'을 기억하는 여자이기 때문이다.

　그렇지만 나는 다르다. 불규칙하고 괴상 망측한 어린 시절을 보냈고 홀어머니 슬하에서 자랐다. 내가 아주 어렸을 때 어머니는 자주 떠돌아다녔고, 한동안은 우리를 감당할 만한 경제적·정신적 여유가 없어 형과 나를—확실히 기억나지는 않지만—이모에게 떠맡긴 적도 있었던 것 같다. 어쩌면 어머니는 내가 두 살, 데이브 형이 네 살이었을 때 청구서만 산더미처럼 쌓아놓은 채 집을 나가버린 우리 아버지를 찾아다녔는지도 모른다. 혹시 그랬더라도 어머니는 끝내 아버지를 찾아내지 못하셨다. 우리 어머니 넬리 루스 필즈베리 킹은 미국에서 처음 나타나기 시작한 자유 여성 가운데 한 사람이었지만 스스로 원해서 그리 된 것은 아니었다.

　메리 카는 자신의 어린 시절을 파노라마처럼 가지런하게 펼쳐 보인다. 그러나 나의 어린 시절은 안개 낀 풍경과도 같다. 그곳에는 간혹 어떤 기억들이 외톨이 나무처럼 드문드문 서 있을 뿐인데, 그나마 당장이라도 나를 잡아먹을 것처럼 생긴 나무들이다.

이제부터 이야기할 내용은 어린 시절의 그런 기억들이다. 그리고 그때보다는 좀더 분명하게 생각나는 시절, 즉 사춘기와 청년기의 삽화들도 곁들였다. 그렇다고 자서전은 아니다. 일종의 이력서라고나 할까. 아무튼 한 작가의 성장 과정을 보여주고 싶었을 뿐이다. 그러나 작가가 '만들어진' 과정은 아니다. 나는 사람들이 환경에 의하여, 또는 자기 의지에 의하여 작가가 될 수 있다고 믿지 않는다 (예전에는 나도 그렇게 믿었지만). 작가의 자질은 타고나는 것이다. 그러나 특별한 자질을 말하는 것은 결코 아니다. 수많은 사람들이 적어도 조금씩은 문필가나 소설가의 재능을 갖고 있으며, 그 재능은 더욱 갈고 닦아 얼마든지 발전시킬 수 있다고 나는 믿는다. 그 사실을 믿지 않는다면 이런 책을 쓴다는 것부터가 시간 낭비일 것이다.

이 이야기는 내 경우가 그러했다는 것뿐이다. 뒤죽박죽이었던 성장기를 보내는 동안 야심과 소망과 행운과 약간의 재능이 함께 작용했다. 여러분은 굳이 이 책에서 행간에 숨겨진 의미를 발견하거나 줄거리를 찾으려고 애쓸 필요가 없다. 줄거리 따위는 없다. 다만 스냅 사진처럼 단편적인 삽화들이 있을 뿐이고, 그나마도 대부분은 초점이 잘 맞지 않아 흐릿하다.

1

가장 오래된 기억은 내가 딴 사람이라고 공상하던 일이다. 구체적으로 말하자면 링글링 브러더스 서커스단의 꼬마 괴력사였다. 그때 내가 살던 곳은 메인 주의 더럼에 자리잡은 에설린 이모와 오런 이모부의 집이었다. 이모는 이 사건을 생생히 기억하고 있는데, 당시 내 나이가 두 살 반이나 세 살쯤이었다고 한다.

그때 나는 차고 한 구석에서 콘크리트 블록을 발견하고 간신히 그것을 들어올렸다. 그리고 차고 안의 반반한 시멘트 바닥을 밟으며 이쪽에서 저쪽으로 걸어갔다. 그러나 상상 속에서 나는 가죽옷을 걸치고 있었으며(아마 표범 가죽이었을 것이다) 그 콘크리트 블록을 공연장 한복판의 링으로 옮기는 중이었다. 수많은 관객이 숨을 죽이고 있었다. 눈부신 스포트라이트가 따라오면서 나의 놀라운 움직임을 비춰 주었다. 관객들의 얼굴에는 감탄하는 표정이 역력했다. 이렇게 힘센 아이는 아무도 본 적이 없었다. 도저히 믿을 수 없다는 듯 누군가 중얼거렸다.

"겨우 두 살인데!"

그때 나는 몰랐지만 이 콘크리트 블록 속에는 말벌들이 지어놓은 작은 집이 있었다. 졸지에 이사를 하게 되어 골이 난 것일까. 말벌 한 마리가 튀어나와 내 귀를 쏘아버렸다. 끔찍하게 아파서 머리가 하얗게 비어버리는 것 같았다. 그때까지의 짧은 생애에서 가장 무서운 고통이었다. 그러나 그것이 1위 자리를 지킨 것은 단 몇 초 동안에 지나지 않았다. 맨발 위에 콘크리트 블록을 떨어뜨려 발가락 다섯 개가 모조리 으스러졌을 때, 나는 말벌 따위는 까맣게 잊어버리고 말았다. 그날 내가 병원에 갔는지는 기억나지 않는데, 그것은 에설린 이모도 마찬가지다. (그 '공포의 콘크리트 블록'의 주인이었던 오런 이모부는 돌아가신 지 벌써 20년이 되어간다.) 이모가 기억하는 것은 다만 내가 말벌에 쏘였다는 것, 발가락이 으스러졌다는 것, 그리고 굉장한 반응을 보였다는 것뿐이다.

"어찌나 크게 울부짖던지, 스티븐! 너 목청 한번 좋더라."

2

그로부터 1년이 지났을 무렵, 어머니와 형과 나는 위스콘신의 웨스트 디피어에 있었다. 이유는 나도 모른다. 위스콘신에는 어머니의 다른 언니인 캐럴린 이모(2차 세계대전 때는 여군이었는데 대단한 미인이었다)가 맥주를 즐기는 명랑한 성격의 남편과 함께 살고 있었다. 어쩌면 어머니는 그들과 가까이 있으려고 그쪽으로 이사했는지도 모르겠다. 설령 그렇더라도 그 위머 일가를 자주 만난 기억은 없다. 정확히 말하면 그 가족 가운데 어느 누구도 좀처럼 보지 못했다. 어머니는 직장에 다녔지만 어떤 일을 하셨는지는 역시 생각나지 않는다. 빵집에서 일하셨다고 말했으면 좋겠지만 그것은 더 나중에 그러니까 우리가 코네티컷 주로 이사했을 때의 일인 듯하다. 코네티컷에서는 로이스 이모 부부와 가까운 곳에서 살았다. (로이스 이모의 남편인 프레드 이모부는 맥주도 안 마셨고 그리 명랑한 편도 아니었다. 머리를 짧게 깎았는데 무슨 까닭인지 컨버터블의 지붕을 열어놓고 달리는 것을 좋아했을 뿐이다.)

위스콘신 시절에는 수많은 베이비시터가 우리집을 거쳐갔다. 그들이 자꾸 그만둔 이유가 데이브 형과 내가 말썽꾸러기라서였는지, 돈벌이가 더 나은 자리를 찾았기 때문이었는지, 아니면 어머니가 그들에게 요구한 기준이 너무 높았기 때문이었는지는 알 수 없다. 아무튼 내가 아는 것은 베이비시터가 많았다는 사실이 전부이다. 그중에서 내가 어렴풋하게나마 기억할 수 있는 사람은 오로지 한 명, 율라뿐이다. 어쩌면 뷸라였는지도 모르겠다. 십대 소녀였고 몸집이 집채만큼 컸으며 걸핏하면 크게 웃어댔다. 율라뷸라는 유머 감각이 풍부했다. 겨우 네 살이던 내가 느낄 정도였다. 그런데 그것은 매우 '아슬아슬한' 유머 감각이었다. 겉으로는 손뼉을 치고 엉덩이를 흔들고 머리를 뒤로 젖히며 신나게 웃고 있었지만 그 속에는 언제 터질지 모르는 뇌성 벽력이 숨어 있었다. 요즘 베이비시터나 보모가 갑자기 흥분하여 아이들을 구타하는 장면을 몰래 카메라로 찍어 방송할 때마다 나는 율라뷸라와 함께 지냈던 나날을 떠올리곤 한다.

그녀는 과연 데이브 형도 나만큼 호되게 다루었을까? 알 수 없다. 형이 함께 있었던 장면은 전혀 생각나지 않는다. 게다가 형은 미치광이 율라뷸라의 손에 걸릴 가능성이 훨씬 적었을 것이다. 그 당시 데이브 형은 여섯 살이고 초등학교 1학년이었으니 대개는 사정권에서 멀리 벗어나 있었을 테니까.

율라뷸라는 전화로 누군가와 웃고 떠들다가 나를 손짓해 부르곤 했다. 그리고 나를 끌어안고 마구 간지럽혀 웃게 만들었다. 그러다가 여전히 웃으면서 내 머리통을 힘껏 후려갈겨 방바닥에 쓰러뜨리는 것이었다. 그러고는 맨발로 나를 또 간지럽히면 결국 둘 다 다시 웃음을 터뜨리게 마련이었다.

율라뷸라는 방귀를 많이 뀌었다. 소리도 요란하고 냄새도 지독했다. 이따금씩 그녀는 나를 소파 위에 집어던지고 모직 스커트를 입은 궁둥이로 내 얼굴을 깔아뭉개면서 힘차게 방귀를 뀌곤 했다.

"뿡야!"

그녀는 신이 나서 소리쳤다. 마치 두엄통에 빠진 것 같았다. 그 어둠, 그 질식할 듯한 기분을 나는 기억한다. 그리고 내가 웃고 있었다는 것도 기억한다. 끔찍한 짓이었지만 일면 우습기도 했기 때문이다. 여러 면에서 율라뷸라는 나에게 비평에 대한 저항력을 키워주었다. 90kg도 넘는 거구가 얼굴을 깔고 앉아 방귀를 뀌면서 "뿡야!" 하고 외치는 사태를 몇 번이나 당하고 나면 《빌리지 보이스The Village Voice》에 어떤 기사가 실리든 별로 겁나지 않게 된다.

다른 여자들은 어찌 되었는지 모르지만 율라뷸라는 해고되었다. 달걀 때문이었다. 어느 날 아침, 율라뷸라는 나에게 달걀부침을 만들어주었다. 나는 그것을 먹고 나서 한 개 더 달라고 했다. 율라뷸라는 두 번째 달걀부침을 만들어주었고, 하나 더 먹겠느냐고 물었다. 그녀의 눈빛은 이렇게 말하고 있었다. '설마 더 먹지는 못하겠지, 스티브?' 그래서 나는 하나 더 달라고 했다. 그리고 다시 하나 더. 또 하나 더. 결국 일곱 번째에서 멈추었던 것 같다. 머리 속에 떠오르는 숫자가 일곱인데, 그것도 아주 뚜렷하다. 그것을 그만둔 것이 달걀이 다 떨어졌거나 아니면 내가 포기했기 때문일 수도 있다. 그것도 아니면 율라뷸라가 문득 두려움을 느꼈을지도 모른다. 어쨌든 이 장난이 일곱에서 끝난 것은 불행 중 다행이었다. 네 살짜리에게 달걀 일곱 개는 꽤 많은 분량이니까.

얼마 동안은 멀쩡했다. 그러다가 방바닥에 몽땅 토해버렸다. 율라뷸라는 폭소를 터뜨리면서 내 머리통을 후려갈기더니 나를 벽장 속에 밀어넣고 문을 잠가버렸다. 뿅야. 만약 화장실에 가두었다면 일자리를 잃지는 않았을 텐데 그녀는 그렇게 하지 않았다. 나로서는 벽장도 그다지 싫지 않았다. 좀 어둡기는 했지만 어머니의 코티 향수 냄새가 감돌았고, 문짝 아래로 스며드는 한 가닥 불빛이 위안을 주었다.

나는 벽장 안쪽으로 기어들어갔다. 어머니의 외투와 드레스들이 잔등을 스치고 지나갔다. 나는 트림을 하기 시작했다. 길고 요란한 트림이었고 목구멍이 타는 듯했다. 기억은 안 나지만 아마 속이 꽤나 불편했던 모양이다. 또다시 그 타는 듯한 트림이 솟구쳐 입을 벌렸는데 이번에는 왈칵 토하고 말았다. 표적은 어머니의 구두들이었다. 그것으로 율라뷸라의 운명이 결정되었다. 그날 어머니가 직장에서 돌아왔을 때 베이비시터는 소파에서 쿨쿨 자고 있었고, 꼬마 스티브는 반쯤 소화된 달걀부침을 머리에 처바른 채 벽장 속에서 역시 곤히 잠들어 있었다.

3

우리가 웨스트 디피어에 머무른 기간은 그리 길지도 않았고 유익하지도 않았다. 우리는 살고 있던 아파트 3층에서 쫓겨났는데, 어느 날 여섯 살 먹은 형이 지붕 위에서 기어다니는 것을 이웃 사람이 발견하고 경찰에 신고했기 때문이었다. 그 일이 벌어질 때 어머니가 어디 계셨는지는 나도 모르겠다. 당시 와 있던 베이비시터가 어디 있었는지도 모른다. 내가 아는 것이라고는 다만 내가 화장실 히터 위에 맨발로 올라서서 우리 형이 지붕에서 떨어지는지 아니면 무사히 화장실로 돌아오는지 구경하고 있었다는 사실뿐이다. 형은 무사히 돌아왔다. 그는 지금 쉰다섯 살이고 뉴햄프셔 주에서 살고 있다.

4

대여섯 살 때 나는 어머니에게 사람이 죽는 것을 본 적이 있느냐고 물어보았다. 어머니는 한 사람이 죽는 것을 보았고 다른 한 사람이 죽어가는 소리를 들었다고 대답했다. 사람이 죽어가는 소리를 어떻게 듣느냐고 묻자 어머니는 1920년대에 프라우츠넥[메인 주 남부 해안의 곶-옮긴이]에서 한 소녀가 익사했던 일을 설명했다. 소녀는 격랑을 뚫고 헤엄쳐 나갔다가 돌아올 수 없어 살려달라고 비명을 지르기 시작했다고 한다. 남자 몇 명이 그녀에게로 다가가려 했으나 그날은 파도 밑으로 격렬한 역류가 흐르고 있어 도로 물러나야 했다. 결국 관광객들과 주민들은 바닷가에 둘러서서 영영 오지 않을 구조선을 기다리는 수밖에 없었고, 그중에는 당시 십대였던 어머니도 끼어 있었다. 소녀는 계속 비명을 지르다가 힘이 빠지자 그만 가라앉고 말았다. 그녀의 시신은 뉴햄프셔 해변에서 발견되었다고 한다. 나는 그 소녀가 몇 살이었느냐고 물었다. 어머니는 열네 살이었다고 대답한 다음, 만화책 한 권을 읽어주고 나를 침대로 보냈다. 어느 날 어머니는 그녀가 보았던 죽음에 대해서도 말해주었다. 한 선원이 메인 주 포틀랜드의 그레이모어 호텔 옥상에서 뛰어내려 길바닥에 떨어졌다는 이야기였다.

"아주 박살이 나버렸지."

어머니는 아무렇지도 않다는 듯이 말했다. 그리고 잠시 멈추었다가 이렇게 덧붙였다.

"시체에서 흘러나온 것은 녹색이었어. 난 그 장면을 잊을 수가 없단다."

저도 그래요, 어머니.

5

초등학교 1학년 시절에 나는 아홉 달의 대부분을 침대에서 보내야 했다. 처음에는 홍역으로 시작된 지극히 평범한 증상이었는데, 그것이 점점 악화되었고 증상이 끊임없이 되풀이되었다. 당시 나는 그것을 '호두염'으로 잘못 알고 있었다. 그래서 침대에 누워 찬물을 마시면서 내 목구멍이 호두알처럼 쪼글쪼글해진 모습을 상상했다(전혀 엉뚱한 상상은 아니었을 것이다).

그러다가 언젠가부터 귀까지 감염되었다. 어느 날 어머니는 택시를 불렀고(자가용이 없었으므로), 너무 귀하신 몸이라 왕진도 다니지 않는 의사에게 나를 데리고 갔다. 그는 귓병 전문의였다(무슨 이유에서인지 나는 이런 의사를 '의과이[醫科耳]'라고 부른다고 생각했다). 나로서는 그의 전문 분야가 귓구멍이든 똥구멍이든 관심 밖이었다. 열이

40도까지 올라갔고 침을 삼킬 때마다 얼굴 양쪽을 송곳으로 후벼 파는 것 같았다.

의사는 내 귓속을 들여다보았는데, (내 생각엔) 주로 왼쪽 귀를 집중적으로 보는 것 같았다. 그러더니 나를 진찰대에 눕혔다.

"머리 좀 들어봐, 스티브."

간호사가 그렇게 말하고는 내 머리맡에 널찍한 흡수천을 깔았고—기저귀였는지도 모른다—머리를 내리자 한쪽 뺨이 그 위에 놓이게 되었다. 일이 좀 요상하게 돌아간다는 것을 그때 눈치챘어야 했다. 어쩌면 눈치챘는지도 모르겠다.

문득 알코올 냄새가 코를 찔렀다. 달가닥, 귓병 전문의께서 소독기를 꺼내는 소리. 나는 그의 손에서 주사 바늘을 발견하고—내 필통에 들어 있는 잣대만큼이나 길어 보였다—긴장했다. 귓병 전문의는 안심하라는 듯 미소를 지으며 거짓말을 했다. 그런 의사들은 즉각 감옥에 처넣어야 마땅하다(특히 어린이에게 거짓말을 한 경우에는 형기를 두 배로 늘려야 한다).

"힘 빼라, 스티브. 하나도 안 아플 테니까."

나는 그 말을 믿었다.

의사는 바늘을 내 귓속에 밀어넣어 고막을 뚫어버렸다. 그런 고통은 내가 지금까지 살면서 한 번도 경험해보지 못했다. 그나마 근사값을 찾는다면 1999년 여름, 승합차에 치었다가 회복될 때의 처음 한 달이 비슷했을까. 고막이 뚫리는 고통은 형언할 길이 없었다. 나는 비명을 질렀다. 머리 속에서 소리가 났다. 요란하게 입맞추는 소리 같았다. 귓속에서 뜨거운 액체가 흘러나왔다. 마치 엉뚱한 구멍에서 눈물이 나오는 듯했다. 물론 그때쯤에는 올바른 구멍에서도 눈물이 줄줄 흐르고 있었다. 나는 물이 줄줄 흐르는 얼굴을 들고 불신의 눈으로 의사와 간호사를 쳐다보았다. 그리고 아까 간호사가 진찰대의 상단 1/3이 덮이도록 깔아놓았던 헝겊을 내려다보았다. 헝겊은 흠뻑 젖어 큼직한 얼룩이 남아 있었다. 가느다란 덩굴손을 닮은 누런 고름도 보였다.

의사가 내 어깨를 두드리며 말했다.

"됐다. 잘 참았다, 스티브. 이젠 다 끝났어."

다음주에도 어머니는 택시를 불렀고, 우리는 다시 귓병 전문의를 찾아갔고, 나는 또다시 옆으로 누워 흡수용 헝겊에 머리를 얹어야 했다. 의사는 이번에도 알코올 냄새를 풍기기 시작했고—많은 사람이 그렇겠지만 나는 지금도 그 냄새만 맡으면 고통과 질병과 공포를 떠올리게 된다—이번에도 그 기나긴 주사 바늘을 끄집어냈다. 그는 이번에도 아프지 않다면서 나를 안심시켰고, 나는 한 번 더 믿어주었다. 완전히 믿지는 않았지만 적어도 바늘이 귓속으로 들어올 때는 조용히 있었다.

정말 아팠다. 거의 지난번 못지않게 아팠다. 머리 속에서 쪽쪽거리는 소리는 더욱 크게 들렸다. 이번에는 거인들이 입을 맞추는 듯했다(시쳇말로 '핥고 빨고 야단이었다').

"됐다."

치료가 끝나자 간호사가 말했다. 나는 흥건한 물과 고름 속에 누워 울고 있었다.

"조금밖에 안 아프잖니, 스티브. 귀머거리가 되긴 싫지? 더구나 이젠 다 끝났단다."

나는 한 닷새 동안 그 말을 믿고 있었다. 그런데 또 택시가 왔다.

우리는 다시 귓병 전문의를 찾아갔다. 그날은 택시 운전사가 어머니에게 아이의 울음을 뚝 그치게 하지 못하면 당장 차를 세우고 둘 다 내리게 하겠다고 말하던 것을 나는 기억한다.

나는 또다시 머리맡에 기저귀가 깔린 진찰대에 누워야 했고, 어머니는 머리에 들어오지도 않는 (어쨌든 나는 그랬을 거라고 믿고 싶다) 잡지책을 들고 대기실에서 기다려야 했다. 코를 찌르는 알코올 냄새가 다시 풍겼고, 의사가 잣대만큼이나 길어 보이는 주사 바늘을 들고 내 쪽으로 돌아섰다. 그는 이번에도 그 미소를 지으며 다가왔고 '이번만은' 정말 안 아플 거라고 말했다.

여섯 살 때 그렇게 고막이 뚫리는 고통을 거듭거듭 당한 뒤부터 나는 확고 부동한 인생 철학 하나를 갖게 되었다. '나를 한 번 속이면 네 잘못이다. 나를 두 번 속이면 내 잘못이다. 나를 세 번 속이면 우리 둘 다 잘못한 것이다.' 귓병 전문의의 진찰대에 세 번째로 눕게 되었을 때 나는 악을 쓰고 몸부림을 치면서 한사코 버텼다. 마침내 간호사가 대기실에 있던 어머니를 불러왔고, 두 사람은 의사가 주사 바늘을 꽂을 수 있도록 나를 꽉 붙잡고 있었다. 그때 내가 지르던 길고 요란한 비명 소리가 지금도 귓가에 들리는 듯하다. 어쩌면 내 머릿속의 어느 깊은 골짜기에는 그 마지막 비명 소리가 아직도 메아리치고 있을지도 모른다.

6

그로부터 그리 오래지 않은 어느 춥고 찌푸린 날—내가 순서를 착각한 게 아니라면 아마 1954년 1월이나 2월이었을 것이다—다시 택시가 도착했다. 이번 의사는 귓병 전문의가 아니라 목구멍 전문의였다. 어머니는 또다시 대기실에서 기다렸고, 나는 또다시 간호사가 얼쩡거리는 진찰대 위에 걸터앉았고, 지금까지도 5초 이내에 내 심장을 두 배나 빨리 뛰게 만드는 힘을 가진 그 독한 알코올 냄새가 또다시 다가왔다.

그러나 이번에 나타난 것은 한 개의 면봉에 지나지 않았다. 따끔하고 맛이 지독하긴 했지만 귓병 의사의 길쭉한 주사 바늘에 비하면 아무것도 아니었다. 목구멍 의사는 끈으로 머리에 두르는 재미있는 장치를 착용하고 있었다. 가운데에는 거울이 붙어 있었고, 밝은 전등 하나가 제3의 눈처럼 눈부시게 빛났다. 그는 내 턱뼈가 삐걱거릴 정도로 입을 더 크게 벌리라고 말하면서 목구멍 속을 한참 동안 들여다보았다. 그러나 주사 바늘을 꽂지는 않았으니 나는 그를 사랑하지 않을 수 없었다. 얼마 후 그는 내가 입을 다물 수 있게 해주고 어머니를 불러들였다.

"문제는 편도선입니다. 고양이가 할퀸 것 같은 꼴이더군요. 제거해야겠습니다."

그로부터 얼마 후, 휠체어에 앉아 눈부신 불빛 속으로 들어가던 기억이 난다. 하얀 마스크를 쓴 남자가 내 쪽으로 허리를 굽혔다. 그는 내가 누워 있는 수술대(1953년과 1954년은 진찰대와 수술대를 오락가락하면서 보낸 것 같다) 머리맡에 서 있어서 물구나무를 선 것처럼 거꾸로 보였다.

"스티븐. 내 말 들리니?"

나는 들린다고 대답했다.

"심호흡을 해라. 잠에서 깨면 아이스크림을 실컷 먹게 해주마."

그는 내 얼굴 쪽으로 어떤 기계를 끌어내렸다. 기억 속에 남아 있는 그 기계의 모습은 마치 선외(船外) 발동기처럼 생겼다. 나는 심호흡을 했다. 그러자 세상이 캄캄해졌다. 깨어났을 때 나는 정말 아이스크림을 원하는 만큼 먹을 기회를 갖게 되었지만 그건 웃기는 일이었다. 조금도 먹고 싶지 않았던 것이다. 목구멍이 퉁퉁 부어오른 느낌이었다. 그래도 귓구멍에 주사 바늘을 꽂는 것보다는 훨씬 나았다. 그렇고말고. 귓구멍에 바늘을 꽂는 것보다 더 괴로운 일은 결코 없을 테니까. 필요하다면 내 편도선을 떼어내도 좋고 내 다리에 강철 새장을 설치해도 좋지만 귓병 전문의만은 절대로 사양하겠다.

7

그해에 데이브 형은 4학년으로 월반했고 나는 학교를 아주 그만두게 되었다. 1학년 수업에 너무 많이 빠져 어머니와 학교 측이 의견 일치를 본 것이다. 건강이 회복되면 학년 초에 처음부터 다시 시작하기로 했다.

나는 침대에 누워 있거나 집 안에 틀어박혀 대부분의 시간을 보냈다. 그 1년 동안 대충 6톤쯤 되는 만화책을 읽어치웠고 곧이어 톰 스위프트[인기 만화 시리즈의 주인공인 발명가 - 옮긴이]와 데이브 도슨으로 넘어갔다(도슨은 2차 세계대전 때의 조종사였는데 그의 전투기는 걸핏하면 '프로펠러를 헐떡이며 간신히 상승'하곤 했다). 그다음은 잭 런던의 오싹오싹한 동물 소설이었다. 언제부턴가는 나도 소설을 쓰기 시작했다. 창조에 앞서 모방부터 했다. 《컴뱃 케이시》 만화책을 공책에 한마디 한마디 베꼈는데, 이따금씩 적당한 곳에는 내 설명을 덧붙이기도 했다. 이를테면 '그들은 넓고 왜풍이 센 농가에서 밤을 지샜다'고 쓰는 식이었다. 그로부터 한두 해가 더 지나서야 나는 '왜풍'과 '외풍'이 전혀 다른 말이라는 것을 알게 되었다. 그 시기에는 '돌쩌귀'를 '돌부스러기'로 잘못 알았고, '잡년'은 굉장히 키가 큰 여자를 뜻한다고 믿었다. '개자식'은 야구 선수를 가리키는 말로 알았다. 여섯 살 나이에는 알쏭달쏭한 것들이 많은 법이다.

그러던 어느 날, 나는 이런 모방작 한 편을 어머니에게 보여드렸다. 어머니는 감탄하셨다. 조금 놀라는 듯하던 그 미소를 나는 기억한다. 당신의 아들이 이렇게 똑똑하다니 도저히 안 믿어진다는 표정이었다. 이거야말로 신동이 아닌가! 나는 어머니의 그런 표정을 한 번도 본 적이 없었고―적어도 나 때문에 그런 표정을 지으신 것은 처음이었다―그때의 기분은 정말 형언할 수 없었다.

어머니는 그 이야기를 내가 지어낸 것이냐고 물으셨다. 나는 대부분을 만화책에서 베꼈다는 사실을 실토할 수밖에 없었다. 어머니는 실망하시는 것 같았고, 따라서 내 기쁨도 사라지고 말았다. 이윽고 어머니가 공책을 돌려주셨다.

"기왕이면 네 얘기를 써봐라, 스티브. 《컴뱃 케이시》 만화책은 허섭쓰레기야. 주인공이 걸핏하면 남의 이빨이나 부러뜨리잖니. 너라면 훨씬 잘 쓸 수 있을 거다. 네 얘기를 만들어봐."

8

그 말을 들었을 때 나는 엄청난 '가능성'이 내 앞에 펼쳐진 듯 가슴이 벅찼다. 마치 커다란 건물 안에 들어가서 그 수많은 문들을 마음대로 열어보아도 좋다는 허락을 받은 듯한 기분이었다. 그 문들은 평생토록 열어도 미처 다 열어보지 못할 것 같았다(지금도 그렇게 생각한다).

나는 마법의 동물 네 마리가 낡은 자동차를 타고 다니며 어린아이들을 도와준다는 이야기를 썼다. 그중의 우두머리는 래빗 트릭이라는 이름의 크고 하얀 토끼였다. 운전도 그가 맡았다. 이야기는 네 쪽 분량이었고, 연필을 가지고 인쇄체로 정성껏 적어넣은 것이었다. 내 기억에는 누가 그레이모어 호텔 옥상에서 뛰어내리는 장면 따위는 없었던 것 같다. 완성된 후에는 어머니에게 건넸는데, 어머니는 핸드백을 바닥에 내려놓고 거실에 앉아 당장 그 자리에서 이야기를 읽었다. 나는 어머니가 즐거워하시는 것을 알 수 있었지만—웃어야 할 장면에서는 틀림없이 웃으셨다—사랑하는 아들을 기쁘게 하려고 웃으셨는지, 아니면 정말 재미가 있어서 웃으셨는지는 알 길이 없었다.

"이번엔 베끼지 않은 거니?"

끝까지 읽은 후 어머니가 물었다. 나는 그렇다고 대답했다. 어머니는 책으로 내도 될 만큼 훌륭하다고 말씀하셨다. 그렇게 나를 행복하게 만드는 말은 지금껏 어느 누구에게서도 들어본 적이 없다. 나는 래빗 트릭과 친구들의 이야기를 네 편 더 썼다. 어머니는 한 편이 완성될 때마다 나에게 25센트 동전 하나를 주셨고, 네 명의 언니들에게 보내어 두루 읽혔다. 이모들은 아마 어머니를 불쌍하게 생각했을 것이다. 어쨌든 그들에게는 아직 남편이 있었다. 이모부들은 집을 나가지 않은 것이다. 물론 프레드 이모부에게는 유머 감각이 별로 없었으며 한사코 컨버터블 지붕을 열어놓는 버릇이 있었고, 술을 꽤 많이 마셨던 오런 이모부는 유대인들이 세상을 지배한다는 음울한 생각에 사로잡혀 있었다. 그러나 그들은 제자리를 지켰다. 그런데 루스의 남편 돈은 집을 나가버렸고 그녀에게는 어린것들만 남았다. 그래서 루스는 자기 아들에게 재능이 있다고 자랑하고 싶어 하는 것이다.

네 편의 이야기. 편당 25센트. 그것은 내가 이 일로 벌어들인 최초의 1달러였다.

9

우리는 코네티컷의 스트랫퍼드로 이사했다. 당시 나는 2학년이었고 옆집에 사는 예쁜 십대 소녀에게 푹 빠져 있었다. 낮에는 그녀가 나를 거들떠보지도 않았지만 밤이 되어 잠에 빠져들 때마다 우리는 이 잔인한 현실 세계에서 함께 도망치곤 하였다. 나의 새 담임은 테일러 선생님이었는데, 이 상냥한 여선생님은 〈프랑켄슈타인의 신부〉에 나오는 엘사 랜체스터처럼 머리가 잿빛이고 눈이 좀 튀어나온 분이었다. 어머니는 이렇게 말씀하셨다.

"테일러 선생님과 얘기할 때마다 눈 밑을 두 손으로 받치고 싶어지더라. 언제 쑥 빠질지 몰라서 말야."

우리는 아파트 3층에서 살게 되었는데, 그 아파트는 웨스트 브로드 스트리트에 있었다. 언덕길로 한 블록쯤 내려가면 테디스 상점에서 멀지 않은 버리츠 건재상 건너편에 수풀이 우거진 넓은 공터가 있었는데, 그 안쪽에는 폐품 처리장이 있었고 공터 한복판으로 철도가 지나갔다. 그곳은 내가 지금도 상상 속에서 자주 떠올리는 곳이다. 이 공터는 각기 다른 이름으로 내 소설 속에 거듭거듭 등장하고 있다. 《그것*II*》에 나오는 아이들은 그곳을 '불모지'라고 부른다. 우리는 그곳을 정글이라고 불렀다. 데이브 형과 나는 새 집으로 이사한 후 얼마 지나지 않았을 때 그곳을 처음 탐험했다. 때는 무더운 여름 어느 날이었다. 그날의 일은 굉장한 경험이었다. 우리는 이 멋진 놀이터의 신비로운 녹음 속으로 깊이 들어가고 있었다. 그런데 갑자기 뒤가 마려워 견딜 수가 없었다.

"데이브 형. 집에 데려다줘! 빨리 응가해야 된단 말야!"

(우리는 이 생리 현상을 그런 식으로 표현하도록 교육받았다.)

데이브 형은 막무가내였다.

"숲속에서 해결해."

나를 집까지 데려가려면 적어도 반 시간은 걸릴 텐데, 어린 동생의 응가 때문에 이렇게 신나는 시간을 포기할 수는 없었던 것이다.

나는 생각만으로도 기가 막혔다.

"그건 안 돼! 닦지도 못하잖아."

그러자 데이브가 말했다.

"못하긴 왜 못해. 나뭇잎으로 닦으면 돼. 카우보이나 인디언도 그렇게 한다고."

어차피 그때쯤에는 집으로 돌아가기에도 너무 늦었다. 선택의 여

지가 없었다. 게다가 카우보이처럼 똥을 눈다는 것도 꽤 매력적인
일이었다. 나는 호펄롱 캐시디[클레어런스 멀포드의 소설을 바탕으로 한
서부 영화 시리즈의 주인공 – 옮긴이]가 되어 권총을 뽑아들고 덤불 속
에 쭈그리고 있다는 상상을 했다. 이렇게 은밀한 순간에도 뜻밖의
기습을 당하지 않으려는 것처럼. 나는 볼일을 마치고 형이 가르쳐
준 대로 뒤처리를 했다. 윤기 흐르는 푸른 잎을 잔뜩 뜯어 밑을 닦
은 것이다. 그런데 그게 하필이면 덩굴옻나무였다.

　이틀 후 나는 무릎 뒤에서부터 어깨뼈까지 온몸이 새빨갛게 물
들었다. 고추는 무사했지만 불알은 두 개의 정지 신호등으로 바뀌
었다. 엉덩이에서 갈비뼈까지 안 가려운 곳이 없었다. 그러나 그중
에서도 최악이었던 것은 그날 사용한 손이었다. 그 손은 도널드 덕
의 망치에 얻어맞은 미키 마우스의 손만큼 크게 부어올랐고, 손가
락끼리 스치는 부위마다 거대한 물집이 일어났다. 물집이 터지면
빨간 생살이 드러났다. 그로부터 6주 동안은 녹말을 푼 미지근한
물 속에서 좌욕을 했다. 나만 바보가 된 기분, 정말 비참하고 모욕
적이었다. 열린 문틈으로 어머니와 형이 카드놀이를 하며 웃고 떠
드는 소리, 그리고 라디오에서 피터 트립[1950년대 뉴욕의 인기 DJ –
옮긴이]이 히트곡을 발표하는 소리가 들려왔다.

10

　데이브는 좋은 형이었지만 열 살짜리치고는 너무 영리했다. 그
좋은 머리 때문에 걸핏하면 곤경에 빠졌는데, 언젠가부터는(아마 내

가 덩굴옻나무 잎으로 밑을 닦은 뒤부터) 동생 스티브를 앞세워 문제를 피해가는 요령을 알게 되었다. 데이브 형은 종종 기막힌 사건을 일으켰다. 나에게 '모든' 죄를 혼자 뒤집어쓰라고 요구한 적은 없었지만—형은 얌체도 아니었고 겁쟁이도 아니었다—가끔은 책임을 분담할 것을 요구했다. 데이브 형이 정글을 지나는 시냇물을 댐으로 막아 웨스트 브로드 스트리트의 저지대가 온통 물바다로 변하게 했을 때 우리가 둘 다 곤경에 처한 것도 아마 그런 연유에서였을 것이다. 또한 그렇게 책임을 분담한 덕분에 형의 과학 숙제를 하다가 둘 다 죽을 뻔하기도 했다.

그것은 1958년의 일이었을 것이다. 나는 센터 초급 중학교에 다녔고, 데이브 형은 스트랫퍼드 중학교에 다녔다. 어머니는 스트랫퍼드 세탁소에서 일했는데, 세탁부 중에서 백인 여자는 어머니뿐이었다. 어머니가 그런 일을 하고 있을 때—즉 세탁기 속에 침대 시트를 밀어넣고 있을 때—데이브 형은 과학박람회에 출품할 작품을 제작했다. 우리 형은 색도화지에 개구리 해부도를 그리거나 플라스틱 장난감 벽돌과 색칠한 화장지로 '미래 주택'을 만드는 정도로 만족할 사람이 아니었다. 데이브의 목표는 원대했다. 그해의 프로젝트는 '데이브의 슈퍼 막강 전자석'이었다. 형은 무엇이든 '슈퍼 막강'한 것을 좋아했고, 거기에 자기 이름을 붙이기를 좋아했다. 그 중에서도 절정은 '데이브의 삼류 신문'이었는데, 그 일에 대해서는 곧 다시 설명하게 될 것이다.

슈퍼 막강 전자석을 만들기 위한 첫 시도는 별로 슈퍼 막강하지 않게 끝났다. 사실은 아예 작동하지 않았을지도 모르지만 확실한 것은 생각나지 않는다. 그러나 그 작품이 데이브의 머리에서 나온 것이 아니라 어느 책에서 나왔다는 것만은 틀림없다. 전자석의 개념은 다음과 같았다. 쇠못을 보통 자석에 문지르면 자성이 생긴다. 쇠못에 전달된 이 자력은 약한 것이었지만 약간의 쇳가루를 들어올리기에는 충분했다. 그런 실험을 해본 다음에는 이 쇠못에 구리선을 친친 감는다. 그리고 구리선의 양쪽 끝을 건전지의 양극에 연결한다. 이 책에 따르면 전기가 자력을 강화시켜 훨씬 더 많은 쇳가루를 들어올릴 수 있다는 것이었다.

그러나 데이브 형은 시시한 쇳가루 따위를 들어올리고 싶어 하는 게 아니었다. 그가 원하는 것은 자동차나 철도 화차, 더 나아가 군용 수송기 등을 들어올리는 것이었다. 데이브 형은 전기의 힘으로 이 지구를 통째로 돌리고 싶어 했다.

뿡야! 으랏차!

우리는 이 슈퍼 막강 전자석을 제작하기 위해 힘을 합쳤다. 데이브의 역할은 그것을 만드는 일이었다. 내 역할은 그것을 시험하는 일이었다. 꼬마 스티브 킹은 스트랫퍼드가 낳은 척 예거[Chuck Yeager : 최초로 음속의 벽을 깬 미국의 시험 비행사 – 옮긴이]였다.

데이브의 새로운 실험은 초라한 건전지를 버리고 (형은 철물점에서 살 때부터 이미 힘이 약해진 상태였을 거라고 주장했다) 가정용 전기를 선택한 것이었다. 데이브는 누군가 쓰레기와 함께 길거리에 내다버린 낡은 스탠드에서 전선을 잘라내고 플러그에서 전선 끝까지 피복을 홀랑 벗겨낸 다음, 이 벌거숭이 전선을 쇠못에 친친 감았다. 그리고 웨스트 브로드 스트리트의 우리 아파트 부엌에서 바닥에 털썩 주저앉더니 나에게 이 슈퍼 막강 전자석을 넘겨주면서 내가 맡은 역할대로 플러그를 꽂으라고 했다.

나는 망설였지만—적어도 나에게 그 정도의 지각은 있었다는 것을 인정받고 싶다—데이브의 광적인 의욕에는 차마 버틸 수가 없었다. 결국 플러그를 꽂았다. 전자석의 자력에는 별다른 변화가 없었다. 그러나 이 장치는 우리집의 모든 전등과 전기 제품을 일제히 꺼버렸다. 더 나아가 건물 전체의 전등과 전기 제품이 작동을 중지했고, 옆동(그 아파트 일층에는 내가 꿈에도 그리던 그 소녀가 살고 있었다)의 모든 전등과 전기 제품이 작동을 중지했다. 바깥의 변압기에서 뭔가 팍 터지더니 머지않아 경찰관 몇 명이 도착했다. 데이브 형과 나는 어머니의 침실 창(길거리를 볼 수 있는 창문이 그것뿐이었기 때문인데, 나머지 창문으로는 풀 한 포기 나지 않고 똥덩어리만 흩어져 있는 뒷마당이 보일 뿐이었고, 그곳에 살아 있는 것이라고는 룹룹이라는 이름의 지저분한 개새끼 한 마리가 전부였다) 너머로 밖을 내다보며 조마조마한 한 시간을 보내야 했다.

경찰이 떠나자 전기 수리반이 왔다. 스파이크 신발을 신은 남자가 두 아파트 건물 사이의 전봇대에 올라가 변압기를 살펴보았다. 다른 때였다면 넋을 잃고 구경했겠지만 그날은 경우가 달랐다. 우리는 과연 어머니가 소년원으로 면회를 와주실까 걱정하느라고 제정신이 아니었다. 마침내 전기가 다시 들어오고 수리반은 떠나갔다. 우리는 붙잡히지 않고 무사히 위기를 넘긴 것이다. 데이브 형은 슈퍼 막강 전자석 대신에 슈퍼 막강 글라이더를 만들겠다고 결심했다. 그리고 나에게 첫 시승의 기회를 주겠다고 말했다. 정말 신나지 않은가!

나는 1947년에 태어났고 우리가 처음으로 텔레비전을 구입한 것은 1958년이었다. 내 기억에 그것으로 내가 처음 본 프로그램은 〈로봇 괴물〉이었는데, 원숭이 옷을 입고 머리에 어항을 뒤집어쓴 놈이—이름은 '로맨'이라고 했다—핵전쟁의 최후 생존자들을 죽이려고 이리 뛰고 저리 뛰는 내용이었다. 나는 그것을 대단한 고급 문화라고 생각했다.

그리고 브로데릭 크로퍼드가 대담 무쌍한 댄 매슈로 나오는 〈고속도로 순찰대〉도 보았고, 세계에서 가장 으스스한 눈을 가진 존 뉼랜드가 진행하는 〈한 발 늦었네요〉도 보았다. 〈샤이엔족〉, 〈바다 사냥〉, 〈히트곡 퍼레이드〉, 〈애니 오클리〉도 보았다. 래시의 수많은 친구 중에서 토미 레티그도 보았고, 〈레인지 라이더〉로 등장한 작 마호니도 보았고, 높고 기이한 목소리로 "어이, 와일드 빌, 좀 기다려!" 하고 외치는 앤디 디바인도 보았다. 이 14인치짜리 흑백 화면은 모험이 가득한 또 하나의 세계였다. 그 세계가 광고하던 온갖 상품들의 이름은 지금 생각해도 시처럼 아름다웠다. 나는 그 모든 것을 사랑하게 되었다.

그러나 킹 일가에 텔레비전이 들어온 것은 비교적 뒤늦은 시기였고 나는 그 사실이 기쁘기만 하다. 생각해보면 나는 정말 행운아인 셈이다. 날마다 쓸데없는 영상 매체에 넋을 빼앗기기 전에 읽기와 쓰기를 먼저 배웠던 몇 안 되는 미국 소설가 중의 한 명이니까 말이다. 물론 그것은 별로 중요하지 않을지도 모른다. 그러나 이제 막 작가로서 첫발을 내딛는 사람이라면 차라리 텔레비전의 전선에서 피복을 벗겨내고 그것을 쇠못에 감고 다시 그것을 콘센트에 푹 꽂는 편이 나을지도 모른다. 그리고 뭐가 터지는지, 얼마나 멀리 날아가는지 구경하는 것이다.

그냥 그런 생각을 해봤다.

12

1950년대 말, 저작권 대리인이며 과학 소설 수집광인 포리스트 J. 애커맨이라는 사람이 수천 명의 어린이들의 인생을 뒤바꿔놓았고 나도 그 가운데 한 명이었다. 그는 《영화계의 유명한 괴물들》이라는 잡지를 편집하기 시작했던 것이다. 지난 30년 사이에 환상이나 공포, 과학 등의 소설 장르에 관심을 가졌던 사람에게 이 잡지에 대하여 물어보라. 내가 장담하건대, 그는 틀림없이 껄껄껄 웃고 눈빛을 반짝이면서 소중한 추억들을 주저리주저리 풀어놓을 것이다.

1960년경에 포리(그는 가끔 자신을 가리켜 '애커몬스터'라고 했다)는 비록 단명했으나 흥미진진했던 《우주인》을 펴냈는데, 이 잡지도 SF 영화를 다루고 있었다. 1960년에 나는 《우주인》에 단편 소설 한 편을 투고했다. 내 기억에 의하면 그것은 내가 출판하려고 했던 최초의 소설이었다. 제목은 생각나지 않지만 당시 나는 아직도 '로맨 단계'를 벗어나지 못한 상태였고, 따라서 이 소설의 내용도 어항을 뒤집어쓴 살인 원숭이의 영향을 많이 받은 것이었다.

내 소설은 퇴짜를 맞았지만 포리는 그것을 보관하고 있었다(포리는 '모든 것'을 보관했는데, 그의 집을—즉 '애커맨션'을—구경한 사람이라면 누구든지 기꺼이 증언해줄 것이다). 그로부터 20년 후, 내가 로스앤젤레스의 어느 서점에서 사인을 해주고 있을 때 포리가 나타났는데… 그는 내 소설을 들고 있었다. 내가 열한 살이었을 때 어머니가 크리스마스 선물로 주신 타자기, 그러나 이미 오래 전에 사라진 '로열' 타자기로 줄 간격 없이 작성한 원고였다. 그는 이 원고에 사인해달라고 했다. 아마 해주었겠지만 그 만남 자체가 하도 초현실적인 것이어서 확실치는 않다. 유령이 따로 있남. 맙소사, 아이고 맙소사!

13

내가 실제로 출판한 첫 소설은 앨라배마 주 버밍햄의 마이크 가레트가 발간하던 공포 잡지에 실렸다(마이크는 여전히 건재하며 아직도 그 사업을 하고 있다). 그는 이 중편 소설을 〈공포의 암흑가〉라는 제목으로 출판했지만 나는 지금도 내가 붙인 제목이 더 좋다. 내 제목은 〈나는 십대 도굴범이었다〉였다. 슈퍼 막강! 뿅야!

14

그러나 내 소설 중에서 정말 독창적이었던 첫 작품은—무엇이든 최초의 것은 반드시 기억하게 마련이다—8년에 걸친 아이크[미국의 34대 대통령 아이젠하워의 애칭 – 옮긴이]의 유화(柔和) 정권이 끝

나갈 무렵에 나타났다. 그때 나는 메인 주 더럼의 우리집 식탁에서
어머니가 상품 교환권을 수집첩에 붙이는 모습을 바라보고 있었다
(상품 교환권에 대한 흥미진진한 이야기들을 보려면《거짓말쟁이 클럽》을 읽
어보시라). 당시 우리 가족 세 사람은 다시 메인 주로 돌아와 있었는
데, 그것은 어머니가 말년에 접어든 부모를 보살피기 위해서였다.
이때 우리 외할머니는 여든 살 안팎이었는데 뚱뚱하고 고혈압이었
으며 앞을 거의 못 보는 상태였다. 외할아버지는 여든두 살의 말라
깽이였고 성미가 까다로웠는데, 이따금씩 도널드 덕처럼 고함을 지
르기 시작하면 우리 어머니말고는 아무도 알아듣지 못했다. 어머니
는 외할아버지를 '파자(Fazza)'라고 불렀다.

　이모들이 어머니에게 이 일을 맡겼던 것인데, 그들은 아마 그것
이 일석이조라고 생각했을 것이다. 늙으신 부모는 편안한 집에서
다정한 따님의 알뜰한 보살핌을 받으시는 한편, '루스라는 골칫거
리'도 해결되는 셈이니까. 루스도 이제는 인디애나로, 위스콘신으
로, 코네티컷으로 정처없이 떠돌면서 두 아들을 돌보느라 전전긍긍
할 필요가 없는 것이다. 새벽 다섯 시에 과자를 구울 필요도 없고,
7월부터 9월 말까지 섭씨 40도가 넘는 여름이면 매일 오후 한 시와
세 시에 감독이 소금 정제를 나눠주는 그 뜨거운 세탁소에서 다림
질을 할 필요도 없었다.

　그러나 어머니는 이 새로운 일자리를 싫어했던 것 같다. 동생을
보살핀답시고 이모들은 자존심 강하고 장난기 많고 조금은 엉뚱한
면도 있던 우리 어머니를 빈털터리로 살아가는 한낱 소작인 같은
신세로 전락시켜버린 것이었다. 이모들이 매달 보내주는 돈으로는
식료품을 사는 정도가 고작이었다. 그들은 우리에게 옷가지를 담은

상자들도 보내주었다. 매년 여름이 끝날 무렵이면 클레이트 이모부와 엘라 이모가 (사실은 진짜 친척은 아니었던 것 같지만) 야채 통조림이나 잼 따위를 가져오기도 했다. 우리가 살던 집은 에설린 이모와 오런 이모부의 것이었다. 일단 그 집에 들어간 뒤에는 오도가도 할 수 없었다. 노부모가 돌아가신 후 어머니는 다시 진짜 직장을 구했지만 그 뒤에도 암에 걸릴 때까지 그 집에서 사셨다. 마지막으로 더럼을 떠나실 때—돌아가실 때까지 몇 주 동안은 데이브 형과 린다 형수가 어머니를 보살펴드렸다—어머니는 사뭇 기꺼운 마음으로 길을 나섰을 것이라고 나는 믿는다.

15

이 자리에서 한 가지만 짚고 넘어가자. 이 세상에 '아이디어 창고'나 '소설의 보고'나 '베스트셀러가 묻힌 보물섬' 따위는 존재하지 않는다. 소설의 아이디어는 그야말로 허공에서 느닷없이 나타나 소설가를 찾아오는 듯하다. 전에는 아무 상관도 없던 두 가지 일이 합쳐지면서 전혀 새로운 무엇인가를 만들어내는 것이다. 그러므로 소설가가 해야 할 일은 아이디어를 찾아내는 것이 아니라 막상 아이디어가 떠올랐을 때 그것이 좋은 아이디어라는 사실을 알아차리는 것이다.

그런 아이디어 하나가—정말 쓸 만한 첫번째 아이디어가—나에게 떠오르던 날, 어머니는 상품 교환권을 몰리 이모에게 크리스마스 선물로 주고 싶은 스탠드로 바꿔오려면 아직도 수집첩 여섯 권 분량을 더 모아야 하는데 제때에 가능할 것 같지 않다고 말씀하셨다.

"생일 선물로 주는 수밖에 없겠구나. 이 염병할 종이 쪽지들은 꽤 많아 보이다가도 막상 수집첩에 붙여놓으면 얼마 안 되더라."

그러더니 말실수를 했다는 듯 혀를 쏙 내미는 것이었다. 그때 나는 어머니의 혀가 상품 교환권처럼 녹색으로 물들어 있는 것을 보았다. 그리고 저 빌어먹을 상품 교환권을 지하실에서 마음대로 찍어낼 수 있다면 얼마나 좋을까 하는 생각을 했는데, 바로 그 순간 〈행복 교환권〉이라는 단편 소설이 탄생했다. 상품 교환권을 위조한다는 생각과 어머니의 녹색 혓바닥이 순식간에 소설 한 편을 만들어낸 것이었다.

이 소설의 주인공은 흔해빠진 '얼간이 녀석'인데, 로저라는 이름의 이 친구는 위폐범으로 두 번이나 복역한 터라 한 번만 더 걸리면 전과 3범이 될 판이었다. 그래서 그는 돈 대신에 행복 교환권을 위조하기 시작했는데… 알고 보니 이 행복 교환권의 디자인은 멍청할 만큼 단순해서 위조라는 말조차 어울리지 않을 정도였다. 그냥 실물을 수백 장 찍어낸다고 하는 편이 옳았다. 어느 웃기는 장면—정말 괜찮은 장면으로는 아마 이것이 처음이었을 것이다—중에 이런 것이 있었다.

로저와 어머니가 함께 거실에 앉아 행복 교환권에 넋을 잃고 있을 때 지하실에서는 인쇄기가 윙윙 돌아가면서 산더미 같은 교환권을 신나게 찍어낸다.

어머니가 말한다.

"어머나! 여기 작은 글씨를 읽어보니까 행복 교환권으로 '뭐든지' 바꿀 수 있다는구나, 로저. 원하는 게 뭔지 말만 하면 수집첩이 몇 권이나 필요한지 알려준단다. 6, 7백만 권 정도만 있으면 행복 교환권으로 교외에 있는 집 한 채를 살 수도 있을지 몰라."

그러나 로저는 곧 교환권은 완벽했지만 접착제가 말썽이라는 것을 알게 된다. 교환권을 혀로 핥아 수집첩에 붙이면 문제가 없었지만 기계를 사용해서 붙이면 분홍색 교환권이 파란색으로 변해버렸다. 소설의 결말 부분에서 로저는 지하실 거울 앞에 우뚝 서 있다. 그의 등 뒤에는 90권쯤 되는 수집첩이 탁자 위에 쌓여 있는데, 그 속에는 일일이 혀로 핥은 교환권들이 붙어 있다. 주인공의 입술은 분홍색으로 물들었다. 그는 혀를 내밀어본다. 혓바닥은 더 진한 분홍색이다. 심지어는 이빨까지 분홍색이다. 위에서 어머니가 명랑하게 소리친다. 방금 테러호트에 있는 전국 행복 교환권 상환 센터와 통화를 했는데, 여직원의 말로는 행복 교환권 1,160만 권만 있으면 웨스턴에 있는 튜더 양식의 멋진 집을 가질 수 있다는 것이다.

"그거 잘됐네요, 어머니."

로저는 거울 속에서 입술이 분홍색으로 물들고 눈도 퀭한 자신의 모습을 조금 더 바라보다가 천천히 탁자로 돌아간다. 그의 등 뒤로 상자에 그득그득 담겨 있는 무수한 행복 교환권이 보인다. 우리의 주인공은 새 수집첩을 느릿느릿 펼쳐놓고 교환권을 핥아가며 한 장 한 장 붙이기 시작한다. 소설이 끝날 때 그는 앞으로 1,159만 권만 더 붙이면 어머니에게 그 튜더식 주택이 생긴다고 생각한다.

이 소설에는 몇 가지 오류가 있었다(그중에서도 가장 큰 허점은 로저가 접착제만 바꾸면 간단하게 해결될 문제를 가지고 씨름한다는 점일 것이다). 그러나 이만하면 제법 독창적이고 근사한 소설이었으며 내 글솜씨도 꽤 괜찮은 수준이었다. 나는 닳아빠진《작가 요람 *Writer's Digest*》으로 오랫동안 시장을 살피다가 결국《앨프리드 히치콕 미스터리 매거진》에 〈행복 교환권〉을 투고했다.

이 원고는 3주 뒤에 형식적인 거절 쪽지를 달고 되돌아왔다. 빨간 잉크로 앨프리드 히치콕의 낯익은 옆모습이 찍혀 있는 이 쪽지는 내 소설에 행운을 빌어주고 있었다. 그리고 쪽지 아래쪽에는 서명도 없는 메모가 몇 줄 있었는데, 그후 8년이 넘도록 주기적으로《히치콕》에 투고했지만 이렇게 친필 메모를 받은 것은 그때가 처음이자 마지막이었다. 메모의 내용은 다음과 같았다. '원고를 스테이플러로 찍지 마세요. 클립만 끼워 투고하는 것이 올바른 방법입니다.' 냉정하지만 나름대로 유용한 충고였다. 그때부터 나는 절대로 원고에 스테이플러를 쓰지 않았다.

16

더럼의 우리집에서 내 방은 위층 처마 밑에 있었다. 밤마다 나는 처마 밑의 침대에 누워—갑자기 일어나다가 머리를 호되게 부딪치기 일쑤였다—거위목 스탠드를 켜놓고 책을 읽곤 했는데, 천장에 비치는 스탠드 그림자가 보아뱀처럼 생겨 재미있었다. 집 안이 조용할 때에는 보일러 돌아가는 소리, 그리고 천장에서 쥐들이 뛰어다니는 소리만 들릴 뿐이었다. 때로는 외할머니가 자정 무렵에 누가 가서 딕을 좀 살펴보라며 한 시간쯤 고함을 지르기도 했다. 딕이 끼니를 거르지나 않았는지 걱정스러웠기 때문이다. 딕은 외할머니가 교사 시절부터 데리고 있던 말인데, 나이가 적어도 마흔 살은 넘었다. 내 방의 다른 처마 밑에는 책상과 낡은 '로열' 타자기가 있었고, 굽도리 앞에는 1백 권 남짓한 보급판 책들을 가지런히 세워두었는데 그 대부분은 과학 소설이었다. 내 옷장 위에는 감리교 주일 학교에서 성경 암송을 하고 받은 성경 한 권이 있었고, 턴테이블 위에 부드러운 초록색 벨벳천을 씌운 '웹코어' 자동 교환 축음기도 있었다. 이 축음기로 나는 주로 45회전 레코드판을 틀었는데, 엘비스, 척 베리, 프레디 캐넌, 패츠 도미노 등의 음악이었다. 나는 패츠를 좋아했다. 그는 로큰롤을 제대로 연주할 줄 알았고, 즐기면서 연주한다는 것을 누구나 느낄 수 있었다.

《히치콕》에서 거절 쪽지를 받았을 때 나는 웹코어 축음기 위쪽 벽에 못을 박고, 거절 쪽지에 〈행복 교환권〉이라고 써서 이 못에 찔러넣었다. 그리고 침대에 걸터앉아 패츠의 노래 '난 준비됐어요'를 들었다. 사실 나는 기분이 꽤 좋았다. 아직 면도를 할 필요도 없는 나이에는 실패를 맛보아도 얼마든지 낙관적일 수 있으니까.

내가 열네 살쯤 되었을 때(이 무렵에는 필요가 있든 없든 일주일에 두 번씩 꼬박꼬박 면도를 했다) 그 못은 꽂혀 있는 거절 쪽지들의 무게를 더 이상 감당할 수 없을 지경이었다. 나는 못을 더 큰 것으로 바꾸고 글쓰기를 계속했다. 열여섯 살 무렵에는 거절 쪽지의 친필 메모도 스테이플러 대신 클립을 사용하라던 충고보다 좀더 용기를 주는 내용이었다. 이렇게 희망적인 메모를 처음 보내준 사람은 당시 《팬터지와 과학 소설 F&SF》의 편집자였던 앨지스 버드리스였는데, 그는 내가 쓴 〈호랑이의 밤〉이라는 소설(이 작품은 〈도망자〉 시리즈에서 리처드 킴블 박사가 동물원이나 서커스단에서 동물 우리를 청소하는 장면을 보고 영감을 얻었던 것 같다)을 읽고 이렇게 적어주었다. '좋은 작품입니다. 우리 잡지엔 안 맞지만 훌륭해요. 당신에겐 재능이 있군요. 다시 투고해주십시오.'

만년필로 휘갈겨써서 여기저기 큼직한 얼룩이 남아 있던 이 짤막한 네 문장은 내 열여섯 살의 우울한 겨울을 환히 밝혀주었다. 그로부터 여남은 해가 지나고 장편 소설 한두 권을 출간했을 때 나는 옛날 원고가 담긴 상자에서 〈호랑이의 밤〉을 다시 발견했는데, 이제 막 발돋움을 시작한 신출내기의 솜씨라는 것이 명백했지만 내용은 제법 쓸 만해 보였다. 나는 그 작품을 고쳐 썼고, 일시적인 충동으로 다시 《팬터지와 과학 소설》에 투고했다. 이번에는 잡지사도 이 소설을 받아주었다. 지금까지 자주 경험한 일인데, 조금이라도 성공을 거둔 소설가에게는 잡지사도 '우리 잡지엔 안 맞는다'는 말을 잘 쓰지 않는다.

17

우리 형은 동급생들보다 한 살 어렸는데도 고등학교에 싫증을 느끼고 있었다. 그것은 형의 지능 때문이기도 했지만—데이브의 IQ는 150에서 170 사이였다—내 생각엔 주로 활동적인 성격 때문이었다. 데이브에게 고등학교는 그다지 슈퍼 막강한 곳이 아니었다. '뽕야'도 없고 '와장창'도 없고 '재미'도 없었다. 그는 《데이브의 삼류 신문》을 창간하는 것으로 이 문제를—일시적으로나마—해결했다.

《삼류》의 사무실은 흙바닥과 돌벽이 그대로 드러나고 거미가 우글거리는 우리집 지하실의 탁자 한 개가 놓여 있는 자리였는데, 이곳은 보일러 쪽에서 보면 북쪽이었고, 클레이트 이모부와 엘라 이모가 끊임없이 보내오는 야채 통조림과 잼을 보관하던 땅광 쪽에서 보자면 동쪽에 해당했다. 《삼류》는 가족 신문과 소읍의 격주간지를 합쳐놓은 듯 정체가 알쏭달쏭한 신문이었다. 간혹 데이브가 다른 일(몇 가지만 예를 들면 단풍나무 수액으로 설탕 만들기, 사과 주스 만들기, 로켓 만들기, 자동차 개조 등등)에 관심을 빼앗기면 월간지로 바뀌기도 했다. 그럴 때는 내가 알아듣지 못할 농담이 유행했다. 이번 달에 《삼류》가 늦어지는 이유는 무엇무엇 때문이라는 둥, 데이브가 지하실에서 《삼류》를 찍으며 무엇무엇을 하고 있으니 절대로 방해하지 말아야 한다는 둥.

남들이 농담을 하거나 말거나 《삼류》의 발행 부수는 꾸준히 증가했다. 처음에는 5부 정도만 찍었는데 (그래서 가까운 식구들에게 팔았다) 나중에는 50~60부쯤으로 늘어났고, 우리 친척들은 물론이고 이 소읍에 사는 이웃 사람들(1962년 당시 더럼의 인구는 약 900명이었다)의 친척들까지도 새 신문이 빨리 나오기를 학수고대하게 되었다.

이 신문에는 대개 이런 기사가 실렸다. 부러졌던 찰리 해링턴의 다리가 아물고 있다느니, 웨스트 더럼 감리 교회에 초청 연사로 오는 사람들이 누구누구라느니, 킹 집안의 형제들이 집 뒤켠 우물을 마르지 않게 하려고 마을 펌프장에서 길어나른 물의 양이 얼마나 된다느니(물론 우리 우물은 우리가 아무리 많은 물을 퍼다 날라도 해마다 여름이면 어김없이 말라버렸다), 메소디스트 코너스 건너편에 사는 브라운 씨댁이나 홀 씨댁에 어떤 손님이 찾아왔다느니, 올여름엔 누구누구네 친척들이 우리 마을을 찾을 예정이라느니…. 거기에 데이브는 스포츠, 낱말 게임, 날씨 정보('그동안 날이 꽤 가물었지만 마을 농부 해럴드 데이비스 씨는 8월 안에 적어도 한 번쯤은 단비가 내릴 것이며 만약 그렇지 않다면 웃는 얼굴로 돼지에게 뽀뽀를 해도 좋다고 장담했다'), 요리법, 연재 소설(이건 내가 썼다) 따위를 가미했다. '데이브의 농담과 유머'에는 이런 명작들이 실렸다.

    스탠 : "비버가 떡갈나무에게 뭐라고 말했게?"
    잰 : "맛나서 반가웠다!"

    음악가 1 : "카네기 홀에 가는 길 좀 가르쳐줘요."
    음악가 2 : "피나는 연습을 해야 하네, 연습을!"

    발행 첫해에 《삼류》는 자주색으로 인쇄되었다. 이때는 헥토그래프라는 평평한 젤라틴 판으로 찍어냈기 때문이다. 그러나 형은 곧 헥토그래프가 골칫거리라는 결론을 내렸다. 너무 느려터져 답답했던 것이다. 반바지를 입던 어린 시절에도 데이브는 기다리기를 싫어했다. 어머니의 애인이었던 밀트 아저씨(어머니가 그를 차버린 후 몇 달이 지난 어느 날, 어머니는 그가 "똑똑하진 않지만 다정했다"고 말했다)의 뷰익을 타고 갈 때 도로가 막히거나 신호등에 걸리기라도 하면 데이브는 뒷좌석에서 고개를 쏙 내밀고 이렇게 소리치는 것이었다.
    "깔아뭉개고 지나가요, 밀트 아저씨! 그냥 뭉개버려요!"
    그런데 십대의 나이에 신문 한 면을 인쇄할 때마다 헥토그래프가 현상(이 '현상' 단계는 젤라틴 판에 찍힌 글자들이 희미한 자주색을 띤 말랑말랑한 피막으로 변하는 과정이었다)되기를 기다려야 한다는 것은 정말 미치도록 따분한 노릇이었다. 게다가 그는 이 신문에 사진을 싣고 싶어했다. 형은 사진도 잘 찍었고, 열여섯 살 무렵에는 현상 인화까지 스스로 해냈다. 벽장 속에 암실을 차려놓고 화학 약품 냄새가 진동하는 이 비좁은 공간에서 사진을 뽑았는데, 놀랄 만큼 선명하고 구도가 좋은 사진들이 많았다(《통제자들 *The Regulators*》의 뒤표지에 내 소설이 실린 최초의 잡지를 들고 있는 나의 사진도 실은 데이브 형이 낡은 코닥 카메라로 찍어 벽장 암실에서 인화한 것이다).

이런 불편말고 헥토그래프의 젤라틴 판은 결코 바람직한 환경이라고 볼 수 없는 우리 지하실에서 요상한 곰팡이 같은 것들을 배양하고 번식시키는 온상 구실도 하고 있었다. 우리는 하루의 인쇄 작업을 끝낼 때마다 항상 이 빌어먹을 물건을 꼼꼼하게 덮어두었지만 아무 소용도 없었다. 월요일만 하더라도 멀쩡해 보이던 것이 주말쯤 되면 H.P. 러브크래프트[Howard Phillips Lovecraft : 1890~1937, 미국의 소설가 – 옮긴이]의 공포 소설에 나오는 괴물처럼 변해버리는 것이었다.

데이브 형이 다니던 고등학교는 브런즈윅에 있었는데, 그곳의 어느 가게에서 그는 작은 드럼식 인쇄기를 발견했다. 그러나 겨우겨우 작동하는 정도에 불과했다. 우리는 마을 문구점에서 장당 19센트에 파는 등사 원지에 타이핑했다. 형은 이 작업을 가리켜 '글자를 판다'고 했는데, 대체로 그 일은 오타가 적은 편이었던 나의 몫이었다. 이 등사 원지를 인쇄기의 드럼에 붙여놓고 세상에서 가장 역겹고 냄새마저 지독한 잉크를 덕지덕지 발라주면 그때부터 본격적인 노동이 시작된다. 팔이 떨어지도록 기계를 돌려라! 우리는 헥토그래프를 썼을 때 꼬박 일주일이 걸리던 일을 이틀밤 만에 끝낼 수 있었다. 그리고 드럼식 인쇄기는 비록 좀 지저분하긴 했지만 치명적인 질병을 옮길 것 같지는 않았다. 그리하여 《데이브의 삼류 신문》은 짧은 황금기에 돌입하게 되었다.

18

나는 인쇄 과정에 별반 흥미를 느끼지 못했고, 사진을 현상하고 복제하는 신비로운 과정에 대해서는 아예 관심도 없었다. 자동차에 '허스트' 변속기 장착하기, 사과 주스 만들기, 플라스틱 로켓을 성층권까지 쏘아올리는 방법(대개는 우리집 지붕조차 넘어가지 못했다) 따위도 시큰둥하기만 했다. 1958년부터 1966년까지 나의 가장 큰 관심사는 영화였다.

1950년대에서 1960년대로 넘어갈 무렵, 우리 지역에 영화관이라고는 두 군데뿐이었고 둘 다 루이스턴에 있었다. 엠파이어 극장은 개봉관이었는데, 주로 상영하는 작품은 디즈니 만화 영화, 성서 이야기를 다룬 대작, 그리고 잘 차려입은 사람들이 와이드스크린 속에서 노래하고 춤추는 뮤지컬이었다. 나는 차를 얻어탈 수 있을 때마다 이런 영화를 보러 갔지만—어쨌든 영화는 영화니까—별로 좋아한 것은 아니었다. 너무 건전해서 따분했기 때문이다. 결말도 뻔했다.

〈부모의 덫 *The Parent Trap*〉을 보면서 나는 헤일리 밀스가 〈폭력 교실 *The Blackboard Jungle*〉의 빅 모로와 만나게 되기를 바랐다. 그랬다면 상황이 훨씬 더 재미있었을 것이다. 빅의 잭나이프와 날카로운 시선을 보고 나면 헤일리의 시시한 집안 문제를 좀더 합리적인 시각에서 바라볼 수 있을 것 같았다. 그리고 처마 밑의 침대에 누워 나뭇가지를 흔드는 바람 소리나 천장에서 쥐들이 노는 소리를 듣는 밤이면 내가 꿈꾸었던 여배우는 태미 역의 데비 레이놀즈나 기제트 역의 샌드라 디가 아니라 〈괴물 거머리의 습격 *Attack of the Giant Leeches*〉의 이베트 비커스나 〈디멘시아 13 *Dementia 13*〉의 루애나 앤더스였다. 달착지근한 것은 싫다. 고상한 것도 싫다. '백설공주와 빌어먹을 일곱 난쟁이'도 싫다. 열세 살 때 내가 원했던 것은 도시를 통째로 집어삼키는 괴물들, 방사능에 오염된 후 바다에서 기어나와 파도타기를 하는 사람들을 잡아먹는 시체들, 그리고 검은 브래지어를 걸치고 몸가짐이 헤픈 여자들이었다.

공포 영화, SF 영화, 십대 갱단이 거리를 배회하는 영화, 망나니들이 모터사이클을 타고 다니는 영화, 그런 영화만이 내 마음을 온전히 사로잡았다. 그런 영화들을 감상할 수 있는 곳은 리스본 스트리트 번화가의 엠파이어 극장이 아니라 변두리의 리츠 극장이었다. 주변에 전당포가 즐비하던 그곳은 1964년 내가 비틀스 부츠를 처음 샀던 루이 의류점에서도 멀지 않았다. 우리집에서 리츠 극장까지는 14마일 거리였는데, 1958년부터 시작하여 마침내 운전 면허를 따낸 1966년까지 8년 동안 나는 주말마다 거의 빠짐없이 차를 얻어타고 이 극장을 찾았다. 내 친구 크리스 체슬리와 함께 가기도 하고 혼자 가기도 했지만 몸이 아프거나 하는 일만 없다면 결코 거르는 법이 없었다.

리츠 극장에서 나는 톰 트라이언이 출연한 〈나는 우주 괴물과 결혼했다*I Married a Monster from Outer Space*〉도 보았고, 클레어 블룸 과 줄리 해리스의 〈유령*The Haunting*〉도 보았고, 피터 폰다와 낸시 시 내트라의 〈와일드엔젤 *The Wild Angels*〉도 보았다. 〈새장의 여인*Lady in a Cage*〉에서 올리비아 드 하빌랜드가 칼 대용품으로 제임스 칸 을 실명하게 하는 장면도 보았고, 〈스위트 샬럿*Hush... Hush, Sweet Charlotte*〉에서 조지프 코튼이 죽었다가 되살아나는 장면도 보았고, 〈50척 여인의 습격*Attack of the 50Ft. Woman*〉에서 앨리슨 헤이스의 몸이 점점 커질 때는 혹시 옷이 다 찢어져 알몸이 되지 않을까 싶어 숨을 죽이고 (적잖이 음탕한 호기심으로) 지켜보기도 했다. 리츠 극장 에서는 인생의 모든 진미를 맛볼 수 있었다. 적어도 거기 셋째 줄에 앉아서 정신을 바싹 차리고 엉뚱한 순간에 눈을 감지만 않는다면 더 바랄 것이 없었다.

크리스와 나는 공포 영화라면 거의 가리지 않고 좋아했지만 우 리가 정말 열광했던 작품은 아메리칸 인터내셔널 영화사에서 만 드는 영화들이었는데, 대부분 로저 코먼이 감독을 맡았고 에드 거 앨런 포에게서 표절한 제목이 붙어 있었다. 그렇다고 에드 거 앨런 포의 작품을 '원작'으로 삼았다는 뜻은 아니다. 이들 영 화는 포의 시나 소설과는 거의 아무런 관련도 없었다(하다못해 〈 갈가마귀 The Raven〉는 코미디 영화였다. 정말이다). 그러나 그중에서 도 뛰어난 작품들은—〈유령의 궁전*The Haunted Palace*〉, 〈정복자 벌레*The Conqueror Worm*〉, 〈적사병의 가면*The Masque of the Red Death*〉—대단히 환각적이고 무시무시하다는 점에서 특별했다. 크 리스와 나는 이런 영화에 우리만의 명칭을 붙여 그것을 하나의 독 립된 장르로 취급했다. 영화 중에는 서부 영화도 있고, 애정 영화도 있고, 전쟁 영화도 있고… 아울러 '포 영화'도 있었다.

크리스가 묻는다.

"토요일 오후에 리츠 극장으로 영화 보러 갈래?

내가 되묻는다.

"뭐 하는데?"

"모터사이클 영화 한 편, 포 영화 한 편."

그런 배합이라면 나야 물론 대환영이었다. 브루스 던이 할리 데이비드슨을 타고 한바탕 난리치는 영화, 그리고 술렁이는 바다가 내려다보이는 유령의 성에서 빈센트 프라이스가 한바탕 난리치는 영화. 무엇을 더 바랄 수 있으랴? 게다가 운이 좋다면 헤이즐 코트가 아슬아슬한 레이스 잠옷을 입고 돌아다니는 모습도 덤으로 구경할 수 있을 텐데.

포 영화 중에서도 크리스와 나에게 가장 깊은 감명을 준 것은 〈함정과 진자*The Pit and the Pendulum*〉였다. 리처드 매서슨이 각본을 쓰고 와이드스크린에 총천연색으로 제작된 〈함정과 진자〉(이 영화가 만들어진 1961년만 하더라도 컬러 공포 영화는 드물었다)는 고딕풍의 일반적인 소재들을 끌어와서 특별한 것으로 바꿔놓았다. 정말 위대한 스튜디오 공포 영화로는 아마도 이 영화가 최후의 작품이었을 것이다. 그후 조지 로메로의 무지막지한 독립 영화 〈살아 있는 시체들의 밤*The Night of the Living Dead*〉이 나오면서 모든 것이 영원히 달라지고 말았다(몇몇 작품에서는 더 좋아졌지만 대부분은 나빠졌다). 〈함정과 진자〉에서 가장 멋진 장면은—크리스와 나를 의자에 얼어붙게 만들었던—존 커가 성벽을 파헤쳐 생매장당한 것이 분명한 누이의 시체를 발견하는 장면이었다. 붉은 필터와 왜곡 렌즈를 사용하여 시체의 얼굴이 길어지고 소리없는 비명을 지르는 듯하던 그 클로즈업 장면은 지금도 잊을 수가 없다.

그날 밤 집으로 돌아오는 길에 (차를 금방 얻어타지 못하면 4, 5마일쯤 걷는 것이 예사였고, 그런 날은 어두워지고도 한참이 지나서야 집에 도착하게 마련이었다) 굉장한 아이디어가 떠올랐다. 〈함정과 진자〉를 책으로 만들자! 영화를 소설화하는 것이다. 모나크 출판사가 〈살인마 잭Jack the Ripper〉, 〈고르고Gorgo〉, 〈콩가Konga〉 같은 불멸의 고전들을 소설화했던 것처럼. 그런데 나는 이 걸작을 단지 집필만 하려는 것이 아니었다. 우리 지하실에 있는 드럼식 인쇄기로 찍어 학교에서 판매한다! 아싸! 뿅야!

나는 계획대로 일을 진행했다. 인쇄할 등사 원지에 직접 타이핑하여 겨우 이틀 만에 '소설판'《함정과 진자》를 내놓을 수 있었는데, 나중에 큰 호평을 받을 만큼 꼼꼼하고 신중한 솜씨였다. 이 걸작은 현재 (적어도 내가 알기로는) 한 권도 남아 있지 않지만 아마 여덟 쪽 분량이었던 것 같은데, 줄 간격도 없애고 문단 나누기도 최소화한 책이었다(등사 원지가 장당 19센트였으니까). 나는 일반 도서처럼 양면 인쇄를 하고 표지를 붙였다. 표지에는 서투른 솜씨로 진자를 그려넣고 거기서 떨어진 핏방울처럼 보이도록 검은 얼룩도 몇 개 그렸다. 그런데 막판에 가서야 비로소 출판사 이름을 빠뜨렸다는 사실을 깨달았다. 나는 반 시간쯤 즐거운 고민에 빠졌다가 결국 표지 오른쪽 상단에 'V. I. B. 출판사'라고 적었다. V. I. B.란 '굉장히 중요한 책'이라는 뜻이었다.

나는《함정과 진자》를 마흔 권쯤 찍어냈다. 이것은 세계사에 존재하는 표절 및 저작권 관련법을 모조리 위반하는 짓이었지만 그 사실을 모르는 나는 마냥 행복할 뿐이었다. 나는 다만 이 소설이 학교에서 히트를 치면 얼마나 큰 돈을 벌 수 있을까 하는 생각에만 몰두하고 있었다. 등사 원지값으로 1달러 71센트가 들었고(표지를 만드는 데 등사 원지 한 장을 고스란히 바친다는 것은 일견 터무니없는 낭비인 듯하여 좀 아까웠지만, 모양새도 중요하다는 것이 나의 판단이었다. 절약만이 능사는 아니니까), 종이값이 몇십 센트, 그리고 스테이플러는 형의 것을 슬쩍했으니 공짜였다(잡지사에 투고한다면 클립을 써야겠지만 이번 것은 원고가 아니라 '책'이었다. 그야말로 대사업이니 얘기가 전혀 달랐다). 나는 다시 곰곰이 생각해본 후, V.I.B. 1호 즉 스티브 킹의 《함정과 진자》의 가격을 권당 25센트로 정했다. 적어도 열 권은 팔릴 것 같았는데(우선 어머니가 한 권 사주실 것이다. 어머니는 언제든지 믿을 수 있으니까), 그렇다면 모두 2달러 50센트였다. 대충 40센트를 버는 셈이고, 그 정도면 리츠 극장으로 견학을 가기엔 충분한 금액이었다. 게다가 혹시 두 권 정도만 더 팔린다면 푸짐한 팝콘 한 봉지와 콜라 한 잔도 즐길 수 있을 터였다.

그런데 막상 뚜껑을 열어보니 《함정과 진자》가 나의 첫 베스트셀러였다. 나는 인쇄한 책들을 전부 책가방에 넣어 학교로 가져갔는데(이때가 1961년이니까 내가 8학년 때였고, 아마 새로 지어진 교실 네 개짜리 초등학교에 다니고 있었을 것이다), 그날 정오쯤에는 벌써 스무 권 남짓 팔아치운 뒤였다. 점심 시간이 끝날 무렵이 되자 벽 속에 갇힌 여자('그들은 그녀의 손끝에 허옇게 뼈가 드러난 것을 보고 경악했다. 그녀는 탈출하려고 미친 듯이 벽을 긁으며 죽어간 것이었다.')에 대한 소문이 파다하게 퍼지면서 판매량이 서른여섯 권으로 늘어났다. 책가방(가방 겉에는 '오늘밤 사자는 잠들었네'의 노랫말이 거의 다 적혀 있었다) 속에 도

합 9달러나 되는 동전이 묵직하게 들어 있었고 나는 꿈 속을 헤매는 기분이었다. 갑자기 이런 거금을 만져보게 되다니 도무지 믿어지지 않았다. 너무 신나는 일이어서 현실이 아닌 것 같았다.

아니나 다를까. 2시에 수업이 다 끝났을 때 나는 교장실로 불려갔다. 히슬러 선생님은 학교를 장바닥으로 만들어서는 안 되며 특히 《함정과 진자》 같은 쓰레기를 판다는 것은 말도 안 된다고 말했다. 나에게는 그녀의 이런 반응이 별로 놀랍지 않았다. 히슬러 선생님은 내가 전에 다니던 학교의 교사였는데, 메소디스트 코너스에 있는 그 학교는 교실이 하나뿐이었고 나는 5학년부터 6학년까지 그곳에 다녔다. 당시 나는 다소 선정적인 '십대 성애 소설(어빙 슐먼의 《앰보이 듀크스The Amboy Dukes》)'을 읽다가 선생님에게 들켜 빼앗긴 적이 있었다. 이번 일도 별 차이가 없었다. 이런 결과를 미리 내다보지 못한 나 자신이 한심스러웠다. 그 시절 우리는 멍청한 짓을 저지른 사람을 '쪼다'라고 불렀다. 이번에야말로 나는 으뜸가는 쪼다짓을 한 셈이었다.

히슬러 선생님이 말했다.

"내가 이해할 수 없는 건 말이다, 스티브. 네가 애당초 왜 이런 쓰레기 같은 글을 썼느냐는 거야. 너에겐 재능이 있어. 그런데 어쩌자고 이렇게 제 능력을 낭비하는 거냐?"

그녀는 V.I.B. 1호 한 권을 말아쥐고 마치 양탄자에 오줌을 싼 개를 신문지 몽둥이로 위협하듯 나를 향해 휘둘러대고 있었다. 선생님은 내 대답을 기다렸지만—그녀의 말이 아주 꾸지람만은 아니고 물음이기도 했다는 것은 감격스러운 일이었다—나는 할 말이 전혀 없었다. 부끄러웠다. 그때부터 나는 내가 쓰는 작품들을 부끄러워하면서 꽤 오랜—너무 오랜—세월을 보내야 했다. 그러다가 시든 소설이든 단 한 줄이라도 발표한 사람은 반드시 누군가에게서 하늘이 주신 재능을 낭비한다는 비난을 듣게 마련이라는 것을 내가 비로소 깨달은 것은 아마 마흔 살 때였던 것 같다. 글을 쓰는 사람이 있으면(그림이나 무용이나 조각이나 노래도 마찬가지일 것이다) 남의 기분을 망쳐놓고 싶어 하는 사람도 있다. 이것은 나의 개인적인 생각이 아니라 있는 그대로의 사실이다.

히슬러 선생님은 돈을 모두 돌려줘야 한다고 말했다. 나는 군소리 없이 따랐다. 심지어는 V.I.B. 1호를 자기가 그냥 갖겠다고 고집하는 아이들에게도 (그런 아이들이 꽤 많았다는 사실을 밝힐 수 있어 기쁘다) 빠짐없이 돌려주었다. 나는 이 일로 결국 내 돈만 날리고 말았다. 그러나 여름 방학 때에는 새 책을 마흔 권 남짓 찍어냈는데,《외계 생명체의 침략》이라는 이 창작 소설은 네댓 권만 남고 다 팔렸다. 막판에는 (적어도 돈 문제에서는) 내가 승리를 거둔 셈이다. 그런데도 나는 여전히 부끄러워하고 있었다. 왜 재능을 낭비하느냐, 왜 시간을 낭비하느냐, 왜 쓰레기 같은 글을 쓰느냐고 따져묻는 히슬러 선생님의 목소리가 끊임없이 들려왔다.

19

《데이브의 삼류 신문》에 소설을 연재하는 일은 재미있었지만 이 신문과 관계된 다른 일들은 따분하기만 했다. 그래도 일종의 신문을 만들어본 것은 사실이었고, 그 소문이 퍼지면서 리스본 고등학

교 2학년 때 나는 학교 신문《북소리》의 편집장이 되었다. 이 문제
로 나에게 선택권이 주어졌다는 기억은 없다. 아마 그냥 임명되었
을 것이다. 부편집장 대니 에먼드는 신문 만드는 일에 나보다도 관
심이 없었다. 대니는 그저 우리가 일하는 4호실이 여자 화장실과
가깝다는 점을 좋아했을 뿐이다. 그는 몇 번이나 이렇게 말했다.

"언젠가 머리가 확 돌아버리면 그 문짝을 때려부수고 안으로 들
어갈 거야. 쾅, 쾅, 콰앙."

그 말을 정당화하고 싶었는지 한 번은 이런 말을 덧붙이기도 했다.

"우리 학교에서 제일 예쁜 애들도 그 안에서는 치마를 훌렁훌렁
걷어올리거든."

멍청하기 짝이 없는 소리여서 어쩌면 오히려 깊은 지혜가 담겨
있을지도 모른다는 생각이 들었다. 가령 선문답이나 존 업다이크의
초기 소설처럼 말이다.

내가 편집장으로 있는 동안에《북소리》는 별로 번창하지 못했다.
그때나 지금이나 나는 한동안 미친 듯이 일하다가 갑자기 게을러
지곤 했다.《북소리》는 1963~1964년에 딱 한 번 발행되었을 뿐이
다. 그런데 그것이 리스본폴스의 전화번호부보다 두꺼운 괴물이었
다. 어느 날 밤 나는—'수업 안내'와 '응원단 소식', 그리고 어떤 얼
간이가 써보낸 학교 찬가 따위에 질릴 만큼 질려서—《북소리》에
실을 사진에 제목을 붙이는 일도 팽개치고 풍자적인 학교 신문을
만들어보았다. 그리하여 태어난 것이 4장짜리 신문《빌리지 보밋
The Village Vomit》[주간 신문《빌리지 보이스》를 흉내낸 제목으로 '마을 구
토'라는 뜻 – 옮긴이]이었다. 오른쪽 상단의 박스 속에는 표어를 하나
적었는데, '어떤 소식도 놓치지 않습니다'가 아니라 '어떤 개소리도

삼가지 않습니다'였다. 바로 이 어설픈 유머 때문에 나는 고등학교 재학중 딱 한 번 심각한 곤경에 빠지게 되었다. 그리고 글쓰기에 대하여 지극히 중요한 교훈을 얻게 되었다.

나는 유머 잡지《매드Mad》풍으로('까짓 거, 될 대로 돼라') 리스본 고등학교 선생님들에 대한 이야기들을 잔뜩 지어냈는데, 교사들의 본명 대신에 학생들이 금방 알아볼 수 있는 별명들을 사용했다. 그리하여 자습실 감독 레이팩 선생님은 '쥐똥'이 되었고, 대학 진학반 영어 교사 리커 선생님(《피터 건Peter Gunn》에 나왔던 크레이그 스티븐스를 많이 닮은데다 교사들 중에서 제일 세련된 분이었다)은 집안이 낙농장을 하기 때문에 '카우보이'가 되었고, 지구 과학 교사 딜 선생님은 '늙은 호랑이'가 되었다.

고등학교 2학년 익살꾼들이 다 그렇겠지만 나도 나 자신의 재치에 완전히 도취했다. 나야말로 대단한 익살꾼이었다! H.L. 멘켄 [Henry Louis Menchen : 1880~1956, 저명한 미국 언론인 – 옮긴이] 같은 재능을 이런 촌구석에서 썩히다니!《보밋》을 학교로 가져가서 친구들에게 보여줘야겠다! 모두들 배꼽을 잡고 웃어대겠지!

아닌 게 아니라 친구들은 모두 배꼽을 잡고 웃어댔다. 나는 고등학생들을 웃기는 요령을 잘 알았고《빌리지 보밋》에서도 그 솜씨를 한껏 발휘했기 때문이다. 카우보이의 젖소가 탑셤 시장에서 열린 가축 방귀 대회에서 우승했다는 기사가 있는가 하면 늙은 호랑이가 돼지 태아 표본의 눈알을 자기 콧구멍에 밀어넣었다가 파면되었다는 기사도 있었다. 이거야말로 조너선 스위프트를 뺨치는 기발한 유머가 아닌가? 세련미가 철철 넘치지 않는가?

그런데 4교시 때 자습실 뒷자리에서 내 친구 세 명이 너무 크게 웃어버렸다. 레이팩 선생님(우리끼리는 '쥐똥'이라고 해야겠지만)은 뭐가 그렇게 우스운지 보려고 살금살금 다가가《빌리지 보밋》을 압수했다. 그런데 자존심이 지나쳤던 것일까, 아니면 터무니없이 고지식한 탓이었을까. 나는 이 신문에 '편집장 겸 위대하신 거물 나으리'로 내 이름을 떡하니 올려놓았던 것이다. 방과 후 나는 학창 시절 중 두 번째로, 그리고 이번에도 내가 쓴 글 때문에 교장실로 불려갔다.

다만 이번에는 사정이 훨씬 더 심각했다. 대부분의 교사들은 내 조롱에 대하여 너그러운 편이었지만—심지어는 늙은 호랑이조차도 돼지 눈깔 이야기를 그냥 눈감아주려 했는데—한 사람만은 달랐다. 실업반 여학생들에게 속기와 타자를 가르치는 마지턴 선생님이었다. 그녀는 학생들에게 존경을 요구하고 두려움을 심어주었다. 지난 시대의 전통에 따라 마지턴 선생님은 학생들의 친구나 정신과 의사가 되어주고 격려하는 따위에는 조금도 관심이 없었다. 자신의 존재 이유는 오로지 취직에 필요한 기술을 가르치는 것뿐이었고, 교육 과정은 반드시 규정에 따라야 했다. 그 규정을 정하는 사람은 그녀 자신이었다. 마지턴 선생님의 수업을 듣는 여학생들은 이따금씩 교실 바닥에 무릎을 꿇어야 했는데, 이때 치맛단이 리놀륨 바닥에 닿지 않으면 집에 가서 옷을 갈아입고 와야 했다. 눈물을 펑펑 쏟으며 애원해도 막무가내였다. 어떤 말로도 그녀의 사고방식을 바꿔놓을 수 없었다. 그녀가 벌을 주기 위해 방과 후까지 잡아두는 학생들의 숫자는 전교 교사 중에서도 으뜸이었다. 그렇지만 그녀가 가르친 여학생들은 우등생으로 졸업하는 경우가 많았으며 대개는 좋은 직장을 얻곤 하였다. 물론 그녀를 좋아하는 학생들도 많았다. 그러나 그렇지 않은 학생들은 재학중에도 그녀를 싫어했고 오랜 세월이 흐른 뒤에도 싫어했다. 이런 여학생들은 그녀를 '마귀 할멈'이라고 불렀다. 아마 그들의 어머니들도 그랬을 것이다. 그런데 나는 《빌리지 보밋》에 이런 기사를 써놓았다. '리스본 고교생들이 예외없이 "마귀 할멈"이라는 애칭으로 부르는 마지턴 선생님은….'

히긴스 교장 선생님(《보밋》은 대머리인 그를 서슴없이 '당구공'으로 지칭하고 있었다)은 마지턴 선생님이 내 글 때문에 몹시 당황하고 상심했다고 말했다. 그러나 상심한 사람치고는 기억력이 꽤 남아 있었는지 그녀는 구약 성서의 한 구절을 떠올린 모양이었다. "복수는 나의 것이로다, 하고 속기 선생께서 말씀하시느니라." 히긴스 선생님은 그녀가 나를 정학시키고 싶어 한다는 사실을 밝혔다.

나는 제멋대로인 동시에 대단히 보수적인데, 이 두 가지 성격은 동전의 양면처럼 불가분의 관계를 가지고 있다. 애당초 《빌리지 보밋》을 집필하고 학교까지 가져왔던 것은 내가 지닌 광기 때문이었다. 이제 그 말썽꾸러기 하이드 씨가 일을 저질러놓고 뒷문으로 슬쩍 도망쳐버린 것이다. 홀로 남은 지킬 박사는 내가 정학당한 사실을 엄마가 아시면 어떤 표정으로 쳐다볼지를 걱정해야 했다. 엄마의 낙심한 눈빛. 그러나 엄마 생각은 머리 속에서 얼른 지워버려야했다. 나는 2학년인데다, 대부분의 동급생보다 한 살 많았고, 키도 188센티미터로 교내 남학생 중에서 가장 큰 편이었다. 그러므로 무슨 일이 있어도 교장실에서 눈물을 보일 수는 없었다. 더구나 복도에는 아이들이 쏟아져나와 창문 너머로 호기심어린 시선을 보내고 있었다. 책상 앞에 앉은 히긴스 선생님에게, 그리고 '불량 학생석'

에 앉은 나에게.

결국 마지턴 선생님은 감히 인쇄물에서 자신을 마귀 할멈이라고 불렀던 이 못된 학생에게 2주간 하교 시간을 늦추는 벌을 주고 정식으로 사과를 받는 선에서 양보했다. 언짢은 일이었다. 그러나 고등학교에서 그렇지 않은 일이 어디 있으랴? 터키탕에 감금된 인질들이 그렇듯이, 우리가 꼼짝없이 고등학교에 다니는 동안에는 학교야말로 이 세상에서 가장 중요한 곳이라고 믿게 마련이다. 그러다가 동창회에 두어 번쯤 참석한 뒤에야 비로소 그것이 착각이었음을 깨닫게 되는 것이다.

하루나 이틀 후 나는 다시 교장실로 불려가 마지턴 선생님 앞에 서게 되었다. 그녀는 관절염에 걸린 두 손을 무릎에 포개고 대꼬챙이처럼 꼿꼿하게 앉아 그 잿빛 눈동자로 내 얼굴을 똑바로 노려보고 있었다. 그때 나는 그녀에게서 지금껏 내가 만났던 어른들과는 뭔가 다른 구석을 발견했다. 정확히 무엇이 다르다고 금방 딱 꼬집어 말할 수는 없었지만 어떤 매력으로도 그녀를 내 편으로 끌어들일 수 없다는 것만은 분명했다. 나중에 벌받는 교실에서 다른 불량학생들과 함께 종이 비행기를 날리면서 (알고 보니 방과 후에 붙잡혀 있는 것도 그리 나쁘지 않았다) 나는 간단한 결론을 내렸다. 마지턴 선생님은 남자애들을 싫어한다는 것이었다. 그렇게 남자애들을 조금도 좋아하지 않는 여자를 만난 것은 그때가 난생 처음이었다.

이렇게 말한다고 해서 달라질 것은 없겠지만 당시 내가 했던 사과는 진심이었다. 마지턴 선생님은 나의 글 때문에 정말 상처를 받았고, 그 정도는 나도 이해할 수 있었다. 그리고 그녀가 나를 미워할 만큼 한가했다고 생각하지도 않는다. 그러나 그녀는 리스본 고교에서 전국 우등생 협회의 고문을 맡고 있었는데, 2년 후 내가 회원 후보자 명단에 오르자 즉각 퇴짜를 놓고 말았다. 우등생 협회에 '그런 애들'은 필요없다는 것이 이유였다. 나 자신도 그 말을 믿게 되었다. 덩굴옻나무 잎으로 밑을 닦는 녀석이 어떻게 똑똑한 사람들의 클럽에 들어갈 수 있으랴.

그때 이후로 나는 풍자 문학 쪽에도 발길을 뚝 끊었다.

20

처벌 기간이 끝나고 겨우 일주일이 지날 무렵, 나는 또다시 교장실로 불려가게 되었다. 무거운 마음으로 걸어가면서 이번엔 또 무슨 똥을 밟았을까 생각했다.

이번에 나를 보자고 한 사람은 히긴스 교장 선생님이 아니었다. 이번에는 학생 주임이었다. 그동안 나에 대한 논의가 있었는데, 나의 '대책 없는 글재주'를 좀더 건설적인 방향으로 이끌어줄 방법을 궁리했다는 것이었다. 그리고 리스본의 주간 신문 편집장 존 굴드에게 문의한 결과, 스포츠 담당 기자가 필요하다는 답변을 들었다고 했다. 학교 측이 나에게 그 일을 하라고 '강요'할 수는 없었지만 교무실 안에서는 좋은 방법이라는 의견이 지배적이었다. 학생 주임의 눈빛은 이렇게 말하고 있었다. '안 하면 죽는다.' 물론 피해 망상일지도 모르지만 거의 40년이 지난 지금도 나는 그렇게 믿고 있다.

나는 속으로 신음 소리를 냈다. 《데이브의 삼류 신문》에서도 억지로 일했고 《북소리》에서도 억지로 일했는데 이번에는 《리스본 위클리 엔터프라이즈》였다. 《흐르는 강물처럼*A River Runs Through It*》에서 노먼 매클린은 항상 물이 뇌리에서 떠나지 않았다지만 십대 시절의 나에게는 늘 신문이 따라다니며 괴롭히고 있었다. 그러나 어쩔 것인가? 학생 주임의 눈빛을 다시 살펴본 후 나는 기꺼이 가서 면접을 보겠다고 대답했다.

굴드—저 유명한 뉴잉글랜드의 유머 작가도 아니고《그린리프의 불*The Greenleaf Fires*》을 쓴 소설가도 아니지만 내 생각엔 아마 그 두 사람의 친척쯤 되는 것 같다—는 나를 경계하면서도 약간의 호기심을 나타냈다. 나만 괜찮다면 서로 마음이 맞는지 한번 일해 보자는 것이었다.

이제 리스본 고교의 교무실을 벗어났으니 조금은 솔직해져도 괜찮을 것 같았다. 그래서 굴드 씨에게 스포츠에 대해서는 아는 게 별로 없다고 말했다. 굴드는 이렇게 대답했다.

"술집에서 곤드레만드레가 된 사람들도 얼마든지 이해할 수 있는 경기들이야. 조금만 노력하면 금방 배우게 돼."

그는 나에게 노란 타자용지를 잔뜩 주면서—아직도 어딘가에는 이 종이가 남아 있을 것이다—한 낱말당 0.5센트를 주겠다고 약속했다. 누가 나에게 글을 쓰면 돈을 주겠다고 말한 것은 이때가 처음이었다.

내가 처음으로 제출한 두 건의 기사는 리스본 고등학교 선수 한 명이 교내 득점 기록을 깨뜨렸던 어느 농구 시합에 대한 내용이었다. 그중의 하나는 평범한 보도 기사였다. 또 하나는 기록을 깬 로버트 랜섬의 활약상에 대한 설명이었다. 나는 신문이 발행되는 금요일에 맞출 수 있도록 시합 다음날 곧바로 굴드에게 두 기사를 내놓았다. 그는 시합에 대한 기사를 먼저 읽고 사소한 부분을 두 군데 고쳐주었지만 신문에는 게재하지 않기로 결정했다. 그다음에는 커다란 검정색 펜을 쥐고 특집 기사를 읽어내려가기 시작했다.

그날 이후에도 나는 리스본 고등학교를 2년 더 다니면서 영어를 배웠고 대학에서도 작문과 소설과 시를 공부했다. 그러나 존 굴드는 겨우 10분 사이에 그 어떤 강의보다 많은 것을 나에게 가르쳐주었다. 그때 그 기사가 없어진 것은 유감이지만—수정한 흔적까지 고스란히 액자에 넣어 보관할 만하니까—대강의 내용이 어떠했고 굴드가 그 검정펜을 휘두르며 어떤 식으로 문장을 고쳐나갔는지는 지금도 생생하게 기억하고 있다. 한 예를 들면 다음과 같았다.

어젯밤, 사람들이 즐겨찾는 리스본 고등학교 체육관에서는 홈 팀이냐 제이 힐스 팀이냐를 떠나서 모든 관중이 리스본 고교 역사상 전례가 없는 한 선수의 활약상에 경탄을 금치 못했다. 작은 체구와 정확한 슈팅으로 '총알'이라는 별명을 얻은 로버트 랜섬이 자그마치 37점을 따낸 것이다. 이것은 어김없는 사실이다. 게다가 그는 우아하고 신속했다. 퍼스널 파울을 두 개밖에 내지 않을 만큼 깨끗한 경기 매너를 보여주면서, 1953년 한국 전쟁의 해부터 번번이 리스본 선수들을 좌절시켜온 기록을 질그릇처럼 통쾌하게 깨뜨리고 말았다.

굴드는 '한국 전쟁의 해'라는 대목에서 손을 멈추고 나를 쳐다보았다.

"지난 기록이 세워진 게 언제였지?"

다행히 나에게는 메모해둔 내용이 있었다.

"1953년이었죠."

굴드는 흠, 하고 말하더니 다시 일을 계속했다. 그런 식으로 내 기사를 마저 손질하고 나서 문득 고개를 들고 내 얼굴을 보았다. 그는 내가 경악한 표정을 짓고 있을거라고 오해한 모양이었다. 그러나 아니었다. 그것은 계시를 받은 사람의 표정이었다. 어째서 영어 선생님들은 이런 것을 가르쳐주지 않았을까? 마치 늙은 호랑이 딜 선생님이 생물학 교실에 갖다놓은 인체 해부 모형을 보고 있는 듯했다.

굴드가 말했다.

"안 좋은 부분만 지워버린 거야. 대부분은 제법 훌륭했어."

"알아요."

내 말은 두 가지 뜻을 담고 있었다. 대부분은 제법 훌륭하다는—즉 나쁘지 않다는, 그럭저럭 쓸 만하다는—것을 안다는 뜻, 그리고 그가 오직 안 좋은 부분만 지웠다는 것을 안다는 뜻이었다.

"다시는 그런 실수를 안 할 거예요."

그러자 굴드가 폭소를 터뜨렸다.

"그게 정말이라면 일하지 않아도 먹고 살 수 있을 거다. 이 짓만 해도 될 테니까. 고친 부분에 대해서 설명해줄까?"

"필요없어요."

"어떤 이야기를 쓸 때는 자신에게 그 이야기를 들려준다고 생각해라. 그리고 원고를 고칠 때는 그 이야기와 무관한 것들을 찾아 없애는 것이 제일 중요해."

내가 처음으로 두 건의 기사를 제출하던 그날, 굴드는 그 밖에도 흥미로운 조언을 해주었다. 글을 쓸 때는 문을 닫을 것, 글을 고칠 때는 문을 열어둘 것. 다시 말해서 처음에는 나 자신만을 위한 글이 지만 곧 바깥 세상으로 나가게 된다는 뜻이었다. 일단 자기가 할 이 야기의 내용을 알고 그것을 올바르게—어쨌든 자기 능력껏 올바르게—써놓으면 그때부터는 읽는 사람들의 몫이다. 비판도 그들의 몫이다. 그리고 작가가 대단히 운 좋은 사람이라면(이것은 존 굴드가 아니라 나의 생각이지만 아마 굴드도 이렇게 믿었을 것이다) 그의 글을 비판하고 싶어 하는 사람들보다 읽고 싶어 하는 사람들이 더 많을 것이다.

21

3학년 때 워싱턴으로 수학 여행을 다녀온 직후, 나는 리스본폴스에 있는 워럼보 직물 공장에 일자리를 얻었다. 좋아서 한 일은 아니었다. 노동은 힘들고 지루했으며 공장도 오염된 앤드로스코긴 강을 내려다보는 더러운 똥통 같은 건물이어서 찰스 디킨스의 소설에 나오는 구빈원을 연상시켰다. 그러나 돈이 필요했다. 뉴글로스터의 어느 정신 병원에서 청소부로 일하는 어머니는 형편없는 급료를 받았다. 그러나 어머니는 나도 데이브 형처럼(형은 1966년에 메인 주립대를 우등으로 졸업했다) 대학에 보내겠다고 굳게 다짐하고 있었다.

그러나 어머니에게 교육은 오히려 부차적인 문제였다. 더럼이나 리스본폴스, 그리고 오로노의 메인 주립대 등은 좁은 세상에 속했다. 여기서는 이웃끼리 친하게 지냈고, 당시까지도 이 지역에는 대여섯 집이 함께 쓰는 공동 전화선이 그대로 남아 있어 서로 남의 일에 참견하는 일도 많았다. 그러나 넓은 세상으로 나가보면 대학에 못 간 남자들은 곧 해외로 파병되어 선전 포고조차 하지 않은 린든 존슨의 전쟁에 나가 싸워야 했고, 그중의 많은 수가 상자에 담겨 돌아왔다. 어머니는 존슨 대통령이 선포한 '가난과의 전쟁'은 좋아하셨지만('그런 전쟁이라면 나도 대찬성이지' 하고 자주 말씀하셨다) 그가 동남아시아에서 벌이는 일에 대해서는 질색이었다. 언젠가 나는 입대하여 월남에 가는 것이 나에게는 오히려 좋은 일이 될지도 모른다고 말한 적이 있었다. 그곳에 다녀오면 책 한 권쯤은 충분히 나올 것 같았다. 그러자 어머니가 말씀하셨다.

"바보 같은 소리 마라, 스티븐. 네 시력으로는 제일 먼저 총알받이가 되기 십상일 게다. 죽은 사람은 책을 쓸 수 없는 거야."

그 말은 진담이었다. 어머니의 마음은 이미 정해져 그 무엇으로도 바꿔놓을 수 없었다. 결국 나는 장학금과 융자금을 신청했고, 공장에 일하러 나갔다.《엔터프라이즈》에서 볼링 선수권 대회나 무동력차 경주에 대한 기사를 쓴 대가로 일주일에 5, 6달러를 받는 것 가지고는 대학 등록금이 턱없이 부족했기 때문이다.

리스본 고교를 다니던 마지막 몇 주 동안 내 일과는 다음과 같다. 7시 기상, 7시 30분 등교, 2시 하교, 2시 58분 워럼보 공장 3층에 출근, 그때부터 여덟 시간은 흐트러진 천을 정리하여 자루에 담는 작업, 11시 2분 퇴근, 12시 15분 전쯤 집에 도착하면 시리얼 한 그릇으로 배를 채운 다음, 침대에 풀썩 쓰러졌다가, 아침에 일어나면 처음부터 다시 시작. 가끔은 하루에 두 차례나 일하기도 했는데, 그런 날은 등교하기 전에 1960년식 포드 갤럭시(데이브 형에게서 물려받은 차였다) 안에서 한 시간 정도 눈을 붙였고, 점심을 먹고 5교시와 6교시는 양호실에서 자버렸다.

그러다가 여름 방학이 시작되자 사정이 좀 편해졌다. 우선 근무 장소가 지하층에 있는 염색장으로 바뀌었는데, 그곳은 실내 온도가 15도쯤 낮았다. 내가 맡은 일은 멜턴천을 자주색이나 감색으로 물들이는 일이었다. 아마 뉴잉글랜드에는 불초 소생이 염색한 천으로 만든 재킷을 아직도 갖고 있는 분들이 있을 것이다. 그해 여름은 특별히 신나는 여름은 아니었다. 그러나 염색하지 않은 천을 묶을 때 쓰는 공업용 재봉틀로 내 손가락을 박아버리거나 기계 속으로 빨려드는 일이 없었던 것만 해도 다행이었다.

독립 기념일[7월 4일 - 옮긴이]이 긴 일주일 동안은 공장도 문을 닫았다. 워럼보에서 5년 넘게 근무한 사람들에게는 유급 휴가였다. 그러나 5년 이하인 사람들에게 주어진 것은 지원자들에게 공장 안팎을 샅샅이 청소하는 일자리를 준다는 제안뿐이었다. 거기에는 40, 50년 동안 아무도 손대지 않은 지하층도 포함되어 있었다. 웬만하면 나도 청소반에 합류했겠지만—일당이 1.5배였다—지원자가 너무 많았으므로 공장장은 9월에 떠나버릴 고등학생들에게까지 기회를 주려고 하지 않았다. 이윽고 다음 주에 다시 출근했을 때 염색장 직공 가운데 한 명이 나에게 아까운 장면을 놓쳤다고, 정말 굉장했다고 말했다.

"지하층 저쪽에 사는 쥐들은 고양이만큼이나 크더라구. 아니, 어떤 놈들은 개만하더라니까."

개만큼 큰 쥐떼라니! 이야!

나중에 대학교에서의 마지막 학기가 끝나가던 어느 날, 이미 기말 시험도 끝나서 빈둥거리던 나는 그 염색장 직공이 말했던 공장

지하의 쥐떼 이야기를 기억하고—고양이만큼 커다란, 아니, 개만큼 커다란 쥐떼—〈야간 작업반〉이라는 단편 소설을 쓰기 시작했다. 나로서는 늦은 봄날 오후에 시간을 죽이기 위한 일이었다. 그런데 두 달 후《캐벌리어》잡지사가 이 소설을 200달러에 사겠다고 나섰다. 그 전에도 단편 소설 두 편을 판 적이 있었지만 원고료는 둘을 합쳐도 겨우 65달러였다. 그런데 이번에는 단 한 편으로 단숨에 그 세 배를 벌어들인 것이다. 숨이 막힐 지경이었다. 나는 부자였다.

22

1969년 여름에 나는 근로 장학생으로 메인 주립대 도서관에서 일하고 있었다. 그해 여름은 좋기도 하고 나쁘기도 했다. 닉슨은 월남전을 끝낼 계획을 추진중이었는데, 동남아시아의 대부분 지역을 폭격하여 개먹이처럼 잘게 부수려는 듯했다. 더 후(The Who)는 이렇게 노래했다. '신임 사장이 왔지만 전임 사장과 다를 게 없네.' 유진 매카시는 시 쓰는 데 여념이 없었고, 행복한 히피들은 나팔바지와 함께 '평화를 위한 살인이란 순결을 위한 성교와 같다' 따위의 말이 적힌 티셔츠를 입고 다녔다. 나는 멋진 구레나룻을 길렀다. 크리던스 클리어워터 리바이벌(CCR)은 〈푸른 강〉을 노래했고—'달빛 아래 춤추는 맨발의 처녀들…'—케니 로저스는 아직 퍼스트 에디션의 멤버였다. 마틴 루터 킹과 로버트 케네디는 죽었지만 재니스 조플린, 짐 모리슨, '곰돌이' 밥 하이트, 지미 헨드릭스, 캐스 엘리엇, 존 레논, 엘비스 프레슬리 등은 아직 멀쩡히 살아서 음악을 만들고 있었다. 그 당시 나는 캠퍼스 바로 옆에 있던 에드 프라이스의 하숙집에서 지냈다(주당 7달러, 침대 시트 1회 교환). 인간이 달에 올라갔고 나는 우등생 명단에 올라갔다. 기적과 불가사의가 차고도 넘쳤다.

그해 6월 말의 어느 날, 도서관에서 일하는 우리 몇 사람은 구내 서점 뒤쪽의 잔디밭에 모여 점심을 먹었다. 파올로 실바와 에디 마시 사이에 날씬한 여자가 앉아 있었는데, 웃음소리가 요란한데다 머리는 붉은색이었다. 짧은 노란색 스커트 밑으로 활짝 드러난 다리는 내가 본 중에서 제일 예뻤다. 그녀는 엘드리지 클리버[Eldridge Cleaver : 1935~1998, 흑인 사회 운동가-옮긴이]의 저서 《감금된 영혼 *Soul on Ice*》을 들고 있었다. 도서관에서는 그녀를 만난 적이 없었다. 게다가 여대생이라면 그처럼 시원하고 통쾌하게 웃을 수 없을 것 같았다. 그녀는 그렇게 심각한 책을 읽으면서도 여대생이 아니라 공장 노동자처럼 서슴없이 욕지거리를 내뱉곤 했다(나도 공장 노동자였으니 그 정도는 충분히 판단할 수 있다). 그녀의 이름은 태비사 스프루스였다. 그로부터 1년 반이 지났을 무렵 우리는 결혼식을 올렸다. 그리고 아직도 부부로 살고 있는데, 그녀는 내가 처음에 자기를 에디 마시의 애인으로 오해했던 일을 잊지 않고 걸핏하면 물고 늘어진다. 나는 책 읽기를 좋아하고 동네 피자집에서 웨이트리스로 일하는 여자가 캠퍼스에 놀러온 모양이라고 생각했던 것이다.

23

결혼은 성공작이었다. 우리의 결혼 생활은 전 세계에서 카스트로를 제외한 어느 지도자보다 오래 버티었고, 지금처럼 앞으로도 이렇게 대화하고 다투고 사랑을 나누고 라몬스의 노래에 맞춰—가바 가바 헤이—춤을 춘다면 아마도 계속 버틸 수 있을 것이다. 우리는 비록 종교가 서로 달랐지만 어차피 페미니스트인 태비는 남자들이 모든 규칙(이를테면 피임을 하지 말라는 지상 명령 따위)을 정하고 여자들은 속옷이나 빨아야 하는 가톨릭의 열성 신자는 아니었다. 그리고 나도 하느님을 믿기는 하지만 조직화된 종교에는 관심이 없다. 우리는 성장 배경도 비슷한 노동자 계급이었고, 둘 다 육류를 좋아했고, 정치적으로는 민주당 지지자였고, 또한 뉴잉글랜드를 떠나기 싫어하는 전형적인 양키였다. 성적인 면에서도 궁합이 맞았고 둘 다 일부 일처제가 천성이었다. 그러나 우리를 가장 단단히 묶어주는 요소는 낱말과 문장, 그리고 우리의 직업이다.

우리는 도서관에서 일하다가 만났다. 그리고 내가 사랑에 빠진 것은 1969년 가을에 시창작 실습을 할 때였다. 이때 나는 4학년이었고 태비는 3학년이었다. 그녀를 사랑하게 되었던 한 가지 이유는 내가 그녀의 시를 이해할 수 있었기 때문이었다. 그녀가 자기 시를 제대로 이해하기 때문이기도 했다. 그리고 그녀가 섹시한 검정색 드레스를 입고 가터로 고정시키는 실크 스타킹을 신었기 때문이기도 했다.

우리 세대를 너무 심하게 비판하긴 싫지만(아니, 사실은 비판하고 싶은데, 왜냐하면 세상을 바꿔놓을 기회가 있었는데도 우리는 고작 홈쇼핑 네

트워크 따위로 만족해버렸기 때문이다) 그 당시 내가 알던 학생 작가들 사이에서는 좋은 글이란 저절로 우러나는 것이므로 감정이 고조될 때 재빨리 낚아채야 한다는 믿음이 지배적이었다. 천국으로 가는 거룩한 계단을 놓으려면 그저 망치 하나 들고 멍하니 서 있어서는 안 된다.

1969년 당시의 작시법을 가장 잘 표현한 말은 아마 도노반 리치의 노래일 것이다. '처음에는 산이 있었는데/어느새 없어지더니/어느새 다시 나타났네.' 시인 지망생들은 톨킨이 묘사한 세계처럼 이슬을 머금은 세상에 살면서 허공에서 시를 낚고 있었다. 그들의 생각은 거의 만장 일치였다. 진짜 예술은… '밖에서' 온다! 작가는 신의 말씀을 받아적는 속기사였다. 그 시절의 친구들을 난처하게 하기는 싫으므로 가상의 작품을 예로 들어 내 말뜻을 설명하는 것이 좋겠다. 이 시는 실제로 있었던 여러 시에서 부분 부분을 모아 지어낸 것이다.

눈을 감았네
어둠 속에서 나는 보았네.
로댕을 랭보를
어둠 속에서
나는
외로움의 헝겊을 삼켰네.
까마귀야 나 여기 있다
갈가마귀야 나 여기 있다.

이런 시를 쓴 시인에게 시의 '의미'를 물었다가는 경멸의 시선을 받기 일쑤였다. 다른 사람들도 조금 거북스러운 침묵으로 일관하게 마련이었다. 시인이 자기 시의 창작 과정에 대하여 아무것도 설명하지 못한다는 사실도 별로 중요한 것이 아니었다. 그래도 더 다그치면 시인은 특별히 무슨 과정 같은 것은 없었다고, 단지 정액 같은 감정의 분출이 있었을 뿐이라고 대답했다. 처음에는 산이 있었는데, 어느새 없어지더니, 어느새 다시 나타나더라. 그렇게 해서 완성된 시가 다소 엉성하다고 한들—가령 '외로움'처럼 막연한 단어가 모든 사람에게 똑같은 의미를 갖는다고 가정하고 있으므로—무슨 대수냐. 그렇게 케케묵은 생각은 집어치우고 이 장엄한 분위기를 느껴보아라. 나는 그런 태도를 별로 좋아하지 않았는데(비록 이런 속마음을 섣불리 입 밖에 내지는 않았지만), 검은 드레스와 실크 스타킹 차림의 그 예쁜 아가씨도 별로 좋아하지 않는다는 것을 알았을 때 나는 떨 듯이 기뻤다. 그녀도 속마음을 입 밖에 내지 않았지만 굳이 그럴 필요가 없었다. 그녀의 작품만 보아도 알 수 있었으니까.

시창작 실습은 일주일에 한 번이나 두 번, 지도 교수인 짐 비숍 선생님의 자택 거실에서 이루어졌다. 학부생 여남은 명과 교수 서너 명이 한자리에 모였지만 서로 평등하게 대하는 멋들어진 분위기였다. 시는 실습 당일에 영문과 사무실에서 타이핑하여 등사했다. 시인은 자기 시를 낭송했고, 나머지 사람들은 각자 등사된 시를 보면서 귀를 기울였다. 그해 가을에 태비는 이런 시를 썼다.

아우구스티누스 찬가

앙상한 곰이 한겨울에 깨어났네.
그를 깨운 것은
바람이 자궁에 담아
이 머나먼 언덕
삼나무숲까지 가져온 것들,
잠에 취한 매미들의 웃음 소리와
꿈꾸는 벌들의 외침 소리
사막의 모래가 머금은 꿀내음이었네.

곰은 분명한 약속을 들었네.
어떤 말들은 먹을 수 있어
은접시에 쌓인 백설보다
금사발에 넘치는 얼음보다 배가 부르네.
연인이 입으로 전해주는 얼음 조각도
언제나 감미로운 것은 아니듯
사막의 꿈이라고
반드시 신기루는 아니라네.
곰은 이윽고 몸을 일으키며
서서히 도시를 정복하는
모래로 지은 찬가를 부르기 시작하네.
노래는 바다로 가는 바람을 꾀고,
바람은 그물에 걸린 물고기에게

서늘한 향기 어린 눈발을 뿌리면서

곰의 노래를 들려주네.

태비가 낭송을 끝마치자 침묵이 흘렀다. 어떤 반응을 보여야 좋을지 아무도 알지 못했다. 이 시 속에는 전선이 연결되어 윙윙 소리가 날 정도로 각각의 시행을 팽팽히 잡아당기고 있는 듯했다. 나는 이렇게 절묘한 말솜씨와 몽환적인 이미지가 만났을 때 쾌감과 깨달음을 준다는 것을 알았다. 그리고 그녀의 시는 나의 믿음이 나 혼자만의 생각은 아니라는 것을 말해주고 있었다. 역시 좋은 글이란 사람을 취하게 하는 동시에 깊은 생각에 잠기게 한다. 바위처럼 침착한 사람들도 미친 듯이 성교에 몰두할 수 있다면—적어도 성교 중에는 정말 얼이 빠져버린다면—글쟁이들이 제정신을 유지하면서 살짝 돌아버리는 것도 충분히 가능하지 않겠는가?

이 시에 담겨 있는 노동관도 마음에 들었다. 그 속에는 시를(혹은 소설이나 수필을) 쓰는 행위가 신화에 나오는 계시의 순간과 비슷할 뿐만 아니라 방을 청소하는 일과도 일맥 상통한다는 생각이 깃들여 있었다. 〈태양의 계절A *Raisin in the Sun*〉에는 이런 대목이 나온다. 한 남자가 소리친다. '나는 날고 싶어! 태양을 만지고 싶어!' 그러자 그의 아내가 이렇게 대꾸한다. '먼저 계란이나 다 먹어요.'

태비의 낭송에 이어 토론이 시작되었을 때 나는 그녀가 자기 시를 제대로 이해하고 있다는 것을 분명히 알 수 있었다. 자기가 하려는 말이 무엇인지를 정확히 알고 그것을 시 속에서 충분히 표현했다. 가톨릭 신자이면서 전공도 역사학이었으므로 성 아우구스티누스(A. D. 354~430)에 대해서도 잘 알았다. 아우구스티누스의 어머니는 (어머니도 성자였다) 기독교인이었지만 아버지는 이교도였다. 기독교로 개종하기 전에 아우구스티누스는 돈과 여자를 쫓아다녔다. 개종한 뒤에도 성욕에 시달렸는데, 그가 썼다는 〈탕자의 기도〉는 유명하다. '오 주여, 저를 순결하게 해주소서… 그러나 당장은 아니옵고.' 그의 글들은 인간이 신에 대한 믿음을 얻기 위해서는 자신에 대한 믿음을 버려야 한다고 강조했다. 그리고 가끔 자신을 곰에 비유하기도 했다. 태비는 미소를 지을 때 턱을 아래로 살짝 잡아당기는 버릇이 있다. 그럴 때마다 슬기로워 보이면서도 못 견디게 귀여워 보인다. 그날도 태비는 그런 동작을 하면서 이렇게 말했다.

"그리고 저는 원래 곰을 좋아하거든요."

곰의 노래가 뒷부분에 나오는 것은 곰이 천천히 깨어났기 때문이다. 이 곰은 비록 때 아닌 때에 깨어나서 몸은 앙상하지만 힘도 세고 관능적이다. 시를 설명해보라고 했을 때 태비는 어떤 면에서 이 곰은 인간의 고뇌를 상징하며 또한 엉뚱한 시기에 고귀한 것을 꿈꾸는 인간의 멋진 버릇을 상징한다고 볼 수도 있다고 말했다. 그런 꿈들은 시의 적절한 것이 아니어서 이뤄지기는 매우 힘들지만 희망이 담겨 있으므로 아름답다는 것이었다. 그리고 이 시는 꿈의 힘이 강하다는 것을 암시했다. 힘센 곰은 바람을 꾀어 자기 노래를 그물에 갇힌 물고기에게 전해주도록 할 수 있었다.

그렇다고 〈아우구스티누스 찬가〉가 대단한 명시라고 주장할 생각은 없다(물론 나는 꽤 괜찮은 시라고 생각하지만). 내 말의 요지는 이 시가 광란의 시대에 지어진 논리적인 시였다는 것, 그리고 이 시를 탄생시킨 창작 철학이 내 생각과 일치했다는 것이다.

24

결혼한 지 3년이 지났을 때 우리에게는 두 아이가 있었다. 계획 출산은 아니었지만 그렇다고 실수도 아니었다. 그저 때가 되어 태어났을 뿐이고 우리는 그때마다 기뻐했다. 나오미는 귓병을 자주 앓았다. 조는 건강한 편이었지만 좀처럼 잠을 안 잤다. 태비가 조를 낳을 때 나는 한 친구와 함께 자동차 전용 극장에 있었다. 때마침 현충일이어서 영화 세 편, 그러니까 공포 영화 세 편을 동시 상영하는 중이었다. 우리가 세 번째 영화(〈시체를 갈아라 *The Corpse Grinders*〉였다)를 보면서 맥주를 마시고 있을 때 극장 직원이 구내 방송을 했다. 그때는 아직 스피커를 사용하던 시절이어서 각자 자동차를 세워놓고 스피커를 하나씩 떼어다가 자기 차창 위에 걸어놓았다. 그런 탓에 극장 직원의 목소리는 주차장 전체에 울려퍼졌다.

"스티븐 킹, 집으로 돌아가십시오! 부인께서 진통중이십니다! 스티븐 킹, 집으로 돌아가세요! 부인께서 곧 아기를 낳으시려고 합니다!"

내가 낡은 플리머스를 몰고 출구 쪽으로 향할 때 수백 개의 경적이 한꺼번에 울리면서 조롱 섞인 인사를 보내왔다. 나를 향해 몇 번이나 전조등을 껐다켰다 하는 사람들도 많았다. 내 친구 지미 스미스는 껄껄대고 웃다가 조수석 의자에서 미끄러졌다. 그리고 뱅거가 가까워질 때까지 맥주 깡통들 사이에 처박혀 계속 낄낄거렸다. 막상 집에 도착해보니 태비는 지극히 차분한 모습이었다. 그리고 세 시간도 채 안 되어 조를 낳았다. 조는 쉽게 태어난 편이었다. 그러나 그때부터 5년 가량은 조를 키우는 일치고 쉬운 일이 없었다. 그래도 귀여운 아이였다. 둘 다 그랬다. 우리가 샌포드 스트리트의 아파트에 살 때 조는 베란다에 놓인 흔들의자에 똥을 싸버렸고 나오미는 자기 침대 위에 앉아 벽지를 북북 뜯어냈지만(제딴에는 실내 장식을 바꾸려고 그랬는지도 모른다) 그래도 둘 다 한없이 귀여웠다.

25

어머니는 내가 작가가 되고 싶어한다는 것을 아시면서도(내 방 벽에 거절 쪽지가 수두룩하게 꽂힌 대못이 있었으니 어떻게 모르실 수 있으랴?) 교사 자격증을 따라고 권하셨다.

"그래야 여차하면 비빌 언덕이라도 있지."

한번은 또 이런 말씀도 하셨다.

"너도 언젠가는 결혼하게 될 거다, 스티븐. 그런데 센 강변의 다락방이 낭만적으로 보이는 건 총각일 때뿐이야. 그런 데서 가정을 이룰 수는 없잖니."

나는 어머니 말씀대로 메인 주립대 교육 대학에 들어갔고 4년 후 교사 자격증을 받았다. 이때의 내 모습은 죽은 오리를 입에 물고 연못에서 나오는 사냥개와 비슷했다. 아닌 게 아니라 그 자격증은 죽은 오리였다. 교직을 얻을 수 없어 결국 4년 전 워럼보 직물 공장에서 받던 것보다 별반 나을 것도 없는 임금을 받으면서 뉴 프랭클린 세탁소에서 일해야 했으니까. 나는 가족을 이끌고 다락방에서 다락방으로 전전했다. 다만 창밖을 내다보면 아름다운 센 강이 아니라 뱅거의 구질구질한 길거리가 보였고, 토요일 새벽 두 시만 되면 어김없이 경찰차가 나타나곤 했다.

뉴 프랭클린 세탁소에서 나는 개인용 빨래를 본 적이 별로 없고, 어쩌다 있더라도 보험 회사에서 보내오는 '불탄 빨래'가 전부였다 (겉으로는 멀쩡한 옷이었지만 원숭이 바비큐 같은 냄새가 났다). 내가 세탁기에 집어넣고 꺼내는 것은 대개 메인 주의 해변가 모텔에서 쓰는 침대보가 아니면 메인 주의 해변가 식당에서 쓰는 식탁보였다. 특히 식탁보는 정말 지독했다. 메인 주를 찾은 관광객들이 식당에서 많이 먹는 것은 대합조개나 바닷가재이다. 아니, 바닷가재가 대부분이다. 그러나 이 맛좋은 요리가 올라왔던 식탁보가 이윽고 내 앞에 당도할 때쯤이면 냄새가 코를 찔렀고 구더기가 들끓는 경우도 드물지 않았다. 빨랫감을 세탁기에 집어넣고 있노라면 구더기가 팔을 타고 올라오곤 했다. 이 조그만 놈들은 내가 자기들을 삶으려 한다는 것을 눈치챈 것 같았다. 곧 놈들에게 익숙해질 거라고 생각했지만 착각이었다. 구더기는 지긋지긋했다. 그러나 대합조개와 바닷가재가 썩는 냄새는 더 지긋지긋했다. 테스타 해물 식당에서 보내온 굉장한 식탁보를 세탁기에 넣으면서 나는 이렇게 생각하곤 했다. '왜들 이렇게 지저분하게 처먹지? 젠장, 어쩌자고 이렇게 흘리는 거야?'

그러나 병원에서 보내오는 세탁물은 더 심했다. 여름철에 구더기가 들끓는 것은 매한가지였지만 구더기가 병원 빨래에서 파먹는 것은 곤죽이 된 바닷가재나 대합조개가 아니라 사람의 피였다. 병균이 득실거리는 것으로 간주되는 이 옷과 침대보와 베갯잇들은 우리가 '돌림병 자루'라고 부르는 주머니에 담겨 오는데, 이 주머니는 뜨거운 물에 닿으면 녹아버렸다. 그러나 혈액은 특별히 위험하다고 생각하지 않던 시절이었다. 병원 세탁물 속에는 작은 선물이 섞여 있을 때가 많았다. 무슨 과자 상자처럼 사뭇 괴상한 경품들이 들어 있었던 것이다. 한번은 그 속에서 환자용 강철 변기를 발견했고, 또 한번은 수술용 가위를 찾아냈다(변기는 별로 쓸모가 없었지만 가위는 부엌에서 요긴하게 쓸 수 있었다). 나와 함께 일하던 '로키'라는 별명의 어니스트 록웰은 이스턴 메인 메디컬 센터의 세탁물 속에서 20달러를 발견하고 정오에 퇴근하여 술을 마시러 갔다(로키는 퇴근 시간을 '음주시'라고 불렀다).

한번은 내가 맡은 '워시엑스' 세탁기 속에서 뭔가 달그락거리는 이상한 소리가 들려왔다. 나는 세탁기 톱니가 부러지기라도 할까 봐 황급히 비상 중지 단추를 눌렀다. 그리고 뚜껑을 열고 물이 뚝뚝 떨어지는 수술복과 녹색 모자 따위가 뒤엉킨 거대한 빨래 더미를 끄집어냈다. 그느라고 내 몸도 흠뻑 젖어버렸다. 세탁기 속에는 한 사람의 치아 전부로 보이는 이빨들이 여기저기 흩어져 있었다. 문득 이것으로 목걸이를 만들면 재미있겠다는 생각이 떠올랐다. 그러나 나는 곧 그것들을 주워모아 쓰레기통에 던져넣었다. 아내는 지금까지 나의 장난을 무수히 받아주었지만 그녀의 유머 감각에도 한계가 있으니까.

26

돈 문제를 놓고 볼 때, 대학 졸업 후 한 명은 세탁소에서 일하고 한 명은 저녁 때 던킨 도너츠에서 일하는 우리 처지에 두 아이가 있다는 것은 능력에 비해 아이가 너무 많다는 뜻이기도 했다. 우리에게 다른 소득이 있다면 《듀드》, 《캐벌리어》, 《애덤》, 《스웽크》 같은—오런 이모부가 '찌찌 그림책'이라고 부르던—잡지사에서 보내주는 돈이 전부였다. 1972년쯤에는 이들 잡지가 단순히 벗은 유방을 보여주는 수준을 훌쩍 뛰어넘었고 소설을 싣는 관행도 차츰 사라져가는 추세였지만 다행히 나는 막차를 얻어탈 수 있었던 것이다. 나는 일을 끝내고 돌아와 글을 썼다. 우리가 뉴 프랭클린 세탁소에서 가까운 그로브 스트리트에 살 때는 가끔 점심 시간에 글을 쓰기도 했다. 이런 말을 하니까 무슨 에이브러햄 링컨의 이야기처럼 거창하게 들리겠지만 사실은 그리 대단한 일도 아니었다. 나에게는 즐거운 일이었으니까. 그때 썼던 소설들이 비록 무시무시한 내용이 대부분이었지만 나에게 소설은 잠시나마 사장 브룩스 씨나 감독 해리에게서 벗어나는 탈출구였던 것이다.

해리는 두 손 대신에 두 개의 갈고리를 달고 있었는데, 2차 세계 대전 때 대들보를 청소하다가 압착 롤러에 떨어진 결과였다. 코미디언 기질을 가진 그는 이따금씩 남몰래 화장실에 들어가 수도꼭지를 틀고 한쪽 갈고리는 찬물에, 다른 갈고리는 뜨거운 물에 담가 놓았다. 그러고는 빨래를 넣고 있는 사람에게 살금살금 다가와 목덜미에 이 차고 뜨거운 강철 갈고리를 한꺼번에 갖다대는 것이었다. 로키와 나는 해리가 화장실에서 뒤처리는 어떻게 할까 궁리하면서 꽤 많은 시간을 보냈다. 그러던 어느 날, 로키의 차 안에서 점심 대신 술을 마시고 있을 때 로키가 말했다.

"어쨌든 손을 안 씻어도 된다는 게 어디냐."

간혹—특히 오후마다 소금 정제를 먹어야 하는 여름철에는—내가 어머니의 삶을 되풀이하고 있다는 생각이 들기도 했다. 그럴 때 대개는 어쩐지 우스워졌다. 그러나 몹시 피곤할 때, 그리고 돈을 낼 일이 생겼는데 가진 돈이 없을 때는 정말 괴로웠다. '이건 사람이 사는 게 아냐.' 그러다가 또 이런 생각도 했다. '세상 사람들의 절반이 그렇게 생각하겠지.'

〈야간 작업반〉으로 200달러짜리 수표를 받은 것이 1970년 8월이었는데, 그때부터 1973~1974년 겨울 사이에 우리는 성인 잡지에 단편 소설을 팔아서 받는 돈으로 간신히 생활 보호 대상자 신세를 면하고 있었다(한평생 공화당 지지자였던 어머니는 '나랏돈 신세를 지게 될까 봐' 몹시 두려웠다는 말씀을 하셨는데, 태비도 똑같은 걱정을 하고 있었다).

그 시절의 기억 가운데 가장 생생하게 떠오르는 것은 우리가 더럼에 있는 어머니 집에서 주말을 보내고 그로브 스트리트의 우리 아파트로 돌아오던 어느 일요일 오후의 일이다. 결국 어머니를 돌아가시게 만든 암의 증상들이 처음 나타나기 시작한 것도 바로 이 무렵이었을 것이다. 그날 찍은 사진을 지금도 갖고 있는데, 어머니는 피곤하면서도 즐거운 표정으로 문간에 놓인 의자에 앉아 조를 무릎에 안고 계셨으며 그 옆에는 나오미가 씩씩하게 서 있었다. 그러나 일요일 오후가 되었을 때 나오미는 조금도 씩씩해 보이지 않았다. 귓병 때문에 온몸이 열로 펄펄 끓었다.

차에서 내려 아파트 쪽으로 터덜터덜 걸어가던 그 여름날 오후는 정말 우울했다. 나는 나오미를 안고 유아용 생존 장비(젖병, 로션, 기저귀, 잠옷, 속옷, 양말 등등)가 그득한 가방을 들었으며 태비는 엄마 옷에 음식을 토해버린 조를 안아들고 있었다. 우리는 둘 다 나오미에게 '빨간 약'이 필요하다는 것을 알았다. 그것은 우리가 아목시실린[합성 페니실린 – 옮긴이] 액을 부르는 이름이었다. 빨간 약은 비쌌고 우리는 빈털터리였다. 땡전 한 푼도 없었다.

나는 다행히 딸을 떨어뜨리지 않고 (나오미가 너무 뜨거워서 마치 벌건 숯덩어리를 안은 듯했다) 무사히 정문을 열 수 있었는데, 조심조심 안으로 들어가보니 우리 우편함에 꽂혀 있는 봉투가 눈에 띄었다. 토요일에 배달된 모양인데, 이런 일은 드물었다. 젊은 부부에게는 우편물이 별로 없다. 우리들이 살아 있다는 것을 기억해주는 것은 가스 회사와 전기 회사뿐이었다. 나는 봉투를 꺼내면서 부디 청구서가 아니기를 빌었다. 다행히 아니었다. 《캐벌리어》를 비롯하여 괜찮은 성인물을 많이 출판하고 있는 듀전트 출판사에서 보내온 수표였는데, 팔릴 것이라고는 기대하지도 못했던 긴 단편 〈때로는 그들이 돌아온다〉의 원고료였다. 액수는 500달러였다. 그때까지 내가 받은 원고료 중에서는 단연 최고액이었다. 의사 왕진료와 빨간 약 한 병은 물론이고 근사한 일요일 만찬까지 즐길 수 있는 돈이 갑자기 생긴 것이다. 그리고 아마도 아이들이 잠든 후 태비와 나는 사뭇 다정한 시간을 보냈을 것이다.

그 시절의 우리에게는 행복한 일도 많았지만 걱정 근심도 많았던 것 같다. 우리 자신도 (흔히들 말하듯이) 어린애보다 나을 것이 별로 없었다. 그러나 사랑을 나누는 동안에는 돈 문제를 잊을 수 있었다. 우리는 우리 자신과 아이들과 서로를 보살피기 위해 최선을 다했다. 태비는 분홍색 유니폼을 입고 던킨 도너츠에서 일했으며, 커피를 마시러 들어온 술꾼들이 소란을 피우면 경찰을 불렀다. 나는 모텔 침대보와 수건 따위를 빨면서 공포 영화 대본을 썼다.

27

《캐리*Carrie*》를 쓰기 시작할 무렵 나는 인근 도시 햄프던에서 영어를 가르치고 있었다. 연봉 6,400달러였는데, 세탁소에서 시간당 1달러 60센트를 받았던 것에 비하면 엄청난 발전이었다. 그러나 방과 후 회의에 참석하는 시간과 집에서 답안지를 채점하는 시간 따위를 모두 합쳐 꼼꼼하게 계산해보면 그것은 결코 엄청난 발전이 아니라 오히려 전보다 상황이 더 어려워졌을 뿐이었다. 1973년 늦겨울에 우리는 뱅거 서쪽의 작은 마을 허먼에서 대형 트레일러에 거주하고 있었다(그로부터 한참 뒤에《플레이보이》인터뷰에서 나는 허먼을 가리켜 '세상의 똥구멍' 같은 곳이라고 말했다가 허먼 주민들의 강력한 항의를 받았다. 이 자리를 빌려 사과하고 싶다. 사실 허먼은 세상의 겨드랑이 같은 곳일 뿐이다).

나는 뷰익을 몰고 다녔는데, 이 차는 변속기에 문제가 있었지만 고칠 만한 돈이 없었다. 태비는 여전히 던킨 도너츠에서 일했고, 우리에게는 전화기조차 없었다. 전화 요금을 감당할 수 없었기 때문이다. 이 시기에 태비는 체험 수기류를 쓰기 시작했고(이를테면 '순결을 지키기엔 너무 예뻐서' 따위의 내용이었다) 그때부터 '우리 잡지엔 안 맞지만 다시 도전해보세요'라는 답장을 받기 시작했다. 하루에 한두 시간만 더 있었어도 돌파구를 열었겠지만 그녀에게 주어진 것은 남들처럼 24시간이 전부였다. 게다가 체험 수기 잡지의 판에 박힌 이야기 — 간단히 말하자면 '3R', 즉 반항(Rebellion), 타락(Ruin), 구원(Redemption)이었다 — 에서 재미를 느끼는 기간도 지극히 짧았다.

이때는 나도 글쓰기에서 별로 재미를 못 보고 있었다. 성인 잡지에는 공포 소설이나 과학 소설, 범죄 소설 대신에 섹스 이야기가 실리고 그 내용도 점점 더 적나라해지는 추세였다. 그것도 문제였지만 그뿐만이 아니었다. 더 심각한 것은 내 평생 처음으로 글쓰기가 '어려워졌다'는 사실이었다. 문제는 교직이었다. 나는 동료들을 좋아했고 아이들도 사랑했지만—심지어는 '영어 생활' 시간에 들어오는 비비스와 버트헤드[MTV의 만화 영화 주인공들 - 옮긴이] 같은 아이들에게도 흥미를 느꼈지만—금요일 오후쯤 되면 머리에 전선을 연결해놓고 한 주를 보낸 것처럼 피곤해지게 마련이었다. 내가 작가로서의 미래에 절망한 적이 있다면 바로 이때였다. 30년 후의 내 모습을 그려보면, 여전히 팔꿈치에 가죽을 덧댄 허름한 트위드 외투를 걸친 모습, 맥주를 너무 많이 마셔 카키색 '갭' 바지 위로 똥배가 출렁거리는 모습이었다. 펠멜 담배를 너무 많이 피워 콜록콜록 기침을 해대고, 안경알은 더 두꺼워지고, 비듬도 늘어나고, 책상 서랍 속에는 미완성 원고가 예닐곱 편쯤 들어 있는데, 이따금씩 (대개는 취했을 때) 끄집어내어 만지작거린다. 누가 여가 시간에 무엇을 하느냐고 물어보면 책을 쓴다고 대답한다. 조금이라도 자존심을 가진 문예 창작 선생이라면 여가 시간에 할 일이 그것 말고 또 있겠는가? 그리고 나 자신에게 거짓말을 한다. 아직은 시간이 있다고, 너무 늦지는 않았다고, 왜냐하면 쉰 살이나 예순 살에 글을 쓰기 시작한 소설가도 있으니까. 어쩌면 꽤 많을 테니까.

내가 햄프던에서 교사 생활을 하던 (그리고 여름 방학이 되면 뉴 프랭클린 세탁소에서 빨래를 하던) 그 2년 사이에 결정적인 도움을 준 사람은 아내였다. 나는 폰드 스트리트의 셋집 현관이나 허먼의 클래트 로드에 있던 임대용 트레일러의 세탁실에서 소설을 썼는데, 만약 아내가 그것을 시간 낭비라고 말했다면 나는 용기를 잃고 말았을 것이다. 그러나 태비는 단 한 번도 의심하지 않았다. 그렇게 마음놓고 당연시할 수 있는 요소가 그리 많지 않던 시절에 그녀는 언제나 변함없이 나를 격려해주었다. 아내에게 (혹은 남편에게) 이 책을 바친다고 적어놓은 처녀작을 볼 때마다 나는 미소를 머금고 이런 생각을 한다. '이 사람도 나 같은 심정이었구나.' 글쓰기는 외로운 작업이다. 나를 믿어주는 사람이 있다는 것은 대단히 중요한 일이다. 굳이 믿는다고 떠들지 않아도 좋다. 대개는 그냥 믿어주는 것만으로도 충분하다.

28

데이브 형은 대학생이었을 때 여름철마다 모교인 브런즈윅 고등학교에서 관리인으로 일했다. 어느 해 여름에는 나도 한동안 거기서 일했다. 몇 년도였는지는 기억나지 않지만 태비를 만나기 전이었고 담배를 피우기 시작한 뒤였다. 그렇다면 아마 내 나이가 열아홉 아니면 스물이었을 것이다. 나는 해리라는 사람과 짝이 되었는데, 그는 녹색 작업복을 입고 큼직한 열쇠 꾸러미를 갖고 있었으며 다리를 좀 절었다(그러나 손은 갈고리가 아니라 정상적인 손이었다). 어느 날 점심 시간에 해리는 타라와(Tarawa) 섬에서 일본군의 돌격 작전을 막아내던 이야기를 들려주었다. 일본군 장교들은 맥스웰하우스 커피 깡통으로 만든 칼을 휘둘렀고 사병들은 아편 냄새를 풀

풀 풍기면서 제정신이 아니었다고 했다. 해리는 대단한 이야기꾼이었다.

어느 날 우리는 여학생 샤워실 벽에서 녹자국을 닦아내야 했다. 나는 어쩌다가 여자들의 내실 깊숙이 들어오게 된 이슬람 총각처럼 흥미를 가지고 탈의실 안을 둘러보았다. 그곳은 남학생 탈의실과 똑같았지만 한편으론 전혀 달랐다. 물론 소변기는 따로 있지 않았다. 타일벽에는 두 개의 금속제 상자가 걸려 있었는데, 바깥에는 아무런 표시도 없었고 종이 타월을 넣을 만한 크기도 아니었다. 나는 그 속에 무엇이 들었느냐고 물어보았다. 해리가 대답했다.

"XX 마개. 다달이 며칠씩 쓰는 거."

남학생용과는 달리 이 샤워실에는 U자 모양의 크롬 고리에 분홍색 비닐 커튼이 걸려 있었다. 각자 그 속에서 혼자 샤워를 할 수 있는 것이었다. 그 점에 대해 말했더니 해리는 어깨를 으쓱했다.

"여자애들은 옷 벗는 걸 더 쑥스러워하는 모양이지."

어느 날 세탁소에서 일하다가 그날의 일이 생각났고, 그때부터 소설의 첫 장면이 떠오르기 시작했다. 여학생들이 샤워를 하고 있다. 그곳에는 U자형 고리도 없고 분홍색 비닐 커튼도 없고 프라이버시도 없다. 한 여학생이 월경을 시작한다. 그런데 그녀는 월경이 무엇인지 모르고, 다른 여학생들은—기가 막혀서, 역겨워서, 혹은 재미로—그녀에게 생리대를 집어던지기 시작한다. 또는 해리가 'XX 마개'라고 불렀던 탐폰을 던진다. 여학생은 비명을 지른다. 이 낭자한 피! 그녀는 자기가 곧 죽는다고 생각한다. 피를 흘리며 죽어가는데 다른 애들은 놀리기만 한다고 생각한다. 그래서 반격하고… 맞서 싸우는데… 어떻게?

그보다 몇 년 전에 나는 《라이프》 지에서 어떤 기사를 보았는데, 유령 소동 가운데 일부는 염력 때문에 생긴 사건이라는 내용이었다. 염력이란 정신력으로 물체를 움직이는 능력이다. 이 기사에 의하면 젊은이들이 그런 능력을 가졌다는 증거가 많다고 한다. 특히 사춘기 초기의 소녀들, 즉 초경 전후의 나이에 ….

뿅야! 서로 무관한 두 가지 요소, 즉 사춘기의 잔인성과 염력이 만나면서 하나의 아이디어가 태어났다. 그러나 나는 세탁기 워시엑스 2호를 팽개치고 나가지도 않았고, 두 팔을 마구 휘두르고 '유레카!'라고 외치면서 세탁소 안을 뛰어다니지도 않았다. 그 정도의 아이디어라면 전에도 많이 있었고 더러는 더 나은 것도 있었다. 어쨌든 나는 여기서 《캐벌리어》에 실릴 만한 좋은 이야기가 나오겠다고 생각했다. 내심 《플레이보이》에 대한 기대감도 없지 않았다. 《플레이보이》는 단편 하나에 2천 달러를 주었다. 2천 달러만 있으면 내 뷰익에 새 변속기를 달고도 돈이 남아서 많은 식료품을 구입할 수 있었다. 이 이야기는 그때부터 한동안 마음 한구석에 머물러 있었는데, 뚜렷이 의식한 것은 아니지만 그렇다고 무의식도 아닌 상태였다. 그러다가 마침내 쓰기 시작한 것은 교직에 몸담은 뒤의 어느 날 밤이었다. 그날 나는 줄 간격 없이 세 쪽 분량의 초고를 쓰다가 실망하여 구깃구깃 뭉쳐 내던지고 말았다.

그때 썼던 내용에는 네 가지 문제점이 있었다. 가장 사소한 첫번째 문제는 이 이야기가 나에게 별다른 감흥을 주지 못한다는 사실이었다. 그보다 좀더 중요한 두 번째 문제는 내가 주인공을 별로 좋아하지 않는다는 사실이었다. 캐리 화이트는 미련하고 소극적이어서 희생양이 되기엔 안성맞춤이었다. 다른 여학생들이 그녀에게 탐폰이나 생리대를 집어던지며 "틀어막아! 틀어막아!" 하고 소리쳤지만 나는 별로 안타깝지도 않았다. 좀더 중요한 세 번째 문제는 내가 이 소설의 무대는 물론이고 조연으로 나오는 수많은 여학생들에 대해서도 잘 모른다는 점이었다. 나는 '여자들의 나라'에 발을 들여놓은 셈이었는데, 몇 년 전 브런즈윅 고등학교의 여학생 샤워실에 잠깐 들어가본 정도로는 그 나라를 여행하는 데 별 도움이 되지 않았다. 내 경우에는 마치 살을 맞댄 듯 친밀하고 내가 잘 아는 것들에 대하여 쓸 때 글쓰기가 가장 순조롭다. 그런데 《캐리》를 쓸 때는 고무 잠수복을 입고 있는 듯한 기분을 떨쳐버릴 수 없었다.

가장 중요한 네 번째 문제는 이 이야기가 괜찮은 소설이 되려면 상당히 길어져야 한다는 깨달음이었다. 단어 수를 기준으로 볼 때 〈때로는 그들이 돌아온다〉의 경우도 성인 잡지에서 받아주는 원고 분량의 최대값에 해당했는데, 어쩌면 이번 소설은 그보다 더 길어질 것 같았다. 잡지사 측에서는 깜박 잊고 속옷을 안 입은 치어리더들의 사진을 게재하기 위해 넉넉한 지면을 남겨둬야 했다. 어차피 남자들이 잡지를 사는 이유는 그런 사진을 보기 위해서니까. 내 마음에도 안 들고 잡지사에서 사주지도 않을 중편 소설을 쓰느라고 꼬박 2주에서 1개월을 허비한다는 것은 생각할 수도 없는 일이었다.

이튿날 밤 학교에서 돌아와보니 태비가 그 초고를 갖고 있었다. 쓰레기통을 비우다가 구겨진 종이 뭉치를 발견하고는 담뱃재를 털어내고 다시 펼쳐 내용을 읽어보았던 것이다. 그리고 나에게 이 소설을 계속 쓰라고 말했다. 나머지 이야기가 궁금하다는 것이었다. 내가 여고생들에 대해 아는 게 아무것도 없다고 말하자 태비는 자기가 그 부분을 도와주겠다고 했다. 그녀는 턱을 아래로 당기고 미소를 짓는 그 못 견디게 귀여운 표정을 하고 있었다.

"이 소설엔 뭔가 있어요. 내 생각은 그래요."

29

나는 끝내 캐리 화이트를 좋아하게 되지 않았고, 수전 스넬이 자기 남자 친구를 시켜 캐리를 데리고 댄스 파티에 가게 했던 동기에 대해서도 신뢰할 수 없었다. 그러나 이 소설에 뭔가 있었던 것은 사실이다. 말하자면 소설가로서의 내 인생이 거기서 비롯되었다. 태비는 그것을 금방 알아차렸고, 줄 간격 없이 50쪽 가량 쓴 다음에는 나도 느낄 수 있었다. 우선 캐리 화이트의 댄스 파티에 참석했던 등장 인물들도—물론 그중에서 끝까지 살아남은 몇 안 되는 등장 인물들에게만 해당되는 말이지만—절대로 그날을 잊지 못할 것 같았다.

나는 《캐리》 이전에도 이미 세 편의 장편 소설을 썼다. 《분노 *Rage*》와 《롱워크 *The Long Walk*》와 《러닝맨 *The Running Man*》인데, 이 책들은 더 나중에 출판되었다. 그중에서 가장 심난한 작품은 《분노》이며, 가장 괜찮은 작품은 《롱워크》일 것이다. 그러나 캐리 화이트를 통하여 나는 일찍이 다른 소설을 쓰면서 느끼지 못했던 여러 가지를 느낄 수 있었다. 가장 중요한 것은 독자가 그렇듯이 작가도 처음에는 등장 인물에 대하여 그릇된 인식을 가질 수 있다는 깨달음이었다. 이에 버금가는 깨달음은, 정서적으로 또는 상상력의 측면에서 까다롭다는 이유만으로 어떤 작품을 중단하는 것은 잘못이라는 점이다. 때로는 쓰기 싫어도 계속 써야 한다. 그리고 때로는 형편없는 작품을 썼다고 생각했는데 결과는 좋은 작품이 되기도 한다.

태비가 나를 도와주었다. 고등학교에 설치된 생리대 자판기는 대개 동전을 넣지 않아도 작동한다는 사실을 가르쳐준 것도 그녀였다. 교사와 학교 운영자들은 여학생들이 어쩌다가 동전을 안 가지고 등교하는 바람에 어쩔 수 없이 치마에 피를 잔뜩 묻히고 돌아다니는 것을 바라지 않는다는 것이었다. 나도 노력했다. 고등학교 때의 기억들을 되살렸고(영어를 가르치는 일은 별로 보탬이 되지 않았는데, 그것은 이때 내가 벌써 스물여섯 살이었고 이미 학생이 아니라 교사였기 때문이다), 우리 학년에서 가장 외로웠고 따돌림을 당했던 두 여학생을 다시 떠올렸다. 그들의 모습은 어떠했으며, 그들이 어떻게 행동했는지, 그리고 어떤 대접을 받았는지 등등. 내 평생 그토록 불쾌한 경험들을 회상해야 했던 적은 별로 없었다.

나는 그중의 한 여학생을 손드라라고 부르겠다. 그녀는 우리집에서 그리 멀지 않은 트레일러에서 어머니와 체다치즈라는 이름의 개와 함께 살고 있었다. 손드라의 목소리는 고르지 않고 골골거려 마치 목에 가래가 잔뜩 낀 것 같았다. 머리카락은 고아 소녀 애니[뮤지컬 〈애니〉의 원작인 해럴드 그레이의 만화 주인공 – 옮긴이]처럼 보글보글한 곱슬머리였고 여드름투성이인 두 뺨에 찰싹 달라붙어 있었다. 손드라에게는 친구가 없었다(있다면 체다치즈뿐이었을 것이다). 어느 날 그녀의 어머니가 가구를 옮기는 일을 나에게 맡겼다. 십자가에 못박힌 예수상이 트레일러 안의 거실 전체를 압도하고 있었다. 등신대에 가까운 이 예수상은 눈을 치켜뜨고 입꼬리는 아래로 처졌으며 머리에 쓴 가시 면류관에서 피가 줄줄 흘러내렸다. 엉덩이와 사타구니에 휘감은 천조각말고는 알몸이었다. 이 넝마 천조각 위로는 강제 수용소 재소자처럼 움푹 꺼진 배와 앙상한 갈비뼈들이 있었다. 문득 이런 생각이 들었다. 손드라는 이 죽어가는 신의 고통스러운 시선을 받으며 자라났을 텐데, 그런 삶은 그녀가 지금의 모습으로—겁먹은 생쥐처럼 리스본 고교의 복도를 허둥지둥 오가는 소심하고 볼품없는 외톨이로—성장하는 데 일익을 담당했으리라는 것이었다.

손드라의 어머니가 내 눈길이 머무는 곳을 보고 이렇게 말했다.

"예수 그리스도란다. 너도 구원받았니, 스티브?"

나는 얼른 그렇다고 대답했다. 하지만 그런 모습의 예수라면 제아무리 착한 사람이라도 도와줄 성싶지 않았다. 그는 고통 때문에 정신이 나가버린 상태였다. 얼굴만 보아도 알 수 있었다. 설령 부활하더라도 누구를 구원해줄 기분은 아닐 것 같았다.

또 한 명의 여학생은 도디 프랭클린이라고 부르겠다. 다른 여학생들은 그녀를 도도 또는 두두라고 불렀다. 그녀의 부모는 관심사가 하나뿐이었다. 각종 콘테스트에 응모하는 것이었는데, 성적도 꽤 좋아서 온갖 희한한 상품들을 받아냈다. 그중에는 '스리 다이아몬드표' 팬시 참치 일 년분도 있었고 잭 베니[Jack Benny : 1894~1974, 코미디언, 바이올린 연주자 – 옮긴이]의 맥스웰 승용차도 있었다. 이 맥스웰은 더럼에서 '사우스웨스트 벤드'라고 부르는 지역에 있던 그들의 집 왼쪽에 선 채로 서서히 풍경의 일부가 되어가고 있었다. 1, 2년에 한 번꼴로 지방 신문 중의 하나가—《포틀랜드

프레스 헤럴드》,《루이스턴 선》, 또는 《리스본 위클리 엔터프라이즈》—복권 추첨이나 경품 행사 등에서 도디네 가족이 받은 갖가지 괴상한 물건들에 대한 기사를 게재하곤 했다. 대개는 맥스웰 승용차의 사진이나 바이올린을 들고 있는 잭 베니의 사진도 함께 실었고, 때로는 둘 다 싣기도 했다.

프랭클린 일가는 온갖 상품을 받아냈지만 한창 자라나는 십대들을 위한 옷들은 그 속에 포함되지 않았다. 도디와 남동생 빌은 고등학교에 입학한 후 일년 반이 지나도록 날마다 같은 옷을 입고 다녔다. 빌은 검정색 바지와 체크 무늬 반팔 스포츠 셔츠였고, 도디는 긴 검정색 치마와 무릎까지 오는 회색 양말에 흰색 민소매 블라우스였다. 독자들 중에는 '날마다'라는 말이 과장이라고 생각하는 사람도 있겠지만 1950, 1960년대에 시골에서 자란 사람들은 그 말이 사실 그대로임을 알 것이다. 내가 어렸을 때 더럼에서의 삶이란 별로 아름다운 것이 아니었다. 내가 다니던 학교에는 목에 낀 때를 몇 달 동안이나 씻지 않는 아이들도 수두룩했고, 화상을 제대로 치료하지 않아서 마치 말라비틀어진 사과처럼 얼굴이 무시무시한 아이들도 수두룩했고, 조약돌만 가득 담긴 도시락통과 공기만 채워진 빈 보온병을 들고 등교하는 아이들도 수두룩했다. 더럼은 이상향과는 거리가 멀었다. 아무런 즐거움도 찾을 수 없는 고달픈 삶의 연속이었다.

더럼 초등학교에서는 도디와 빌 프랭클린도 잘 지낼 수 있었다. 그러나 고등학교는 더 큰 도시에 있었고, 도디나 빌 같은 아이들에게 리스본폴스는 조롱과 몰락을 의미할 뿐이었다. 우리는 빌의 스포츠 셔츠의 색이 점점 바래가고 반팔 소매의 올이 조금씩 풀려가는 것을 지켜보면서 재미와 혐오감을 동시에 느꼈다. 그는 떨어진 단추를 종이 클립으로 대신했다. 바지 무릎이 찢어진 곳은 바지색에 맞춰 검정색 크레용으로 꼼꼼하게 색칠한 테이프를 붙여놓았다. 도디의 흰색 민소매 블라우스도 점점 낡아 누렇게 변했고 땀에 찌든 얼룩들이 늘어났다. 옷감이 차츰 얇아지면서 브래지어 끈이 점점 더 뚜렷하게 보였다. 다른 여학생들은 그녀를 조롱했다. 처음에는 뒤에서 그랬지만 나중에는 면전에서 놀려댔다. 놀림은 곧 모욕으로 발전했다. 그러나 남학생들은 거기에 끼지 않았다. 우리에게는 따로 빌이 있었으니까(그렇다, 나도 거들었다. 많이 나서지는 않았지만 나도 그 자리에 있었다). 그러나 아마 도디가 더 힘들었을 것이다. 여학생들은 도디를 그냥 비웃기만 한 것이 아니었다. 그녀를 증오했다. 도디는 그들이 두려워하는 모든 것을 한몸에 보여주고 있었기 때문이다.

2학년의 크리스마스 방학이 끝났을 때 도디는 눈부시게 달라진 모습으로 나타났다. 낡고 초라한 검정색 치마가 보라색 치마로 바뀌었고 길이도 짧아져 정강이 중간이 아니라 무릎까지만 내려왔다. 그리고 무릎까지 올라오던 싸구려 양말 대신 나일론 스타킹을 신었는데, 새까맣던 다리의 털을 드디어 깨끗이 밀어 참 보기 좋았다. 낡아빠진 민소매 블라우스도 부드러운 모직 스웨터로 갈아입었다. 심지어는 머리에 파마까지 하고 있었다. 도디는 완전히 탈바꿈을 했고 자신도 그 사실을 잘 아는 표정이었다.

그녀가 돈을 모아 새옷을 샀는지, 부모에게서 크리스마스 선물로 받았는지, 이도저도 아니면 죽어라고 구걸을 했는지 나도 모르겠다. 어느 쪽이든 상관없다. 어차피 옷차림만으로는 아무것도 달라지지 않았기 때문이다. 오히려 그날은 조롱의 강도가 여느 때보다도 심해졌다. 친구들은 자기들이 만들어놓은 상자 속에서 그녀를 가둬놓고 풀어주려고 하지 않았다. 도디는 거기서 벗어나려 했다는 이유로 벌을 받았다. 나도 몇 가지 수업을 그녀와 함께 들었으므로 도디가 몰락하는 과정을 직접 목격할 수 있었다. 나는 그녀의 미소가 차츰 사라지는 것을 보았고, 반짝이던 눈빛이 점점 흐려지다가 아주 꺼져버리는 것을 보았다. 그리하여 학교가 파할 무렵에는 다시 크리스마스 방학 이전의 자신으로 돌아와 있었다. 무표정한 얼굴에 주근깨가 가득한 망령이 되어 눈을 내리깔고 가슴엔 책을 끌어안은 채 복도를 허둥지둥 걸어가는 것이었다.

도디는 이튿날에도 그 새 치마와 스웨터를 입고 있었다. 그 이튿날도 마찬가지였다. 그 이튿날도 그랬다. 2학년이 끝날 무렵에도 그녀는 여전히 그 옷들을 입고 다녔다. 그때쯤에는 모직옷을 입기엔 날씨가 너무 더워져 관자놀이와 입술 위쪽에 언제나 구슬땀이 송글송글 맺혀 있으면서도 말이다. 집에서 했던 그 파마는 두 번 다시 하지 않았고, 새옷들도 이내 구겨지고 허름해졌다. 조롱은 크리스마스 이전의 수준으로 떨어졌고 모욕을 주는 일은 완전히 중단되었다. 아이들은 도망치려는 사람을 때려눕혔을 뿐이었다. 탈출은 실패로 끝났고 재소자 전원은 마음을 놓을 수 있게 되었으니 모두의 삶도 다시 정상으로 돌아갔다.

내가 《캐리》를 쓰기 시작했을 때 손드라와 도디는 둘 다 이미 세상을 떠난 뒤였다. 손드라는 더럼의 그 트레일러와 죽어가는 구원자의 고통스러운 시선을 벗어나 리스본폴스의 어느 아파트로 이사했다. 그리고 근처 어딘가에서 일했을 텐데, 아마 제분소나 신발 공장이었을 것이다. 간질병 환자였던 손드라는 어느 날 발작을 일으켜 사망했다. 그녀는 혼자 살고 있었는데, 머리를 잘못된 방향으로 돌리고 쓰러졌을 때 아무도 도와줄 사람이 없었던 것이다. 도디는 느릿느릿한 동부 말씨로 뉴잉글랜드에서 제법 유명해진 어느 방송국 일기 예보 담당자와 결혼했다. 그리고 아이를 낳은 직후—아마 둘째였을 것이다—지하실로 내려가서 뱃속에 22구경 총탄을 박아넣었다. 이 총알은 운 좋게(보는 관점에 따라서는 운이 나빴다고 할 수도 있겠지만) 문정맥에 명중하여 그녀의 목숨을 끊어주었다. 동네 사람들은 산후우울증 때문이었다, 정말 안됐다고 말했다. 그러나 나는 고등학교 후유증도 영향을 주지 않았을까 생각했다.

나는 여성판 에릭 해리스 또는 딜런 클리볼드라고 할 수 있는 캐리를 전혀 좋아하지 않았지만 손드라와 도디를 통하여 그녀를 조금은 이해할 수 있었다. 나는 캐리를 동정했고 그녀의 학교 친구들도 동정했다. 나도 한때는 그중의 한 명이었기 때문이다.

30

나는 《캐리》의 원고를 내 친구 빌 톰슨이 있는 더블데이 출판사로 넘겼다. 그러고는 거의 잊어버린 채 내 삶을 이어가고 있었다. 그 당시 나의 삶을 구성하고 있던 것은 학교에서 가르치는 일, 우리 아이들을 기르는 일, 아내를 사랑하는 일, 금요일 오후마다 술에 취하는 일, 그리고 소설을 쓰는 일이었다.

그 학기에 나는 점심 시간 직후인 5교시가 빈 시간이었다. 대개는 교사 휴게실에서 답안지를 채점하면서 그 시간을 보냈는데, 사실은 소파에 드러누워 한숨 늘어지게 자는 것이 소원이었다. 오후가 되면 방금 염소 한 마리를 잡아먹은 보아뱀처럼 온몸이 나른해졌다. 그런데 그날은 교무실의 콜린 사이츠가 인터폰으로 나를 찾았다. 여기 있다고 대답했더니 빨리 교무실로 오라고 했다. 전화가 왔다는 것이다. 아내였다.

한창 수업이 진행중이라 복도는 거의 텅 비어 있었는데도 휴게실에서 교무실까지 가는 길이 멀게만 느껴졌다. 나는 부지런히 서둘렀다. 달리지는 않았지만 가슴이 몹시 두근거렸다. 태비가 이웃집에 가서 전화를 걸려면 아이들에게 일일이 옷을 입히고 부츠를 신겼을 텐데, 그럴 만한 이유는 두 가지밖에 생각할 수 없었다. 조나 나오미가 계단에서 굴러 다리가 부러진 경우, 그게 아니면 《캐리》가 팔린 경우였다.

아내는 숨가쁘지만 미치도록 행복한 목소리로 전보 한 통을 읽어주었다. 빌 톰슨(나중에 존 그리샴이라는 미시시피 글쟁이를 발굴한 것도 이 친구였다)이 나에게 연락하려다가 우리집에 전화가 없다는 것을 알고 전보를 보낸 것이었다. '축하. 더블데이에서 《캐리》 출간 결정. 선인세 2,500달러. 앞날이 활짝 트였음. 윌리엄.'

아무리 1970년대 초였다 해도 2,500달러라면 선인세로는 매우 적은 액수였지만 나는 그 사실을 몰랐고, 그 당시 나에게는 그것을 일깨워줄 저작권 대리인도 없었다. 내가 대리인을 둬야겠다고 생각한 것은 내 책에서 생긴 수익금이 300만 달러를 훌쩍 넘었을 때였고 그 금액의 대부분이 출판사의 몫으로 사라진 뒤였다(그 당시 더블데이 출판사의 일반적인 계약 조건은 노예 상태보다는 나았으나 그것과 큰 차이는 없었다). 그리고 내가 쓴 고등학교 공포 소설의 출판 과정은 참을 수 없을 만큼 더디게 진행되었다. 원고가 채택된 것이 1973년 3월 말이나 4월 초였는데 출간 시기는 1974년 봄으로 잡혀 있었다. 유별난 일은 아니었다. 이때 더블데이는 추리 소설, 연애 소설, 과학 소설, '더블 D' 서부 소설 등을 매달 50권이나 그 이상으로 쏟아내는 거대한 소설 공장이었다. 게다가 레온 유리스나 앨런 드루리처럼 쟁쟁한 작가들의 여러 작품이 앞자리를 차지하고 있었다. 그러다 보니 나 같은 피라미는 뒷전으로 밀려날 수밖에 없었다.

태비는 나에게 교직을 그만두지 않겠느냐고 물었다. 나는 선인세 2,500달러와 그 이후의 불투명한 장래성만 가지고 그런 결단을 내릴 수는 없다고 대답했다. 물론 홀몸이었다면 그럴 수도 있었다(아니, 틀림없이 그랬을 것이다). 그러나 처자식이 있는 몸이? 어림도 없는 일이었다. 그날 밤 우리는 침대에 누워 토스트를 먹으며 밤이 이슥하도록 이야기를 나누었다. 태비는 만약 더블데이가 《캐리》의 보급판 리프린트 판권을 매각한다면 우리 수중에 얼마가 떨어지느냐고 물었다. 나는 모르겠다고 대답했다. 그 당시 나는 마리오 푸조가 최근 《대부》의 보급판 판권료로 막대한—자그마치 40만 달러의—선인세를 받았다는 신문 기사를 읽은 적이 있었다. 그러나 설령 《캐리》를 가지고 그렇게 많이 번다는 것은 기대할 수도 없었다. 우선 보급판을 찍게 되는지도 의문이었다.

태비는—평소에는 거리낌 없이 말하던 아내가 웬일인지 머뭇거리면서—판권을 사겠다는 보급판 출판사가 나설 것 같냐며 내 생각을 물었다. 나는 가능성이 꽤 많은 것 같다고, 아마 열에서 일곱이나 여덟쯤 될 거라고 말했다. 그러자 그녀는 금액이 얼마나 되겠느냐고 물었다. 나는 1만에서 6만 사이로 짐작한다고 대답했다.

"6만 달러란 말예요?"

몹시 놀란 목소리였다.

"그런 돈이 가능하긴 한 거예요?"

나는 그렇다고 대답했다. '개연성'은 없지만 '가능성'은 있다고 했다. 그리고 내 계약서에 의하면 보급판의 판권료 수입은 반반씩 나누게 되어 있다는 사실을 상기시켜주었다. 다시 말해서 밸런타인 출판사나 델 출판사가 6만 달러를 내놓는다면 우리 몫은 3만 달러였다. 그러나 태비는 대꾸조차 하지 않았다. 사실 말이 필요없었다. 3만 달러라면 연봉 인상을 감안하더라도 내가 교직에서 꼬박 4년 동안 벌어야 하는 액수였다. 엄청난 거금이었다. 가망없는 꿈일 수도 있었지만 우리에게 그날 밤은 꿈에 부푸는 시간이었다.

31

《캐리》의 발행 준비는 느릿느릿 계속되었다. 우리는 선인세로 새 차를 구입했고(수동 변속기를 싫어하는 태비는 공장 노동자처럼 현란한 욕설을 퍼부었지만), 나는 1973~74학년도의 교직 계약서에 서명했다. 그리고 새 장편을 쓰고 있었는데,《페이튼 플레이스*Peyton Place*》[미국 작가 그레이스 메탈리어스의 베스트셀러 소설(1956) – 옮긴이]와 《드라큘라》를 색다르게 접목시킨 이 작품에 나는 《재림*Second Coming*》이라는 제목을 붙였다. 우리는 다시 뱅거로 돌아가 아파트 일층으로 이사했다. 형편없는 집이었지만 시내로 들어온 것만도 다행이었다. 우리에게는 진짜 보증서가 딸린 차가 있었고, 게다가 전화도 있었다.

솔직히 말하면 이때 《캐리》는 나의 레이더 망에서 거의 완전히 벗어난 상태였다. 두 아이를 키우는 일도 벅찬데다(한 놈은 학교에 다니고 한 놈은 아직 집에 있었다), 어머니 때문에 걱정이 태산 같았다. 당시 예순한 살이었던 어머니는 여전히 파인랜드 트레이닝 센터에서 일하셨고 우스갯소리도 잘하셨지만 데이브 형은 어머니가 편찮으실 때가 많다고 했다. 어머니의 침실 테이블 위에는 의사에게서 처방받은 진통제가 즐비했고, 형은 혹시 어머니에게 심각한 이상이 있는 게 아닐까 걱정하고 있었다.

"어머니는 옛날부터 굴뚝처럼 담배를 피우셨잖냐."

사돈 남말하는 격이었다. 굴뚝 같기는 형도 마찬가지였으니까(나도 그랬는데, 아내는 담뱃값으로 나가는 돈 때문에, 그리고 끊임없이 쏟아져 나오는 담배 쓰레기 때문에 내가 담배 피우는 것을 지긋지긋하게 싫어했다). 그러나 형의 말뜻은 짐작할 수 있었다. 그리고 나는 데이브 형처럼 어머니 곁에 가까이 살지도 않고 그렇게 자주 뵙지도 못했지만 지난번에 뵈었을 때는 나도 어머니의 체중이 얼마나 줄었는지를 내 눈으로 확인한 터였다.

"우리가 어떡하면 좋을까?"

내 질문은 우리가 잘 아는 어머니의 성격을 암시하고 있었다. 평소 즐겨 하시던 말씀처럼 어머니는 '내 일은 내가 알아서 한다'는 분이었다. 그런 철학 때문에 우리 집안에서는 남들이 말하는 가족사의 자리가 텅 빈 잿빛 공간으로 남아 있었다. 데이브 형과 나는 아버지나 친가 쪽 식구들에 대해 아는 것이 거의 없었고, 어머니의 과거에 대해서도 별로 알지 못했다. 다만 어머니의 형제 자매 중에서 이미 죽은 사람만 따져도 여덟 명이나 된다는 (적어도 나로서는) 믿기 어려운 이야기, 그리고 어머니는 콘서트 피아니스트가 되고 싶어 했지만 결국 포기했다는 이야기 정도가 고작이었다(그래도 전쟁 때 NBC의 라디오 연속극이나 일요 예배 프로그램에서 오르간을 연주한 적은 몇 번 있었다고 하셨다).

데이브 형이 대답했다.

"우리가 할 수 있는 일은 아무것도 없어. 어머니가 해달라고 하시기 전에는."

그 전화 통화가 있은 후 얼마 지나지 않은 어느 일요일, 더블데이의 빌 톰슨에게서 전화가 걸려왔다. 집에는 나 혼자뿐이었다. 태비는 아이들을 데리고 장모님이 계시는 처가에 갔고 나는 소설을 쓰고 있었다(진짜 제목은 《재림》이었지만 내 머릿속에서는 《우리 동네 흡혈귀》였다).

빌이 물었다.

"지금 앉아 있나?"

"아닌데."

우리집 전화는 부엌 벽에 걸려 있어서 나는 부엌과 거실 사이의 문간에 서 있는 중이었다.

"앉아야 되나?"

"그게 좋을 거야. 《캐리》의 보급판 판권이 40만 달러에 시그넷 북스로 넘어갔다네."

내가 어렸을 때 우리 아버지라는 양반은 어머니에게 이런 말을 했다고 한다.

"저 놈 좀 조용하게 할 수 없겠어, 루스? 스티븐은 입만 열었다 하면 집이 떠나가게 시끄럽잖아."

그 말은 그때도 사실이었고 지금도 사실이지만 1973년 5월 어머니날이었던 그날만큼은 아무 말도 할 수 없었다. 나는 문간에 멍하니 서 있었고 내 그림자도 평소와 다름이 없었지만 도저히 말이 나오지 않았다. 빌은 듣고 있느냐고 물었지만 그의 목소리에는 웃음이 섞여 있었다. 내가 듣고 있다는 것을 알면서도 묻는 것이었다.

그러나 내가 잘못 들은 것이 분명했다. 사실일 리가 없었다. 그런 생각이 들면서 다시 말을 할 수 있었다.

"방금 4만 달러에 넘어갔다고 했나?"

"'40'만 달러라니까. 규정에 의하면—이 말은 내가 서명한 계약서를 의미했다—20만 달러가 자네 몫이지. 축하하네, 스티브."

나는 아직도 문간에 서서 거실 너머로 우리 침실과 조의 침대가 있는 쪽을 바라보고 있었다. 샌포드 스트리트에 있는 이 집이 월세 90달러인데, 내가 단 한 번밖에 얼굴을 맞대고 만난 적이 없는 이 사내는 내가 방금 돈벼락을 맞았다고 말하고 있었다. 다리에서 힘이 쭉 빠졌다. 그렇다고 아주 쓰러진 것은 아니지만 문간에 그대로 풀썩 주저앉고 말았다.

"그게 참말인가?"

빌은 그렇다고 대답했다. 나는 액수를 다시 말해달라고 했다. 제대로 들었다는 것을 확신할 수 있도록 아주 천천히 또박또박 말하라고 했다. 그는 숫자 4에 0이 다섯 개 붙었다고 말해주었다.

"그 다음은 소수점, 그리고 0이 두 개 더 붙었지."

우리는 그때부터 다시 반 시간 동안 이야기를 나누었지만 나는 우리가 그때 무슨 말을 했는지 한마디도 기억하지 못한다. 통화가 끝난 후 나는 태비가 있는 처가로 전화를 걸었다. 막내 처제 마셀라가 받더니 태비는 벌써 떠났다고 말했다. 나는 양말만 신은 채로 아파트 안을 오락가락하기 시작했다. 경사가 났는데 이 소식을 들어줄 사람이 없어 가슴이 터져버릴 지경이었다. 나는 온몸을 부들부들 떨고 있었다. 마침내 신발을 신고 나가 시내를 돌아다녔다. 뱅거의 메인 스트리트에서 문을 연 가게라고는 오직 라버디어 약국뿐이었다. 갑자기 태비에게 어머니날 선물을 사줘야 한다는 생각이 들었다. 뭔가 값비싸고 굉장한 것이어야 했다. 나도 그러려고 노력은 했다. 그러나 인생의 진리 중에는 이런 것도 있었다. 라버디어 약국에서는 정말 값비싸고 굉장한 물건은 아무것도 팔지 않는다는 사실. 그래서 최선의 선택을 했다. 헤어드라이어를 샀다.

집에 돌아와보니 태비가 부엌에서 아기 가방을 비우면서 라디오에서 흘러나오는 노래를 따라부르고 있었다. 나는 그녀에게 드라이어를 건넸다. 그녀는 난생 처음 보는 물건이라는 듯이 그것을 들여다보았다.

"이건 왜 주는 거예요?"

나는 그녀의 양쪽 어깨를 감싸쥐었다. 그리고 보급판 판권이 팔렸다는 소식을 전했다. 그녀는 내 말을 알아듣지 못하는 듯했다. 다시 말해주었다. 태비는 내가 그랬던 것처럼 내 어깨 너머로 작고 초라한 우리집 안을 둘러보더니 곧 울기 시작했다.

32

나는 1966년에 난생 처음으로 술에 취해 보았다. 고등학교 3학년 때 워싱턴으로 가는 수학 여행에서였다. 우리는 버스를 타고 갔는데, 인원은 학생 마흔 명 가량에 보호자 세 명이었다(그 가운데 한 사람은 '당구공' 선생님이었다). 뉴욕에서 여행 첫날 밤을 보냈는데, 당시 그곳은 음주 제한 연령이 18세였다. 망할 놈의 귓병과 염병할 놈의 편도선 덕분에 나는 이때 벌써 열아홉에 가까운 나이였다. 연령 제한을 넘고도 남았다.

남학생 중에서도 대담한 축이었던 우리 몇 명은 호텔 옆의 길모퉁이에서 주류 소매점 하나를 발견했다. 나는 가진 돈이 많지 않다는 사실을 의식하면서 진열장을 두루 살펴보았다. 너무 많았다. 술병도 너무 많았고, 상표도 너무 많았고, 10달러가 넘는 술도 너무 많았다. 마침내 단념하고 카운터에 있는 점원(회색 외투를 입은 따분한 표정의 대머리 사내였는데, 그는 아마 까마득한 옛날부터 '처녀 음주자'들에게 최초의 술병을 팔았을 것이다)에게 어느 것이 싸냐고 물어보았다. 그러자 그는 한마디 말도 없이 금전 출납기 옆에 있는 '윈스턴' 매트 위에 1파인트[473ml – 옮긴이]들이 '올드 로그캐빈' 위스키 한 병을 내려놓았다. 상표에는 1.95달러라는 스티커가 붙어 있었다. 적당한 가격이었다.

내 기억에 의하면 그날 밤—어쩌면 이틀날 새벽—나는 피터 히긴스(바로 당구공의 아들이었다), 부치 미쇼, 레니 파트리지, 그리고 존 치즈마에게 이끌려 엘리베이터를 탔다. 이 기억은 진짜 기억이라기보다는 차라리 텔레비전의 한 장면 같다. 마치 내가 내 몸에서 밖으로 나와 그 상황을 지켜보고 있었던 것 같다. 내 몸 속에는 다만 내 몸이 무지무지하게, 아니, 무시무시하게 안 좋다는 것을 어렴풋이 의식할 만큼의 정신만 간신히 남아 있었다.

카메라는 여학생들이 있는 층으로 올라가는 우리를 지켜본다. 카메라는 복도를 따라 짐짝처럼 끌려가는 내 모습을 지켜본다. 짐짝치고는 재미있는 짐짝인 듯하다. 여학생들은 잠옷이나 가운 차림으로 머리에 컬클립을 말고 얼굴엔 콜드크림을 바르고 있다. 모두들 나를 보며 웃고 있지만 그 웃음은 호의적인 웃음이다. 마치 귀를 솜으로 틀어막은 것처럼 소리가 아득히 멀게 들린다. 나는 캐럴 렘키에게 머리 모양이 정말 보기 좋고 그녀의 푸른 눈이 세상에서 제일 아름답다는 말을 하려고 한다. 그런데 입에서 나오는 소리는 이런 식이다. "어버버버 푸른 눈, 아다다다 세상에서." 캐럴은 웃음을 터뜨리면서도 다 알아들었다는 듯이 고개를 끄덕인다. 나는 굉장히 행복해진다. 지금 온 세상이 보고 있는 것은 한 명의 얼간이일 뿐이지만 그 얼간이는 '행복한' 얼간이, 그리고 모두들 그를 사랑한다. 나는 글로리아 무어에게 딘 마틴의 은밀한 삶에 대해 알아냈다는 말을 하려고 몇 분 동안이나 애를 쓴다.

그리고 어느 순간, 나는 침대에 누워 있다. 침대는 가만히 있는데 방 안이 빙글빙글 돌기 시작하더니 그 속도가 점점 더 빨라진다. 문득 이 도는 방이 내 웹코어 축음기(전에는 패츠 도미노를 들었고 요즘은 밥 딜런과 데이브 클라크 파이브를 듣는)의 턴테이블 같다고 생각한다. 방은 턴테이블이고 나는 축이다. 이 축은 곧 음반들을 토해내기 시작할 것이다.

그리고 잠시 정신을 잃는다. 깨어나보니 나는 친구 루이스와 함께 쓰는 더블룸의 화장실에서 두 무릎을 꿇고 있다. 거기까지 어떻게 갔는지는 생각나지 않지만 어쨌든 다행이다. 왜냐하면 변기 안에 샛노란 토사물이 그득하기 때문이다. '무슨 옥수수죽 같네.' 그런 생각이 드는 바람에 또다시 울컥 토하고 만다. 그러나 아무것도 나오지 않고, 위스키 맛이 남은 침만 길게 주르르 흘러내린다. 머리가 당장이라도 터져버릴 것 같다. 걸을 수도 없다. 나는 침대까지 엉금엉금 기어간다. 땀에 젖은 머리카락이 눈을 가린다. '내일은 괜찮아지겠지.' 그런 생각을 하다가 다시 정신을 잃는다.

아침에 일어나니 뱃속은 조금 가라앉았지만 구역질을 한 탓에 횡격막이 쑤시고 머리는 충치가 수두룩한 입안처럼 마구 욱신거린다. 눈알은 확대경으로 변해버린 것일까. 호텔 유리창으로 들어오는 끔찍하게 찬란한 아침 햇살이 그 확대경을 통과하면서 집중되어 금세 내 두뇌에 불을 붙인다.

내가 그날의 일정에 따라 움직인다는 것은—타임스 광장까지 걸어가서 자유의 여신상까지 배를 타고, 엠파이어 스테이트 빌딩 꼭대기에 올라가는 것은—말도 안 되는 일이었다. 걷는다고? 우웩. 배를 탄다고? 으웨엑. 엘리베이터? 으와아악! 젠장, 손가락 하나 까딱하기도 힘들다. 나는 씨도 안 먹힐 핑계를 둘러대고 하루 종일 침대에서 뒹군다. 늦은 오후가 되자 기분이 조금 나아진다. 옷을 입고 복도를 지나 엘리베이터를 타고 일층으로 내려간다. 뭘 먹기는 아직 불가능하지만 진저에일 한 잔과 담배 한 대와 잡지 한 권이 절실하다. 그런데 로비에 들어서자 의자에 앉아 신문을 읽고 있는 사람을 발견하는데, 그게 하필이면 얼 히긴스 씨, 바로 당구공 선생님일 줄이야. 나는 최대한 조용하게 지나가지만 소용없는 짓이다. 선물

가게에서 나와보니 그는 신문을 무릎에 내려놓고 나를 빤히 쳐다보고 있다. 가슴이 철렁 내려앉는다. 교장 선생님과 또 마찰을 빚게생겼구나. 이번엔 《빌리지 보밋》 때보다 더 심각한 말썽인지도 모르겠다. 그가 나를 부르고, 덕분에 흥미로운 사실을 알게 된다. 알고 보니 히긴스 선생님도 꽤 괜찮은 분이구나. 그 말장난 신문 때문에 나를 꽤 혹독하게 닦아세우긴 했지만 아마 마지턴 선생님의 강요에 못 이겨 그랬을 것이다. 그리고 그때는 나도 겨우 열여섯 살이었다. 그러나 첫 숙취를 경험한 오늘은 내 나이도 열아홉에 가깝고, 이미 주립대 입학 허가를 받아놓은데다, 이 수학 여행만 끝나면 곧바로 공장에서 일하게 된다.

당구공 선생님이 말한다.

"네가 몸이 안 좋아서 다른 애들처럼 뉴욕 구경을 하지 못한다고 들었는데."

그러면서 나를 아래위로 훑어본다. 나는 그렇습니다, 좀 아팠어요, 하고 대답한다.

"그런 재미를 놓치다니 안됐구나. 이젠 좀 나았니?"

네, 괜찮아요. 아마 배탈이었나 봐요. 하루 만에 낫는 걸 보니.

"또 탈나는 일이 없었으면 좋겠구나. 적어도 이번 여행에서는 말이다."

그는 잠시 나를 더 쳐다본다. 알아들었느냐고 묻는 시선이다.

"그런 일은 없을 거예요."

그 말은 진심이다. 이젠 술에 취한 기분이 어떤지 알았으니까. 갑자기 사람들에게 마구 호감이 생기는 그 막연한 느낌, 그리고 그보다는 좀더 분명하게 정신이 몸에서 거의 다 빠져나가 마치 SF 영화에 나오는 카메라처럼 공중에 둥실둥실 떠다니며 모든 상황을 촬영하고 있는 듯한 느낌, 그다음은 메스꺼림, 구역질, 두통. 아이고, 이젠 사양하겠다. 이번 여행에서는 물론이고, 앞으로도 두 번 다시 경험하고 싶지 않다. 어떤 기분인지 궁금했다면 이번 한 번으로 충분하다. 이따위 실험을 두 번이나 해보는 놈은 백치일 것이다. 그리고 평생 동안 술을 마시는 놈은 정신병자, 그것도 자학 증세가 있는 정신병자일 것이다.

이튿날 우리는 다시 워싱턴으로 향하다가 중간에 아미시 사람들의 고장에 잠시 들른다. 버스가 멈춘 곳 근처에 주류 판매점이 있다. 들어가서 둘러본다. 펜실베이니아의 음주 연령은 스물한 살이지만 하나뿐인 말쑥한 양복을 입고 파자에게서 물려받은 검정색 외투를 걸친 내 모습은 충분히 그 정도의 나이로 보일 만하다. 아니, 솔직히 말하자면 방금 출감한—그래서 배도 고프고 보나마나 정신 상태도 정상이 아닌—젊고 건장한 전과자처럼 보일 만하다. 점원은 신분증을 보자는 말도 하지 않고 '포 로지즈' 750ml 한 병을 선뜻 내주고, 우리가 숙소에 도착할 무렵 나는 또 엉망으로 취해 있다.

그로부터 10년쯤 지난 뒤, 나는 빌 톰슨과 함께 아일랜드식 술집에 앉아 있다. 자축할 일이 많은 날이었다. 그중에서도 빼놓을 수 없는 것은 나의 세 번째 장편 《샤이닝 *The Shining*》이 완성되었다는 사실이다. 우연찮게도 이 소설은 전직 교사이며 알코올 중독자인 어느 작가의 이야기이다. 오늘은 7월 어느 날이고 올스타 야구 경기가 있는 밤이다. 우리의 계획은 우선 스팀 테이블에 차려놓은 푸짐하고 고풍스러운 식사를 즐기고 나서 코가 비뚤어지도록 퍼마시는 것이다. 우리는 먼저 카운터에서 한두 잔 마시기로 한다. 나는 거기 적힌 문구들을 하나하나 읽어본다. '맨해튼에서는 맨해튼을 마신다.' '화요일은 화끈하게 마시는 날.' '노동은 음주자 계급의 적이다.' 그런데 내 정면에 이런 문구가 보인다. '아침 스페셜! 월~금 오전 8~10시 스크루드라이버 1달러.'

나는 바텐더에게 손짓을 한다. 바텐더가 다가온다. 대머리에 회색 재킷을 입고 있다. 1966년에 나에게 최초의 술 한 병을 팔았던 그 점원일지도 모른다. 아마 그럴 것이다. 나는 그 문구를 가리키며 이렇게 묻는다.

"아침 8시에 들어와서 스크루드라이버를 주문하는 사람도 있나요?"

나는 웃는 얼굴이지만 그는 웃지 않는다.

"대학생 녀석들이 있지. 자네 같은."

33

1971년인지 1972년인지 정확치 않지만 어머니의 언니 캐럴린 바이머가 유방암으로 세상을 떠났다. 어머니와 에설린 이모(바로 캐럴린의 쌍둥이 자매였다)는 캐럴린 이모의 장례식에 참석하기 위해 미네소타로 날아갔다. 어머니가 비행기를 타신 것은 20년 만에 처음이었다. 돌아오는 비행기 안에서 어머니는 평소 '깊은 곳'이라고 부르시던 부위에서 많은 피를 흘리기 시작했다. 폐경기도 이미 오래전에 지난 터였지만 그녀는 이번 하혈이 단순히 마지막 월경일 것이라고 생각해버렸다. 어머니는 흔들리는 TWA 제트 여객기의 비좁은 화장실 안에서 탐폰으로 피를 막고(수전 스넬과 친구들이 그랬던 것처럼 '틀어막아, 틀어막아!') 좌석으로 돌아왔다. 그리고 에설린 이모에게도 말하지 않았고, 데이브 형이나 나에게도 아무 말씀을 안하셨다. 까마득한 옛날부터 그녀의 주치의였던 리스본폴스의 조 멘데스를 만나러 가지도 않으셨다. 그 대신에 평소 문제가 생길 때마다 대처하던 방식을 그대로 고수하셨다. 즉 '내 일은 내가 알아서 한다'였다. 한동안은 만사가 순조로워 보였다. 일하는 것도 즐거웠고, 친구분들을 만나는 것도 즐거웠고, 데이브 형네 부부와 우리 부부에게서 둘씩 태어난 손주들을 보는 것도 즐거웠다. 그러다가 갑자기 순조롭지 않게 되었다. 1973년 8월에 극심한 정맥류를 절제하는 수술을 받은 후 검사 과정에서 자궁암이라는 진단이 나왔다. 그러나 언젠가 방바닥에 쏟아진 젤리 한 사발을 마구 짓밟으며 신나게 춤을 추어 어린 두 아들이 데굴데굴 뒹굴며 웃게 만들었던 넬리 루스 필즈베리 킹을 죽인 것은 다름아닌 부끄러움이었을 것이라고 나는 믿는다.

최후가 닥쳐온 것은 1974년 2월이었다. 그때쯤에는 《캐리》를 통해 돈이 조금씩 들어오기 시작했고, 그래서 나도 치료 비용의 일부를 보낼 수 있었다. 그나마 다행스런 일이었다. 그리고 나도 데이브 형과 린다 형수의 집에 머물면서 마지막까지 어머니 곁에 있을 수 있었다. 전날 밤에 술을 마셨지만 숙취는 그리 심하지 않았다. 그것도 다행이었다. 어머니의 임종을 보면서 숙취로 정신을 가누지 못한다면 영 곤란한 일이니까.

새벽 6시 15분에 데이브 형이 나를 깨웠다. 문밖에서 조용히 부르면서 어머니가 곧 떠나실 것 같다고 말하는 것이었다. 안방에 들어가보니 형은 어머니의 침대 곁에 앉아 어머니에게 '쿨' 한 개비를 물려드리고 있었다. 어머니는 숨을 헐떡이면서도 담배를 피우셨다. 벌써 의식이 혼미한 상태였다. 어머니는 데이브 형을 바라보다가 나를 보고 다시 데이브를 보셨다. 나는 데이브 옆에 앉아 담배를 넘겨받고 어머니의 입에 대어드렸다. 어머니가 입술을 내밀어 필터를 무셨다. 침대 옆에는 초판 이전의 교정쇄로 묶은 《캐리》 한 권이 놓여 있고 여러 개의 유리잔이 그 모습을 반사하고 있었다. 어머니가 돌아가시기 한 달쯤 전에 에설린 이모가 소리내어 읽어준 책이었다.

어머니의 눈길이 데이브와 나, 데이브와 나, 데이브와 나 사이를 오락가락했다. 72kg이던 어머니의 체중이 40kg으로 줄어 있었다. 피부가 누렇게 뜨고 쪼글쪼글해서 마치 '망자의 날'에 멕시코 거리를 행진하는 미라 같은 모습이었다. 우리는 번갈아가며 어머니께 담배를 물려드렸다. 담배가 필터까지 타들어갔을 때 내가 꽁초를 눌러 껐다.

"내 새끼들."

그렇게 말씀하시더니 어머니는 한동안 잠인지 무의식인지 모를 상태로 빠져드셨다. 나는 머리가 아팠다. 어머니의 테이블에 놓인 수많은 약병 중에서 아스피린 두 알을 찾아 먹었다. 데이브가 어머니의 한 손을 쥐었고 나도 다른 손을 쥐었다. 침대보에 덮인 육신은 우리 어머니가 아니라 굶주리고 일그러진 어린아이의 몸뚱이였다. 데이브와 나는 담배를 피우며 잠시 이야기를 나누었다. 무슨 말을 했는지는 생각나지 않는다. 전날 밤에 비가 내리더니 기온이 뚝 떨어졌고 아침 길거리에는 얼음이 깔려 있었다. 우리는 어머니가 힘겹게 숨을 몰아쉬는 소리를 듣고 있었는데, 호흡과 호흡 사이의 간격이 점점 길어졌다. 마침내 숨소리가 완전히 그치더니 적막만 남았다.

34

어머니는 사우스웨스트 벤드의 교회 조합 묘지에 묻히셨다. 형과 내가 메소디스트 코너스에서 성장할 때 어머니가 다니시던 교회였는데, 그날은 혹한 때문에 교회 문도 닫혀 있었다. 고별사는 내가 맡았다. 제법 쓸 만한 고별사였던 것 같다. 정신없이 취한 상태였다는 것을 감안한다면.

35

알코올 중독자들은 네덜란드인들이 제방을 쌓는 심정으로 변명을 준비한다. 나는 결혼 후 초기 여남은 해 정도까지도 내가 '그냥 술을 좋아할 뿐'이라고 생각했다. 그리고 세계적으로 유명한 '헤밍웨이식 핑계'도 곁들였다. 누가 그것을 명확하게 설명한 적은 없지만(남자답지 못한 짓이므로) 이른바 헤밍웨이식 핑계란 대체로 이런 것이다. '나는 작가이다. 그러므로 감수성이 대단히 예민한 사람이다. 그러나 나는 또한 남자이기도 하다. 진정한 남자라면 감수성 따위에 굴복해서는 안 된다. 그런 일은 계집애 같은 놈들에게나 어울린다. 그래서 나는 술을 마신다. 술마저 없다면 이 실존적인 고통의 세계에서 어떻게 살아나갈 수 있으랴? 그리고 나는 술을 얼마든지 다스릴 수 있다. 진짜 남자라면 술 따위는 문제도 아니다.'

1980년대 초, 메인의 주의회가 병과 깡통을 재활용하는 법안을 통과시켰다. 그래서 내가 마시는 밀러 라이트 맥주 깡통들도 쓰레기통에 들어가는 대신에 차고에 놓아두는 플라스틱통에 모이기 시작했다. 그러던 어느 목요일 밤, 빈 깡통들을 플라스틱통에 넣기 위해 차고에 들어갔던 나는 월요일 밤까지만 해도 비어 있던 이 통이 거의 다 차버린 것을 보았다. 그런데 우리집에서 밀러 라이트를 마시는 사람은 나뿐이었으니 —

'맙소사, 내가 중독자로구나.' 그런 생각이 들었지만 어떤 반론도 떠오르지 않았다. 알고 보니《샤이닝》은 나 자신에 대한 소설이었는데, 그것을 쓰면서도 나는 그 사실을 (적어도 그날 밤까지는) 전혀 깨닫지 못했던 것이다. 이 깨달음에 대한 나의 반응은 부정이나 불만이 아니었고, 두려움에서 비롯된 결심이라고 부를 만한 것이었다. 이런 생각을 했던 것이 뚜렷하게 기억난다. '그렇다면 조심해야지. 까딱 잘못하면—'

까딱 잘못해서 어느 날 밤 시골길에서 차를 굴려버리거나 텔레비전 생방송을 망쳐버린다면 누군가 나서서 술 좀 작작 마시라고 충고할 텐데, 알코올 중독자에게 술을 자제하라고 말하는 것은 전 세계에서 가장 극심한 설사병에 걸린 사람에게 똥을 자제하라고 말하는 것과 똑같은 일이다. 그런 상황을 몸소 겪어본 내 친구 하나가 재미있는 이야기를 들려주었다. 점점 내리막길로 치닫는 인생을 바로잡으려고 처음 시도해본 일에 대해서였다. 상담원을 찾아간 그는 자기가 술을 너무 많이 마셔서 아내가 걱정한다고 털어놓았다. 그러자 상담원이 물었다.

"얼마나 많이 드시는데요?"

내 친구는 어처구니가 없다는 표정으로 상담원을 쳐다보면서 뻔한 일을 묻는다는 듯이 이렇게 대답했다.

"그야 있는 대로 다 마시죠."

그 친구의 심정을 나도 안다. 나도 이제 술을 끊은 지 거의 여남은 해가 지났지만 지금도 식당에서 마시다 만 술잔을 앞에 놓고 앉아 있는 사람을 볼 때마다 어처구니가 없다. 당장이라도 벌떡 일어나 그쪽으로 가서 얼굴을 바싹 들이대고 이렇게 소리치고 싶어진다. '마저 마셔! 왜 빨리 안 마시고 꿈지럭거려?' 나는 사교를 위해 술을 마신다는 것은 터무니없는 소리라고 생각한다. 취하려고 마시는 게 아니라면 차라리 콜라를 마시는 편이 낫지 않겠는가?

내가 술을 마시던 시절 중에서 마지막 5년 동안은 밤마다 똑같은 일이 반복되었다. 냉장고에 맥주가 남아 있으면 모조리 싱크대에 쏟아버리는 일이었다. 그렇게 하지 않으면 남은 맥주 깡통들이 누워 있는 나에게 말을 걸었고, 결국 다시 일어나 한 개를 더 마셔야 했다. 그리고 또 한 개. 그리고 한 개 더.

36

1985년에는 알코올 문제에 마약 중독 문제까지 더해졌다. 그러나 중독자들이 흔히 그렇듯이 나도 그럭저럭 정상적인 활동을 계속했다. 마약은 항상 잘 숨겨놓았는데, 그것은 두려움—이제 마약이 떨어지면 견디지 못하는데 그게 없으면 어떻게 될까?—때문이기도 했고 수치심 때문이기도 했다. 또다시 덩굴옻나무 잎으로 밑을 닦는 꼴이었다. 더구나 이번에는 날마다 그런 짓을 했지만 누구에게 도움을 청할 수도 없었다. 그런 행동은 우리 집안의 방식이 아니었다. 우리 집안 사람들은 그저 담배를 피우고, 젤리를 짓뭉개며 춤을 추고, 자기 일은 자기가 알아서 할 뿐이었다.

그러나 나의 내면 중에서도 소설을 쓰는 '나'는—즉 깊이 감춰진 나, 《샤이닝》을 쓰던 1975년부터 이미 내가 알코올 중독자라는 사실을 알고 있었던 나는—그런 사정을 용납하지 않았다. 그 '나'에게 침묵은 어울리지 않는다. 그래서 자기가 아는 유일한 방법으로—즉 소설을 통하여, 그리고 괴물들을 통하여—비명을 지르기 시작했다. 1985년 말에서 1986년 초까지 나는 어느 정신나간 간호사에게 붙잡혀 고통받는 작가에 대한 소설 《미저리Misery》를 썼다 (당시의 내 정신 상태를 잘 말해주는 제목이다). 1986년 봄과 여름에는 《토미노커스The Tommyknockers》를 썼는데, 코카인 때문에 흐르는 코피를 솜으로 막고 맥박이 분당 130번이나 뛰는 상태에서도 자정까지 일할 때가 많았다.

《토미노커스》는 1940년대풍 과학 소설이다. 작가인 여주인공은 땅속에 파묻혀 있던 외계인들의 우주선을 발견한다. 승무원들은 아직도 죽지 않고 동면중인 상태였다. 이 외계 생물들이 인간의 두뇌에 파고들어 한바탕 난리를 치기 시작한다. 그러면서 사람들은 에너지와 일종의 피상적인 지능을 갖게 된다(가령 작가 바비 앤더슨은 정신 감응으로 작동하는 타자기와 원자력을 이용한 온수 난방기 따위를 만들어낸다). 그 대신에 영혼을 잃어버린다. 이 소설은 과도한 스트레스에 시달리며 지쳐 있던 나의 정신이 발견한 마약과 알코올의 은유였다.

그로부터 얼마 안 되었을 때 아내는 마침내 내가 혼자 힘으로는 이 한심한 내리막길에서 벗어날 수 없다는 결론을 내리고 도움의 손길을 내밀었다. 쉬운 일은 아니었지만—이 무렵의 나는 이미 이성을 잃어버린 지 오래였으니까—그녀는 망설이지 않았다. 식구들과 친구들로 중재 집단을 조직했다. 나는 지옥판 〈당신의 인생〉[유명 인사의 친척과 친지를 불러 알려지지 않은 이야기를 듣는 텔레비전 프로그램—옮긴이] 같은 상황에 처하게 되었다. 태비는 우선 내 집필실의 쓰레기 봉지에 들어 있는 것들을 모조리 카펫 위에 쏟아놓았다. 맥주 깡통, 담배 꽁초, 코카인이 들어 있던 작은 병, 코카인이 들어 있던 비닐 봉지, 콧물과 핏물로 뒤범벅이 된 코카인 스푼, 발륨, 재낙스, 진해 시럽 로비투신 병, 감기약 나이퀼 병, 심지어는 구강 청정제 병까지 우수수 떨어졌다. 일년쯤 전에 태비는 화장실에 있는 커다란 리스터린 병이 너무 빨리 비는 것을 보고 나에게 혹시 이 구강 청정제를 먹느냐고 물어본 적이 있었다. 그때 나는 자못 오만한 태도로, 당연히 안 먹는다고 대답했다. 그 말은 사실이었다. 내가 애용한 것은 스코프였다. 민트향이 들어 있어서 그게 더 맛있으니까.

중재 과정은 나뿐만 아니라 물론 아내나 아이들이나 친구들에게도 불쾌한 일이었는데, 그 내용의 핵심은 그들이 지켜보는 앞에서 내가 죽어가고 있다는 것이었다. 태비는 나에게 선택권을 주겠다고 했다. 재활 시설에서 치료를 받든지 아니면 집에서 썩 나가라는 것이었다. 자신도 아이들도 나를 사랑하기 때문에 내가 스스로 죽어 가는 꼴을 차마 지켜볼 수 없다고 했다.

나는 흥정을 했다. 그것이 중독자들의 버릇이니까. 나는 매혹적 이었다. 그것이 중독자들의 특징이니까. 결국 2주 동안 생각해볼 말 미를 얻었다. 돌이켜보면 그것이야말로 그 당시 나의 정신나간 작 태를 대표적으로 보여주는 예가 아닐 수 없다. 불타는 건물 지붕에 어떤 사내가 서 있다. 헬리콥터가 날아와 밧줄 사다리를 내려보낸 다. 헬리콥터 문가에서 한 남자가 소리친다. '빨리 올라와요!' 그러 자 불타는 건물 지붕의 사내가 대답한다. '생각해볼 테니까 2주만 시간을 줘요.'

어쨌든 생각은 해보았는데—그 혼탁한 머리로 얼마나 생각할 수 있었는지 모르겠지만—마침내 결심을 하게 만든 것은《미저리》 의 미친 간호사 애니 윌크스였다. 애니는 코카인이었고 애니는 술 이었다. 나는 애니의 놀이개 작가 노릇도 이제 지긋지긋하다는 결 론을 내렸다. 술과 마약을 끊으면 일을 못하게 될까 봐 걱정스러웠 지만, 설령 글을 못 쓰게 되더라도 결혼 생활을 유지하고 아이들이 자라는 모습을 지켜보는 편이 낫다고 판단한 것이다(우울하고 정신 도 산란한 상태였던 것을 감안하면 제법 쓸 만한 판단력이었다). 최악의 사 태를 각오한 셈이었다.

물론 그런 일은 일어나지 않았다. 창의적인 활동과 정신을 좀먹 는 물질 사이에 밀접한 관계가 있다는 생각은 우리 시대가 낳은 터 무니없는 통념 가운데 하나일 뿐이다. 20세기 작가 중에서 이런 통 념을 퍼뜨린 장본인들을 네 명만 꼽는다면 아마 헤밍웨이, 피츠제 럴드, 셔우드 앤더슨, 그리고 시인 딜런 토머스 등이 포함될 것이다. 그들은 영어권의 우리가 세계를 실존주의적 황무지로 파악하도록 만드는 데 중심적인 역할을 담당했다. 이 세상에서 사람들은 서로 차단되어 있으며 정서적 질식 상태에서 절망을 안고 살아간다. 이런 개념들은 대부분의 알코올 중독자에게도 매우 친숙한 것들이지만 이에 대한 일반적인 반응은 그저 재미있다는 정도가 고작이다. 술이나 마약을 남용하는 사람은 그가 작가든 아니든 간에 다만 물질 남용자일 뿐이다. 쉽게 말해서 흔해빠진 주정뱅이와 아편쟁이라는 것이다. 마약이나 알코올이 예민한 성격을 둔화시키는 데 필요하다는 주장은 자신을 정당화하기 위한 헛소리에 불과하다. 알코올에 중독된 제설차 운전수들도 똑같은 주장을 한다고 들었다. 귀신을 잠재우기 위해 술을 마신다는 것이다. 그러므로 어떤 사람의 정체가 제임스 존스[James Jones : 1921~1977,《지상에서 영원으로》로 유명한 미국 작가 – 옮긴이]인지 존 치버[John Cheever : 1912~1982, 미국 소설가 – 옮긴이]인지 아니면 뉴욕의 철도역에서 낮잠을 자는 부랑자인지는 중요하지 않다.

중독자에게 중요한 것은 무슨 일이 있어도 술이나 마약을 즐길 권리를 수호해야 한다는 사실뿐이다. 헤밍웨이와 피츠제럴드는 창의적이었거나 소외되었거나 도덕적으로 해이해서 술을 마신 것이 아니었다. 그들이 술을 마신 이유는 알코올 중독자라서 어쩔 수 없었기 때문이었다. 물론 다른 직종에 종사하는 사람들보다 창의적인 일을 하는 사람들에게 알코올 중독이나 마약 중독의 위험성이 더 큰 것은 사실이지만, 그렇다고 뭐가 달라지는가? 시궁창에서 구역질을 하고 있는 사람은 누구나 다 똑같아 보인다.

37

그런 모험이 막바지에 다다랐을 때 나는 하룻밤에 맥주 한 박스를 해치우고 있었다. 그때 쓴 소설 《쿠조Cujo》는 어떻게 썼는지 기억조차 거의 없다. 이 말을 하면서 나는 자랑스럽지도 부끄럽지도 않고 다만 막연한 슬픔과 상실감을 느낄 뿐이다. 그러나 나는 그 책이 마음에 든다. 그래서 당시 괜찮은 대목들을 쓰면서 즐거움을 만끽했다면, 그리고 그 기억이 지금까지 남아 있다면 얼마나 좋을까 싶다.

최악의 상태였을 때는 술을 마시기도 싫었고 말짱한 정신으로 있기도 싫었다. 인생에서 쫓겨난 기분이었다. 그러다가 되돌아오는 길에서는 다만 여유를 갖고 기다리기만 하면 모든 것이 나아질 것이라는 사람들의 말을 믿으려고 노력했다. 그리고 글쓰기도 중단하지 않았다. 어떤 작품은 모호하고 재미없었지만 그래도 쓴다는 사실이 중요했다. 나는 이 비참하고 무미 건조한 작품들을 책상 맨 아랫서랍에 파묻어버리고 다음 작품으로 넘어갔다. 조금씩 예전의 감각이 되살아났고, 그때부터는 즐거움도 다시 느낄 수 있었다. 나는 고마움을 느끼며 가족의 품으로 돌아왔고 안도감을 느끼며 창작의 세계로 돌아왔다. 이렇게 귀환하는 심정은 마치 기나긴 겨울을 보내고 여름 별장을 다시 찾은 것 같았다. 나는 먼저 겨울 동안에 도둑맞거나 부서진 것은 없는지 점검했다. 다행히 없었다. 모든 것이 제자리에 있었고 모든 것이 정상이었다. 얼어붙은 수도관을 녹이고 전기를 연결하자 모든 것이 제대로 움직였다.

38

이 장에서 마지막으로 말해두고 싶은 것은 내 책상에 대해서다. 나는 예전부터 방 전체를 압도하는 거대한 떡갈나무 책상을 갖고 싶었다. 트레일러 세탁실의 아동용 책상도 싫었고 셋집에서 쓰던 평범한 책상도 싫었다. 1981년에 나는 드디어 마음에 드는 책상을 구하여 채광창이 있는 널찍한 서재 한복판에 갖다놓았다(집 뒤쪽의 건초 다락을 개조한 방이었다). 그때부터 6년 동안 이 책상을 썼는데, 당시 나는 술이나 마약에 취해 제정신이 아니었다. 마치 정처없이 바다 위를 떠도는 배의 선장과도 같았다.

술을 끊고 한두 해가 지났을 때 나는 이 흉물을 치워버리고 그 자리에 거실용 가구들을 들여놓았다. 아내의 도움을 받으며 책상을 조각조각 끄집어내고 근사한 터키산 양탄자를 깔았다. 우리 아이들이 집을 떠나기 전이었던 1990년대 초에는 저녁마다 아이들이 이 방에 들어와 농구 경기나 영화를 보면서 피자를 먹곤 했다. 아이들은 대개 피자 껍데기가 가득한 상자를 치우지도 않고 나갔지만 나는 그것조차 싫지 않았다. 아이들은 그 방에 들어와서 나와 함께 있는 것을 좋아하는 듯했고, 나도 그들과 함께 있는 것이 좋았기 때문이다. 나는 다른 책상을 마련했다. 수제품이고 아름다우며 크기는 공룡 책상의 절반쯤 되는 것으로. 나는 그것을 집필실 서쪽에 있는 처마 밑의 한 구석에 붙여놓았다. 이 처마는 더럼에서 살 때 내가 그 밑에서 잠을 잤던 그 처마와 아주 비슷하다. 그러나 벽 속에서 소란을 피우는 쥐떼도 없고, 아래층에서 누가 빨리 딕에게 꿀을 먹이라고 소리치는 노망난 외할머니도 없다.

나는 지금도 바로 그 처마 밑에 앉아 있다. 내 나이 쉰세 살, 시력도 안 좋고 한쪽 다리를 절긴 하지만 숙취 따위는 없다. 나는 내가 할 줄 아는 일을 하고 있으며 능력이 닿는 한 최선을 다하고 있다. 나는 지금까지 여러분에게 이야기한 그 모든 일들을 겪었고(물론 말하지 않은 일도 많지만), 이제부터는 글쓰기에 대하여 말하려고 한다. 미리 약속했듯이, 너무 긴 이야기는 아닐 것이다.

우선 이것부터 해결하자. 지금 여러분의 책상을 한구석에 붙여 놓고, 글을 쓰려고 그 자리에 앉을 때마다 책상을 방 한복판에 놓지 않은 이유를 상기하도록 하자. 인생은 예술을 위해 존재하는 것이 아니다. 오히려 그 반대이다.

글쓰기란 무엇인가

물론 정신 감응이다. 생각해보면 참 재미있는 일이다. 오래 전부터 사람들은 그런 것이 정말 존재하느냐는 문제를 놓고 논쟁을 거듭했고, J. B. 라인[Joseph Banks Rhine : 1895~1980, 미국 초심리학자 - 옮긴이] 같은 사람들은 그것을 정확하게 검증하는 방법을 고안하느라고 머리가 터질 지경이었다. 그런데 알고 보면 이 현상은 옛날부터 에드거 앨런 포의 〈도둑맞은 편지〉처럼 눈에 잘 띄는 곳에 존재하고 있었다. 모든 예술은 제각기 어느 정도는 정신 감응을 이용하기 때문이다. 그러나 나는 문학이야말로 가장 순수한 형태의 정신 감응을 보여준다고 믿는다. 그것이 나의 편견일지도 모르지만, 설령 그렇더라도 우리는 그냥 문학을 옹호하기로 하자. 우리가 이렇게 만난 것도 애당초 문학에 대해 생각하고 이야기하기 위해서였으니까.

내 이름은 스티븐 킹이다. 내가 이 장의 초고를 쓰고 있는 곳은 내 책상이고(처마 밑에 있는 바로 그 책상이다), 지금은 1997년 12월의 어느 눈 내리는 아침이다. 내 마음 속에는 여러 가지 일들이 스쳐간다. 그중에는 더러 걱정거리도 있고(눈이 나빠졌고, 크리스마스 쇼핑을 아직 시작도 못한데다 아내가 감기에 걸려 몸이 안 좋다), 또 더러는 기쁜 일도 있지만[대학에 가 있던 둘째아들이 예고도 없이 집에 왔고, 나는 어느 콘서트에서 월플라워스(미국 얼터너티브록 밴드 - 옮긴이)와 함께 클래시(The Clash : 영국 펑크록 밴드 - 옮긴이)의 〈새 캐딜락Brand New

Cadillac)을 연주하게 되었다] 지금 당장은 그 모든 일이 머릿속에서만 오락가락할 뿐이다. 지금 내가 있는 장소는 전혀 다른 곳이다. 지하에 자리잡은 그곳에는 밝은 빛과 선명한 이미지들이 가득하다. 이곳은 내가 오랜 세월에 걸쳐 서서히 만들어낸 곳이며 멀리까지 바라볼 수 있는 곳이다. 멀리 내다볼 수 있는 곳이 하필이면 지하에 있다니 조금 이상하고 모순적인 말로 들리겠지만 어쨌든 나에게는 그것이 사실이다. 여러분이 멀리 볼 수 있는 곳을 만들 때는 나무 우듬지를 선택해도 좋고 세계 무역 센터 꼭대기나 그랜드캐니언의 낭떠러지 위를 선택해도 좋다. 로버트 매캐먼의 소설에 나왔던 표현을 빌리자면 그곳은 바로 여러분의 '놀이터'니까 말이다.

예정에 의하면 이 책은 2000년 늦여름이나 초가을에 출판하기로 되어 있다. 일이 예정대로 진행되더라도 여러분은 나보다 상당히 뒤늦게 이 글을 읽게 될 것이다. 그러나 여러분은 아마 저마다 멀리 볼 수 있는 곳, 즉 정신 감응으로 메시지를 받을 수 있는 장소에 있을 것이다. 물론 '몸소' 그런 곳에 가 있어야 하는 것은 아니다. 책이란 어디든지 갖고 다닐 수 있는 마술 같은 것이기 때문이다.

나는 대개 차 안에서 오디오북을 듣고(축약본은 형편없다고 생각하므로 반드시 원본 그대로인 것을 고른다) 어디에 가든지 책 한 권을 들고 다닌다. 언제 어느 때 탈출구가 필요할지 모르기 때문이다. 고속도로 톨게이트 앞에 자동차 행렬이 길게 늘어서 있을 때도 있고, 수강 취소 신청서에 지도 교수의 서명을 받으려고 어느 따분한 대학 건물의 복도에서 (어떤 망할 자식이 '개판치기 입문' 과목에서 낙제점을 주면 자살하겠다고 위협하는 바람에) 15분쯤 기다려야 할 때도 있고, 그 밖에도 공항 대합실에서, 비오는 오후에 빨래방에서, 그리고 귀중한 신체 일부를 난도질당하려고 최악의 장소인 병원을 찾았는데 의사가 지각하는 바람에 꼬박 30분을 허비해야 할 때도 있다. 그럴 때마다 책은 필수품이 아닐 수 없다. 만약에 내가 한 곳에서 다른 곳으로 가기 전에 연옥에서 시간을 보내야 하더라도 그곳에 대출 도서관 하나만 있다면 얼마든지 견딜 수 있을 것이다(설령 도서관이 있더라도 책이라고는 다니엘 스틸의 소설이나 《닭고기 수프》 시리즈가 전부일 텐데, 하하, 약오르지, 스티브?).

나는 이렇게 기회만 있으면 책을 읽는다. 그러나 나에게도 특별히 좋아하는 장소가 따로 있는 것처럼, 아마 여러분도 그럴 것이다. 조명이 밝고 분위기도 아늑한 장소 말이다. 내 경우에는 내 서재에 있는 파란 의자가 그런 곳이다. 여러분은 일광욕실의 소파나 부엌의 흔들의자를 좋아할 수도 있고, 침대에 비스듬히 눕는 것을 좋아할 수도 있다. 침대에서 책을 읽으면 천국이 따로 없다. 물론 책장을 비추는 조명이 적당해야 하고 이불에 커피나 코냑을 엎지르는 일이 별로 없어야겠지만.

자, 그렇다면 이제 내가 신호를 전송하기에 제일 좋은 장소에 와 있듯이 여러분도 각자 마음에 드는 수신 장소에 있다고 치자. 지금부터 우리는 정신력을 이용하여 거리뿐만 아니라 시간까지 뛰어넘어야 한다. 별로 어려운 일은 아니다. 우리가 지금도 디킨스나 셰익스피어는 물론이고 (각주 몇 개만 있으면) 헤로도토스의 책까지 읽을 수 있는 것을 보면 1997년과 2000년 사이의 간격쯤은 아무것도 아니니까. 지금부터 시작이다. 진짜 정신 감응을 시도해보는 것이다. 여러분은 내가 옷소매에 아무것도 감추지 않았고 입술을 움직이지도 않는다는 것을 확인하게 될 것이다. 그리고 아마 여러분도 그럴 것이다.

보라. 여기 붉은 천을 덮은 테이블이 있다. 그 위에는 작은 수족관만 한 토끼장 하나가 있다. 토끼장 속에는 코도 분홍색이고 눈가도 분홍색인 하얀 토끼 한 마리가 있다. 토끼는 앞발로 당근 한 토막을 쥐고 흐뭇한 표정으로 갉아먹는 중이다. 토끼의 등에는 파란 잉크로 8이라는 숫자가 선명하게 찍혀 있다.

지금 우리는 모두 똑같은 장면을 보고 있는 것일까? 그것을 확인하기 위해서는 모두 한자리에 모여 각자가 본 것을 비교해봐야 되겠지만, 아마도 그럴 것이라고 나는 생각한다. 물론 약간의 차이가 생기는 것은 어쩔 수 없다. 수신자들 중에서도 어떤 이들에게는 테이블에 덮인 천이 진홍색으로 보이고, 어떤 이들에게는 다홍색, 또 다른 이들에게는 또다른 색조로 보인다(색맹인 사람들에게는 붉은 테이블보가 시가 담뱃재 같은 암회색으로 보인다). 어떤 이들에게는 테이블보의 가장자리가 동글동글하게 다듬어져 있고, 또 어떤 이들에게는 밋밋한 직선으로 되어 있다. 꾸미기를 좋아하는 사람들은 거기에 레이스를 붙여도 좋다. 내 것이 곧 여러분의 것이니까 마음대로 주물러보시라.

마찬가지로 토끼장도 개개인에 따라 해석을 달리할 여지가 많다. 이 토끼장은 '간단한 비유'로 설명되어 있는데, 이런 비유는 여러분과 내가 세상과 그 속의 사물들을 비슷한 눈으로 바라봐야만 쓸모가 있다. 간단한 비유를 사용할 때는 세부적인 내용을 소홀히 하기 쉽다. 그렇다고 사소한 특징들을 일일이 나열해야 한다면 글쓰기의 재미가 몽땅 사라지고 만다. 과연 이런 설명이 필요할까? '테이블 위에는 가로 106cm, 세로 61cm, 높이 35cm인 토끼장 하나가 있다.' 이런 것은 산문이 아니고 사용 설명서일 뿐이다. 위의 문단은 그 토끼장이 어떤 재료로 만들어졌는지에 대해서도 아무런 언급이 없지만—철망? 쇠막대? 유리?—과연 그런 것이 정말 중요한 문제일까? 어쨌든 우리 모두는 이 토끼장의 내부가 훤히 보인다는 것을 알고 있다. 그것만 알면 충분하다.

여기서 가장 흥미로운 것은 토끼장도 아니고, 그 속에서 당근을 먹고 있는 토끼도 아니고, 다만 그 토끼의 등에 찍힌 숫자이다. 6도 아니고, 4도 아니고, 19.5도 아니다. 숫자는 8이다. 우리는 모두 그 숫자를 보고 있다. 나는 여러분에게 그것을 보라고 말하지 않았다. 여러분도 나에게 묻지 않았다. 나도 입을 연 적이 없고 여러분도 입을 연 적이 없다. 더욱이 우리는 같은 방안에 있기는커녕, 같은 연도에 있는 것조차 아니다. 그런데도 우리는 함께 있다. 우리는 서로 가까이 있다.

지금 우리는 정신의 만남을 갖는 중이다.

나는 여러분에게 붉은 천이 덮인 테이블 하나와 토끼장 하나와 토끼 한 마리와 파란 잉크로 찍힌 8이라는 숫자를 전송했다. 여러분은 그 모든 것, 특히 그 파란 8자를 무사히 수신했다. 우리는 정신 감응을 경험한 것이다. 무슨 전설 속의 산 따위가 아니라 진짜 정신 감응이다. 여기서 내 말의 요지를 장황하게 설명하지는 않겠다. 그러나 다음 장으로 넘어가기 전에 여러분은 지금 내가 괜히 쓸데없는 말을 늘어놓는 것이 아니라는 사실을 꼭 알아주기 바란다. 방금 했던 이야기에는 분명히 어떤 의미가 담겨 있다.

글쓰기라는 것을 시작하면서 여러분은 불안감을 느낄 수도 있고 흥분이나 희망을 느낄 수도 있다. 심지어는 절망감을 가질 수도 있는데, 그것은 자신의 마음 속에 있는 생각들을 결코 완벽하게 종이에 옮겨적을 수는 없을 것이라는 예감 때문이다. 여러분은 두 주먹을 불끈 쥐고 눈을 가늘게 뜨면서 당장이라도 누군가를 때려눕힐 태세로 글쓰기를 시작할 수도 있다. 결혼하고 싶은 여자가 있어서 글쓰기를 시작할 수도 있고, 세상을 변화시키고 싶어서 시작할 수도 있다. 어느 쪽이든 상관없다. 그러나 경박한 자세는 곤란하다. 다시 말하겠다. '경박한 마음으로 백지를 대해서는 안 된다.'

그렇다고 경외감을 가지라는 뜻은 아니다. '정치적으로 올바른' 말만 쓰라는 것도 아니고 유머 감각을 버리라는 것도 아니다(유머 감각은 꼭 필요하다). 글쓰기는 인기 투표도 아니고 도덕의 올림픽도 아니고 교회도 아니다. 그러나 글쓰기란 세차를 하거나 눈화장을 하는 것과는 분명히 다른 일이다. 여러분이 글쓰기를 진지하게 생각한다면 이제 본격적인 이야기를 시작해보자. 진지해질 수 없거나 진지해지기 싫다면 당장 이 책을 덮어버리고 다른 일을 하는 편이 나을 것이다.

이를테면 차를 닦는 것도 좋겠다.

연장통

내가 하고 싶은 말은 글쓰기에서도 자기가 가진 최선의 능력을 발휘하려면 연장들을 골고루 갖춰놓고 그 연장통을 들고 다닐 수 있도록 팔심을 기르는 것이 좋다는 것이다. 그렇게 해놓으면 설령 힘겨운 일이 생기더라도 김이 빠지지 않고, 냉큼 필요한 연장을 집어들고 곧바로 일을 시작할 수 있다.

S T E P H E N   K I N G

1

할아버지는 목수였네

집과 가게와 은행을 짓느라고

줄담배로 카멜을 피우며

널빤지에 수많은 못을 박았네

한 층 한 층 가지런히 쌓아올리고

문짝도 고르게 대패질하고

링컨이 전쟁에 이겼으니

아이젠하워에게 표를 던졌네.

나는 존 프라인의 이 노래를 아주 좋아하는데, 아마 우리 외할아버지도 목수였기 때문일 것이다. 가게나 은행은 모르겠지만 외할아버지 가이 필즈베리도 평생 수많은 집을 지으셨고, 대서양의 혹독한 겨울이 프라우츠넥에 있는 윈슬로 호머[Winslow Homer : 1836~1910, 바다를 즐겨 그린 미국 화가−옮긴이]의 집을 무너뜨리지 못하도록 보호하는 일을 오랫동안 맡아 하셨다. 그러나 파자는 카멜이 아니라 시가를 피웠다. 카멜을 피운 사람은 역시 목수였던 오런 이모부였다. 그리고 파자가 은퇴할 때 연장통을 물려받은 사람도 오런 이모부였다. 내가 콘크리트 블록을 발등에 떨어뜨리던 날에도 그 연장통이 차고 안에 있었는지는 기억나지 않지만, 아마도 평소처럼 이종 사촌 도널드의 하키 스틱과 스케이트와 야구 글러브 따위가 있는 차고 한구석에 얌전히 놓여 있었을 것이다.

이 연장통은 가히 '괴물'이라고 부를 만한 물건이었다. 그 속에는 세 개의 층이 있었는데, 위의 두 개는 밖으로 꺼낼 수 있었고 세 개 모두 정교하게 만든 작은 서랍들이 있었다. 물론 수제품이었다. 검은 나무판들을 작은 못과 황동띠로 고정시켜 만들었고 뚜껑에는 큼직한 빗장들이 있었다. 어린 시절 나의 눈에는 그것들이 거인의 도시락에 달린 빗장처럼 보였다. 뚜껑 안쪽은 실크였는데, 연장통에 그런 안감을 붙였다는 것도 기묘했지만 그 무늬 때문에 더욱 인상적이었다. 불그스름한 장미꽃 문양들이 기름때에 절어 점점 사라져가는 중이었다. 양쪽 옆에는 가운데로 모아 쥐는 커다란 손잡이가 있었다. 이런 연장통은 '월마트'나 '웨스턴 오토' 같은 곳에서는 절대로 구할 수 없다.

연장통을 처음 물려받았을 때 오런 이모부는 그 밑바닥에서 호머의 유명한 그림을—아마 〈역류〉였을 것이다—모사한 동판화 한 장을 발견했다. 몇 년 뒤 이모부는 뉴욕의 호머 전문가에게서 그것이 호머의 진품이라는 감정을 받았는데, 그로부터 몇 년 뒤에는 아마 상당한 액수를 받고 팔아넘겼을 것이다. 파자가 처음에 이 동판화를 어떻게 입수했는지는 아직도 수수께끼로 남아 있지만 연장통의 출처에 대해서는 의문의 여지가 없다. 파자가 손수 만들었기 때문이다.

어느 여름날 나는 오런 이모부가 집 뒤쪽에 있는 망가진 방충망을 고치는 일을 거들었다. 아마 내가 여덟 살이나 아홉 살 때였을 것이다. 마치 타잔 영화에 나오는 원주민 짐꾼처럼 새 방충망을 머리에 이고 이모부를 따라가던 기억이 난다. 이모부는 연장통의 손잡이를 쥐고 허벅지로 밀어내면서 걷고 있었는데, 언제나 그렇듯이 카키색 바지와 깨끗한 흰색 티셔츠 차림이었다. 군대식으로 짧게 깎은 희끗희끗한 머리가 땀에 젖어 반짝거렸다. 카멜 한 개비가 아랫입술에 걸려 대롱거렸다(그로부터 여러 해가 지났을 때 내가 앞주머니에 체스터필드 한 갑을 꽂고 나타났더니 오런 이모부는 '싸구려 담배'라면서 비웃었다).

이윽고 우리는 망가진 방충망이 있는 창문 앞에 도착했고, 이모부는 안도의 한숨을 크게 내쉬며 연장통을 내려놓았다. 데이브 형과 내가 손잡이를 하나씩 나눠쥐고 차고 바닥에서 들어보려고 했지만 거의 꼼짝도 하지 않던 연장통이었다. 물론 그때 우리는 아직 어린애들이었지만 연장을 다 넣은 상태에서 이 연장통의 무게는 35kg에서 55kg 사이였을 것이다.

오런 이모부는 나에게 그 큼직한 빗장을 풀게 했다. 자주 쓰는 연장들은 모두 맨 위층에 담겨 있었다. 망치, 톱, 펜치, 치수가 정해진 렌치 두 개, 치수를 조절할 수 있는 렌치 한 개 따위였다. 다음 층은 한복판에 신비로운 노란색 창이 있었고 드릴 하나와 (거기에 꽂는 다양한 크기의 송곳들은 더 아래쪽의 서랍 속에 가지런히 정리되어 있었다) 드라이버 두 개가 들어 있었다. 이모부가 나에게 드라이버 하나를 꺼내달라고 했다.

"어떤 걸로요?"

"아무거나."

망가진 방충망은 구멍머리 나사못들로 고정되어 있었으므로 일자 드라이버를 쓰든 십자 드라이버를 쓰든 상관없었다. 구멍머리 나사못은 못대가리의 구멍에 드라이버를 끼워넣고 자동차 바퀴의 너트를 돌리듯 빙글빙글 돌리면 간단히 풀어지기 때문이다.

오런 이모부는 나사못을 다 뽑고—모두 여덟 개였는데, 이모부는 그것들을 나에게 맡기면서 잘 가지고 있으라고 했다—낡은 방충망을 떼어 벽에 기대어 세워놓았다. 그리고 새 방충망을 집어들었다. 이 방충망의 틀에 뚫린 구멍들은 창틀에 뚫린 구멍들과 정확히 일치했다. 그 사실을 확인한 오런 이모부는 '으흠' 하는 소리로 만족감을 표시했다. 그는 나에게서 나사못들을 하나씩 받아다가 먼저 손으로 제자리에 꽂아넣고, 나사못을 풀 때처럼 다시 구멍에 드라이버를 끼우고 빙글빙글 돌려 단단히 조였다.

방충망이 튼튼하게 고정되자 오런 이모부는 드라이버를 나에게 건네면서 도로 연장통에 집어넣고 빗장을 걸어두라고 말했다. 나는 시키는 대로 하면서도 어리둥절했다. 필요한 것이 드라이버 하나뿐이었다면 어째서 집을 빙 돌아 여기까지 연장통 전체를 힘들게 가져왔느냐고 이모부에게 물어보았다. 드라이버 하나만 바지 뒷주머니에 꽂고 왔으면 간단했을 텐데 말이다. 그러자 이모부는 허리를 굽혀 손잡이를 쥐면서 이렇게 대답했다.

"그건 그래. 하지만 말이다, 스티브. 일단 여기 와봐야 또 뭐가 필요할지 알 수 있지 않겠니? 연장은 전부 다 갖고 다니는 게 좋단다.

안 그러면 뜻밖의 일이 생겼을 때 김이 빠져버리거든."

내가 하고 싶은 말은 글쓰기에서도 자기가 가진 최선의 능력을 발휘하려면 연장들을 골고루 갖춰놓고 그 연장통을 들고 다닐 수 있도록 팔심을 기르는 것이 좋다는 것이다. 그렇게 해놓으면 설령 힘겨운 일이 생기더라도 김이 빠지지 않고, 냉큼 필요한 연장을 집어들고 곧바로 일을 시작할 수 있다.

파자의 연장통에는 세 개의 층이 있었다. 그러나 여러분의 연장통은 적어도 4층은 되어야 한다. 물론 5층이나 6층짜리로 만들 수도 있겠지만, 그러다가 연장통이 너무 커지면 휴대할 수 없게 되어 연장통의 중요한 기능을 잃어버린다. 그리고 여러분에게도 나사못과 너트와 볼트 따위를 보관하는 작은 서랍들이 필요할 것이다. 그러나 그 서랍들을 어디에 배치하고 그 속에 무엇을 집어넣느냐 하는 문제는… 글쎄, 그것 역시 여러분 자신의 '놀이터'가 아닐까? 여러분은 아마도 자신에게 필요한 연장들을 이미 대부분 갖추고 있겠지만 그것들을 연장통에 챙겨넣을 때는 다시 하나하나 점검할 것을 권한다. 각각의 연장을 꼼꼼하게 살펴보면서 그 기능을 되새겨보고, 만약 녹이 슬었다면 (오랫동안 점검하지 않았다면 그럴 가능성이 많으니까) 깨끗이 닦아야 한다.

자주 쓰는 연장들은 맨 위층에 넣는데, 그중에서도 가장 많이 쓰는 연장은 글쓰기의 원료라고 할 수 있는 낱말들이다. 이 경우에는 여러분이 이미 갖고 있는 것들만 잘 챙겨도 충분하다. 죄책감이나 열등감을 느낄 필요는 조금도 없다. 쑥스러워하는 선원에게 창녀가 하는 말처럼, '돈이란 얼마나 가졌느냐가 아니라 어떻게 쓰느냐가 중요하니까.'

어떤 작가들은 굉장한 어휘력을 갖고 있다. 그들은 '불건전한 열광시(insalubrious dithyramb)'나 '기망적인 담화가(cozening raconteur)' 따위의 낱말도 빠짐없이 알고 있는 사람들, 지난 30년 동안 윌프러드 펑크의 '어휘력을 키웁시다'에 연재된 낱말 퀴즈 칼럼에 나오는 문제들을 단 한 개도 틀린 적이 없는 사람들이다. 예를 들어보자.

이 생물의 조직 형태는 생래적으로 피혁처럼 질기고 억센 것이었으며 동반구 무척추 동물의 어느 진화 단계에 해당하는 듯했으나 우리로서는 도저히 추량할 길이 없었다.
— H.P. 러브크래프트, 《광기의 산맥에서At the Mountains of Madness》

마음에 드시는지? 하나 더 읽어보자.

어떤 화분에서는 무엇을 심은 흔적조차 찾아볼 수 없었다. 그러나 또 어떤 화분에는 갈색으로 시들어버린 줄기가 남아 불가해한 침탈을 증언하고 있었다.
— T. 코라기선 보일, 《싹트는 희망Budding Prospects》

세 번째 예문은 더욱 재미있다. 여러분도 좋아할 것이다.

누군가 노파의 눈가리개를 낚아챘고, 그녀와 사기꾼은 다른 곳으로 끌려갔다. 이윽고 일행은 잠자리에 들었는데, 조그맣게 피운 모닥불이 돌풍에 휩싸여 살아 있는 동물처럼 포효할 때 그들 네 사람은 괴상한 물건들이 흩어져 있는 불가에 웅크리고 바람에 흩날리는 불꽃들을 지켜보았다. 마치 공허 속의 어떤 소용돌이가 그것들을 빨아들이는 듯했고, 황무지를 휩쓰는 이 선와(旋渦) 앞에서는 인간의 삶도 이해 타산도 모두 부질없어 보일 뿐이었다.

— 코맥 매카시,《핏빛 자오선*Blood Meridian*》

다른 작가들은 좀더 쉬운 낱말을 사용한다. 이런 경우에 대해서는 굳이 예문이 필요하지도 않겠지만, 그래도 내가 좋아하는 몇 개의 문장을 제시해 보겠다.

그는 강으로 갔다. 강은 그곳에 있었다.

— 어니스트 헤밍웨이,〈두 개의 심장을 가진 강*Big Two-Hearted River*〉

그 아이는 외야석 밑에서 못된 짓을 하다가 그들에게 들켰다.

— 시어도어 스터전,《당신의 피*Some of Your Blood*》

이런 일이 있었다.

— 더글러스 페어베언,《사격*Shoot*》

어떤 주인들은 자기들이 해야 하는 일이 싫었기 때문에 친절했고, 어떤 이들은 잔인해지는 것이 싫었기 때문에 화를 냈고, 또 어떤 이들은 냉정해지지 않으면 주인이 될 수 없다는 것을 오래 전에 깨달았기 때문에 냉정했다.

(Some of the owner men were kind because they hated what they had to do, and some of them were angry because they hated to be cruel, and some of them were cold because they had long ago found that one could not be an owner unless one were cold.)

— 존 스타인벡, 《분노의 포도 The Grapes of Wrath》

특히 흥미로운 것은 스타인벡의 문장이다. 여기서 사용된 낱말은 모두 50개이다. 그 50개 중에서 39개는 음절이 하나뿐인 낱말들이다. 나머지는 11개인데, 이 숫자조차도 오해의 소지가 있다. 스타인벡은 'because'를 세 번, 'owner'를 두 번, 'hated'를 두 번 썼기 때문이다. 그리고 문장 전체에서 음절수가 2개를 넘는 낱말은 단 한 개도 없다. 문장 구조는 복문이지만 사용된 낱말은 초등학교 1학년 교과서 수준을 넘지 못한다. 물론 《분노의 포도》는 빼어난 소설이다. 나는 《핏빛 자오선》도 빼어난 소설이라고 생각하지만 그 책에는 내가 제대로 이해할 수 없는 부분도 꽤 많다. 그렇다고 그게 문제일까? 내가 좋아하는 대중 음악의 노랫말도 무슨 뜻인지 모를 때가 많은데 말이다.

사전에는 안 나오는 말도 있지만 그런 것도 낱말은 낱말이다. 가령 아래의 예문을 살펴보자.

"에엑, 뭐이오? 원하는 게 뭐이오?"
"유태인 놈이 나온다!"
"헹! 헹! 헤엥!"
"엿이나 먹으쇼, 판사님."
"예에엑, 나가 뒈져라!"

　이 예문은 길거리에서 쓰는 말들을 소리나는 대로 표기한 것이다. 이런 말을 받아적는 능력이 울프만큼 뛰어난 작가도 보기 드물다(엘모어 레너드도 그런 사람 중의 한 명이다). 길거리의 상소리 중에서도 어떤 것들은 사전에 수록되기도 하지만 그것은 그 말이 이미 죽어서 무해하게 된 뒤의 일이다. 그리고 '예에엑' 같은 말이 웹스터 대사전에 실릴 가능성은 별로 없다고 본다.

　어휘들은 연장통 안에서도 제일 위층에 넣어야 한다. 그러나 어휘력을 키우려고 의식적으로 노력할 필요는 없다(책을 읽으면 저절로 해결될 일이지만 이 문제는 나중에 다시 설명하겠다). 글쓰기에서 정말 심각한 잘못은 낱말을 화려하게 치장하려고 하는 것으로, 쉬운 낱말을 쓰면 어쩐지 좀 창피해서 굳이 어려운 낱말을 찾는 것이다. 그런 짓은 애완 동물에게 야회복을 입히는 것과 마찬가지다. 애완 동물도 부끄러워하겠지만 그렇게 쓸데없는 짓을 하는 사람은 더욱더 부끄러워해야 마땅하다. 그러므로 지금 이 자리에서 엄숙히 맹세하기 바란다. '평발'이라는 말을 두고 '편평족'이라고 쓰지는 않겠다고, '존은 하던 일을 멈추고 똥을 누었다' 대신에 '존은 하던 일을 멈추고 생리 현상을 해결했다'고 쓰는 일은 절대로 없을 것이라고 말이다. '똥을 눈다'는 말이 독자들에게 불쾌감이나 혐오감을 줄 것이라고 생각한다면 '존은 하던 일을 멈추고 대변을 보았다'고 써도 좋다('존은 하던 일을 멈추고 응가를 했다'도 괜찮겠다).

　내 말뜻은 굳이 천박하게 말하라는 게 아니라 평이하고 직설적인 표현을 쓰라는 것이다. 낱말을 선택할 때의 기본적인 규칙을 잊지 말아야 한다. '제일 먼저 떠오른 낱말이 생생하고 상황에 적합한 것이라면 당연히 그 낱말을 써야 한다.' 여기서 머뭇거리면서 이리 저리 궁리하기 시작하면 곧 다른 낱말이 생각나겠지만—다른 낱 말은 얼마든지 있으니까—그것은 처음 떠오른 낱말만큼 훌륭하지 도 않겠거니와 여러분이 정말 말하려는 의미를 제대로 표현하지도 못할 것이다.

이 의미의 문제는 대단히 중요하다. 믿지 못하겠다면 여러분이 누군가에게서 '어떻게 설명해야 좋을지 모르겠다'든지 '내가 하려 는 말은 그게 아닌데' 따위의 말을 들은 적이 얼마나 많았는지 상기 해보라. 여러분 자신이 (대개는 많든 적든 좌절감이 깃들인 말투로) 그런 말을 한 적은 또 얼마나 많았는지 생각해보라. 낱말이란 의미를 담 는 그릇일 뿐이다. 제아무리 글을 잘 써도 대개는 본래의 의미를 온 전히 표현하지 못한다. 그렇다면 자기가 정말 쓰고 싶은 낱말의 아 류에 지나지 않는 낱말을 선택하여 상황을 더 악화시킬 필요가 있 을까?

그리고 어떤 낱말이 과연 그 자리에 적합한지는 반드시 감안할 필요가 있다. 언젠가 조지 칼린[George Carlin : 1937~, 미국 코미디언, 작가 - 옮긴이]이 말했듯이, 가끔은 남의 '물건'을 걷어차는 것이 통 쾌할 때도 있겠지만 쓸데없이 자기 '물건'을 만지작거리는 것은 언 제나 보기 흉하기 때문이다.

2

문법도 연장통의 맨 위층에 넣어야 한다. 그렇다고 문법은 알다 가도 모르겠다느니, 뭐가 뭔지 헷갈리기만 하더라느니, 2학년 영어 에서도 낙제를 했다느니, 글쓰기는 재미있지만 문법은 정말 지긋지 긋하다느니 하는 불평이나 아우성으로 나를 실망시키지는 말기 바 란다.

진정하고 마음을 가라앉히도록. 문법에 대해서는 길게 이야기하 지 않겠다. 그럴 필요가 없으니까. 사람은 대화나 독서를 통하여 자 기 모국어의 문법 규칙들을 체득한다. 2학년 영어 시간에 가르치는 (혹은 가르치려고 하는) 내용은 각 부분의 명칭 정도에서 크게 벗어나 지 않는다.

지금 이곳은 고등학교가 아니다. 그러므로 여러분은 (a) 교복 스 커트가 너무 짧거나 너무 길어 다른 아이들이 비웃을까 봐, (b) 학 교 대표 수영팀에 못 들어갈까 봐, (c) 졸업할 때까지 (혹은 죽을 때 까지) 총각 (혹은 처녀) 딱지도 못 떼고 여드름투성이로 남아 있을까 봐, (d) 물리 선생님이 기말 시험을 상대 평가로 채점하지 않을까 봐, (e) 전에도 그랬듯이 영영 아무도 나를 좋아하지 않을까 봐 걱 정할 필요가 없다. 그런 외부적인 근심들을 벗어던졌으니 이제 여 러분은 그 정신병원 같은 곳에서는 아예 불가능했던 집중력을 가 지고 학문적인 문제들을 공부할 수 있을 것이다. 그리고 일단 시작 해보면 그 대부분이 이미 다 아는 내용임을 알게 될 것이다. 앞에서 도 말했듯이 지금 여러분은 그저 드릴 송곳에 생긴 녹을 털어내고 톱날을 새로 갈기만 하면 된다.

그리고… 아니, 그만두자. 여러분이 제일 좋은 옷에 어울리는 액세서리들을 모두 기억하고 그 밖에도 자기 지갑의 내용물, 뉴욕 양키스나 휴스턴 오일러스의 선수 진용, 매코이스의 노래 〈군세어라 슬루피Hang On Sloopy〉가 들어 있는 앨범의 제목 따위를 기억할 수 있다면 동명사(명사처럼 사용되는 동사 변화형)와 분사(형용사처럼 사용되는 동사 변화형)의 차이도 얼마든지 기억할 수 있을 것이다.

나는 이 작은 책 속에 문법에 대한 자세한 설명을 덧붙일까 말까를 놓고 오랫동안 깊이 고민했다. 정말 그러고 싶은 마음도 없지 않았다. 고등학교 선생으로서 제법 잘 가르친 경험(그때는 '실무 영어'라는 제목으로 문법을 교묘히 위장했다)도 있거니와 학창 시절에도 문법을 좋아했기 때문이다. 미국식 문법은 영국식 문법처럼 엄격하지 않아서 (제대로 교육받은 영국 광고인이라면 콘돔 광고문조차도 대헌장처럼 거창하게 써놓기 십상이다) 투박하면서도 나름대로 매력이 있다.

그러나 결국 문법 설명은 생략하기로 했다. 윌리엄 스트렁크가 《문체 요강》의 초판을 쓰면서 기초 영문법을 나열하지 않은 것도 아마 나와 똑같은 생각에서였을 것이다. 여러분이 아직도 문법을 모른다면 이미 때가 늦었다. 그리고 정말 문법을 이해하지 못하는 사람이라면—내가 기타를 가지고 연주하지 못하는 선율이 있는 것처럼—어차피 이런 책을 읽어도 별로 소용이 없을 것이다. 그런 의미에서 나는 이미 개종한 사람들에게 설교를 늘어놓고 있는 셈이다. 어쨌든 문법에 대한 이야기를 조금 더 해보기로 하자. 여러분도 양해해주실 거라고 믿는다.

말이나 글에서 낱말들은 일곱 개('오!'나 '저런!'이나 '에라 모르겠다!' 따위의 감탄사를 포함시킨다면 여덟 개)의 요소로 분류된다. 이런 요소들로 이루어진 문장들은 우리 모두가 동의하는 문법 규칙에 맞춰 구성해야만 한다. 규칙을 깨뜨리면 혼란과 오해를 빚을 뿐이다. 문법을 모르면 형편없는 문장이 나온다. 다음은 스트렁크와 화이트의 책에서 내가 좋아하는 예문이다.

"아이가 다섯인데다가 곧 하나가 더 태어나게 되었으니 내 다림질판은 쉴 사이가 없다(As a mother of five, with another one on the way, my ironing board is always up)."

명사와 동사는 글쓰기에서 없어서는 안 될 요소들이다. 둘 중의 하나라도 빠지면 아무리 여러 말을 늘어놓아도 문장이 될 수 없다. 문장의 정의는 주어(명사)와 술어(동사)를 포함하는 낱말군이기 때문이다. 이 일련의 낱말들은 대문자로 시작하여 마침표로 끝나며 각각의 낱말들이 모여서 완전한 하나의 생각을 표현하게 되는데, 그 생각은 글쓴이의 머릿속에서 탄생하여 읽는이의 머릿속으로 전해진다.

그렇다면 언제나 완전한 문장만 써야 하는 것일까? 그런 생각은 버리는 것이 좋다. 여러분이 순전히 문장의 파편들만 가지고 작품을 써도 경찰이 와서 잡아가는 일은 없을 것이다. 수사학 분야의 무솔리니라고 할 만한 윌리엄 스트렁크조차도 언어의 즐거운 유연성을 인정해주고 있다.

"최상급 작가들도 간혹 수사학의 규칙을 무시하곤 했다."

그러나 그가 여기에 덧붙인 말도 유념해야 한다.

"잘 쓸 자신이 없다면 차라리 규칙을 따르는 편이 나을 것이다."

여기서 중요한 것은 '잘 쓸 자신이 없다면'이라는 구절이다. 문장의 요소들에 대하여 기초적인 이해조차 못한 사람이 과연 자기가 잘 쓰고 있는지 어쩐지를 알 수 있을까? 자기 솜씨가 형편없다면 그 사실을 알아차릴 수 있을까? 당연히 모를 수밖에 없다. 기본적인 문법을 이해한 사람들은 문법이라는 것이 실은 매우 간단하다는 사실을 깨닫고 안도하게 마련이다. 문장에는 이름을 표시하는 명사와 동작을 표시하는 동사만 있으면 되기 때문이다.

다시 말해서, 아무 명사나 골라잡고 거기에 아무 동사나 붙여놓으면 곧바로 문장 하나가 만들어진다. 백발백중이다. '바위가 폭발한다(Rocks explode).' '제인이 발송한다(Jane transmits).' '산맥이 떠오른다(Mountains float).' 모두 완벽한 문장들이다. 그렇다고 전부 논리적인 것은 아니지만, 유별나게 괴상한 문장('양자두가 숭배한다 Plums deify!')이라도 나름대로 시적인 무게가 있어 근사하다. 이렇게 단순한 명사+동사 구조도 쓸모가 있다. 적어도 글쓰기에서 안전망 같은 구실을 하기 때문이다. 스트렁크와 화이트는 너무 많은 단문을 연달아 쓰지 말라고 경고하지만, 복잡한 문장 구조 때문에 갈팡질팡하느니─제한적 관계사절, 비제한적 관계사절, 수식 어구, 동격어, 중복문[종속절을 하나 이상 포함한 중문-옮긴이] 등등─차라리 단문을 택하는 편이 낫다. 너무 복잡해서 종잡을 수 없는 (적어도 여러분에게는 헷갈리기만 하는) 문장을 보고 덜컥 겁이 나거든 '바위가 폭발한다', '제인이 발송한다', '산맥이 떠오른다', '양자두가 숭배한다'를 상기해보라. 문법은 쓸모없는 골칫거리가 아니다. 여러분의 생각들을 일으켜세워 걸어가게 해주는 지팡이 같은 것이다. 게다가 헤밍웨이도 무수한 단문을 즐겨쓰지 않았는가? 그는 곤드레만드레가 되었을 때조차도 어마어마한 천재였다.

문법을 복습해보고 싶다면 동네 헌책방에 가서《워리너 편 영문법과 작문*Warriner's English Grammar and Composition*》을 찾아보라. 우리들 대부분이 고등학교 2학년 때 집으로 가져가서 갈색 종이 봉투로 정성껏 표지를 싸던 바로 그 책이다. 이 책을 훑어보면 여러분은 아마 안도감과 기쁨을 느낄 수 있을 것이다. 여러분에게 필요한 내용은 앞뒤의 면지에 거의 다 요약되어 있을 테니까.

3

간결한 문체에 대한 설명서를 쓰면서도 윌리엄 스트렁크는 문법과 관용 표현 중에서 자기가 싫어하는 것들을 따로 설명해놓았다. 예를 들면 그는 '전체 학생(student body)'이라는 말을 싫어해서, 차라리 '전교생(studentry)'이라는 말이 더 명확하고 <u>으스스한</u> 어감도 없어 좋다고 주장했다. 그리고 '개인화하다(personalize)'는 우쭐거리는 말이라고 생각했다(그래서 '편지지를 개인화해라Personalize your stationery' 대신에 '편지지에 이름을 새겨라Get up a letterhead'로 쓰라고 권한다). 그는 '…라는 사실(the fact that)'이나 '이런 방면에서(along these lines)' 같은 말도 싫어했다.

싫어하는 말들은 나에게도 있다. 나는 '그거 정말 쿨하네(That's so cool)'라는 말을 쓰는 사람은 구석에 세워놓아야 하며 그보다 훨씬 더 역겨운 '지금 이 시점에서(at this point in time)'나 '하루가 끝날 무렵에(at the end of the day)' 따위를 쓰는 사람은 저녁도 먹이지 말고 (또는 글을 쓸 종이도 주지 말고) 그냥 재워야 한다고 믿는다. 이렇게 지극히 기초적인 수준의 글쓰기에서 내가 싫어하는 말들은 그 밖에도 두 가지가 더 있는데, 다음으로 넘어가기 전에 먼저 그 두 가지를 속시원하게 말해버리고 싶다.

동사에는 능동태와 수동태 두 종류가 있다. 능동태는 문장의 주어가 어떤 행동을 하는 것이다. 반면에 수동태는 문장의 주어에게 어떤 행동의 대상이 되는 것이다. 주어는 그저 당하고 있을 뿐이다. '수동태는 한사코 피해야 한다.' 이것은 나 혼자만의 주장이 아니다.《문체 요강》에도 똑같은 충고가 나온다.

스트렁크와 화이트는 수많은 작가들이 수동태를 자주 쓰는 이유를 굳이 추측해보려고 하지 않았지만 나는 한 번 해보겠다. 소심한 작가들이 수동태를 좋아하는 까닭은 소심한 사람들이 수동적인 애인을 좋아하는 까닭과 마찬가지라는 것이 내 생각이다. 수동태는 안전하다. 골치아픈 행동을 스스로 감당할 필요가 없다. 빅토리아 여왕의 말을 빌리면, 주어는 그저 눈을 지그시 감고 영국을 생각하기만 하면 그만이다[빅토리아 여왕이 첫날밤을 맞는 딸에게 해주었다는 충고 - 옮긴이]. 그리고 자신감이 부족한 작가들은 수동태가 자기 작품에 신뢰감을 더해주고 더 나아가 어떤 위엄까지 지니게 해준다고 믿는 것 같다. 혹시 사용 설명서나 변호사의 기소문을 장엄하다고 느끼는 사람들이 있다면 그 생각이 옳을지도 모른다.

소심한 작가들이 '회의는 7시에 개최될 예정입니다(The meeting will be held at seven o'clock)'라고 쓰는 것은 '이렇게 써놓으면 다들 내가 정말 알고 하는 말이라고 믿겠지'라는 생각 때문이다. 그런 어처구니없는 생각은 던져버려라! 말도 안 된다! 어깨를 쫙 펴고 턱을 내밀고 그 회의를 당당히 선포하라! '회의 시간은 7시입니다(The meeting's at seven)'라고 써라! 자, 어떤가! 이제야 속이 후련하지 않은가?

그렇다고 수동태를 절대로 쓰지 말라는 것은 아니다. 가령 어떤 사람이 부엌에서 죽었는데 어딘가 다른 곳에서 나타났다고 치자. 이럴 때는 '시체가 부엌에서 옮겨져 거실 소파 위에 놓였다(The body was carried from the kitchen and placed on the parlor sofa)'라고 써도 괜찮겠다. 그러나 나에게는 이 '옮겨져(was carried)'와 '놓였다(was placed)'도 여전히 눈에 거슬린다. 인정해줄 수는 있지만 마음에 들지는 않는다. 내 마음에 드는 문장은 '프레디와 마이라는 부엌에서 시체를 들어다가 거실 소파 위에 내려놓았다'이다. 도대체 무엇 때문에 시체를 문장의 주어로 삼는단 말인가? 시체는 어차피 죽은 게 아닌가! 집어치워라!

수동태로 쓴 문장을 두 페이지쯤 읽고 나면—이를테면 형편없는 소설이나 사무적인 서류 따위—나는 비명을 지르고 싶은 충동을 느낀다. 수동태는 나약하고 우회적일 뿐 아니라 종종 괴롭기까지 하다. 다음 문장을 보라. '나의 첫 키스는 셰이나와 나의 사랑이 시작된 계기로서 나에게 길이길이 기억될 것이다(My first kiss will always be recalled by me as how my romance with Shayna was begun).' 맙소사, 이게 무슨 개방귀 같은 소리인가? 이 말을 좀더 간단하게—그리고 더욱 감미롭고 힘차게—표현하는 방법은 다음과 같다. '셰이나와 나의 사랑은 첫 키스로 시작했다. 나는 그 일을 잊을 수가 없다(My romance with Shayna began with our first kiss. I'll never forget it.).' 낱말 두 개를 사이에 두고 'with'가 두 번이나 들어갔으니 이 표현도 썩 흡족하지는 않지만, 그 끔찍한 수동태를 떨쳐버린 것만 해도 다행이 아닐 수 없다.

여러분은 이렇게 하나의 생각을 두 개로 나눠놓으면 이해하기가 훨씬 쉽다는 것도 느낄 수 있었을 것이다. 이렇게 하면 독자에게 편하다는 말인데, 여러분은 언제나 독자를 가장 중요하게 생각해야 한다. 책을 읽어주는 독자가 없다면 여러분은 그저 혼자 꽥꽥거리는 목소리일 뿐이다. 그리고 책을 읽는다는 것도 결코 손쉬운 일이 아니다. 《문체 요강》의 머리말에서 E.B. 화이트는 이렇게 말했다.

"[윌리엄 스트렁크는] 독자들이 마치 늪에 빠져 버둥거리는 사람처럼 늘상 심각한 곤란을 겪는다고 생각했다. 그러므로 이 늪에서 재빨리 물을 빼내어 독자들을 마른 땅으로 인도하거나 아니면 하다 못해 밧줄이라도 던져주는 것이 글쓰는 사람들의 의무였다."

여기서 한 번 더 기억해두자. '작가에 의해 밧줄이 던져졌다(The rope was thrown by the writer)'가 아니라 '작가가 밧줄을 던졌다(The writer threw the rope)'라고 써야 한다. 제발, 제발 부탁이다.

연장통의 다른 층으로 넘어가기 전에 내가 여러분에게 해주고 싶은 또 하나의 충고는 이것이다. '부사는 여러분의 친구가 아니다.'

여러분도 영어 시간에 배웠겠지만, 부사라는 것은 동사나 형용사나 다른 부사를 수식하는 낱말을 가리킨다. 흔히 '…하게(-ly)'로 끝나는 것들이다. 수동태와 마찬가지로 부사도 소심한 작가들을 염두에 두고 만들어낸 창조물인 듯하다. 수동태를 많이 쓰는 작가는 대개 남들이 자기 글을 진지하게 받아들이지 않을까 봐 걱정한다. 수동태는 구두약으로 수염을 그린 소년들, 또는 엄마의 하이힐을 신고 뒤뚱거리는 소녀들에게나 어울린다. 한편 부사를 많이 쓰는 작가는 대개 자기 생각을 분명하게 표현할 자신이 없다. 자신의 논점이나 어떤 심상을 제대로 전달하지 못할까 봐 전전긍긍하고 있는 것이다.

가령 이 문장을 보라. '그는 문을 굳게 닫았다(He closed the door firmly).' 아주 형편없는 문장은 아니지만 (적어도 능동태를 사용하고 있으니까), 여기서 '굳게'라는 부사가 정말 필요한 것인지 생각해보라. 물론 이 문장은 '그는 문을 닫았다(He closed the door)'와 '그는 문을 쾅 닫았다(He slammed the door)' 사이의 어떤 다른 상황을 표현한다고 주장할 수도 있을 텐데, 나도 반대할 생각은 없다. 그러나 문맥이 있지 않은가? '그는 문을 굳게 닫았다'라는 문장에 앞서 이미 자세한 (비록 감동적이지는 않더라도) 설명이 나왔을 것이 아닌가? 그것을 읽었다면 그가 문을 어떻게 닫았는지쯤은 충분히 짐작할 수 있지 않을까? 앞에서 벌써 설명해버린 내용이라면 '굳게'는 굳이 필요가 없는 낱말이 아닐까? 다시 말해서 사족이 아니냐는 말이다.

지금쯤 내가 쓸데없이 따분한 이야기를 길게 늘어놓는다고 나무라는 독자들도 있을 것이다. 그러나 내 생각은 다르다. 지옥으로 가는 길은 수많은 부사들로 뒤덮여 있다고 나는 믿는다. 지붕 위에서 목청껏 외치라고 해도 기꺼이 하겠다. 달리 표현하면 부사는 민들레와 같다. 잔디밭에 한 포기가 돋아나면 제법 예쁘고 독특해 보인다. 그러나 이때 곧바로 뽑아버리지 않으면 이튿날엔 다섯 포기가 돋아나고… 그 다음날엔 50포기가 돋아나고… 그러다 보면 여러분의 잔디밭은 철저하게(totally), 완벽하게(completely), 어지럽게(profligately) 민들레로 뒤덮이고 만다. 그때쯤이면 그 모두가 실제 그대로 흔해빠진 잡초로 보일 뿐이지만 그때는 이미―으헉!!―늦어버린 것이다.

그러나 나도 대개는 부사를 너그럽게 보아줄 수 있는 사람이다.

이건 정말이다. 다만 예외가 하나 있다. 대화를 설명하는 부분이다. 대화 설명에 부사를 사용하는 것은 지극히 드물고 특별한 경우로 국한해야 한다. 그런 경우에도 가능하면 피하는 것이 좋다. 내 말뜻을 좀더 분명히 해두기 위해 다음 예문을 살펴보기로 하자.

"그거 내려놔요!" 하고 그녀가 소리쳤다.
"돌려줘." 그는 애원했다. "내 것이잖아."
"바보처럼 굴지 말게, 지킬" 하고 어터슨이 말했다.
("Put it down!" she shouted.
"Give it back," he pleaded, "it's mine."
"Don't be such a fool, Jekyll," Utterson said.)

이 예문에서 '소리쳤다', '애원했다', '말했다'가 각각 대화를 설명하는 동사이다. 이번에는 어설픈 수정문을 살펴보자.

"그거 내려놔요!" 하고 그녀가 위협적으로 소리쳤다.
"돌려줘." 그는 비굴하게 애원했다. "내 것이잖아."
"바보처럼 굴지 말게, 지킬" 하고 어터슨이 경멸조로 말했다.
("Put it down!" she shouted menacingly.
"Give it back," he pleaded abjectly, "it's mine."
"Don't be such a fool, Jekyll," Utterson said contemptuously.)

여기서는 각각의 문장이 전보다 약해졌는데, 대부분의 독자는 그 이유를 금방 알아차릴 수 있을 것이다. '"바보처럼 굴지 말게, 지킬" 하고 어터슨이 경멸조로 말했다'는 그나마 좀 나은 편이다. 이 부사는 상투적일 뿐이지만 나머지 둘은 그야말로 우스꽝스러울 지경이다. 이런 대화 설명을 가리켜 '스위프티(Swifty)'라고도 하는데, 이 말은 빅터 애플턴 2세의 어린이용 모험 소설 연작에 주인공으로 나오는 용감한 발명가 톰 스위프트의 이름을 딴 것이다. 애플턴은 이런 문장을 즐겨 썼다. '"어디 할 테면 해봐라!" 하고 톰은 씩씩하게 외쳤다("Do your worst!" Tom cried bravely).' 혹은 '"방정식은 우리 아버지가 도와주셨어" 하고 톰이 얼굴을 붉히며 말했다("My father helped with the equations," Tom said modestly).' 내가 십대였을 때는 파티중에 재치 있는 (또는 멍청한) 스위프티를 생각해내는 놀이도 있었다. 그중에서 기억나는 문장으로 다음과 같은 것들이 있다. '"엉덩이가 참 예쁘네, 아가씨" 하고 그는 능글맞게 말했다("You got a nice butt, lady," he said cheekily).' 그리고 '"제가 배관공인데요" 하고 그는 얼굴을 붉히면서 말했다("I'm the plumber," he said, with a flush : 여기서는 수식어가 부사구이다).' 대화 설명에 이 끈질긴 민들레 같은 부사를 넣느냐 마느냐를 놓고 고민하게 될 때는 여러분이 파티 놀이에서 사람들의 입에 오르내리는 글을 쓰고 싶은 것인지를 자문해보라.

어떤 작가들은 부사를 쓰지 말아야 한다는 규칙을 슬쩍 피해가려고 동사에 잔재주를 부린다. 그 결과는 저속한 삼류 소설에서 흔히 볼 수 있는 다음과 같은 문장들이다.

"그 총 내려놔, 어터슨!" 하면서 지킬은 이를 갈았다.
"입맞춤을 멈추지 말아요!" 하고 셰이나가 헐떡였다.

"이 성가신 놈!" 하고 빌이 내뱉었다.

("Put down the gun, Utterson!" Jekyll grated.

"Never stop kissing me!" Shayna gasped.

"You damned tease!" Bill jerked out.)

이런 짓은 하지 말기 바란다. 제발, 제발 부탁이다.

가장 좋은 대화 설명은 '말했다(said)'이다. '그가 말했다', '그녀가 말했다', '빌이 말했다', '모니카가 말했다'. 이것을 엄격하게 실천하는 작가를 보고 싶다면 과묵한 대화 설명의 달인이라고 할 수 있는 래리 맥머트리(Larry McMurtry)의 소설을 읽어보라. 이렇게 말하면 얼핏 얕잡아보는 것처럼 들리겠지만 내 말은 에누리없는 진담이다. 맥머트리의 잔디밭에는 부사의 민들레가 좀처럼 돋아나지 못한다. 그는 감정적인 위기를 맞이하는 장면에서도 (래리 맥머트리의 소설에는 그런 장면이 많이 나오는데도) '그가 말했다' 또는 '그녀가 말했다'를 철저히 고수한다. 부디 그대들도 그렇게 하라.

혹시 나 자신은 실천하지 않으면서 말만 앞세우는 건 아니냐고 묻는 사람이 있는가? 물론 독자 여러분에게는 그렇게 따져물을 권리가 있고, 나에게는 솔직히 대답해드릴 의무가 있다. 옳은 말이다. 여러분이 내가 쓴 소설들을 살펴본다면 나 역시 평범한 죄인이라는 사실을 확인하게 될 것이다. 수동태를 피하는 솜씨는 제법 괜찮은 편이지만 부사라면 나도 꽤 많이 사용했고, 그중에는 (부끄러운 일이지만) 대화 설명에 집어넣은 것들도 더러 있다(그렇다고 '지킬은 이를 갈았다'나 '빌이 내뱉었다'의 수준까지 떨어지지는 않았지만). 내가 그렇게 부사를 쓰는 이유는 대개 다른 작가들이 부사를 쓰는 이유와 비슷하다. 즉, 부사를 써주지 않으면 독자들이 제대로 이해하지 못할까 봐 걱정하기 때문이다.

나는 이런 근심이야말로 형편없는 산문의 근원이라고 믿는다. 자기 만족을 위해서 글을 쓰는 경우에는 근심('소심함'이라고 해도 좋겠다)도 덜한 편이다. 그러나 마감 시간이 정해져 있을 때는—가령 논문 숙제나 신문 기사나 시험 답안을 작성할 때는—근심이 더욱 커진다. 아기코끼리 덤보는 마술 깃털의 도움으로 날아올랐다. 여러분이 수동태나 그 못된 부사를 쓰고 싶어 하는 이유도 그와 같을 것이다. 그러나 그렇게 하기 전에 여러분은 애당초 덤보에게는 그 깃털이 꼭 필요하지 않았다는 사실을 상기하기 바란다. 마법의 힘은 이미 그의 마음 속에 깃들어 있었으니까.

여러분은 자기가 하고 싶은 말이 무엇인지를 알고 있을 것이다. 그렇다면 능동태를 가지고도 얼마든지 힘찬 글을 쓸 수 있다. 그리고 여러분이 전에도 글을 써보았다면 간단히 '그가 말했다'라고만 써놓아도 독자들은 그가 어떤 식으로 말했는지—빠르게, 느리게, 즐겁게, 혹은 슬프게—다 알아차린다는 것을 이미 알고 있을 것이다. 여러분의 독자가 늪 속에서 허우적거린다면 마땅히 밧줄을 던져줘야 할 일이다. 그러나 쓸데없이 30미터나 되는 강철 케이블을 집어던져 독자를 기절시킬 필요는 없다.

좋은 글을 쓰려면 근심과 허위 의식을 벗어던져야 한다. 허위 의식이란 어떤 글은 '좋다', 어떤 글은 '나쁘다'라고 규정하는 데서 비롯되는데, 이런 태도도 역시 근심을 내포하고 있는 것이다. 그리고 좋은 글을 쓰려면 연장을 잘 선택해야 한다.

이같은 여러 문제에서 전혀 잘못을 저지르지 않는 작가는 아무도 없다. 화이트는 코넬 대학교의 순진한 학부생이었을 때부터 윌리엄 스트렁크에게 매료되었지만(젊은 시절에 사로잡히면 그것으로 끝장이니라. 헤헤헤), 그리고 엉성한 글쓰기와 그 원인이 되는 엉성한 사고력에 대한 스트렁크의 반감을 이해하고 또 공감하는 사람이었지만, 그런 그도 한편으로는 이렇게 인정하고 있다.

"실은 나 자신도 한창 글쓰기에 몰두할 때는 '…라는 사실'이라는 말을 통틀어 1천 번쯤은 사용한 듯하다. 그리고 나중에 차분한 마음으로 다듬으면서 그중의 500개 정도를 삭제할 수 있었다. 이 나이가 되어서도 타율이 겨우 5할대에 머물다니, 절반은 손도 못 대고 보내버리다니, 정녕 슬픈 일이 아닐 수 없다."

그러나 E. B. 화이트는 1957년 처음으로 스트렁크의 '작은 책'을 개정한 뒤에도 꽤 오랫동안 글쓰기를 계속했다. 나도 간혹 "'설마 진담은 아니겠지' 하고 빌은 회의적으로 말했다('You can't be serious." Bill said unbelievingly)'처럼 한심한 실수를 저지를 때도 있지만 나는 앞으로도 글쓰기를 계속할 것이다. 아마 여러분도 그럴 거라고 믿는다. 영어라는 언어가 원래 그렇지만 특히 미국식 영어는 그 핵심으로 파고들면 더욱 단순한데, 그렇다고 얕잡아보는 것도 곤란한 노릇이다. 내가 여러분에게 바라는 것은 다만 최선을 다하라는 것, 그리고 부사를 쓰는 것은 인간적인 일이지만 '그가 말했다', '그녀가 말했다'라고 쓰는 것은 그야말로 인간의 경지를 뛰어넘는 비범한 능력이라는 것을 명심하라는 것이다.

4

연장통의 맨 위층을—어휘력과 문법을—밖으로 꺼내보자. 그 아래층에는 내가 이미 언급했던 문체의 여러 요소들이 들어간다. 스트렁크와 화이트는 그중에서도 가장 좋은 연장들을 (그리고 가장 좋은 규칙들을) 제공하고 있다. (말투가 엄격해서 오히려 신선한 느낌을 주는데, 첫머리에 나오는 규칙은 소유격을 만드는 방법에 대한 것이고—그들은 항상 소유격 '에스(s)'를 꼭 붙이라고 권하는데, 심지어는 '토머스의 자전거' 처럼 's'로 끝나는 낱말도 'Thomas' bike'가 아니라 'Thomas's bike'로 쓰라고 한다—문장에서 가장 중요한 부분을 어디에 놓는 것이 가장 좋으냐는 문제를 마지막으로 다루고 있다. 여기서 그들은 문장 <u>끄트머리</u>가 제일 바람직하다고 하는데, 이 말에 대해서는 각자 의견이 다를 수 있겠지만 내 생각에는 '망치로 프랭크를 그는 때려죽였다With a hammer he killed Frank'라는 문장이 '그는 망치로 프랭크를 때려죽였다He killed Frank with a hammer'를 대신하게 될 것 같지는 않다.)

형식과 문체라는 기본적인 요소들에서 더 나아가기 전에, 우리는 문단에 대해서도 잠시 생각해볼 필요가 있다. 문단은 문장 다음에 오는 구성의 한 형식이다. 이 문제를 이해하려면 지금 여러분의 책장에서 소설책 한 권을—되도록이면 아직 안 읽은 책을—꺼내보라(물론 산문이라면 어떤 책이든 내 말뜻을 이해하는 데는 지장이 없겠지만, 나는 소설가이므로 글쓰기에 대해 이야기할 때마다 대개는 소설을 떠올리기 때문이다). 그리고 책의 중간쯤을 아무렇게나 펼쳐놓고 양쪽 페이지를 훑어보라. 그 책에서 정해진 양식을 확인하라는 것인데, 거기 줄줄이 찍혀 있는 활자들과 상하 좌우의 여백, 특히 각각의 문단이 시작되거나 끝나는 자리에 남아 있는 하얀 공간들을 눈여겨보라.

여러분은 그 책을 읽지 않고도 그것이 읽기 쉬운 책인지 어려운 책인지 짐작할 수 있지 않은가? 쉬운 책에는 짧은 문단도 많고—그중에는 한두 단어의 대화문으로 끝나는 문단도 더러 있고—하얀 공간도 많다. 그런 책은 소프트 아이스크림처럼 연하고 가볍다. 반면에 어려운 책은 수많은 생각과 서술과 묘사를 담고 있어 얼른 보기에도 견고하다. '꽉 찬' 느낌이 든다. 이렇게 문단이란 그 내용에 못지않게 생김새도 중요하다. 문단은 작가의 의도를 보여주는 지도이기 때문이다.

설명적인 산문의 문단은 대개 단정하고 실용적이다(마땅히 그래야 한다). 이상적인 설명문의 문단은 우선 주제를 밝히는 문장이 나오고 그 문장을 설명하거나 부연하는 문장들이 뒤따르는 형태를 지닌다. 아래 두 문단은 이렇게 단순하지만 힘찬 글쓰기 형식을 잘 보여주는 예문인데, 언제나 인기 만점인 '가벼운 수필' 중에서 골랐다.

열 살 때 나는 누나 메건을 두려워했다. 그녀가 내 방에 들어왔다 하면 내가 아끼는 장난감이 적어도 한 개는 망가지게 마련이었다. 그것도 대개는 내가 제일 좋아하는 장난감이었다. 그리고 그녀의 시선은 테이프를 못 쓰게 만드는 마법의 힘을 갖고 있어서, 그 눈길이 닿기만 해도 몇 초 후에는 벽에 걸린 포스터가 저절로 떨어졌다. 내가 즐겨 입는 옷들이 옷장에서 없어지기도 했다. 그녀가 가져간 것은 (적어도 내 생각엔) 아니고, 그냥 사라지게 만든 것이었다. 나는 몇 달이 지난 뒤 침대 밑에서 이 소중한 티셔츠나 운동화들을 다시 발견하곤 했다. 그것들은 버려진 물건처럼 비참한 모습으로 두툼한 먼지 속에 처박혀 있었다. 메건이 내 방에 들어오기만 하면 스테레오 스피커가 터져버렸고, 블라인드가 또르르 말려 올라갔고, 탁상 스탠드도 꺼져버리기 일쑤였다.

그녀는 일부러 잔인하게 굴기도 했다. 한번은 메건이 내 시리얼에 오렌지 주스를 부어버렸다. 또 한번은 내가 샤워를 하는 사이에 내 양말 속에 치약을 짜넣었다. 그리고 그녀는 한사코 인정하지 않지만, 나는 일요일 오후에 프로 미식축구 중계 방송을 보다가 휴식 시간에 소파 위에서 잠깐 잠들 때마다 메건이 내 머리에 코딱지를 문질렀다고 확신한다.

이런 수필은 대체로 경박하고 공허하다. 지방 신문사의 칼럼니스트라면 또 모를까. 이렇게 시시한 글솜씨는 현실 세계에서는 아무짝에도 쓸모가 없다. 교사들이 학생들에게 이런 숙제를 내주는 이유는 달리 시간을 낭비하게 만들 방법이 생각나지 않기 때문이다. 그중에서도 가장 악명높은 주제는 '나는 여름 방학을 이렇게 보냈다'일 것이다. 나는 오로노의 메인 주립대에서 1년 동안 작문을 가르친 적이 있는데, 그중의 어느 반에는 운동 선수와 응원단원이 유난히 많았다. 그들은 가벼운 수필을 좋아했다. 오랜만에 고등학교 동창을 만난 것처럼 반가워했다. 나는 한 학기 내내 그들에게 '만약 예수님이 우리 팀에 들어온다면'이라는 주제로 잘 다듬은 두 페이지짜리 산문을 써오라고 요구하려는 충동과 싸워야 했다. 그때 나를 말려준 것은 그들 대부분이 이 숙제를 열렬히 환영할 것이라는 분명하고도 끔찍한 확신이었다. 어떤 녀석들은 글을 쓰면서 울기까지 하리라.

그러나 이런 수필을 통해서도 기본적인 문단의 형태가 얼마나 강력한 것인지를 확인할 수 있다. '문단에는 주제문이 있고 부연 설명이 뒤따른다'는 규칙 때문에 작가는 자신의 생각을 잘 정리해야 한다. 또한 문단은 작가가 주제에서 벗어나지 않도록 도와주는 좋은 안내자의 구실도 한다. 가벼운 수필에서는 갈팡질팡하는 것도 별로 흠이 되지 않는다. 아니, 오히려 그게 더 바람직할지도 모른다. 그러나 좀더 진지한 주제를 가지고 좀더 격식을 갖춘 글을 쓸 때에도 두서없이 갈팡질팡하는 것은 몹시 나쁜 버릇이다. 글이란 다듬어진 생각이다. 석사 논문을 쓰면서도 고등학교 때 썼던 '내가 셰이나 트웨인만 보면 흥분하는 이유'라는 수필보다 논리 정연하지 못하다면 문제가 아주 심각하다.

소설의 문단 구조는 한결 자유로운 편이다. 선율보다 장단이 중요하기 때문이다. 여러분이 더 많은 소설을 읽고 써보면 문단이 저절로 만들어지는 것을 느낄 수 있을 것이다. 그것이 가장 바람직하다. 막상 글을 쓸 때는 문단을 어디서 시작하고 어디서 끝맺을지를 너무 많이 생각하지 않는 것이 좋다. 자연스럽게 흘러가도록 내버려두는 것이 요령이다. 나중에 마음에 안 들면 다시 고쳐도 된다. 그래서 수정 작업이 필요한 거니까. 이제 다음 예문을 읽어보자.

뚱보 토니의 방은 데일이 예상한 것과는 딴판이었다. 불빛이 묘하게 누르스름해서 데일이 자주 묵던, 그리고 언제나 멋진 주차장 풍경이 내다보이던 싸구려 모텔방을 연상시켰다. 그림이라고는 압정 하나로 삐딱하게 걸어놓은 5월 달력의 아가씨 사진 한 장뿐이었다. 반짝거리는 까만 구두 한 짝이 침대 밑에서 빼꼼 고개를 내밀고 있었다.

뚱보 토니가 말했다. "당신이 올리어리에 대해 자꾸 캐묻는 이유를 몰르겠구먼. 혹시 내 얘기가 달라질 거 같소?"

데일은 이렇게 되물었다. "그럴 가능성도 있나?"

"사실 그대로인 얘기는 언제나 변하지 않는 법이지. 진실은 따분한 대로 오늘도 내일도 똑같은 거요."

뚱보 토니는 자리에 앉아 담뱃불을 붙이고 손가락으로 머리를 빗었다. "지난 여름 이후로는 그 망할 짜식을 본 적이 없소. 내가 그 짜식을 쫓아버리지 않은 건 나를 웃겨주기 때문이었지. 한번은 자기가 쓴 글을 보여줬는데, 예수가 자기네 고등학교 미식축구 팀에 들어온다면 어떻게 될까 하는 내용이더군. 헬멧이랑 무릎 보호대랑 두루 갖춘 예수 그림까지 갖고 있더라니까. 그런데 알고 보니 정말 골치아픈 놈이더라구! 차라리 안 만났으면 좋았을 걸 그랬소!"

우리는 이 짤막한 장면 하나만 가지고도 50분 수업을 꽉 채울 수 있을 것이다. 이야기할 내용은 얼마든지 있다. 대화 설명(화자가 누구인지 알 수 있으면 굳이 설명하지 않아도 된다. 규칙 17, '불필요한 말은 생략하라'를 실천하는 것이다), 발음 그대로 받아쓰기('몰르겠구먼', '짜식' 따위), 쉼표 사용법('사실 그대로인 얘기는 언제나 변하지 않는 법이지 When your story's true it don't change'라는 문장에 내가 쉼표를 찍지 않은 것은 화자가 이 말을 쉬지 않고 단숨에 내뱉었다는 것을 독자에게 전달하기 위해서였다), '캐묻는(askin)'에서처럼 화자가 'g' 발음을 생략한 경우에도 생략 부호를 찍지 않은 것 등등… 이 모두가 연장통의 두 번째 층에 들어가는 것들이다.

아무튼 문단 이야기를 계속하기로 하자. 문단들이 얼마나 편안하게 흘러가는지 눈여겨보라. 이야기의 전개와 리듬에 따라 각 문단의 시작과 끝이 자연스럽게 정해진다. 도입 문단은 고전적 방식인데, 우선 주제문으로 시작하고 다음 문장들이 그것을 뒷받침해주고 있다. 그러나 다른 문단들은 단순히 데일의 말과 뚱보 토니의 말을 구분하기 위해 존재할 뿐이다.

가장 흥미로운 것은 다섯 번째 문단이다. '뚱보 토니는 자리에 앉아 담뱃불을 붙이고 손으로 머리를 빗었다(Big Tony sat down, lit a cigarette, ran a hand through his hair).' 겨우 한 문장이다. 설명문의 문단이 이렇게 한 문장으로 이루어지는 경우는 거의 없다. 그렇다고 이 문장이 기술적인 면에서 아주 탁월한 문장도 아니다. 워리너의 문법책에서 말하는 완벽한 문장을 만들려면 접속사(and)를 붙여야 한다. 그리고 이 문단의 용도는 과연 무엇일까?

우선 이 문장은 비록 기술적인 면에서는 결점이 있을지 몰라도 장면 전체에서 본다면 꽤 괜찮은 문장이다. 전보문처럼 간결한 문체가 글의 흐름에 변화를 주고 신선한 느낌을 불어넣는다. 서스펜스 소설가 조너선 켈러맨은 이 테크닉을 매우 효과적으로 사용한다. 가령 《적자 생존Survival of the Fittest》에는 이런 대목이 나온다. '길이가 30피트인 이 배는 희고 매끈한 유리 섬유로 만들었고 내부 장식은 회색이었다. 높다란 돛대들, 거기 묶인 돛. 선체에는 금색 테두리를 두른 검정색 글자로 '사토리'라는 이름이 적혀 있고(The boat was thirty feet of sleek white fiberglass with gray trim. Tall masts, the sails tied. Satori painted on the hull in black script edged with gold.).'

잘 다듬어진 미완성 문장이라도 너무 남용하면 곤란하겠지만(켈러맨은 가끔 남용하는 것 같다), 때로는 이렇게 미완성 문장으로 멋진 효과를 거둘 수도 있다. 글의 흐름에 변화가 생길 뿐만 아니라 묘사도 간결해지고 이미지도 더욱 선명해지고 긴장감도 고조되는 것이다. 문법적으로 올바른 문장만 연달아 쓰다 보면 글이 너무 딱딱해져 유연성을 잃게 된다. 언어의 결벽주의자들은 이런 말을 듣기 싫어하고 죽을 때까지 부정하겠지만 이것은 엄연한 사실이다. 언어도 날마다 넥타이를 매고 정장 구두를 신을 필요는 없다. 소설의 목표는 정확한 문법이 아니라 독자를 따뜻이 맞이하여 이야기를 들려주는 것, 그리고 가능하다면 자기가 소설을 읽고 있다는 사실조차 잊게 만드는 것이다. 한 문장으로 이루어진 문단은 글보다 말에 더 가까운 것이고 그것은 좋은 일이다. 글쓰기는 유혹이다. 좋은 말솜씨도 역시 유혹의 일부분이다. 만약 그렇지 않다면 어째서 그토록 많은 남녀가 저녁 식사를 마치고 곧장 침대로 직행하겠는가?

이 문단의 쓰임새는 그 밖에도 여러 가지가 있다. 연극의 연기 지시 같은 구실도 하고, 인물의 성격과 무대 배경을 드러내는 장치로서도 비록 사소하긴 하지만 쓸모가 있고, 중요한 상황 전환의 순간을 나타내기도 한다. 뚱보 토니는 자신의 이야기가 진실이라고 주장하다가 올리어리를 회상하기 시작한다. 아직 화자가 바뀌지 않았으니 토니가 자리에 앉아 담뱃불을 붙이는 대목을 같은 문단에 계속 이어서 써도 되겠지만 작가는 그렇게 하지 않았다. 뚱보 토니가 태도를 바꾸었으므로 이렇게 대화를 두 문단으로 갈라놓은 것이다. 이것은 글을 쓰면서 즉석에서 내린 결정인데, 작가는 순전히 자신의 머리 속에서 들려오는 장단에 따라 그렇게 판단했다. 이런 장단은 작가의 고유한 필적과도 같은 것이지만(가령 켈러맨이 미완성 문장을 많이 쓰는 것은 그의 머릿속에서 미완성 문장이 많이 들려오기 때문이다), 또한 수천 시간에 걸쳐 글을 써보고 수만 시간에 걸쳐 남들이 쓴 글을 읽어본 결과이기도 하다.

나는 문장이 아니라 문단이야말로 글쓰기의 기본 단위라고—거기서부터 의미의 일관성이 시작되고 낱말들이 비로소 단순한 낱말의 수준을 넘어서게 된다고—주장하고 싶다. 글이 생명을 갖기 시작하는 순간이 있다면 문단의 단계가 바로 그것이다. 문단이라는 것은 대단히 놀랍고 융통성이 많은 도구이다. 때로는 낱말 하나로 끝날 수도 있고, 또 때로는 몇 페이지에 걸쳐 길게 이어질 수도 있다(돈 로버트슨의 역사 소설 《파라다이스 폭포*Paradise Falls*》에 나오는 어떤 문단은 자그마치 16쪽 분량이고, 로스 로크리지의 《레인트리 카운티 *Raintree County*》에도 이에 버금가는 문단이 여러 개 나온다). 글을 잘 쓰려면 문단을 잘 이용하는 방법을 배워야 한다. 그러려면 많은 연습이 필요하다. 장단을 익혀야 하기 때문이다.

5

아까 여러분이 살펴보았던 책을 다시 꺼내보라. 아직 한 글자도 읽지 않은 상태에서도 그 책의 무게는 여러분에게 또 다른 것을 말해준다. 책의 길이를 알 수 있는 것은 당연한 일이겠지만 그뿐만이 아니다. 작가가 그 작품을 쓰기 위해 얼마나 많은 정성을 기울였는지, 그리고 독자가 그 작품을 소화하려면 또 얼마나 많은 정성을 기울여야 하는지도 짐작할 수 있다. 물론 길이와 무게가 작품의 우수성을 보장하는 것은 아니다. 대하 소설 중에도 쓰레기라고 부를 만한 것들이 수두룩하다. 그리고 나를 비판하는 비평가들에게 물어보라. 내가 쓴 헛소리들을 찍어내느라고 캐나다의 숲들이 통째로 사라져간다고 투덜거릴 것이다. 그러나 또한 짧다고 해서 반드시 달콤한 것도 아니다. 경우에 따라서는 (이를테면《매디슨 카운티의 다리》처럼) 짧은 책은 '너무' 달착지근해서 탈이다. 그러나 좋은 작품이든 나쁜 작품이든, 성공작이든 실패작이든 간에 정성의 문제를 무시할 수는 없다. 낱말에도 무게가 있다. 출판사나 대형 서점의 도서 창고에 근무하는 사람들에게 물어보라.

낱말들이 모여서 문장을 이룬다. 문장들이 모여서 문단을 이룬다. 때로는 문단들이 살아나서 숨을 쉬기 시작한다. 수술대 위에 누워 있는 프랑켄슈타인의 괴물을 떠올려도 좋다. 이때 번갯불이 번쩍거린다. 그 번개는 하늘에서 떨어지는 것이 아니라 낱말들이 모여 있는 하나의 소박한 문단에서 나온다. 그것은 여러분이 처음으로 쓰게 된 정말 훌륭한 문단일 수도 있다. 아직 연약하지만 수많은 가능성을 지니고 있어 여러분은 덜컥 겁이 난다. 시체들을 조각조각 기워 만들어낸 죽은 몸뚱이가 그 노랗고 축축한 눈을 번쩍 떴을 때 빅토르 프랑켄슈타인도 똑같은 기분이었을 것이다. 여러분은 이렇게 생각한다. '맙소사, 숨을 쉬잖아. 어쩌면 스스로 생각할 수도 있을지 몰라. 이젠 어떻게 해야 하지?'

물론 세 번째 층으로 넘어가서 진짜 소설을 쓰기 시작해야 한다. 그러면 안 될 이유라도 있나? 무엇을 두려워하는가? 어차피 목수들이 만드는 것은 괴물이 아니다. 그들은 집과 가게와 은행을 짓는다. 목조 건물은 한 번에 한 장씩 널빤지를 붙여가며 만들고, 벽돌

건물은 한 번에 한 장씩 벽돌을 쌓아올려 만든다. 여러분도 한 번에 한 문단씩 써나가면 되는 것인데, 이때 사용하는 건축 재료는 여러분의 어휘력, 그리고 기본적인 문체와 문법에 대한 지식이다. 한 층 한 층 가지런히 쌓아올리고 문짝도 고르게 대패질하기만 하면 무엇이든 건설할 수 있다. 힘이 넘친다면 대저택들을 지어도 좋다.

그런데 낱말들을 가지고 굳이 대저택까지 지을 이유가 있을까? 나는 있다고 생각한다. 마거릿 미첼의 《바람과 함께 사라지다》나 찰스 디킨스의 《황폐한 집Bleak House》을 읽어본 사람이라면 내 말을 이해할 것이다. 가끔은 이런 괴물조차도 괴물이 아닐 때가 있다. 때로는 너무도 아름다워 그 기나긴 이야기를 아주 사랑하게 되는데, 그런 이야기는 그 어떤 영화나 텔레비전 프로그램에서도 찾아볼 수 없다. 그래서 천 페이지를 읽은 뒤에도 우리는 작가가 만들어놓은 세상이나 그 속에서 살아가는 가공의 인물들을 떠나기 싫어한다. 2천 페이지짜리 소설이라면 2천 페이지를 읽은 뒤에도 떠나고 싶지 않을 것이다. J. R. R. 톨킨의 《반지의 제왕The Lord of the Rings》 삼부작이 좋은 예이다. 2차 세계대전 이후로 삼대에 걸쳐 수많은 환상 소설 애독자들이 천 페이지도 넘는 호빗족의 이야기를 다 읽고도 만족하지 못했다. 거기에 이 이야기의 에필로그에 해당하는 그 거창하고 투박한 비행선 같은 소설 《실마릴리온The Silmarillion》을 덧붙여도 여전히 충분하지 않았다. 그래서 테리 브룩스, 피어스 앤서니, 로버트 조던, 《워터십 다운Watership Down》[영국 작가 리처드 애덤스의 소설 - 옮긴이]에서 모험을 떠나는 토끼들, 그밖에도 수십 명의 작가들이 나타났다. 이런 작가들은 자기들이 아직도 사랑하고 갈망하는 호빗족들을 창조하고 있다. 이제 톨킨이

이 세상에 없으니 그들이 나서서 프로도와 샘을 그레이 헤이븐스에서 불러내려고 하는 것이다.

우리가 이야기하고 있는 내용은 아주 기본적인 것들이다. 그러나 이렇게 기본적인 솜씨를 가지고도 가끔은 우리의 기대를 훌쩍 뛰어넘는 것들을 창조할 수 있지 않을까? 지금 우리는 연장과 목공작업에 대하여, 그리고 낱말과 문체에 대하여 이야기하고 있다. 그러나 다음 장을 읽으면서 여러분은 이것이 하나의 마술에 대한 이야기이기도 하다는 사실을 잘 기억해두기 바란다.

On Writing

창작론

나는 소설이란 땅 속의 화석처럼 발굴되는 것이라고 믿는다. 소설은 이미 존재하고 있으나 아직 발견되지 않은 어떤 세계의 유물이다. 작가가 해야 할 일은 자기 연장통 속의 연장들을 사용하여 각각의 유물을 최대한 온전하게 발굴하는 것이다.

S T E P H E N   K I N G

잘 팔리는 어느 애견 훈련 설명서의 제목에 의하면 세상에 나쁜 개는 없다고 한다. 그렇지만 핏불이나 로트바일러에게 물려 크게 다친 아이의 부모에게는 그렇게 말하지 않는 것이 좋다. 코피 터지기 딱 좋으니까. 나도 처음으로 진지하게 글을 써보려고 하는 사람들을 기꺼이 격려해주고 싶지만, 그렇다고 세상에 나쁜 작가란 없다고 거짓말을 할 수는 없다. 미안하지만 세상에는 형편없는 글쟁이들이 수두룩하다. 어떤 이들은 지방 신문사에서 근무하는데, 대개는 소극장에서 공연되는 연극을 비평하거나 자기 지역의 스포츠 팀에 대하여 이러쿵저러쿵하면서 소일한다. 어떤 이들은 글쓰기로 돈을 벌어 카리브 해에 멋진 집을 장만하는데, 그들이 지나간 길에는 부사가 범람하고, 목석 같은 등장 인물이 즐비하고, 지긋지긋한 수동태 문장이 우글거린다. 또 어떤 이들은 검은 터틀넥 스웨터와 구겨진 카키색 바지를 입고 시 낭송회에 참석하여 '내 성난 레즈비언의 유방들'이니 '목이 터져라 어머니를 부르던 그 경사진 골목길'이니 하는 엉터리 시들을 거침없이 쏟아낸다.

　인간의 재능과 창의성이 드러나는 모든 분야에서 그렇듯이 작가들의 양상도 피라미드 형태를 이룬다. 제일 밑바닥에는 형편없는 작가들이 있다. 그 위에는 조금 적지만 아직 꽤 많은 사람들이 버티고 있는데, 이들은 제법 괜찮은 작가들이다. 여러분은 지방 신문사나 동네 서점이나 시 낭송회에서도 그들을 만날 수 있다. 적어도 그들은 레즈비언이 분노할 수도 있겠지만 유방은 여전히 유방이라는 것을 잘 알고 있는 사람들이다.

그 위로 가면 숫자가 훨씬 줄어든다. 그들이야말로 정말 훌륭한 작가들이다. 그리고 그 위에는—거의 대부분의 작가들을 내려다보는 높은 자리에는—셰익스피어와 포크너와 예이츠와 쇼와 유도라 웰티[Eudora Welty : 1909~2001, 미국 소설가—옮긴이] 같은 작가들이 있다. 그들은 천재이며 거룩한 우연의 산물이다. 우리처럼 평범한 사람들은 그런 재능을 갖기는커녕 제대로 이해하지도 못한다. 아니, 대부분의 천재들은 자기 자신조차도 이해하지 못한다. 그래서 많은 천재들이 불행한 삶을 살아가면서 자기들은 결국 우연이 빚어낸 괴물에 불과하다고 (적어도 어느 정도는) 느낀다. 지적인 일을 한다는 점에서 다를 뿐, 어쩌다가 예쁜 광대뼈와 시대의 이미지에 맞는 유방을 타고난 패션 모델처럼 그들도 우연히 그렇게 태어났던 것이다.

나는 지금 간단한 두 가지 명제를 염두에 두고 이 책의 중심부에 접근하려 한다. 첫째, 좋은 글을 쓰려면 기본을 (어휘력, 문법, 그리고 문체의 요소들을) 잘 익히고 연장통의 세 번째 층에 올바른 연장들을 마련해둬야 한다. 둘째, 형편없는 작가가 제법 괜찮은 작가로 변하기란 불가능하고 또 훌륭한 작가가 위대한 작가로 탈바꿈하는 것도 불가능하지만, 스스로 많은 정성과 노력을 기울이고 시의적절한 도움을 받는다면 그저 괜찮은 정도였던 작가도 훌륭한 작가로 거듭날 수 있다.

그러나 유감스럽게도 이런 생각에 반대하는 비평가나 창작 교사들이 많다. 정치적으로는 개방적이지만 자기 분야에서는 갑각류와 같은 사람들이다. 동네 컨트리 클럽에서 아프리카계 미국인이나 토박이 미국인(정치적으로는 중립적이지만 너무 거창한 이런 용어들에 대하여 스트렁크가 어떻게 생각했을지 짐작이 간다)을 배척하는 데 항의하기 위해 기꺼이 거리로 나서는 사람들이 정작 자기 학생들에게는 저마다 창작 능력이 정해져 있어 어쩔 수 없다고 가르친다. 한번 삼류는 영원한 삼류라는 것이다. 가령 어떤 작가가 영향력 있는 비평가 한두 명에게서 높은 평가를 받더라도 초기에 받았던 평가는 평생 따라다니게 마련이다. 어렸을 때 말썽꾸러기였던 여자는 점잖은 부인이 되어도 그런 대접을 받는다. 레이먼드 챈들러[Raymond Chandler : 1888~1959, 미국 추리 소설가 – 옮긴이]는 일찍이 전후 시대의 삭막한 도시 생활을 잘 묘사한 작가로서 이제 20세기 미국 문학에서 중요한 인물로 인정받고 있지만, 그런 평가를 거부하는 비평가들도 많다. 그들은 분연히 외친다. 그자는 삼류야! 그것도 건방진 삼류라고! 그런 자들이야말로 최악이지! 감히 우리와 어울릴 수 있다고 착각하니까 말야!

이와 같은 지적인 동맥 경화를 극복하려고 노력하는 비평가들은 대개 큰 성공을 거두지 못한다. 그들의 동료들은 설령 챈들러를 위대한 작가의 반열에 끼워주더라도 반드시 말석에 앉히려고 하기 때문이다. 그리고 수군거리는 소리도 그치지 않는다. '저질 소설이나 쓰던 자인데 말야… 그런 놈치고는 꽤 잘하지?… 30년대에는

《블랙 마스크》[미국 대중 잡지 - 옮긴이]에 글을 실었는데… 그래, 한
심한 일이지….'

심지어는 소설 문학의 셰익스피어라고 할 수 있는 찰스 디킨스
조차도 종종 선정적인 내용을 다루고 신나게 아이들을 낳고(소설을
쓰지 않을 때 그는 주로 아이들을 만들었다) 당대와 우리 시대의 저급 독
자층에게 인기를 끌었다는 이유로 끊임없이 비평가들의 공격을 받
았다. 비평가나 학자들은 언제나 대중적인 성공을 수상쩍게 본다.
물론 그들의 의심이 정당할 때도 많다. 그러나 그 외의 경우에는 생
각하기 싫어서 핑계를 대고 있을 뿐이다. 똑똑한 사람들이 정신적
으로 나태해지면 정말 아무도 못 말린다. 그들은 기회만 생기면 빈
둥거린다. 신선 놀음에 도낏자루 썩는 줄 모른다고나 할까.

그러므로 보나마나 어떤 이들은 나를 비난할 것이 뻔하다. 내가
호레이쇼 앨저[Horatio Alger : 1832~1899, 교훈적인 성공담을 주로 쓴 미
국 소설가 - 옮긴이]처럼 어리석은 낙천주의를 전파시킨다고, 그러면
서 한편으로는 나 자신의 껄끄러운 평판에 대해 변명한다고, 그리
고 '도무지 우리와는 다른 부류'인 사람들까지 컨트리 클럽에 가입
신청을 하도록 부추긴다고 말이다. 그 정도는 얼마든지 참을 수 있
다. 그러나 여기서 나의 기본 전제를 한 번 더 짚고 넘어가는 것이
좋겠다. 여러분이 형편없는 작가라면 그 누가 도와줘도 장차 훌륭
한 작가는커녕 제법 괜찮은 작가가 되는 것도 불가능하다. 그리고
여러분이 훌륭한 작가인데 위대한 작가가 되고 싶다면… 빨리 포
기하시라.

이제부터 이야기할 내용은 좋은 소설을 쓰는 방법에 대하여 내
가 알고 있는 모든 것이다. 되도록 간단하게 설명하겠다. 여러분의

시간은 물론 내 시간도 소중하거니와, 아시다시피 이렇게 글쓰기에 대하여 토론하는 시간에는 정작 글을 쓸 수가 없기 때문이다. 그리고 되도록 용기를 북돋워주겠다. 그것이 내 천성이기도 하지만, 또한 내가 이 직업을 사랑하기 때문이다. 나는 여러분도 이 직업을 사랑하게 되기를 바란다.

그러나 여러분이 죽어라고 열심히 노력하기가 귀찮다면 좋은 글을 쓰고 싶다고 말할 자격이 없다. 차라리 제법 괜찮은 수준에서 만족하면서 그나마 그것도 다행으로 여기도록 하라. 뮤즈는 분명히 존재하지만 그(전통적으로 뮤즈는 여신이라고 하는데 왠지 나의 뮤즈는 남자이다. 아쉽지만 어쩔 수 없는 노릇이다)가 여러분의 집필실에 너울너울 날아들어 여러분의 타자기나 컴퓨터에 창작을 도와주는 마법의 가루를 뿌려주는 일은 절대로 없다. 뮤즈는 땅에서 지낸다. 그는 지하실에서 살고 있다. 그러므로 오히려 여러분이 뮤즈가 있는 곳으로 내려가야 한다. 그리고 내려간 김에 그의 거처를 잘 마련해줘야 한다. 다시 말해서 낑낑거리는 힘겨운 노동은 모두 여러분의 몫이라는 것이다.

한편 뮤즈는 편안히 앉아 시가를 피우고 자신의 볼링 트로피들을 흐뭇하게 감상하면서 여러분을 싹 무시하는 척한다. 이런 상황이 공평하다고 생각하는가? 나는 그렇다고 본다. 물론 이 뮤즈라는 작자는 겉으로 보기에도 별 볼일 없고 대화 상대로서도 빵점이다(내 뮤즈는 근무중이 아닐 때는 대개 툴툴거리는 소리로 대답하는 정도가 고작이다). 그러나 그에게는 영감을 주는 능력이 있다. 그러므로 여러분이 밤을 꼴딱꼴딱 새워가며 모든 노고를 혼자 도맡는 것도 기꺼이 감수해야 한다. 작은 날개를 달고 입에는 시가를 물고 있는 그

작자는 마술이 가득한 자루를 가지고 있기 때문이다. 그 속에 들어 있는 것들은 여러분의 인생을 바꿔놓을 수도 있다.

내 말을 믿으시라.

1

작가가 되고 싶다면 무엇보다 두 가지 일을 반드시 해야 한다. 많이 읽고 많이 쓰는 것이다. 이 두 가지를 슬쩍 피해갈 수 있는 방법은 없다. 지름길도 없다.

나는 독서 속도가 느린 편인데도 대개 일년에 책을 70~80권쯤 읽는다. 주로 소설이다. 그러나 공부를 위해 읽는 게 아니라 독서가 좋아서 읽는 것이다. 나는 밤마다 내 파란 의자에 기대앉아 책을 읽는다. 소설을 읽는 것도 소설을 연구하기 위해서가 아니라 그저 이야기를 좋아하기 때문이다. 그러나 이때에도 배움의 과정은 계속된다. 여러분이 선택한 모든 책에는 반드시 가르침이 담겨 있게 마련이다. 종종 좋은 책보다 나쁜 책에서 더 많은 것을 배우기도 한다.

초등학교 8학년 때 나는 머리 렌스터[Murray Leinster: 1896~1975, 미국 소설가-옮긴이]의 어느 보급판 소설을 읽게 되었는데, 별 볼일 없는 과학 소설가였던 그는 주로《어메이징 스토리스*Amazing Stories*》같은 잡지사에서 턱없이 적은 원고료를 주던 1940, 50년대에 대부분의 작품을 썼던 사람이다. 나는 렌스터의 다른 책도 읽어보았으므로 그의 작품이 들쭉날쭉하다는 정도는 알고 있었다. 그날 읽은 책은 소행성대에서 광석을 캐는 이야기였는데, 이 책도 별로 뛰어난 작품은 아니었다. 아니, 그 말은 너무 잘봐준 것이다. 사실은 끔찍하기 짝이 없었다. 인물 묘사는 종잇장처럼 얄팍했고 플롯도 터무니없었다. 그중에서도 (당시 내가 느끼기에) 최악이었던 것은 렌스터가 '열띤(zestful)'이라는 말을 몹시도 좋아하게 되었다는 사실이었다. 광석이 있는 소행성이 가까워지면 등장 인물들은 '열띤 미소'를 지었다. 그들은 채굴선에서 식탁에 앉을 때도 '열띤 기대감'을 품었다. 끝부분에서 주인공은 가슴이 커다란 금발의 여주인공을 끌어안고 '열띤 포옹'을 나누었다. 나에게는 그것이 문학적인 천연두 예방 주사와 같았다. 내 기억에 나는 지금껏 장편에서든 단편에서든 '열띤'이라는 말을 쓴 적이 한 번도 없다. 아마 앞으로도 그럴 것이다.

《소행성의 광부들》(정확한 제목은 아니지만 대충 비슷하다)은 독자로서의 내 삶에서 중요한 책이었다. 거의 모든 사람이 순결이나 동정을 잃은 순간을 기억하듯이 대부분의 작가는 어떤 책을 내려놓으면서 처음으로 이런 생각을 하던 순간을 잊지 못한다. '나도 이것보다는 잘 쓰겠다. 아니, 지금도 이것보다는 훨씬 낫지!' 한창 노력중인 풋내기 작가에게, 자기 작품이 실제로 돈벌이를 하고 있는 작가의 작품보다 훨씬 낫다고 느끼는 것만큼 큰 용기를 주는 일이 또 있을까?

형편없는 책을 읽으면서 우리는 그렇게 쓰지 말아야겠다는 것을 배운다. 《소행성의 광부들》 같은 (또는 《인형의 계곡Valley of the Dolls》이나 《다락방의 꽃들Flowers in the Attic》이나 《매디슨 카운티의 다리》 같은) 소설 한 권은 유수한 대학의 문예 창작과에서 한 학기를 공부하는 것과 맞먹는 가치를 지닌다. 설령 기라성 같은 대가들이 초빙 강사로 나오더라도 마찬가지다.

한편, 좋은 책은 한창 배움의 길을 걷는 작가들에게 문체와 우아한 서술과 짜임새 있는 플롯을 가르쳐주며, 언제나 생생한 등장 인물들을 창조하고 진실만을 말하라고 가르친다. 가령 《분노의 포도》 같은 소설은 신진 작가들에게 좌절감과 더불어 저 유서 깊은 질투심을 심어주기도 한다. '나 같으면 천년을 살아도 이렇게 좋은 작품은 못 쓸 거야.' 그러나 이런 감정들은 더욱 열심히 노력하고 더 높은 목표를 갖게 만드는 채찍질이 될 수도 있다. 빼어난 스토리와 빼어난 문장력에 매료되는 것은—아니, 완전히 압도당하는 것은—모든 작가의 성장 과정에 필수적이다. 한 번쯤 남의 글을 읽고 매료되지 못한 작가는 자기 글로 남들을 매료시킬 수도 없기 때문이다.

그러므로 독서를 통하여 우리는 평범한 작품과 아주 한심한 작품들을 경험한다. 이런 경험을 쌓아두면 나중에 자기 작품에 그런 단점들이 나타났을 때 얼른 알아보고 피해갈 수 있다. 또한 독서를 통하여 우리는 훌륭한 작품과 위대한 작품을 경험함으로써 자신의 목표를 정하고, 과연 이런 작품도 가능하구나 하는 깨달음을 얻게 된다. 그리고 독서를 통하여 우리는 다양한 문체를 경험한다.

여러분은 그중에서 특별히 멋있어 보이는 문체를 모방하게 될 수도 있는데, 그것은 전혀 잘못이 아니다. 나도 어렸을 때 레이 브래드베리[Ray Bradbury : 《화성 연대기》로 유명한 미국 소설가 – 옮긴이]의 책을 읽고 레이 브래드베리처럼 글을 썼다. 모든 것을 향수어린 시선으로 바라보면서 초록색으로 신비롭게 묘사했다. 제임스 M. 케인의 책을 읽을 때는 내 문장도 뚝뚝 끊어지면서 건조하고 삭막해졌다. 러브크래프트의 책을 읽을 때는 내 문장도 화려하고 복잡해졌다. 이렇게 여러 문체를 받아들이는 것은 자기만의 문체를 개발하는 데 필수적인 과정이다. 그러나 저절로 되는 일은 없다. 폭넓은 독서를 하면서 끊임없이 자기 작품을 가다듬어야 (그리고 갱신해야) 한다. 책을 별로 안 읽는 (더러는 전혀 안 읽는) 사람들이 글을 쓰겠다면서 남들이 자기 글을 좋아할 거라고 생각하는 것은 정말 터무니없는 일이다. 그러나 나는 그런 사람들을 많이 보았다. 어떤 사람이 나에게 작가가 되고는 싶지만 '독서할 시간이 없다'고 말할 때마다 꼬박꼬박 5센트씩 모았다면 지금쯤 맛있는 스테이크를 즐길 수 있었을 것이다. 이 문제에 대하여 좀더 솔직하게 말해도 될까? 책을 읽을 시간이 없는 사람은 글을 쓸 시간도 (그리고 연장도) 없는 사람이다. 결론은 그렇게 간단하다.

독서는 작가의 창조적인 삶에서 핵심적인 부분이다. 나는 어디로 가든지 반드시 책 한 권을 들고 다니는데, 그러다 보면 책을 읽을 기회가 많다는 것을 알게 된다. 한 번에 오랫동안 읽는 것도 좋지만 시간이 날 때마다 조금씩 읽어나가는 것이 요령이다. 각종 대기실은 독서를 위해 마련된 공간이다. 그렇고말고! 그러나 알고 보면 극장 로비도 그렇고, 계산대 앞의 길고 지루한 행렬도 그렇고, 누구나 좋아하는 화장실도 역시 그렇다. 그리고 오디오북 혁명 덕분에 심지어는 운전을 하면서도 독서를 할 수 있다. 내가 일년 동안 읽는 책 중에서 여섯 권에서 열두 권 정도는 카세트테이프에 녹음된 것들이다. 물론 그러려면 신나는 라디오 방송을 못 듣게 되겠지만, 한 번 생각해보라. 딥 퍼플의 노래 〈하이웨이 스타〉도 몇 번이나 들으면 질리지 않는가?

예절을 따지는 곳에서는 식사중에 책을 읽는 것이 무례한 행동이지만, 작가로 성공하고 싶다면 그런 사소한 예절에 연연하지 말아야 한다. 더욱이 예절을 따지는 사람들과 그들의 주장에 대해서는 아예 아랑곳할 필요도 없다. 정말 진실한 글을 쓰려고 한다면 어차피 여러분의 사교 생활도 얼마 남지 않은 셈이니까 말이다.

그 밖에 또 어디서 책을 읽을 수 있을까? 러닝머신을 비롯하여 여러분이 헬스클럽에서 애용하는 각종 운동 기구가 있을 것이다. 나도 날마다 한 시간씩 운동을 하려고 노력하는데, 이때 좋은 소설을 벗삼지 못한다면 아마 미쳐버릴 것이다. 요즘 대부분의 운동 시설은 (집 안이든 집 밖이든) 텔레비전을 갖추고 있다. 그러나 텔레비전이야말로—운동을 할 때나, 그 밖의 무엇을 할 때나—작가 지망생에게는 백해무익한 물건이다. 만약 여러분이 운동을 하면서 CNN에서 뉴스를 해설하는 허풍쟁이나 MSNBC에서 주식 시장을 설명하는 허풍쟁이나 ESPN에서 스포츠를 중계하는 허풍쟁이들을 꼭 봐야 한다면, 지금이라도 여러분은 자기가 정말 작가가 되고 싶은 것인지 다시 자문해봐야 한다. 작가가 되려면 상상력이 충만한 삶을 위해 본격적으로 정신을 가다듬어야 한다. 그렇다면 헤랄도와 키스 오버맨과 제이 레노는 포기할 수밖에 없다. 독서를 하려면 시간이 필요한데, 브라운관은 너무 많은 시간을 빼앗기 때문이다.

텔레비전에 대한 덧없는 욕구를 벗어던진 사람들은 대개 책 읽는 시간이 즐겁다는 사실을 새삼 깨닫게 마련이다. 나는 저 끊임없이 지껄이는 바보상자를 꺼버리기만 하면 작품의 질은 물론 삶의 질까지 향상된다고 주장하고 싶다. 그런데 여기서 우리가 말하고 있는 것이 과연 그렇게 큰 희생일까? 〈프레이저어〉와 〈ER〉 재방송을 많이 보면 우리의 삶이 완벽해질까? 그렇다면 리처드 시몬스는 얼마나 봐야 할까? CNN의 뚱뚱한 백인 고위층들은 또 얼마나 봐야 할까? 말을 하자면 끝이 없다. 제리 스프링어, 닥터 드레, 판사 주디, 제리 폴웰, 도니와 마리…. 차라리 말을 말자.

내 아들 오웬은 일곱 살 때쯤에 브루스 스프링스틴의 E 스트리트 밴드에 푹 빠졌는데, 그중에서도 건장한 색소폰 연주자 클레어런스 클레먼스를 특히 좋아했다. 오웬은 클레어런스 같은 연주 솜씨를 배우겠다고 마음먹었다. 아내와 나는 그 아이의 이런 야망을 지켜보며 즐거워했다. 다른 부모들처럼 우리도 자식에게서 재능을 발견하고 싶었기 때문이다. 혹시 천재일지도 모르니까. 우리는 크리스마스 선물로 오웬에게 테너 색소폰을 사주고, 부근에 사는 음악인 고든 보위에게 레슨을 받게 해주었다. 그런 다음엔 행운을 바라는 마음으로 결과를 기다렸다.

7개월 후 나는 아내에게, 오웬이 동의하기만 한다면 이제 색소폰 레슨을 중단하는 것이 좋겠다고 말했다. 오웬도 기꺼이 동의했는데, 누가 보아도 안도의 기색이 역력했다. 자기 입으로 말하기는 싫었겠지만—더구나 애당초 색소폰을 사달라고 졸랐던 사람이 바로 자기였으니까—7개월이라는 시간은 오웬에게 현실을 깨닫게 하고도 남았다. 클레어런스 클레먼스의 멋진 사운드를 좋아하기는 하지만 색소폰은 자신에게 맞지 않는다는 깨달음이었다. 신은 그에게 그런 재능을 주지 않았던 것이다.

내가 오웬의 속마음을 눈치챌 수 있었던 것은 그가 연습을 중단해서가 아니라 정확히 보위 씨가 정해준 시간 동안만 연습을 하기 때문이었다. 일주일에 나흘은 방과 후 30분씩, 그리고 주말에는 한 시간씩이었다. 오웬은 음계와 음표들을 모두 능숙하게 연주할 수 있었지만—기억력이나 폐활량이나 눈과 손의 협력 관계에는 아무런 문제도 없었으니까—그 단계를 뛰어넘어 뭔가 새로운 것을 찾아내고 스스로 놀라면서 황홀경에 빠져 연주하는 모습은 끝내 한 번도 볼 수 없었다. 그러다가 연습 시간만 끝나면 곧바로 색소폰을 케이스에 집어넣었고, 다음 레슨이나 연습 시간이 될 때까지는 두 번 다시 꺼내지 않았다. 이런 상황을 지켜보면서 나는 우리 아들이 색소폰으로 진짜 공연을 하는 날은 결코 없으리라는 것을 짐작할 수 있었다. 언제까지나 연습만 하는 것이 고작일 터였다. 부질없는 짓이었다. 즐거움이 없다면 아무리 해도 소용이 없다. 그렇다면 차라리 자기가 더 많은 재능을 지니고 있고 재미도 있는 다른 분야로 눈을 돌리는 편이 낫다.

재능은 연습이라는 말 자체를 무의미하게 만들어버린다. 자신에게서 어떤 재능을 발견한 사람은 (그것이 무엇이든지 간에) 손가락에서 피가 흐르고 눈이 빠질 정도로 몰두하게 마련이다. 들어주는 (또는 읽어주는, 또는 지켜보는) 사람이 아무도 없어도 밖에만 나가면 용감하게 공연을 펼친다. 창조의 기쁨이 있기 때문이다. 환희라고 해도 좋다. 그것은 악기를 연주하거나 야구공을 때리거나 400미터 경주를 뛰는 일뿐만 아니라 독서나 글쓰기에서도 마찬가지다. 여러분이 정말 독서와 창작을 좋아하고 또한 적성에도 맞는다면, 내가 권하는 정력적인 독서 및 창작 계획도—날마다 4~6시간—별로 부담스럽지 않을 것이다. 아마 여러분 중에는 벌써 실천하고 있는 사람도 있을 것이다. 그러나 만약 여러분이 누군가에게서 그렇게 마음껏 책을 읽고 글을 써도 좋다는 허락을 받고 싶다면 지금 이 자리에서 내 허락을 받았다고 생각하라.

독서가 정말 중요한 까닭은 우리가 독서를 통하여 창작의 과정에 친숙해지고 또한 그 과정이 편안해지기 때문이다. 책을 읽는 사람은 작가의 나라에 입국하는 각종 서류와 증명서를 갖추는 셈이다. 꾸준히 책을 읽으면 언젠가는 자의식을 느끼지 않으면서 열심히 글을 쓸 수 있는 어떤 지점에 (혹은 마음가짐에) 이르게 된다. 그리고 이미 남들이 써먹은 것은 무엇이고 아직 쓰지 않은 것은 무엇인지, 진부한 것은 무엇이고 새로운 것은 무엇인지, 여전히 효과적인 것은 무엇이고 지면에서 죽어가는 (혹은 죽어버린) 것은 무엇인지 등등에 대하여 점점 더 많은 것들을 알게 된다. 그리하여 책을 많이 읽으면 읽을수록 여러분이 펜이나 워드프로세서를 가지고 쓸데없이 바보짓을 할 가능성도 점점 줄어드는 것이다.

2

'많이 읽고 많이 써라'는 말이 우리의 지상 명령이라면—그것은 틀림없는 사실이다—도대체 얼마나 써야 많이 썼다고 할 수 있을까? 물론 사람마다 다를 수밖에 없다. 이 문제와 관련하여 내가 좋아하는 일화 중에는—사실이라기보다 전설에 가깝겠지만—제임스 조이스에 대한 이야기도 있다(조이스에 대해서는 재미있는 일화가 많다. 그중에서도 내가 가장 좋아하는 것은 그가 시력이 약해지면서 우유 배달부의 제복을 입고 글을 썼다는 이야기이다. 그 옷이 햇빛을 반사하여 종이를 비춰준다고 믿었다는 것이다). 어느 날 친구가 찾아가보니 이 위대한 작가는 몹시 절망한 자세로 책상 위에 엎드려 있었다고 한다.

친구가 물었다.

"제임스, 도대체 왜 그러나? 일 때문인가?"

조이스는 고개를 들어 친구를 쳐다보지도 않고 그렇다는 표시만 했다. 물론 일 때문이었다. 언제나 일이 문제가 아니던가?

친구가 다시 물었다.

"오늘은 몇 단어를 썼는데?"

조이스가 (여전히 절망한 자세로, 여전히 책상 위에 엎드린 채) 대답했다.

"일곱 개."

"일곱 개라고? 하지만 제임스…. 그 정도면 괜찮은 편이잖아! 적어도 자네에겐 말일세."

그러자 조이스는 마침내 고개를 들면서 이렇게 말했다.

"그래, 아마 그렇겠지…. 그런데 그것들을 어떤 '순서'로 써야 좋을지 모르겠단 말야!"

그런 반면에 앤서니 트롤로프[Anthony Trollope: 1815~1882, 영국 소설가 – 옮긴이] 같은 작가도 있다. 그는 엄청난 대작들을 썼다(《그녀를 용서할 수 있겠느냐Can You Forgive Her?》가 좋은 예인데, 현대의 독자들은 《과연 이 책을 다 읽을 수 있겠느냐?》라는 제목으로 바꿔놓고 싶을 것이다). 그것도 놀랍도록 규칙적으로 줄기차게 뽑아냈다. 낮 동안에는 우체국 직원으로 일하면서 (영국 전역에서 볼 수 있는 빨간 우체통도 앤서니 트롤로프가 발명했다) 아침마다 출근 전에 2시간 30분씩 글을 썼다. 그것은 매우 엄격한 규칙이었다. 2시간 30분이 지났을 때 어떤 문장을 쓰는 도중이었더라도 거기서 중단하고 이튿날 아침까지 기다렸다. 그리고 600페이지에 달하는 대작을 드디어 완성했는데 아직 15분이 남은 경우에는 원고에 '끝'이라고 쓰고 옆으로 밀어놓은 후, 다음 책을 쓰기 시작했다.

영국의 추리 소설가 존 크리시[John Creasey : 1908~1973 – 옮긴 이]는 서로 다른 열 개의 필명을 가지고 자그마치 500여 권(그렇다, 잘못 읽은 것이 아니다)의 소설을 써냈다. 나는 겨우 서른다섯 권 남짓한 소설을 쓰고도—더러 트롤로프의 작품만큼 긴 것도 있지만—다작이라는 말을 듣는데, 크리시에 비하면 나 정도는 작가라고 말하기조차 부끄러울 지경이다. 요즘 소설가 중에도 나만큼 쓴 작가들은 수두룩하고[예를 들자면 루스 렌델/바바라 바인, 에번 헌터/에드 멕베인(각각 동일 작가의 다른 필명임—옮긴이), 딘 쿤츠, 조이스 캐럴 오츠 등등], 더러는 나보다 훨씬 더 많이 쓰기도 한다.

그 반대쪽에는—제임스 조이스가 속한 쪽에는—딱 한 권(바로 저 눈부신 소설《앵무새 죽이기*To Kill a Mockingbird*》)을 썼을 뿐인 하퍼 리(Harper Lee)가 있다. 다섯 권 이하를 쓴 작가들도 얼마든지 있는데, 이를테면 제임스 에이지, 맬컴 로리, 토머스 해리스 (현재까지) 등이다. 조금 쓰는 것도 좋지만 나는 그런 사람들에 대하여 두 가지 궁금한 것이 있다. 그들이 책을 쓰는 데 걸린 시간은 모두 얼마 정도였을까 ? 그리고 나머지 시간에는 무엇을 할까? 뜨개질을 할까, 교회에서 바자회를 개최할까, 양자두를 숭배할까? 내가 너무 꼬치꼬치 따지는 것인지도 모르지만 정말 궁금해서 못 견디겠다. 신이 자신에게 어떤 일을 할 능력을 주었는데 어째서 그 일을 안하는 것일까?

나의 하루 일과는 아주 단순하다. 오전에는 그때그때 새로 진행중인 일을 한다. 즉 집필중인 작품 말이다. 오후에는 낮잠을 자거나 편지를 쓴다. 저녁에는 독서를 하고 가족과 텔레비전의 레드삭스 팀 경기를 보거나 미룰 수 없는 수정 작업 등을 한다. 내가 글을 쓰는 시간은 주로 오전인 셈이다.

나는 일단 어떤 작품을 시작하면 부득이한 경우를 제외하고는 도중에 멈추거나 속도를 늦추는 일이 없다. 날마다 꼬박꼬박 쓰지 않으면 마음 속에서 등장 인물들이 생기를 잃기 시작한다. 진짜 사람들이 아니라 등장 인물처럼 느껴지는 것이다. 서술도 예리함을 잃어 둔해지고 이야기의 플롯이나 전개 속도에 대한 감각도 점점 흐려진다. 무엇보다 심각한 것은 뭔가 새로운 이야기를 만들어 낼 때의 흥분이 사라지기 시작한다는 사실이다. 그러면 집필 작업이 '노동'처럼 느껴지는데, 대부분의 작가들에게 그것은 죽음의 입맞춤과도 같다. 가장 바람직한 글쓰기는 영감이 가득한 일종의 놀이이다. 어쩔 수 없는 경우에는 나도 냉정한 태도로 글을 쓰는 것이 가능하기는 하다. 그러나 내가 좋아하는 방법은 도저히 손댈 수 없을 만큼 뜨겁고 싱싱할 때 얼른 써버리는 것이다.

예전에 인터뷰 기자들에게 나는 크리스마스와 독립기념일과 내 생일만 빼고 날마다 글을 쓴다고 말하곤 했다. 거짓말이었다. 내가 그렇게 말한 이유는 일단 인터뷰에 동의한 이상 반드시 '뭔가' 말해 줘야 하기 때문이었고, 기왕이면 좀 그럴싸한 말이 낫기 때문이었다. 그리고 얼간이 같은 일벌레로 보이기는 싫었기 때문이었다(그냥 일벌레라면 또 모를까). 사실 나는 일단 글을 쓰기 시작하면 남들이 얼간이 같은 일벌레라고 부르든 말든 하루도 빠뜨리지 않고 쓴다. 크리스마스와 독립기념일과 내 생일도 예외일 수 없다(어차피 내 나이쯤 되면 그 지긋지긋한 생일 따위는 싹 무시하고 싶어지게 마련이다). 그리고 일하지 않을 때는 아예 아무것도 안 쓴다. 다만 그렇게 완전히 손놓고 있는 동안에는 늘 안절부절못하고 잠도 잘 오지 않아서 탈이다. 나에게는 일하지 않는 것이야말로 진짜 중노동이다. 오히려 글을 쓸 때가 놀이터에서 노는 기분이다. 글을 쓰면서 보냈던 시간 중에서 내 평생 가장 힘들었던 세 시간도 나름대로 꽤 재미있었다.

예전에는 지금보다 빨리 썼다. 어떤 책《러닝맨》은 일주일 만에 다 썼다. 이 정도면 아마 존 크리시도 감탄했을 것이다(그러나 어떤 글에서 보니 크리시의 추리 소설 중에는 겨우 '이틀' 만에 완성된 것도 여럿이라고 한다). 내 생각엔 담배를 끊어서 속도가 느려진 것 같다. 니코틴은 신경을 예민하게 해준다. 물론 창작을 도와주는 대신에 목숨을 빼앗는다는 게 문제다. 어쨌든 나는 어떤 소설이든—설령 분량이 많더라도—한 계절에 해당하는 3개월 이내에 초고를 끝내야 한다고 믿는다. 그보다 오래 걸리면—적어도 내 경우에는—마치 루마니아에서 날아온 공문서처럼, 또는 태양의 흑점 활동이 심할 때 단파 수신기에서 나오는 소리처럼 이야기가 왠지 낯설어진다.

나는 하루에 열 페이지씩 쓰는 것을 좋아한다. 낱말로는 2천 단어쯤 된다. 이렇게 3개월 동안 쓰면 18만 단어가 되는데, 그 정도면 책 한 권 분량으로는 넉넉한 셈이다. 이야기를 재미있게 쓰고 신선함을 유지하기만 한다면 독자들도 즐거운 마음으로 몰두할 수 있을 것이다. 어떤 날은 그 열 페이지가 쉽게 나온다. 그러면 아침 열한 시 반쯤에는 작업을 끝내고, 소시지를 훔쳐먹는 생쥐처럼 신나게 다른 볼일을 볼 수 있다. 그러나 나이가 들면서 그냥 책상에서 점심을 먹고 오후 한 시 반쯤 그날 분량을 끝내는 날이 더 많아졌다. 가끔 말이 잘 생각나지 않을 때에는 차 마시는 시간까지 미적거리기도 한다. 나야 어느 쪽이든 상관없지만, 정말 긴박한 상황이 벌어지기 전에는 2천 단어를 다 쓰지 않고 중단하는 일은 좀처럼 없다.

규칙적인 (트롤로프 방식이랄까?) 작업을 하려면 차분한 분위기에서 일하는 것이 제일 바람직하다. 설령 타고난 다작가라 해도 걸핏하면 비상벨이 울려 방해를 받는 환경에서는 제대로 일하기 어려운 법이다. 간혹 나에게 '성공의 비결'을 묻는 사람이 있을 때 (터무니없는 발상이지만 도무지 피할 길이 없다) 나는 두 가지가 있다고 대답하곤 한다. 육체적인 건강을 유지하는 것(적어도 1999년 여름에 길가에서 승합차에 받히는 사고를 당하기 전까지는 그랬다)과 결혼 생활을 유지하는 것. 이만하면 괜찮은 대답이다. 질문을 적당히 물리칠 수 있고 또 어느 정도는 진실도 담겨 있기 때문이다. 나는 건강한 신체를 가졌고 또한 나에게든 누구에게든 엄살은 결코 용납하지 않는 자신 만만한 여자와 안정적인 관계를 유지하고 있기에 지금껏 일을 계속할 수 있었다. 그리고 나는 그 말을 뒤집어도 역시 옳다고 믿는다. 즉 글을 쓰면서 그 속에서 기쁨을 느꼈기에 건강과 가정 생활도 유지할 수 있었다는 뜻이다.

3

독서는 (거의) 어디서든지 할 수 있다. 그러나 글을 쓰는 데는 도서관의 개인 열람실이나 공원 벤치나 임대 아파트 같은 곳은 달리 어쩔 수 없을 때 최후의 수단으로 선택할 수 있을 뿐이다. 트루먼 카포티[Truman Capote : 1924~1984, 영화 〈티파니에서 아침을〉의 원작 소설로 유명한 미국 작가 – 옮긴이는 모텔방에서 글이 가장 잘 써진다고 말했지만 그는 예외적인 경우이다. 대부분의 사람들은 자기만의 장소에서 가장 잘 쓴다. 그런 곳을 마련하기 전에는 많이 쓰겠다는 새로운 결심을 실천하기가 쉽지 않을 것이다.

집필실에 화려한 실내 장식 따위는 필요없다. 집필 도구들을 모아두기 위해 고풍스러운 책상을 준비할 필요도 없다. 내가 첫 번째와 두 번째로 출간한 소설《캐리》와《세일럼스 롯Salem's Lot》은 대형 트레일러의 세탁실에서 무릎 위에 어린이용 책상을 올려놓고 내 아내의 휴대용 올리베티 타자기를 두드려 써낸 것들이다. 존 치버는 파크 애비뉴에 있던 자기 아파트 지하실의 보일러 근처에서 글을 썼다고 한다. 장소는 좀 허름해도 좋은데(내가 이미 암시했듯이 어쩌면 '허름해야' 하는데), 거기에 정말 필요한 것은 딱 하나뿐이다. 그것은 바로 하나의 문으로, 여러분은 이 문을 닫을 용의가 있어야 한다. 문을 닫는다는 것은 여러분의 결심이 진심이라는 것을 온 세상과 자신에게 공언하는 일이다. 여러분은 글을 쓰겠다는 엄숙한 서약을 했고, 무슨 일이 있어도 그것을 실천하려 한다.

새로운 집필 장소에 들어가 문을 닫을 때쯤에는 하루의 목표량도 정해놓았을 것이다. 육체적인 운동을 할 때처럼 글쓰기에서도 처음에는 목표를 낮게 잡아야 실망하는 일이 없다. 하루에 1천 단어 정도가 좋겠다. 그리고 (기왕 너그러운 자세를 보였으니) 적어도 처음에는 하루에서 일주일쯤은 쉬어도 좋겠다. 그 이상은 안 된다. 더 쉬게 되면 이야기의 긴박감이 사라지기 때문이다. 일단 목표량을 정했으면 그 분량을 끝내기 전에는 절대로 문을 열지 않겠다고 다짐하라. 종이 또는 플로피디스크에 그 1천 단어를 옮겨놓는 데 열중하라. 옛날 어느 라디오 인터뷰에서(아마 《캐리》를 홍보하는 자리였을 것이다) 어떤 토크쇼 진행자가 나에게 글을 어떻게 쓰느냐고 물었다. 내 답변을—"한 번에 한 단어씩 쓰죠"—들은 진행자는 대꾸할 말을 잃고 말았다. 아마 내 말이 진담인지 농담인지 알쏭달쏭한 모양이었다. 그러나 농담이 아니었다. 궁극적으로는 그렇게 간단하게 요약할 수도 있기 때문이다. 한 페이지짜리 소품이든 《반지의 제왕》 삼부작 같은 대작이든 간에, 모든 작품은 한 번에 한 단어씩 써서 완성된다. 문은 바깥 세상을 차단한다. 그와 동시에 여러분을 방 안에 가두어 당면한 일에 정신을 집중하게 한다.

가능하다면 집필실 안에는 전화조차 없는 것이 좋다. 쓸데없이 시간만 빼앗는 텔레비전이나 비디오 게임도 없어야 한다는 것은 굳이 말할 필요도 없다. 창문이 있는 경우, 바깥에 보이는 것이 담벼락이라면 몰라도, 그렇지 않다면 커튼이나 블라인드를 쳐라. 모든 작가에게 그렇겠지만 특히 신출내기 작가는 주의를 흐트리는 것들을 모두 제거하는 것이 현명하다. 글쓰기를 계속하다 보면 자연스럽게 그런 것들을 걸러낼 수 있게 되지만 처음에는 글을 쓰기 전에 미리 해결해두는 편이 낫다. 나는 일할 때 요란한 음악을 틀어놓지만—주로 하드록인데, 특히 좋아하는 것은 AC/DC, 건즈 앤 로지스, 메탈리카 등이다—나에게 음악은 문을 닫는 또 하나의 방법일 뿐이다. 음악은 나를 에워싸고 세속적인 세계를 차단해준다. 여러분도 글을 쓸 때는 바깥 세상으로부터 단절되고 싶지 않은가? 당연히 그럴 것이다. 글을 쓴다는 것은 자신의 세계를 창조하는 일이기 때문이다.

글쓰기는 창조적인 잠이라고 말할 수도 있겠다. 침실처럼 집필실도 자기만의 공간이고 꿈을 꿀 수 있는 곳이다. 우리가 하루 일과를 지키는 것은—즉 날마다 같은 시간에 안으로 들어갔다가 종이나 디스크에 1천 단어를 옮겨놓은 후 밖으로 나오는 것은—버릇을 들이기 위해서다. 밤마다 비슷한 시간에 똑같은 과정을 반복하면 잠자리에 들자마자 꿈을 꿀 수 있기 때문이다. 글쓰기에서든 잠에서든 우리는 육체적으로 안정을 되찾으려고 노력하는 동시에 정신적으로는 낮 동안의 논리적이고 따분한 사고 방식에서 벗어나려고 노력한다. 그리고 정신과 육체가 매일 밤 일정량의—예닐곱 시간, 혹은 권장량인 여덟 시간의—잠을 자듯이, 깨어 있는 정신도 훈련을 통하여 창조적인 잠을 자면서 생생한 상상의 백일몽을 만들어낼 수 있다. 그것이 바로 훌륭한 소설이다.

그러나 여러분에게는 우선 방이 필요하고, 문이 필요하고, 그 문을 닫겠다는 의지가 필요하다. 아울러 구체적인 목표도 필요하다. 이렇게 기본적인 것들을 오래 실천하면 할수록 글쓰는 일이 점점 쉬워진다. 뮤즈를 기다리지 말라. 앞에서도 말했듯이 뮤즈는 워낙 고집센 친구라서 우리가 아무리 안달해도 아랑곳하지 않는다. 지금 우리가 이야기하고 있는 것은 점성술이나 심령 세계 따위가 아니고, 장거리 트럭을 몰거나 배관 공사를 하는 것처럼 하나의 직업일 뿐이다. 여러분이 해야 할 일은 날마다 아홉 시부터 정오까지, 또는 일곱 시부터 세 시까지 반드시 작업을 한다는 사실을 뮤즈에게 알려주는 것이다. 그것을 알게 되면 뮤즈는 조만간 우리 앞에 나타나 시가를 질겅질겅 씹으면서 마술을 펼치기 시작할 것이다.

4

자, 여러분은 이제 자기만의 방에 들어왔고, 커튼도 쳤고, 문도 닫았고, 전화 플러그도 뽑아놓았다. 텔레비전도 박살냈고, 하늘이 무너져도 매일 1천 단어씩 쓰겠다고 결심도 했다. 이제 거창한 문제를 거론할 차례다. 무엇에 대하여 쓸 것이냐? 이에 대한 대답도 질문 못지않게 거창하다. 여러분이 쓰고 싶은 것이라면 무엇이든지. 정말 뭐든지 좋다. 단, 진실만을 말해야 한다.

창작 교실에서 흔히 가르치는 금언은 '아는 것에 대하여 쓰라'는 것이다. 제법 그럴듯하게 들리는 말이지만, 가령 여러분이 다른 행성을 탐사하는 우주선이나 자기 아내를 죽이고 그 시체를 도끼로 토막내는 남자에 대하여 쓰고 싶다면 어떻게 해야 하는가? 작가들에게는 그 밖에도 기상천외한 아이디어가 무수히 많을 텐데, '아는 것에 대하여 쓰라'는 가르침을 어떻게 실천하란 말인가?

내 생각에는 우선 '아는 것에 대하여 쓰라'는 말을 최대한 넓고 포괄적인 의미로 해석해야 할 것 같다. 가령 여러분이 배관공이라면 물론 배관 공사에 대해서도 잘 알겠지만, 여러분이 갖고 있는 지식은 결코 그것만이 아니다. 마음으로 아는 것도 많고 상상력으로 아는 것도 많다. 고마운 일이 아닐 수 없다. 마음과 상상력이 없다면 소설의 세계는 몹시 초라해질 테니까. 어쩌면 아예 존재하지 않을지도 모르니까.

장르에 대해서는 각자 자기가 즐겨 읽는 장르의 소설부터 쓸 것이라고 추측해도 무리가 없을 것이다. 앞에서 나는 어렸을 때 공포 만화를 좋아했다는 이야기를 털어놓았다. 만화의 내용이 진부하게 느껴지면서 그 사랑도 끝나버렸지만 어쨌든 나는 공포 만화를 좋아했고, 〈나는 우주 괴물과 결혼했다〉 같은 공포 영화도 좋아했다. 결과적으로 《나는 십대 도굴범이었다》 같은 소설을 쓰게 되었다. 오늘날 내가 쓰고 있는 소설들도 따지고 보면 그때의 그 이야기를 조금 더 세련되게 발전시킨 것에 지나지 않는다. 나는 다만 어쩌다가 밤이나 무덤 따위를 좋아하게 되었을 뿐이다. 여러분이 찬성하지 않는다고 해도 나로서는 그저 어깨를 으쓱거리는 것이 고작이다. 어쨌든 나는 그런 이야기가 좋다.

여러분이 과학 소설 애독자라면 자연히 과학 소설을 쓰고 싶어 할 것이다. 그리고 과학 소설을 많이 읽으면 읽을수록 스페이스 오페라[〈스타워즈〉처럼 우주 여행이나 우주 전쟁 따위를 소재로 삼은 가벼운 소설 또는 영화 – 옮긴이]나 디스토피아에 대한 풍자 소설처럼 이 분야에서 이미 충분히 다뤄진 상투적인 내용들은 피하게 될 것이다. 여러분이 추리 소설 애독자라면 역시 추리 소설을 쓰고 싶어할 테고, 로맨스 소설을 좋아한다면 역시 로맨스 소설을 쓰고 싶어 하는 것이 자연스러운 반응이다. 어떤 소설을 쓰고 싶어해도 문제될 것은 아무것도 없다. 오히려 자기가 잘 알고 또 좋아하는 (혹은 내가 공포 만화나 흑백 공포 영화를 사랑했던 것처럼 사랑하는) 소재를 회피하고 친구나 친척이나 문단 동료들이 좋아할 것 같은 소재를 택하는 것이야말로 정말 큰 잘못이다.

그리고 돈을 벌겠다는 목적으로 일부러 특정 장르나 소설 유형을 선택하는 것도 역시 심각한 잘못이다. 우선 도의에 맞지 않는다. 소설의 소임은 거짓의 거미줄로 이루어진 이야기 속에서 진실을 찾아내는 것이지, 돈벌이를 위해 지적인 사기를 치는 것이 아니다.

그리고 친애하는 신사 숙녀 여러분, 그런 방법은 통하지도 않는다.

누군가 나에게 왜 하필이면 그런 소설들을 쓰느냐고 물을 때마다 나는 질문 자체에 그 어떤 대답보다 분명한 대답이 담겨 있다고 생각하곤 한다. 막대사탕 속에 쫄깃쫄깃한 알맹이가 들어 있듯이, 이 질문 속에는 작가가 소재를 지배할 뿐, 그 반대일 수는 없다는 가정이 내포되어 있다. 내가 처음 맞이한 진짜 저작권 대리인이었던 커비 매콜리는 과학 소설가 앨프리드 베스터(《행선지는 별The Stars My Destination》,《파괴된 사나이The Demolished Man》의 작가)가 이 문제에 관하여 했던 말을 종종 인용했다. "책이 왕초야." 앨프리드는 더 이상 왈가왈부할 필요도 없다는 어조로 그렇게 말했다고 한다. 진지하고 열성적인 작가가 이야기의 소재를 대하는 방식은 여러 가지 원료 중에서 좋은 결과가 나올 만한 것들을 골라내는 발명가의 방식과는 사뭇 다를 수밖에 없다. 만약 그런 식으로 소설을 쓸 수 있다면 출간되는 소설은 모조리 베스트셀러가 될 것이고, 여남은 명의 '거물급 작가'들이 거액의 선인세를 받는 일도 없을 것이다(출판사들은 좋아하겠다).

존 그리샴, 톰 클랜시, 마이클 크라이튼, 그리고 내가—이 밖에도 여럿이 더 있지만—그렇게 막대한 돈을 벌어들이는 까닭은 우리가 굉장히 많은 독자들에게 굉장히 많은 책을 팔아치우기 때문이다. 간혹 우리가 다른 (그리고 더 나은) 작가들이 잘 모르는—알아도 모르는 체하는—어떤 신비롭고 통속적인 요소들을 잘 써먹기 때문이라는 비판적인 추측이 나오기도 한다. 그러나 그 말은 옳지 않은 것 같다. 그리고 자기들의 성공이 문학적 우수성 때문이라고 강변하는 일부 대중 작가들의 주장도 믿을 수 없다. 그렇게 말하는 작가는 한두 명이 아니지만, 지금 내 머리 속에 떠오르는 사람으로는 이미 고인이 된 재클린 수전[Jacqueline Susann : 1918~1974,《인형의 계곡Valley of the Dolls》으로 유명한 미국 작가 ―옮긴이]이 있다. 완고하고 질투심에 사로잡힌 문단의 기득권 세력과 달리 대중들은 진정한 위대함을 잘 이해한다는 것이 그들의 주장이다. 그러나 터무니없는 생각이다. 그것은 허영심과 불안 심리의 산물일 뿐이다.

문학적 우수성에 이끌려 소설책을 구입하는 사람은 별로 없다. 그들이 원하는 것은 비행기에 가지고 탈 만한 재미있는 이야기다. 처음부터 마음을 사로잡고 놓아주지 않아서 끝까지 책장을 넘기게 만드는 그런 소설 말이다. 그렇게 되려면 책 속에 나오는 등장 인물이나 그들의 행동이나 주변 환경이나 대화 내용 등이 독자들에게 어쩐지 낯익은 것들이어야 한다고 나는 생각한다. 이야기의 내용이 독자 자신의 삶과 신념 체계를 반영하고 있을 때 독자는 이야기에 더욱더 몰입하게 된다. 그러나 나는 무슨 도박꾼처럼 시장성을 계산하여 이같은 인과 관계를 계획적으로 만들어내기란 불가능하다고 말하고 싶다.

문체를 모방하는 것까지는 좋다. 그것은 작가로서 첫걸음을 내딛는 한 방법이고, 윤리적으로도 나무랄 데가 없다(사실상 불가피한 일이기도 하다. 작가들의 발달 과정에서 각 단계를 구별짓는 요소가 바로 모방이기 때문이다). 그러나 특정 장르에 대한 어떤 작가의 접근 방법을 (제아무리 단순해 보여도) 모방해서는 안 된다. 다시 말해서, 책이란 무슨 크루즈 미사일처럼 목표물을 조준할 수 있는 것이 아니다. 가령 존 그리샴이나 톰 클랜시처럼 글을 써서 돈을 벌겠다고 생각하는 사람들은 기껏해야 별볼일 없는 모방작을 만들어낼 뿐이다. 낯

말과 감정은 서로 다른 것이고, 플롯이라는 것은 정신과 마음으로 이해할 수 있는 진실로부터 멀리 동떨어져 있기 때문이다. 그러므로 표지에 '존 그리샴의 / 패트리샤 콘웰의 / 메리 히긴스 클라크의 / 딘 쿤츠의 전통을 잇는 소설'이라고 적힌 책을 보게 되면 틀림없이 철저한 계산을 바탕으로 만들어진 (그리고 십중팔구 따분한) 모방작이라고 보아도 무리가 없을 것이다.

자기가 좋아하는 것을 쓰되 그 속에 생명을 불어넣고, 삶이나 우정이나 인간 관계나 성이나 일 등에 대하여 여러분이 개인적으로 알고 있는 내용들을 섞어넣어 독특한 것으로 만들어야 한다. 특히 일이 중요하다. 사람들은 일에 대한 내용을 즐겨 읽는다. 이유는 나도 모르겠지만 어쨌든 사실이다. 가령 여러분이 과학 소설을 좋아하는 배관공이라면 우주선을 타고 낯선 행성을 찾아가는 배관공에 대한 소설을 써도 좋겠다. 웃긴다고? 고(故) 클리포드 사이맥 [Clifford Simak : 1904~1988, 미국 소설가 – 옮긴이]이 쓴 《우주의 기술자들Cosmic Engineers》이라는 소설도 바로 그런 내용이다. 게다가 아주 재미있다. 여기서 여러분이 기억해둬야 할 것은, 자기가 아는 내용에 대하여 강의하는 것과 그것으로 이야기를 풍요롭게 만드는 것은 엄연히 다르다는 사실이다. 후자는 좋은 일이지만 전자는 그렇지 않다.

가령 존 그리샴의 도피 소설 《그래서 그들은 바다로 갔다The Firm》를 살펴보자. 이 이야기는 어느 젊은 변호사가 턱없이 좋은 조건으로 어떤 일을 맡았는데 아니나 다를까, 마피아를 돕는 일이었다는 사실을 알게 된다는 내용이다. 아슬아슬하고 흡인력 있고 빠르게 진행되는 이 소설은 날개돋친 듯 팔려나갔다. 독자들을 사로잡은 것은 젊은 변호사가 직면한 도덕적 딜레마였던 것 같다. 마피아를 위해 일하는 것이 나쁘다는 데는 이론의 여지가 없다. 그런데 보수가 너무 엄청나지 않은가! BMW 정도는 시작에 불과하다!

독자들은 이런 딜레마에서 벗어나려는 변호사의 용의주도함에 대해서도 재미있게 읽었다. 물론 대부분의 사람들은 그런 식으로 행동하지 않겠지만, 그리고 마지막 50페이지에서는 너무 작위적인 해결책들이 엿보이지만, 어쨌든 대부분의 사람들이 마음으로나마 그렇게 행동하고 싶어 하는 것은 사실이다. 그리고 우리도 살면서 가끔은 그렇게 하늘에서 떨어진 것 같은 해결책을 원하지 않는가?

확실한 것은 아니지만 아마 그리샴은 한 번도 마피아를 도와준 적이 없었을 것이다. 이 소설은 순전히 꾸며낸 이야기일 뿐이다(그리고 이렇게 순수한 허구야말로 소설가에게 가장 큰 즐거움을 준다). 그러나 그리샴도 한때는 젊은 변호사였다. 그는 그 시절에 겪었던 투쟁들을 하나도 잊지 않은 것이 분명하다. 그리고 기업 세계에서 변호사 노릇을 한다는 것이 얼마나 어려운 일인지, 그 속에 얼마나 많은 경제적 함정과 유혹들이 도사리고 있는지도 잊지 않았을 것이다. 그리하여 담백한 유머로 어두운 분위기를 전환하되 이야기 대신 알쏭달쏭한 말들을 늘어놓는 일을 한사코 피하면서 그는 모든 야만인들이 말쑥한 정장을 입고 다니는 이 적자생존의 세계를 생생하게 보여주고 있다. 그리고—이 점이 특히 중요하다 —' 이 세계는 안 믿으려고 해도 믿을 수밖에 없는 세계이다.' 그리샴은 그 세계를 경험한 사람이다. 몸소 적진을 정찰하고 돌아와서 상세한 보고서를 내놓은 것이다. 그는 자기가 잘 아는 진실을 말했다. 단지 그 한 가지 이유만으로도 그는 이 책으로 그 많은 돈을 벌어들일 자격이 충분했다.

어떤 비평가들은《그래서 그들은 바다로 갔다》를 비롯하여 존 그리샴의 후속 작품들까지 모두 형편없다고 혹평하면서, 도대체 무엇 때문에 그렇게 잘 팔리는지 이유를 모르겠다고 털어놓는다. 그러나 그들은 그 이유가 너무도 자명해서 오히려 알아차리지 못하거나 아니면 일부러 둔한 체하는 것이다. 그리샴이 만들어놓은 가공의 이야기는 그가 잘 알고 또 몸소 체험했던 현실에 바탕을 두고 있다. 그리고 그는 철저히 (어쩌면 고지식할 정도로) 솔직하게 썼다. 그 결과로—등장 인물들이 평면적이냐 아니냐에 대해서는 논쟁의 여지가 있겠지만—매우 대담하고 흥미진진한 책이 나오게 되었다. 신출내기 작가인 여러분이 배워야 할 것은 그리샴이 새로 창조한 것으로 보이는 '곤경에 빠진 변호사'라는 장르를 모방하는 일이 아니라 그리샴의 솔직함과 곧바로 본론으로 들어가는 시원시원한 글솜씨를 본받는 일이다.

물론 존 그리샴은 변호사들을 잘 안다. 여러분도 자기가 잘 아는 것들을 통하여 독특한 작가가 될 수 있다. 용기를 가져라. 적진을 살피고 돌아와 거기서 알아낸 것들을 우리에게 이야기하라. 그리고 우주로 간 배관공도 소설의 소재로 부족함이 없다는 것을 잊지 마라.

5

내가 보기에 소설은 장편이든 단편이든 세 가지 요소로 이루어진다. A지점에서 B지점을 거쳐 마침내 Z지점까지 이야기를 이어가는 서술(narration), 독자에게 생생한 현실감을 주는 묘사(description), 그리고 등장 인물들의 말을 통하여 그들에게 생명을 불어넣는 대화(dialogue)가 그것이다.

그렇다면 플롯은 어디 있느냐는 질문이 나올 법하다. 대답은—적어도 내 대답은—어디에도 없다는 것이다. 물론 나는 한 번도 거짓말을 하지 않았다고 주장할 생각도 없고, 마찬가지로 한 번도 플롯을 구상하지 않았다고 주장할 생각도 없다. 그러나 웬만하면 둘 다 횟수를 줄이려고 노력하는 것만은 사실이다. 나는 두 가지 이유 때문에 플롯이라는 것을 믿지 않는다. 첫째, 우리의 '삶' 속에도 (설령 합리적인 예방책이나 신중한 계획 등을 포함시키더라도) 플롯 따위는 별로 존재하지 않으므로, 둘째, 플롯은 진정한 창조의 자연스러움과 양립할 수 없다고 생각하므로. 이 문제에 대해서는 분명히 짚고 넘어가는 것이 좋겠다. 소설 창작이란 어떤 이야기가 저절로 만들어지는 과정이라는 것이 나의 기본적인 신념이다. 작가가 할 일은 그 이야기가 성장해갈 장소를 만들어주는 (그리고 물론 그것을 받아적는) 것뿐이다. 여러분도 그렇게 생각할 수 있다면 (최소한 노력이라도 해준다면) 우리는 함께 잘 지낼 수 있을 것이다. 그러나 내가 미쳤다고 생각해도 상관없다. 한두 번 겪는 일이 아니니까.

《뉴요커》와의 어느 인터뷰에서 내가 소설이란 땅 속의 화석처럼 발굴되는 것이라고 믿는다는 말을 했을 때 기자(마크 싱어였다)는 내 말을 못 믿겠다고 했다. 그래서 나는, 안 믿어도 좋다, 다만 '내가' 그렇게 믿는다는 것만 믿어주면 된다고 대답했다. 그 말은 사실이다. 소설은 선물용 티셔츠나 전자 오락기가 아니다. 소설은 이미 존재하고 있으나 아직 발견되지 않은 어떤 세계의 유물이다. 작가가 해야 할 일은 자기 연장통 속의 연장들을 사용하여 각각의 유물을 최대한 온전하게 발굴하는 것이다. 때로는 그렇게 발굴한 화석이 조가비처럼 작은 것일 수도 있다. 또 때로는 엄청난 갈비뼈와 빙긋 웃는 이빨들을 모두 갖춘 티라노사우루스처럼 아주 거대한 것일 수도 있다. 단편 소설이든 천 페이지 분량의 대작이든 간에, 발굴 작업에 필요한 기술은 기본적으로 똑같다.

여러분의 솜씨가 좋든 나쁘든 상관없이, 그리고 경험이 많든 적든 상관없이, 아무것도 부러뜨리거나 잃어버리지 않고 화석 전체를 무사히 땅 속에서 끄집어내기란 아마 불가능할지도 모른다. 그나마 대부분이라도 발굴하려면 삽 대신에 좀더 섬세한 연장들을 사용해야 할 것이다. 공기 펌프, 아주 작은 곡괭이, 심지어는 칫솔이 필요할 수도 있다. 그런데 플롯은 너무 큰 연장이다. 작가에게는 착암기와 같다고 해도 좋겠다. 물론 착암기를 사용하여 단단한 땅에서 화석을 발굴하는 것도 불가능한 일은 아니다. 그러나 착암기를 쓰면 발굴하는 것보다 부수는 것이 더 많다는 사실쯤은 여러분도 충분히 짐작할 수 있을 것이다. 착암기는 너무 투박하고 기계적이며 파괴적이다. 플롯은 좋은 작가들의 마지막 수단이고 얼간이들의 첫번째 선택이라는 것이 나의 생각이다. 플롯에서 태어난 이야기는 인위적이고 부자연스러운 느낌을 주게 마련이다.

나는 플롯보다 직관에 많이 의존하는 편인데, 그것은 내 작품들이 대개 줄거리보다는 상황을 바탕으로 전개되는 덕분이기도 하다. 그 작품들을 탄생시킨 아이디어 가운데 어떤 것들은 다른 것들보다 복잡한 게 사실이지만, 대부분은 백화점의 진열창이나 밀랍 인형처럼 지극히 단순한 것에서 출발한다. 나는 몇 명의 등장 인물들을 (때로는 두 명을, 때로는 단 한 명을) 곤경에 빠뜨려놓고 그들이 거기서 벗어나려고 애쓰는 모습을 지켜보고 싶어 한다. 내가 할 일은 그들이 곤경에서 벗어나도록 '도와주거나' 그들을 조종하여 안전한 곳으로 이동하게 하는 것이 아니라—그런 일에는 저 요란한 착암기 같은 플롯이 필요하다—그저 일어나는 일들을 지켜보다가 그대로 받아적는 것뿐이다.

상황이 제일 먼저 나온다. 등장 인물은—처음에는 밋밋하고 아무런 특징도 없지만—그다음이다. 마음 속에서 그런 것들이 정해지면 비로소 서술하기 시작한다. 종종 결말이 어렴풋이 보일 때도 있지만 등장 인물들에게 내 방식대로 움직이라고 요구한 적은 없었다. 나는 오히려 그들이 '자기 방식대로' 움직이기를 바란다. 어떤 경우에는 내가 예상했던 결과가 나오기도 한다. 그러나 대개는 뜻밖의 결과가 나온다. 서스펜스 소설가에게 이것은 대단히 멋진 일이다. 그럴 때 나는 소설의 창조자일 뿐 아니라 최초의 독자이기도 하다. 그리고 작가인 나조차 앞으로 일어날 사건들을 미리 알면서도 그 소설의 결말을 정확히 짐작할 수 없다면 독자들도 안절부절못하면서 정신없이 책장을 넘길 거라고 믿어도 좋을 것이다. 그런데 왜 결말에 대해 걱정해야 하는가? 왜 그렇게 독재를 하려고 안달인가? 빠르든 늦든 모든 이야기는 결국 어딘가에서 끝나게 마련인데.

1980년대 초, 아내와 나는 업무와 관광을 겸하여 런던에 갔다. 나는 비행기 안에서 깜박 잠들었는데, 어느 인기 작가가[그게 나였을 수도 있고 아닐 수도 있지만 어쨌든 제임스 칸(영화 〈미저리〉의 주인공 역할을 맡은 배우―옮긴이]은 확실히 아니었다] 변두리 농장에 사는 미치광이 애독자에게 사로잡히는 꿈을 꾸게 되었다. 그 애독자는 점점 심해지는 편집증 때문에 고립되어 혼자 사는 여자였다. 그녀는 헛간에서 가축들을 길렀는데, 그중에는 애완용 암퇘지 미저리도 있었다. 이 돼지의 이름은 그 작가의 베스트셀러 연작 연애 소설에 등장하는 주인공의 이름을 딴 것이었다. 그 꿈 중에서 잠이 깬 후에도 가장 또렷하게 생각났던 것은 다리가 부러진 채 뒷방에 갇혀 있는 작가에게 그 여자가 했던 말이었다. 나는 그 내용을 잊어버리지 않으려고 아메리칸 항공사의 칵테일 냅킨에 써서 호주머니에 집어넣었다. 이 냅킨은 나중에 어딘가에서 분실하고 말았지만 그때 받아 적었던 내용은 지금도 거의 다 기억하고 있다.

'그녀의 어조는 진지했지만 눈길이 마주치는 것은 한사코 피하고 있었다. 몸집이 크고 다부진 여자였다. 빈틈이라고는 개털만큼도 찾아볼 수 없었다(무슨 뜻인지 알쏭달쏭하지만, 아시다시피 그때 나는 막 잠에서 깨어난 참이었다). "무슨 짓궂은 생각에서 돼지에게 미저리라는 이름을 붙인 건 아니었어요. 제발 오해하지 마세요. 단지 애독자로서 사모하는 마음 때문이었어요. 애독자의 사랑이야말로 가장 순수한 사랑이죠. 흐뭇해하셔도 좋을 거예요."'

태비와 나는 런던의 브라운 호텔에 묵었는데, 첫날 밤에 나는 잠이 오지 않았다. 우리 윗방에서 세 명쯤 되는 꼬마 아가씨들이 체조팀처럼 폴짝폴짝 뛰어다닌 탓도 있었고, 물론 시차 때문이기도 했지만, 가장 큰 문제는 역시 그 항공사 칵테일 냅킨이었다. 거기 적혀 있는 내용은 정말 굉장한 소설을 꽃피울 만한 씨앗으로 보였다. 무서우면서도 해학적이고 또 풍자적인 이야기가 될 것 같았다. 이렇게 멋진 이야기를 안 쓰고 내버려둘 수는 없었다.

나는 도로 일어나 아래로 내려가서 수위에게, 잠시 글을 쓰고 싶은데 어디 조용한 곳이 없겠느냐고 물었다. 그는 이층 층계참에 놓인 아름다운 책상 앞으로 나를 안내했다. 러디어드 키플링이 쓰던 책상이라는데, 그게 사실이라면 수위가 자랑스러워하는 것도 무리가 아니었다. 나는 그 말을 듣고 약간의 부담감을 느꼈지만 그곳은 조용했고 책상도 충분히 매력적이었다. 무엇보다 벚나무로 만들어진 상판이 1에이커는 될 만큼 넓어 보였다. 나는 홍차를 몇 잔이나 마시면서 (글을 쓸 때마다 엄청난 양의 홍차를 들이켰는데, 물론 맥주를 안 마실 때 그랬다는 것이다) 그 자리에서 속기 공책으로 16페이지 분량을 써내려갔다. 사실 나는 손으로 글을 쓰는 것도 좋아한다. 다만 곤란한 점은, 일단 흥이 나기 시작하면 머릿속에 마구 떠오르는 문장들을 미처 따라갈 수 없어 결국 지쳐버린다는 것이다.

일을 끝낸 후 나는 로비에 들러 키플링의 아름다운 책상을 쓰게 해준 수위에게 다시 고맙다는 인사를 했다.

"잘 쓰셨다니 저도 기쁘군요."

수위는 추억에 잠긴 듯 어렴풋한 미소를 떠올리고 있었다. 마치 키플링을 잘 아는 사람인 것 같았다.

"사실 키플링은 거기서 죽었답니다. 뇌졸중이었지요. 글을 쓰다가."

몇 시간이라도 자보려고 다시 방으로 올라가면서 나는 차라리 모르는 게 나을 뻔한 일을 공연히 알게 될 때가 너무 많다는 생각을 했다.

당시 3만 단어 정도의 중편이 될 거라고 예상했던 이 소설의 임시 제목은 '애니 윌크스의 책'이었다. 키플링의 아름다운 책상 앞에 앉을 때부터 내 마음 속에는 이미 기본적인 상황—불구의 몸이 된 작가, 미치광이 애독자—이 뚜렷하게 잡혀 있었다. 본격적인 '스토리'는 아직 존재하지 않았지만(아니, 있긴 있었지만 아직은—이미 써놓은 16페이지를 제외하면—땅 속에 묻혀 있는 유물이니까), 스토리를 알든 모르든 간에 작업을 시작하는 데는 지장이 없었다. 일단 화석을 찾아냈으니 이제 남은 일은 조심스럽게 발굴하는 것뿐이었다.

나에게 통하는 방법이라면 아마 여러분에게도 효과적일 것이다. 만약 여러분이 줄거리라는 성가신 물건이나 '인물 메모'를 잔뜩 적어놓은 공책 따위에 얽매여 있다면 이 방법으로 자유로워질는지도 모른다. 최소한 '플롯의 전개'보다는 좀더 흥미로운 것들에 마음을 쓸 수 있을 것이다.

재미있는 일화가 있다. 20세기 소설가 중에서 '플롯의 전개'를 가장 중요시했던 사람은 아마 1920년대에 대중적인 작품으로 인기를 끌었던 에드거 월리스[Edgar Wallace : 1875~1932, 영국 추리 소설가-옮긴이]일 것이다. 월리스는 '에드거 월리스의 플롯 바퀴'라는 장치를 발명하고 특허까지 얻었다. 가령 플롯을 어떻게 이어가야 좋을지 판단이 안 서거나 '놀라운 상황 변화'가 시급히 필요할 때는 이 플롯 바퀴를 돌려 그 창에 나타난 말을 읽어보기만 하면 간단히 해결되었다. 거기에는 '뜻밖의 만남'이나 '여주인공이 사랑을 고백한다' 따위의 말이 적혀 있었다. 이 장치는 당시 날개돋친 듯 팔려나갔던 것 같다.

브라운 호텔에서 집필한 내용은 폴 셸던이 깨어나서 애니 윌크스의 포로가 되었다는 사실을 깨닫는 장면이었는데, 그 부분을 마칠 때쯤 나는 앞으로 일어날 일이 뻔하다고 생각했다. 애니는 폴에게 오로지 자기 한 사람을 위해 저 용감한 미저리 채스틴에 대한 소설을 하나 더 써달라고 요구한다. 폴은 처음엔 좀 반대하겠지만 어쩔 수 없이 승낙한다(미친 간호사는 설득력이 아주 탁월할 테니까). 애니는 이번 소설을 위해 자기가 사랑하는 돼지 미저리를 기꺼이 바치겠다고 말한다. 그리고 《돌아온 미저리》는 이 세상에 오직 한 권만 존재할 것이라고 한다. 돼지 가죽으로 장정한 친필 원고의 형태로!

여기서 우리는 잠시 그곳을 떠났다가 6~8개월이 지난 후 콜로라도의 어느 변두리에 자리잡은 애니의 은신처로 돌아가서 뜻밖의 결말을 보게 된다.

폴은 보이지 않고 그의 병실은 미저리 채스틴을 위한 전당으로 바뀌었다. 그런데 돼지 미저리는 아직도 멀쩡히 살아 헛간 옆의 우리 속에서 느긋하게 꿀꿀거리고 있다. '미저리의 방'은 벽마다 책표지와 미저리 영화의 스틸 사진과 폴 셸던의 사진 따위로 뒤덮였다. '유명 연애 소설가 여전히 행방 불명'이라는 신문 기사도 보인다. 방 한복판에는 작은 탁자가 있고(물론 키플링을 기리는 뜻에서 벚나무 탁자로 한다), 그 위에 놓인 책 한 권을 스포트라이트가 비추고 있다. 이것이 바로 애니 윌크스의 책 《돌아온 미저리》이다. 장정이 대단히 아름답다. 그럴 수밖에 없는 것이, 다름아닌 폴 셸던의 가죽이기 때문이다. 그렇다면 폴은 어떻게 되었을까? 그의 뼈는 헛간 뒤편에 묻혀 있겠지만 맛있는 부분들은 아마 돼지가 먹어버렸을 것이다.

이 정도면 제법 괜찮은 단편이 되었을 것이다(그러나 소설로서는 그리 훌륭하다고 볼 수 없다. 300여 페이지를 읽으면서 주인공을 열심히 응원했는데 16장에서 17장 사이에 돼지가 그를 먹어치웠다는 사실을 알게 된다면 어떤 독자도 좋아하지 않을 테니까). 그러나 상황은 그렇게 돌아가지 않았다. 알고 보니 폴 셸던은 내가 처음에 생각했던 것보다 훨씬 더 영리한 친구였다. 그가 세헤라자드 흉내를 내면서 목숨을 건지려고 노력한 덕분에 나는 오래 전부터 생각하면서도 말하지 못했던 글쓰기의 힘에 대하여 말할 기회를 얻었다. 그리고 애니도 내가 처음에 생각한 것보다 한결 복잡한 인물이었고, 그녀에 대하여 글을 쓰는 것은 대단히 재미있는 일이었다. 그녀는 '지독한 말썽꾸러기'를 상대해야 하는 처지였다. 그러나 자기가 좋아하는 작가가 도망치려고 하자 조금도 망설이지 않고 그의 발목을 잘라버리는 그런 여자이기도 했다. 결국 나는 애니가 무서운 여자일 뿐만 아니라 불쌍한 여자라고 생각하게 되었다. 그리고 이 소설 속의 사건이나 그 밖의 세부적인 내용 중에서 플롯으로부터 생겨난 것은 아무것도 없었다. 모든 것이 처음 설정한 상황에서 자연스럽게 이루어진 결과였고 그 모두가 발굴된 화석의 일부였다. 지금 이 글을 쓰면서 나는 흐뭇한 미소를 머금고 있다. 비록 마약과 술에 절어 지내는 시간이 많았지만 그 소설은 나에게 많은 즐거움을 주었기 때문이다.

《제럴드의 게임Gerald's Game》과 《톰 고든을 사랑한 소녀The Girl Who Loved Tom Gordon》도 순전히 상황을 바탕으로 만들어진 소설이다. 《미저리》가 '한 지붕 아래 두 사람'이었다면 《제럴드의 게임》은 '한 침실의 한 여자'였고 《톰 고든을 사랑한 소녀》는 '숲속의 한 어린이'였다. 이미 말했듯이 나도 플롯을 가지고 소설을 쓴 적이 있었지만 《불면증Insomnia》이나 《로즈 매더Rose Madder》 같은 책에서는 결과가 별로 좋지 못했다. 이 소설들은 (인정하긴 정말 싫지만) 너무 부자연스럽고 또 지나치게 노력한 흔적이 역력하다. 내가 플롯으로 쓴 소설 중에서 그럭저럭 마음에 드는 것은 《죽음의 지대

The Dead Zone》하나뿐이다(솔직히 말하자면 엄청 좋아한다).

한편,《자루 속의 뼈*Bag of Bones*》는 플롯을 가지고 쓴 것처럼 보이지만 사실은 또 하나의 상황 소설이다. '유령의 집에서 사는 홀아비 작가.'《자루 속의 뼈》의 배경 스토리는 (적어도 내가 보기에는) 충분히 괴기스럽고 매우 복잡하지만 미리 계획을 세워놓고 쓴 부분은 하나도 없다. TR-90[소설 속의 작은 마을 - 옮긴이]의 역사도 그렇고, 홀아비 작가 마이크 누넌의 아내가 생애의 마지막 여름에 했던 일에 대한 이야기도 저절로 떠올랐을 뿐이다. 바꿔 말하자면 그 모든 세부적인 내용들이 전부 화석의 일부였던 것이다.

그럴듯한 어떤 상황만 있으면 플롯 따위는 의미를 잃고 만다. 그래도 나로서는 아쉬울 게 없다. 가장 흥미진진한 상황들은 대개 '만약'으로 시작되는 질문으로 표현할 수 있다.

'만약' 흡혈귀들이 뉴잉글랜드의 어느 작은 마을을 습격한다면?

—《세일럼스 롯》

'만약' 네바다의 어느 변두리 마을에서 어떤 경찰관이 이성을 잃고, 만나는 사람마다 죽여버리기 시작한다면?

—《데스퍼레이션 *Desperation*》

'만약' 예전에 남편을 죽였다는 의심을 받았지만 무사히 풀려났던 청소부가 억울하게 집주인을 죽였다는 의심을 받게 된다면?

—《돌로레스 클레이본*Dolores Claiborne*》

'만약' 젊은 엄마와 그 아들이 미친 개에게 쫓겨 고장난 자동차 안에 갇힌다면? —《쿠조》

이 상황들은 모두 언젠가—샤워중에, 운전중에, 또는 산책중에—내 머리에 떠올라서 소설로 써냈던 것들이다. 그중에는 추리 소설에 못지않게 복잡한 작품도 더러 있지만(이를테면 《돌로레스 클레이본》), 미리 플롯을 짜놓고 집필한 작품은 하나도 없다. 하다못해 종이 쪽지에 메모 한 줄 휘갈겨놓은 것도 없었다. 그러나 스토리와 플롯은 전혀 다르다는 사실을 명심해야 한다. 스토리는 자랑스럽고 믿음직한 반면, 플롯은 교활한 것이므로 가둬놓아야 마땅하다.

위에 요약된 소설들도 물론 수정 작업을 거쳐 가다듬고 세부적인 내용을 덧붙이기는 했다. 그러나 대부분의 내용은 처음부터 그 자리에 있었던 것들이다. 언젠가 필름 편집자 폴 허시(Paul Hirsch)가 나에게 이런 말을 한 적이 있다.

"영화는 편집하지 않은 필름 속에 다 들어 있지요."

소설도 마찬가지다. 내용에 일관성이 없거나 이야기 자체가 따분할 때 수정 작업으로 문제를 해결할 수 있는 경우는 매우 드물다는 것이 내 생각이다.

이 책은 교과서가 아니다. 따라서 연습 문제 같은 것은 별로 없다. 그러나 여기서 나는 여러분에게 연습 문제 하나를 내주려고 한다. 혹시라도 플롯 대신에 상황을 이용하자는 말이 아무 짝에도 쓸모없는 헛소리라고 생각하는 독자도 있을지 모르니까. 나는 여러분에게 어떤 화석이 묻혀 있는 위치를 가르쳐주겠다. 여러분이 해야 할 일은 미리 플롯을 짜놓지 않고 그 화석에 대하여 대여섯 페이지 분량의 서술문을 쓰는 것이다. 다시 말하자면 땅 속의 뼈들을 캐내어 어떻게 생겼는지 확인하라는 뜻이다. 아마 여러분은 그 결과물에 상당히 놀라면서 기쁨을 느낄 수 있을 것이다. 준비가 되었으면 이제 문제를 내겠다.

다음 이야기는 여러분에게도 낯익은 내용이다. 매번 조금씩 달라지기는 하겠지만 두어 주에 한 번씩 대도시 일간지의 사회면을 장식하는 이야기이기 때문이다. 어떤 여자가—이름은 제인이라고 해두자—어느 똑똑하고 재치 있고 성적 매력이 넘쳐흐르는 남자와 결혼한다. 그 남자의 이름은 딕[Dick : 속어로는 남자 성기를 가리킴 - 옮긴이]이라고 하자. 세상에서 가장 프로이트적인 이름이니까. 그런데 불행하게도 딕에게는 어두운 면이 있다. 다혈질에 독재자 타입이고 어쩌면 (말과 행동에서 확인할 수 있을 것이다) 편집광인지도 모른다. 제인은 딕의 결점들을 눈감아주고 결혼 생활을 유지하려고 엄청난 노력을 기울인다(여러분은 그녀가 그렇게 열심히 노력하는 이유에 대해서도 차츰 알게 될 것이다. 그녀가 무대로 올라와서 말해줄 테니까). 두 사람이 아이를 낳고 한동안은 사정이 조금 나아진 것처럼 보인다. 그러다가 딸이 세 살쯤 되면서부터 질투심에 사로잡힌 잔소리와 학대가 다시 시작된다. 처음에는 욕설만 퍼붓더니 나중에는 육체적인 학대로 발전한다. 딕은 제인이 딴 남자와 몸을 섞는다고 굳게 믿고 있는 것이다. 어쩌면 직장 동료인지도 모른다. 특정한 남자를 생각하고 있을까? 나는 모른다. 관심도 없다. 누구를 의심하는지는 나중에 딕이 말해줄 것이다. 그때는 어차피 우리 모두가 알게 되지 않겠는가?

가엾은 제인은 마침내 더 이상 견딜 수 없는 지경에 이른다. 결국 그 망나니와 이혼하고 꼬마 넬의 양육권을 받아낸다. 딕은 제인을 쫓아다니기 시작한다. 제인은 접근 금지 명령을 받는 것으로 응수한다. 그러나 이 서류는 (학대받는 수많은 여자들이 증언하고 있듯이) 태풍 속의 우산처럼 쓸모가 없다. 결국 어떤 사건이 벌어진 후—자세한 경위는 여러분이 직접 생생하고 무시무시하게 써놓아야 하는데,

가령 사람들 앞에서 폭행을 휘두르는 것도 좋겠다―망나니 딕은 체포되어 감옥에 갇힌다. 이 모든 것은 배경 스토리다. 그런 내용들을 어떻게 집어넣느냐, 그리고 '얼마나 많이' 집어넣느냐 하는 문제는 여러분 자신에게 달렸다. 어쨌든 지금까지 말한 것들은 상황이 아니다. 상황은 이제부터 나올 내용이다.

딕이 시립 교도소에 감금되고 얼마 지나지 않은 어느 날, 제인은 어린이집에서 꼬마 넬을 데리고 나와 생일 파티가 열리는 친구집으로 데려다준다. 그리고 자신은 모처럼 두어 시간 조용하고 평화롭게 지낼 생각을 하면서 집으로 간다. 어쩌면 낮잠을 자려고 마음먹었는지도 모른다. 제인은 직장인이지만 이때 그녀가 가는 곳은 집이어야 한다. 상황이 요구하고 있기 때문이다. 그녀가 어떻게 그 집을 갖게 되었는지, 그리고 그날 오후에는 왜 근무를 안 하는지 등등은 스토리가 말해줄 텐데, 여기서 여러분이 그럴듯한 설명을 찾아낸다면 마치 치밀한 플롯을 갖고 있는 것처럼 보일 것이다(어쩌면 그 집은 그녀의 부모 소유인지도 모른다. 어쩌면 그냥 집을 봐주러 간 것인지도 모른다. 어쩌면 전혀 다른 사정이 있었는지도 모른다).

그런데 그녀가 집 안으로 들어서는 순간, 의식의 바로 밑에서 경고음이 울린다. 갑자기 불안해진다. 이유를 알 수 없어 그녀는 그냥 신경이 좀 예민한 모양이라고 생각한다. '더럽게' 마음씨 착한 남편과 함께 보냈던 그 지옥 같은 5년 세월의 여파라고나 할까. 그게 아니면 또 무슨 이유가 있으랴? 딕은 이미 철창 속에 갇혀 있는데.

제인은 낮잠을 자기 전에 허브차 한 잔을 마시면서 잠시 뉴스를 보기로 한다. (혹시 불에 올려놓은 그 끓는 물 한 주전자를 나중에 다시 써먹을 수 있을까? 그럴지도 모른다.) 그런데 〈3시 뉴스〉에 충격적인 소식이 나온다. 그날 아침에 시립 교도소에서 죄수 세 명이 간수 한 명을 죽이고 탈출했다는 것이다. 세 악당 중에서 두 놈은 탈출 직후에 다시 붙잡혔지만 나머지 한 놈은 아직 종적이 묘연하다. 죄수들의 이름은 (적어도 이번 뉴스에서는) 밝혀지지 않았다. 그러나 빈 집에 (지금쯤 여러분은 이 집에 대해 그럴듯한 설명을 찾아냈을 것이다) 홀로 앉아 있던 제인은 그중의 한 명이 딕이라는 것을 추호도 의심하지 않는다. 아까 현관에서 느꼈던 불안감의 정체를 이제야 깨달은 것이다. 그것은 희미하게 남아 있는 '바이탤리스' 냄새였다. 딕이 사용하는 양모제였다. 제인은 공포 때문에 팔다리가 풀려 의자에서 일어나지도 못한다. 이윽고 계단을 내려오는 딕의 발소리가 시작될 때 제인은 생각한다. '감옥에서도 양모제를 구해다 쓰는 사람은 딕밖에 없을 거야.' 빨리 일어나야 하는데, 도망쳐야 하는데, 조금도 움직일 수 없다….

이만하면 꽤 괜찮은 이야기가 아닌가? 내 생각엔 그렇다. 다만 특이한 소재라고 말할 수는 없다. 이미 말했듯이 '헤어진 남편이 전처를 폭행(또는 살해)'하는 이야기는 신문에서도 흔히 볼 수 있다. 슬프지만 그게 현실이다. 이번 연습에서 여러분이 해야 할 일은 이 상황을 이야기로 풀어내기 전에 주인공과 그 적대자의 성별을 바꿔보는 것이다. 다시 말해서 전처는 쫓는 쪽이 되고 (시립 교도소 대신에 정신병원에서 탈출했다고 해도 좋겠다) 남편은 희생자가 된다. 미리 플롯을 짜지 말고 이야기를 풀어가보라. 지금까지 설명한 상황과 더불어 뜻밖에 남녀의 역할이 뒤바뀌었다는 사실을 바탕으로 소설을 써보는 것이다. 아마 여러분은 멋지게 해낼 수 있을 것이다. 그러기 위해서는 등장 인물들의 말이나 행동에 대하여 솔직하게 써야 한다.

시어도어 드라이저나 아인 랜드[Ayn Rand : 1905~1982, 러시아 태생의 미국 소설가, 객관주의 철학자 – 옮긴이]처럼 딱딱한 문체를 가진 작가들의 작품을 보면 알 수 있듯이, 글쓰기에서 정직은 문체의 수많은 결점들을 상쇄시켜주는 미덕이다. 반면에 거짓은 결코 돌이킬 수 없는 큰 결점이다. 거짓말쟁이가 잘 산다는 말은 어김없는 진실이지만 그것은 대체로 그렇다는 뜻일 뿐, 막상 창작이라는 정글 속으로 들어서면 한 번에 한 단어씩 쓸 수밖에 없다. 글을 쓰면서 자기가 알고 느끼는 것들에 대하여 거짓말을 하기 시작하면 결국 모든 것이 무너지고 만다.

연습을 끝낸 후에는 내 홈페이지(www.stephenking.com)에 들러 어떤 결과가 나왔는지 알려주시기 바란다. 여러분의 응답을 빠짐없이 읽겠다는 약속은 못하겠지만 적어도 그중의 일부는 큰 관심을 가지고 읽어볼 것을 약속한다. 여러분이 어떤 화석들을 발굴했는지, 얼마나 많은 것들을 안전하게 꺼냈는지 나도 궁금하기 때문이다.

6

묘사는 독자들을 이야기 속으로 끌어들인다. 탁월한 묘사력은 후천적인 능력이므로, 많이 읽고 많이 쓰지 않으면 성공할 수 없다. 묘사의 '방법'을 아는 것만으로는 부족하다. 묘사의 '분량'도 그만큼 중요하다. 많이 읽으면 적절한 분량이 어느 정도인지 알 수 있고, 많이 써보면 묘사하는 요령을 알 수 있다. 묘사력은 직접 해보면서 습득해야 한다.

묘사는 여러분이 독자에게 어떤 경험을 주고 싶은지를 떠올려보는 것에서 시작된다. 그리고 마음 속에 떠오른 모습을 말로 표현하는 것으로 끝난다. 그것은 결코 쉬운 일이 아니다. 앞에서도 말했듯이 우리는 다음과 같은 말을 흔히 듣는다.

"이야, 그거 정말 굉장하던데(또는 '끔찍하던데/이상하던데/우습던데')… 어떻게 설명해야 좋을지 모르겠어!"

작가로 성공하고 싶다면 어떻게 설명해야 좋을지 알아야 한다. 그것도 독자들이 금방 알아듣고 그 모습을 떠올릴 수 있도록 설명해야 한다. 그렇게 묘사할 수 없다면 여러분은 수많은 거절 쪽지를 받게 될 것이다. 어쩌면 홈쇼핑처럼 흥미진진한 분야에서 직장을 구하게 될지도 모른다.

묘사가 빈약하면 독자들은 어리둥절하고 근시안이 된다. 묘사가 지나치면 온갖 자질구레한 설명과 이미지 속에 파묻히고 만다. 중용을 지키는 것이 요령이다. 그리고 어떤 것은 묘사하고 어떤 것은 그냥 내버려둬야 하는지를 아는 것도 중요하다. 여러분의 주된 소임은 이야기를 들려주는 일이기 때문이다.

나는 등장 인물의 신체적 특징이나 옷차림 따위를 시시콜콜하게 묘사하는 방식을 별로 좋아하지 않는다(특히 의류 명세서 같은 소설은 정말 지긋지긋하다. 옷에 대한 설명을 읽고 싶으면 차라리 패션 상품 카탈로그를 보겠다). 내가 소설을 쓰면서 등장 인물의 모습을 반드시 묘사해야 한다고 생각한 일은 많지 않았다. 용모나 체격이나 옷차림에 대해서는 독자들의 상상에 맡겨버리는 것이다. 가령 캐리 화이트에 대해 설명하면서 안색이 나쁘고 옷차림도 형편없는 '왕따' 여고 생이라는 정도만 밝혀두면 나머지는 독자 여러분이 충분히 상상할 수 있지 않겠는가? 굳이 여드름이나 스커트에 대해 일일이 설명할 필요는 없다. 고등학교 때 멍청이 두어 명을 만났던 기억은 누구나 갖고 있을 테니까 말이다. 그런데 내가 보았던 멍청이의 모습을 묘사해버린다면 여러분이 보았던 멍청이의 모습은 끼어들 자리가 없어지게 마련이다. 그렇게 되면 내가 원하는 작가와 독자 사이의 유대감이 다소 허물어진다. 묘사는 작가의 상상력에서 시작되어 독자의 상상력으로 끝나야 한다. 그런 일에는 작가가 영화 제작자보다 훨씬 유리하다. 영화 제작자는 대개 너무 많은 것을 보여줄 수밖에 없기 때문이다. 심지어는 괴물의 잔등에 채워놓은 지퍼까지 훤히 보일 때가 많다.

독자들이 이야기 '속으로' 들어온 것처럼 느끼게 만들려면 등장 인물의 겉모습보다 장소와 분위기를 묘사하는 것이 훨씬 더 중요하다고 나는 생각한다. 그리고 신체적 묘사를 통하여 인물의 성격을 손쉽게 드러내려고 해서도 안 된다. 그러니까 제발 부탁건대, 주인공의 '예리하고 지적인 푸른 눈동자'나 '앞으로 내밀어 굳은 의지를 보여주는 턱' 따위는 삼가도록 하라. 여주인공의 '도도해 보이는 광대뼈'도 마찬가지다. 이런 말을 쓰는 것은 한심하고 나태한 짓이다. 그 지긋지긋한 부사들과 다를 게 없으니까.

내가 말하는 탁월한 묘사는 모든 것을 한꺼번에 말해주는 몇 개의 엄선된 사실들을 제시하는 것이다. 그런 것들은 대개 머리에 처음 떠오르는 사실들이다. 적어도 출발점으로는 손색이 없을 것이다. 나중에 바꾸거나 덧붙이거나 빼고 싶으면 얼마든지 그럴 수 있다. 그래서 수정 작업이 필요한 거니까. 그러나 여러분은 아마도 처음에 떠올랐던 사실들이 가장 진실하고 가장 훌륭하다는 것을 깨닫게 될 것이다. 묘사는 흔히 부족해지기도 쉽지만 또한 지나치게 많아지기도 쉽다는 점을 잊지 말아야 한다(혹시 미심쩍다면 독서를 통하여 얼마든지 확인할 수 있을 것이다). 아마 모자랄 때보다 넘칠 때가 더 많을 것이다.

뉴욕에서 내가 좋아하는 식당 중에 2번가에 있는 '팜투'라는 스테이크 전문점이 있다. 만약 내가 팜투를 배경으로 어떤 장면을 쓰려고 한다면 나는 (자주 가보았으니까) 당연히 내가 그곳에 대하여 아는 것들을 묘사할 것이다. 글을 쓰기 시작하기 전에 우선 기억을 바탕으로 그곳의 이미지를 떠올려볼 것이다. 이같은 마음의 눈은 쓰면 쓸수록 발달한다. 내가 그것을 심안(心眼)이라고 부르는 까닭은 우리에게 낯익은 낱말이기 때문이다. 그러나 내가 실제로 원하는 것은 '모든' 감각을 열어놓는 일이다. 기억을 되살리는 이 과정은 (최면 상태에서 과거를 회상하는 것처럼) 비록 짧지만 매우 강렬한 경험이다. 그리고 진짜 최면과 마찬가지로 많이 해볼수록 쉬워진다.

팜투를 생각할 때 제일 먼저 떠오르는 것들에는 네 가지가 있다. (a) 카운터 부근의 어두움, 그리고 카운터 뒤에서 길거리의 빛을 반사하는 거울의 대조적인 밝음, (b) 바닥에 깔린 톱밥, (c) 벽에 걸어놓은 근사한 캐리커처들, (d) 스테이크와 생선을 굽는 냄새.

좀더 생각해보면 더 많은 것들이 떠오르겠지만(기억이 안 나는 것들은 지어내면 그만인데, 심상을 떠올리는 단계에서는 이렇게 사실과 허구가 뒤섞이게 마련이다) 그럴 필요는 없다. 우리가 찾은 이곳이 타지마할도 아니고, 내가 여러분에게 이 식당을 팔려는 것도 아니기 때문이다. 어차피 중요한 것은 배경이 아니라는 점을 잊지 말아야 한다. 중요한 것은 스토리, '언제나' 스토리니까. 그러므로 단순히 그리기 쉽다는 이유로 기나긴 묘사에 매달려 하염없이 방황하는 것은 나에게도 여러분에게도 바람직한 일이 아니다. 우리에게는 할 일이 따로 있으니까.

그 점을 명심하면서, 어떤 등장 인물이 팜투에 들어가는 장면을 묘사한 아래 예문을 살펴보기로 하자.

택시가 팜투 앞에 도착한 것은 어느 맑은 여름날 오후, 시간은 4시 15분 전이었다. 빌리는 운전사에게 요금을 내고 인도로 내려서서 얼른 주변을 둘러보며 마틴을 찾았다. 그러나 보이지 않았다. 빌리는 이제 됐다는 듯이 안으로 들어갔다.

뜨겁고 화창한 2번가에서 들어선 탓에 팜투의 실내는 동굴처럼 어두컴컴했다. 카운터 뒤쪽의 거울이 거리의 찬란한 빛을 반사하여 어둠 속에서 신기루처럼 번쩍거렸다. 잠깐 동안 빌리는 그것밖에 아무것도 볼 수 없었다. 이윽고 눈이 어둠에 적응하기 시작했다. 카운터에는 각자 혼자서 술을 마시는 몇 사람이 있었다. 그 너머에는 지배인이 넥타이를 풀어내리고 셔츠 소매를 걷어올려 털투성이 손목을 드러낸 채 바텐더와 이야기를 나누고 있었다. 빌리는 바닥에 여전히 톱밥이 깔려 있는 것을 확인했다. 이곳은 20년대의 무허가 술집이 아닌데도, 발치에 담뱃진 섞인 가래침을 뱉는 것은 고사하고 아예 흡연조차 할 수 없는 최신식 식당인데도 말이다. 천장에 이르기까지 벽마다 정신없이 나붙은 그림들도—가십란에 실리는 캐리커처 같은 이들 그림의 주인공은 이 도시의 사기꾼 정치가들, 이미 오래 전에 은퇴했거나 술을 마시다가 죽어버린 기자들, 그 밖에 누구인지 알 수 없는 유명 인사들이었다―여전했다. 스테이크와 양파 튀김 냄새가 진동했다. 모든 것이 예전과 다름없었다.

지배인이 앞으로 나섰다.

"주문하시겠습니까, 선생님? 식사는 여섯 시부터 되지만 카운터에서는―"

그때 빌리가 말했다.

"리치 마틴을 찾고 있소."

빌리가 택시를 타고 도착하는 장면은 내레이션이다. 원한다면 액션이라고 말해도 좋겠다. 한편, 그가 식당문을 들어서면서부터는 대부분이 묘사로 되어 있다. 그 속에 나는 진짜 팜투에 대한 기억 중에서 제일 먼저 떠오르는 것들을 거의 다 집어넣었고, 몇 가지는 새로 덧붙이기도 했다. 이를테면 아직 한가한 지배인에 대한 묘사는 제법 괜찮은 것 같다. 넥타이를 풀어내리고 옷소매를 걷어올려 털투성이 손목을 드러내고 있는 부분이 특히 마음에 든다. 이 장면은 마치 사진을 보는 듯하다. 여기서 빠진 것은 생선 냄새 하나뿐인데, 그것은 양파 냄새가 더 강렬했기 때문이다.

지배인이 무대 중앙으로 나서는 장면에서 약간의 내레이션과 대화가 나오면서 본격적인 스토리텔링이 시작된다. 이때쯤 우리는 이 식당의 모습을 뚜렷하게 볼 수 있다. 물론 세부적인 묘사를 더 많이 덧붙일 수도 있겠지만―가령 실내가 비좁다든지, 스피커에서 토니 베네트의 노래가 흘러나온다든지, 금전 출납기에 양키스 팀의 범퍼 스티커가 붙어 있다든지―굳이 그럴 필요가 있을까? 배경 스토리를 비롯하여 모든 묘사는 꼭 길어야만 좋은 게 아니다. 우리가 알고 싶어 하는 것은 과연 빌리가 리치 마틴을 찾았느냐는 것이다.

우리가 거금을 투자하여 책을 사는 것은 스토리를 읽기 위해서다. 식당에 대한 묘사가 길어지면 스토리의 진행 속도가 느려지는데, 그렇게 되면 좋은 소설이 가지고 있는 마법의 힘이 사라져버릴지도 모른다. 소설이 '지루해져서' 독자들이 책읽기를 중도에 포기하는 경우, 그 지루함은 작가가 자신의 묘사력에 스스로 도취한 나머지, 이야기를 진행시켜야 한다는 최우선 과제를 망각한 탓일 때가 많다. 만약 독자가 팜투에 대하여 더 알고 싶다면 뉴욕에 가서 직접 찾아가거나 그 식당의 안내 책자를 신청하면 될 것이다.

위의 예문에서 나는 벌써 많은 지면을 소모하면서 팜투가 이 소설의 주요 무대가 되리라는 것을 충분히 암시했다. 혹시 나중에 그곳이 별로 중요하지 않게 된다면 묘사 부분을 몇 줄로 줄여야 할 것이다. 단순히 잘 썼다는 이유로 그냥 남겨둘 수는 없다. 글을 써서 돈벌이를 하는 사람이라면 당연히 잘 써야 한다. 자기 도취에 빠진 글을 읽으려고 책을 사는 독자는 없다.

팜투를 설명한 문단에는 직설적인 묘사도 있고('카운터에는 각자 혼자서 술을 마시는 몇 사람이 있었다') 좀더 시적인 묘사도 있다('카운터 뒤쪽의 거울이… 어둠 속에서 신기루처럼 번쩍거렸다'). 둘 다 괜찮지만 나는 비유적인 묘사가 더 마음에 든다. 직유법을 비롯한 여러 가지 비유적 표현은 소설의 주된 즐거움 중의 하나이다. 쓰는 것도 즐겁고 읽는 것도 즐겁다. 적확한 직유법은 낯선 사람들 틈에서 옛친구를 만난 것 같은 기쁨을 준다. 서로 무관한 두 사물을—식당과 동굴을, 거울과 신기루를—나란히 놓고 비교함으로써 우리는 낯익은 사물들을 참신하고 생동감 있는 시선으로 바라볼 수 있게 된다. (물론 '동굴처럼 어두컴컴하다'는 그리 매력적인 비유가 아니다. 전에도 들어보았던 표현이기 때문이다. 딱히 상투적인 문구라고 말할 수는 없지만 그것과 별반 차이가 없다. 솔직히 말하자면 좀 게으른 표현이다.) 설령 비유가 별로 아름답지 못하고 단순히 사물을 좀더 명료하게 해주는 것으로 그치더라도 작가와 독자는 여기서 일종의 기적에 동참하는 셈이라고 나는 생각한다. 이렇게 말하면 조금 과장인지도 모르지만 어쨌든 나는 그렇게 믿는다.

그러나 간혹 직유나 은유가 제 구실을 못하는 경우에는 오히려 우스꽝스럽거나 곤혹스러울 때도 있다. 최근에 나는 출간을 앞두고 있는 어느 소설에서 (제목은 밝히지 않겠지만) 이런 문장을 읽었다.

"그는 시체 옆에 무신경하게 앉아서 칠면조 샌드위치를 기다리는 사람처럼 참을성 있게 검시관을 기다리고 있었다."

여기에 사물을 좀더 명료하게 해주는 어떤 연관성이 있을지도 모르지만 나로서는 도저히 그게 무엇인지 알 수 없었다. 그래서 결국 거기서 책을 덮어버렸다. 자기가 쓰고 있는 말을 작가 자신이 이해하고 있다면 나도 기꺼이 함께 따라갈 수 있다. 그러나 작가 자신도 무슨 뜻인지 모른다면… 나는 이미 나이 오십줄에 접어들었고 세상에는 무수히 많은 책들이 있다. 형편없는 책에 매달려 시간을 낭비할 수는 없는 것이다.

선문답 같은 직유는 비유적 표현을 쓸 때 주의해야 할 수많은 함정 가운데 하나에 불과하다. 가장 흔한 잘못은—이런 함정에 빠지는 것도 대개는 독서를 충분히 하지 않은 탓이다—상투적인 직유나 은유나 이미지 따위를 사용하는 것이다. 그는 '미친 사람처럼'

내달렸다, 그녀는 '꽃처럼' 예뻤다, 그 사람은 '유망주'였다, 밥은 '호랑이처럼' 싸웠다… 이렇게 케케묵은 표현으로 내 시간을 (그리고 누구의 시간도) 빼앗지 말라. 이런 표현을 쓰는 작가는 다만 게으르거나 무식해 보일 뿐이다. 그런 인상을 주는 것은 작가로서의 평판에 보탬이 되지 않는다.

그건 그렇고, 내가 가장 좋아하는 직유는 1940년대와 1950년대의 하드보일드 추리 소설이나 한심한 싸구려 소설에서 찾아낸 것들이다. 그중에는 '얼간이들이 잔뜩 타고 있는 자동차처럼 캄캄했다'(조지 히긴스)라는 표현도 있고, '나는 배관공의 손수건 같은 맛을 가진 담배에 불을 붙였다'(레이먼드 챈들러)라는 표현도 있다.

묘사를 잘하는 비결은 명료한 관찰력과 명료한 글쓰기인데, 여기서 명료한 글쓰기란 신선한 이미지와 쉬운 말을 사용하는 것이다. 나는 챈들러와 대시엘 해밋[Dashiell Hammett : 1894~1961, 하드보일드 추리 소설의 창시자로 불리는 미국 작가-옮긴이]과 로스 맥도널드[Ross MacDonald : 1915~1983, 미국 스릴러 작가-옮긴이]를 읽으면서 이 문제에 대한 공부를 시작했다. 그리고 T. S. 엘리엇(바다 밑바닥을 기어가는 삐죽삐죽한 집게발, 커피 스푼 등등)과 윌리엄 칼로스 윌리엄스(하얀 닭, 붉은 손수레, 아이스박스의 양자두, 달콤하고도 시원하여라)를 읽으면서 간결하고 비유적인 표현이 지니는 힘을 더욱더 존중하게 되었다.

글쓰기의 다른 요소들과 마찬가지로 묘사력도 연습을 통하여 발전시킬 수 있지만 아무리 연습해도 결코 완벽해질 수는 없다. 그러나 꼭 완벽해야 할까? 완벽해지면 무슨 재미가 있으랴? 그리고 명료하고 쉽게 쓰려고 노력하면 할수록 여러분은 미국식 영어가 얼마나 복잡한지를 깨닫게 될 것이다. 영어는 까다롭다. 정말 몹시도 까다롭다. 글쓰기를 연습하되, 여러분의 소임은 자기가 본 것을 말하는 일이라는 점을 언제나 명심하라. 그리고 이야기를 계속 진행하라.

7

이제 우리의 공연 프로그램에서 오디오 분야에 해당하는 대화에 대하여 잠시 이야기해보자. 대화는 여러분의 출연진에게 목소리를 부여하고, 또한 그들의 성격을 규정하는 데도 결정적인 역할을 한다. 그러나 그들이 어떤 사람인지를 더욱 잘 말해주는 것은 말이 아니라 행동이다. 말은 기만적이다. 그래도 사람들은 말을 하면서 자기도 모르는 사이에 남들에게 성격을 드러낼 때가 많다.

가령 여러분은 내레이션을 통하여 주인공 버츠 씨가 학창 시절에 성적이 별로 안 좋았을뿐더러 학교에 오래 다니지도 못했다고 단도직입적으로 말해버릴 수도 있다. 그러나 주인공의 입을 빌리면 똑같은 내용을 훨씬 더 생생하게 전달할 수 있다. 그리고 좋은 소설의 기본 원칙 가운데 하나는 독자에게 어떤 내용을 설명하려 하지 말고 직접 보여주라는 것이다.

사내아이가 물었다.
"어떻게 생각하세요?"
그 아이는 고개를 들지 않고 막대기로 흙바닥에 낙서를 했다. 그 아이가 그려놓은 것은 공이나 지구 같기도 했고 그냥 동그라미 같기도 했다.

"사람들이 하는 말처럼 지구가 태양 둘레를 돈다고 생각하세요?"

그러자 버츠 씨가 대답했다.

"사람들이 뭐라고 하는지 난 몰러. 이런저런 놈들이 하는 말은 공부한 적이 없걸랑. 서로 말하는 게 죄다 달라서 나중엔 골치가 지끈지끈 아프고 식육까지 떨어져서 말여."

아이가 물었다.

"식육이 뭔데요?"

그러자 버츠 씨가 소리쳤다.

"네놈은 끝두 없이 캐묻는구나!"

그는 아이의 막대기를 빼앗아 꺾어버렸다.

"식육은 끼니 때가 됐을 때 뱃속에서 느껴지는 그거여! 아플 때 빼고 말여! 무식한 놈은 내가 아니구먼!"

"아하, '식욕' 말이군요."

아이는 담담하게 말하고 나서 이번에는 손가락으로 다시 그림을 그리기 시작했다.

잘 쓴 대화문은 등장 인물이 똑똑한 사람인지 아둔한 사람인지 (그러나 버츠 씨가 '식욕'을 제대로 발음하지 못한다고 반드시 멍청하다고 볼 수는 없다. 이 문제를 판단하려면 그의 말을 좀더 들어보아야 할 것이다), 솔직한 사람인지 사기꾼인지, 유쾌한 사람인지 근엄한 사람인지 따위를 말해준다. 조지 히긴스, 피터 스트로브, 그레이엄 그린 등이 쓴 좋은 대화문은 읽기만 해도 즐겁다. 반면 형편없는 대화문은 지긋지긋하다.

대화문을 쓰는 솜씨는 작가마다 수준 차이가 있다. 물론 이런 솜씨도 차츰 향상시킬 수는 있다. 그러나 언젠가 어떤 위대한 인물이 말했듯이(다름아닌 클린트 이스트우드였다), '사람은 자기 한계를 알아야 한다.' 러브크래프트는 괴기 소설의 귀재였지만 대화문에서는 한심하기 짝이 없었다. 자신도 그 사실을 알고 있었던 모양이다. 수백만 단어가 넘는 소설을 썼지만 대화문은 모두 합쳐도 5천 단어가 못 되기 때문이다. 아래 예문은 단편 〈기이한 색〉에서 어떤 농부가 죽어가면서 자기 우물에 침입한 낯선 존재에 대하여 설명하는 대목인데, 이것만 보면 러브크래프트의 대화문이 가지고 있는 문제점들을 잘 알 수 있다.

"아무것두… 아무것두… 그 색깔은… 타오르는… 차겁구 축축하게… 그래도 타오르는디… 우물 속에 살면서… 내가 봤는디… 무슨 연기 같은… 꼭 지난 봄에 피었던 꽃송이 같은… 밤마다 우물이 훤하게 빛나구… 살아 있는 모든 거… 모든 거에서 생명을 빨아먹구… 그 돌… 아마 그 돌에서 나왔을 거여… 사방에 독이 퍼지구… 도대체 그게 뭘 원하는지 몰르겄지만… 대학교에서 나온 사람덜이 그 돌에서 끄집어냈던 그 둥그런 거… 그것두 같은 색깔이었어… 아주 똑같은, 꽃이나 풀 같은… 씨앗 같은… 이번주에 처음 봤어… 사람의 넋을 빼앗구 나서 잡아먹는디… 태워버리는디… 모든 게 여그와는 달른 워딘가에서 왔다구… 교수님덜 중의 한 명이 그렇게 말했어…."

이렇게 공들여 모아놓은 알쏭달쏭한 말들이 끝도 없이 이어진다.

러브크래프트의 대화문에서 무엇이 잘못되었는지 딱 꼬집어 말하기는 어렵지만 몇 가지 명백한 문제점들은 알 수 있다. 뻣뻣하고 생기가 없다는 점, 그리고 남부 사투리가 너무 많다는 점이다('모든 게 여그와는 달른 워딘가에서 왔다구some place whar things ain't as they is here'). 제대로 쓴 대화문은 누구든지 금방 알아볼 수 있다. 잘못 쓴 대화문도 금방 알아볼 수 있다. 조율하지 않은 악기처럼 귀에 거슬리기 때문이다.

모든 사람의 진술을 종합해볼 때, 러브크래프트는 속물이었고 굉장히 소심했다. 게다가 지독한 인종차별주의자여서, 그의 소설에는 옛날 오런 이모부가 맥주 네댓 병쯤 마신 뒤에 반드시 걱정하던 교활한 유태인이나 못된 흑인들이 수없이 등장한다. 그는 남들과 많은 편지를 주고받으면서도 막상 사람을 만나면 사이좋게 지내지 못하는 작가였다. 오늘날 살아 있었다면 아마도 인터넷 채팅실에서 가장 활발한 활동을 보였을 것이다. 대화문을 잘 쓰는 작가들은 대개 남들과 어울리면서 말하고 듣는 것을 즐기는 사람들이다. 특히 듣기가 중요한데, 여러 부류의 사람들에게서 억양이나 리듬이나 사투리나 속어 따위를 주워들어야 하는 것이다. 러브크래프트 같은 외톨이는 흔히 형편없는 대화문을 쓰거나 마치 모국어가 아닌 언어로 글짓기를 하는 사람처럼 유난히 고심한 흔적을 보이게 마련이다.

현대 작가인 존 카첸바크도 외톨이인지는 나도 잘 모르겠다. 그러나 그의 소설 《하트의 전쟁Hart's War》에는 정말 기막히게 형편없는 대화문이 더러 나온다. 카첸바크는 창작 교사를 미치게 만들 만한 작가이다. 탁월한 이야기꾼이지만 똑같은 말을 자꾸 되풀이하고 (이것은 고칠 수 있는 결점이다) 대화를 듣는 재능이 전무해서 (이것은 아마 고치기 힘들 것이다) 탈이다. 《하트의 전쟁》은 2차 세계대전 당시의 포로 수용소를 무대로 삼은 추리 소설인데, 아이디어는 좋았지만 카첸바크의 손에서 엉망진창이 되고 말았다. 아래 예문은 공군 중령 필립 프라이스가 제13 포로 수용소를 지키는 독일군들에게 잡혀 어디론가 끌려가면서 친구들에게 말하는 장면인데, 독일군은 본국으로 송환한다고 밝혔지만 숲속에서 총살할 것이 분명했다.

프라이스는 다시 토미를 붙잡고 이렇게 속삭였다.
"토미, 이건 우연이 아니야! 모든 것이 겉모습과는 다르단 말야! 더 깊은 곳을 들여다봐! 그 친구를 살려야 돼, 반드시 살려야 돼! 난 이제 스코트가 결백하다는 것을 더욱 확신하게 됐으니 말야! … 여보게들, 이젠 자네들이 알아서 해야 하네. 그리고 명심하게. 난 자네들이 여기서 꼭 살아날 거라고 믿네! 살아남으라구! 무슨 일이 있어도 말야!"
그는 독일군들을 향해 돌아섰다.
"좋아, 하우프트만."
갑자기 결연하고 침착해진 어조였다.
"이젠 준비됐어. 어디 마음대로 해보라구."

아마도 카첸바크는 이 공군 중령의 말들이 모조리 1940년대 말엽의 전쟁 영화에서 흔히 써먹던 상투적인 말이라는 사실을 깨닫지 못했거나, 아니면 일부러 그런 유사성을 이용하여 독자들에게 연민이나 슬픔이나 향수 따위의 감정을 불러일으키려 했을 것이다. 어느 쪽이었든 간에 결과는 한심했다. 이 장면이 불러일으키는 감정이 있다면 그저 터무니없고 참을 수 없다는 느낌뿐이다. 도대체 편집자가 한 번 읽어보기라도 했는지, 읽었다면 어째서 붉은 펜을 사용하지 않았는지 자못 궁금해진다. 카첸바크가 다른 면에서는 상당한 재능을 보인다는 사실을 감안할 때, 그의 이같은 실패는 좋은 대화문을 쓰는 솜씨가 단순한 기술이 아니라 예술이라는 나의 생각을 뒷받침하고 있는 듯하다.

좋은 대화문을 쓰는 작가들은 흔히 대화를 잘 듣는 귀를 타고난 것처럼 보인다. 이를테면 일부 연주자나 가수들이 완벽하거나 거의 완벽에 가까운 음감을 타고난 것처럼 말이다. 다음 예문은 엘모어 레너드의 소설 《냉정하게Be Cool》에서 뽑은 것이다. 앞에서 보았던 러브크래프트와 카첸바크의 글과 비교해보라. 무엇보다 여기서는 뻣뻣한 독백이 아니라 서로 주고받는 진짜 대화가 이루어지고 있다는 점을 눈여겨보라.

"잘돼가나?"
토미가 묻자 칠리는 다시 고개를 들었다.
"잘 지내느냐는 거예요?"
"자네 일 말이야. 어떻게 돼가지? 자네가 〈레오를 잡아라〉로 성공했다는 건 알고 있어. 멋있는 영화였지, 정말 멋있었어. 그리고 이거 알아? 좋은 영화이기도 했다는 거야. 그런데 그 후속편은—제목이 뭐였더라?"
"〈사라져라〉."
"맞아, 그게 글쎄 제목대로 돼버렸지 뭔가. 내가 보기도 전에 없어져

버렸거든."

"출발이 별로 좋질 않아서 촬영소가 발을 빼버렸어요. 난 처음부터 후속편을 만드는 데 반대했죠. 그런데 타워 사에서 제작을 맡은 친구가 그러는데, 내가 끼어들든 말든 간에 그 영화는 꼭 만들겠다는 겁니다. 그래서 생각했죠. 내가 스토리만 잘 쓴다면…"

두 남자가 베벌리힐스에서 점심을 먹고 있다. 우리는 그들이 둘 다 배우라는 사실을 금방 알게 된다. 혹시 사기꾼들일지도 모르지만 (아닐 수도 있고) 어쨌든 레너드의 이야기 속에서는 즉각 납득할 수 있는 사람들이다. 우리는 두 팔 벌려 그들을 환영한다. 두 사람의 실감나는 대화 때문에 우리는 마치 도청 장치를 해놓고 흥미로운 대화를 엿듣는 듯 꺼림칙한 즐거움까지 느낄 정도다. 아직 막연하지만 인물들의 성격도 조금은 파악할 수 있다. 이 예문은 소설의 도입부이고 (정확히 말하자면 2페이지) 레너드는 노련한 프로다. 그는 모든 것을 한꺼번에 말해줄 필요가 없다는 것을 잘 알고 있다. 그래도 토미가 칠리에게 〈레오를 잡아라〉가 멋있는 영화일 뿐 아니라 좋은 영화라고 말하는 대목에서 우리는 토미의 성격에 대해 뭔가 알 수 있지 않은가?

우리는 이런 대화문이 과연 현실에 부합되는 것이냐, 아니면 어떤 '관념' 속의 현실에 불과한 것이냐 하는 의문을 던져볼 수 있다. 즉 할리우드의 배우들, 할리우드식 점심 식사, 할리우드식 거래 따위에 대한 고정 관념을 따르고 있는 게 아니냐는 것이다. 충분히 있을 수 있는 의문이다. 그리고 굳이 대답하자면 진짜 현실과는 다르다고 해야 할 것이다. 그러나 이 대화문은 진실하게 들린다. 엘모어 레너드가 정말 최고의 솜씨를 발휘하면《냉정하게》도 대단히 재미있지만 레너드가 쓴 최고의 작품은 결코 아니다) 대화문이 마치 시처럼 느껴진다. 그런 대화문을 쓰는 솜씨는 오랜 연습을 통하여 다듬어지고, 예술적인 대화문은 열심히 노력하면서 한편으로는 즐기는 창의적인 상상력에서 나오는 것이다.

소설의 다른 요소들이 모두 그렇듯이, 좋은 대화문의 비결도 진실이다. 등장 인물의 입에서 나오는 말들을 솔직하게 쓸 때 여러분은 상당량의 비판을 각오해야 할 것이다. 나는 매주 빠짐없이 최소한 한 통씩의 (대개는 그 이상의) 성난 편지를 받는다. 입이 더럽다느니, 고루하다느니, 동성애를 혐오한다느니, 흉악하다느니, 경솔하다느니, 혹은 아예 미친 놈이라면서 나를 비난하는 편지들이다. 그 사람들이 열받는 이유는 대부분이 대화문 속의 어떤 말 때문이다. 이를테면 '쓰벌, 이 차에서 빨리 내리자니까'라든지, '우리 동네에서는 깜둥이들을 좋아하지 않는단다'라든지, '도대체 이게 무슨 짓이냐, 이 염병할 새까!' 따위가 문제인 것이다.

우리 어머니도 (부디 편히 잠드소서) 욕설 같은 것은 좋아하지 않으셨다. '무식한 사람들이 쓰는 말'이라는 것이었다. 그러면서도 고기를 태우거나 망치질을 하다가 엄지손가락을 호되게 내리치거나 하면 대뜸 '이런 제기랄!' 하고 소리치셨다. 마찬가지로 개가 비싼 카펫에 구토를 하거나 지나가는 자동차가 흙탕물을 튀기거나 할 때는 기독교인이든 아니든 대부분의 사람들이 그 비슷한 말을 내뱉게 될 것이다. 진실을 말한다는 것은 중요한 일이다. 많은 것이 진실에 담겨 있다. 윌리엄 칼로스 윌리엄스가 붉은 손수레에 대한 시에서 하고 싶었던 말도 바로 그것일 것이다. 점잖은 사람들은 '제기랄' 같은 단어를 싫어할 테고, 아마 여러분도 별로 좋아하지 않을 것이다. 그러나 어쩔 수 없이 쓰게 될 때가 있다. 세상의 어떤 아이도 엄마한테 달려가서 여동생이 욕조 안에서 '배변했다'고 말하지는 않는다. 물론 '응가했다'고 말할 수도 있겠지만 대개는 '똥 쌌다'고 말하기가 쉬울 것이다(아이들에게도 듣는 귀는 있으니까).

사실적이고 공감을 주는 대화문을 쓰려면 '반드시' 진실을 말해야 한다(《하트의 전쟁》의 경우, 스토리는 재미있지만 대화문은 사실적이지도 않고 공감을 주지도 못한다). 망치로 엄지를 내리쳤을 때 사람들이 내뱉는 말도 예외가 될 수 없다. 점잖은 체면 때문에 '이런 제기랄!' 대신 '어머나 아파라!'라고 쓴다면 그것은 작가와 독자 사이에 존재하는 무언의 약속을 어기는 짓이다. 여러분은 꾸며낸 이야기를 수단으로 삼아 사람들의 말과 행동의 진실을 표현하겠다고 이미 독자들에게 약속한 셈이니까.

그러나 여러분의 등장 인물 중에는 (이를테면 주인공의 노처녀 고모랄까) 망치로 엄지를 내리친 후 '이런 제기랄!' 대신에 '어머나 아파라!'라고 부르짖는 사람도 있을 수 있다. 그 등장 인물이 어떤 사람인지 알고 있다면 여러분은 그중에서 어느 쪽을 써야 할지 금방 알수 있을 것이다. 그러면 독자들은 그 화자를 더욱 생동감 있고 흥미로운 인물로 만들어주는 새로운 사실 하나를 알게 된다. 중요한 것은 (점잖은 사람들이 어떻게 생각하든, 기독교 여성 독서 동호회가 어떻게 생각하든 간에) 각각의 등장 인물이 자유롭게 말하도록 내버려두는 일이다. 그렇게 하지 못하는 것은 비단 솔직하지 않을 뿐 아니라 비겁한 짓이다. 그리고 21세기에 접어드는 오늘날 소설을 쓴다는 것은 지적인 겁쟁이들이 감당할 만한 일이 아니다. 요즘 세상에는 검열

관 지망생이 너무도 많다. 그들이 제기하는 문제점은 각기 다르겠지만 그들이 원하는 것은 모두 한결같다. 그들은 여러분이 자기들과 똑같은 눈으로 세상을 바라보기를 원하고, 설령 뭔가 다른 것을 보았더라도 침묵해주기를 원하는 것이다. 그들은 현상 유지를 옹호한다. 그렇다고 꼭 나쁜 사람들은 아니지만, 정신적 자유를 원하는 이들에게는 위험한 족속이 아닐 수 없다.

사실은 나도 우리 어머니와 같은 의견이다. 상소리는 무식하고 천박한 사람들이 쓰는 말이다. 물론 대개의 경우 그렇다는 것이다. 예외도 없지 않은데, 개중에는 상스러우면서도 대단히 독특하고 생동감 있는 명언도 많다. '굶어도 사랑맛 씹맛에 산다', '오줌 누고 좆 볼 틈도 없다', '방귀가 잦으면 똥싸기 십상이다' 등등. 이런 말들은 비록 점잖은 자리엔 어울리지 않지만 사뭇 신랄하고 인상적이다. 리처드 둘링의 《브레인스톰*Brain Storm*》에 나오는 아래 예문은 상소리를 시의 경지로 끌어올렸다.

"증거물 제 1호 : 고집세고 버릇없는 자지 한 마리. 보지의 천적으로, 체면이라고는 약에 쓰려 해도 없는 막돼먹은 짐승. 악당 중에서도 으뜸가는 악당. 하나뿐인 눈깔을 뱀눈처럼 번뜩이는 흉악무도한 벌레 같은 존재. 속살의 깊은 암흑을 뚫고 번개처럼 잔인하게 파고드는 교만한 무법자. 어둠과 미끌미끌한 틈새와 절정의 쾌감과 잠을 찾아 배회하는 탐욕스러운 똥개 같은 놈…"

그리고 비록 대화문은 아니지만 둘링의 소설 속에서 또 하나의 예문을 제시하고 싶다. 이 글은 욕설이나 상소리를 쓰지 않고도 얼마든지 생생한 묘사가 가능하다는 증거로 부족함이 없기 때문이다.

그녀는 그의 몸 위에 걸터앉아 포트를 연결할 채비를 했다. 남성과 여성의 어댑터를 준비시켜 이제부터 입력과 출력이 가능하고 서버와 클라이언트, 매스터와 슬레이브가 서로 왕래할 수 있는 상태로 만들어놓은 것이다. 바야흐로 고성능의 생물학적 기계 두 대가 각각의 케이블 모뎀을 결합시켜 서로의 프로세서에 접속할 준비를 마쳤다.

만약 내가 헨리 제임스 또는 제인 오스틴처럼 사교계의 멋쟁이나 말쑥한 대학생들에 대해서만 쓰는 작가였다면 욕설이나 상소리를 쓸 일은 거의 없었을 것이다. 내가 쓴 책이 학교 도서관에서 금서로 지정되는 일도 없었을 테고, 어느 독실한 기독교인에게서 내가 지옥에 떨어질 것이라고 (그리고 그곳에서는 내가 벌어들인 수백만 달러의 돈으로도 물 한 잔조차 살 수 없을 것이라고) 알려주는 친절한 편지를 받는 일도 없었을 것이다. 그러나 나는 그렇게 점잖은 사람들 속에서 성장하지 못했다. 나는 미국의 중하류 계층에서 자라났고, 따라서 내가 가장 솔직하고 자신있게 묘사할 수 있는 것도 바로 그 부류의 사람들이다. 다시 말하자면 손가락을 찧었을 때 '어머나 아파라!'가 아니라 '이런 제기랄!'이라고 말하는 사람들이지만 나는 결국 그 문제를 극복하고 마음을 편하게 가질 수 있었다. 아니, 사실은 그것을 문제로 생각하고 고민한 적도 별로 없었다.

나를 천박한 무식쟁이라고—어느 정도는 사실이지만—비난하는 비평 기사를 보거나 그런 편지를 받을 때마다 나는 20세기 초의 사회주의 리얼리즘 소설가로 《문어 The Octopus》, 《밀 판매장 The

Pit》, 그리고 진정한 걸작《맥티그*McTeague*》등을 집필한 프랭크 노리스의 글에서 위안을 얻는다. 노리스는 주로 농장이나 공장에서 일하는 노동자 계급에 대한 책을 썼다. 노리스가 쓴 최고의 작품에 등장하는 주인공 맥티그는 정식 교육을 받지 못한 치과 의사이다. 노리스의 책들은 상당한 사회적 반감을 불러일으켰지만 그의 반응은 냉담하고 경멸적이었다.

"남들이 뭐라고 하든 관심없소. 난 굽실거리지 않았소. 진실을 말했을 뿐이오."

물론 진실을 듣고 싶어 하지 않는 사람들도 있지만 그것은 여러분이 고민할 문제가 아니다. 솔직하지도 않으면서 작가가 되겠다고 하는 것이 더 큰 문제다. 말은 (추하든 아름답든) 성격의 지표다. 그리고 때로는 답답한 방 안에 불어드는 한 가닥 신선한 바람이 될 수도 있다. 궁극적으로 중요한 것은 여러분의 소설 속에 나오는 말이 점잖으냐 상스러우냐 하는 문제가 아니다. 그 말이 독자들에게 어떻게 들리느냐가 문제일 뿐이다. 자신의 작품이 진실하게 들리기를 바란다면 진실하게 말해야 한다. 그러나 더 중요한 것은 입을 다물고 남들이 말하는 것을 듣는 일이다.

8

지금까지 내가 대화에 대하여 이야기한 내용은 소설에서 등장인물들을 창조하는 데도 똑같이 적용된다. 여러분이 해야 할 일은 두 가지로 요약할 수 있다. 주변 사람들이 어떻게 행동하는지를 눈여겨보는 일, 그리고 본 것에 대하여 진실을 말하는 일이다. 가령 이웃집 남자가 아무도 보는 사람이 없다고 생각하면서 코를 후비는 장면을 여러분이 보았다고 하자. 그러나 이렇게 멋진 장면을 보았다는 것만으로는 작가에게 아무런 보탬이 되지 않는다. 소설 속의 적당한 자리에 써먹어야 하는 것이다.

작가들은 소설의 등장 인물들을 현실에서 직접 가져오는 것일까? 물론 아니다. 적어도 등장 인물을 실존 인물 그대로 묘사하지는 않는다. 그런 짓은 안 하는 게 좋다. 자칫하면 고소당하거나 어느 화창한 아침에 우편함을 보러 가다가 총에 맞기 십상이니까. 물론 《인형의 계곡》처럼 '주로' 실존 인물을 모델로 한 '실화 소설'도 적지 않다. 그러나 일단 누가 누구인지 맞춰보고 나면 이런 소설은 대체로 실망스럽게 마련이다. 온통 유명인들이 몸을 섞었다는 이야기뿐이어서 금방 독자들의 기억에서 사라지고 만다. 《인형의 계곡》은 나도 출간 직후에 읽어보았는데(그해 여름에 나는 서부 메인의 어느 유원지에서 주방장 보조원으로 일하고 있었다), 누구 못지않게 열심히 읽었을 텐데도 도대체 기억나는 것이 별로 없다. 내 취향에는 그 책보다 차라리 주간지가 더 낫다. 스캔들말고도 치즈케이크 사진이나 조리법 등이 함께 실리니까.

내 경우에, 이야기의 진행에 따라 등장 인물들에게 어떤 일들이 벌어지느냐 하는 문제는 순전히 소설을 쓰면서 내가 그들에 대하여 어떤 사실들을 발견하느냐에 달렸다. 바꿔 말하면 그들이 어떻게 발전하느냐에 달렸다는 것이다. 가끔은 약간의 발전으로 그치기도 한다. 그러나 많이 발전할 때는 등장 인물이 오히려 이야기의 진행에 영향을 미치기 시작한다. 나는 거의 언제나 어떤 상황을 가지고 소설을 쓰기 시작한다. 그렇게 하는 것이 옳다는 뜻은 아니고, 다만 내가 일하는 방식이 그렇다는 것뿐이다. 그런데 소설이 끝날 때까지 그런 식이면(내가 보기에, 혹은 남들이 보기에 제아무리 흥미진진해도) 나는 그 작품을 실패작으로 본다. 좋은 소설은 사건이 아니라 사람들에 대한 이야기라고 믿기 때문이다. 다시 말해서 인물 중심이라는 것이다. 다만 단편 소설의 길이(2천~3천 단어)보다 길어질 때는 이른바 '성격 묘사'만으로는 부족하다. 궁극적으로는 언제나 스토리가 가장 중요하다고 본다. 성격 묘사를 원하는 사람은 위인전이나 연극표를 사면 된다. 성격 묘사를 지겨울 만큼 볼 수 있을 테니까.

그리고 현실 속에는 '나쁜 놈'도 없고 '절친한 친구'도 없고 '고결한 마음을 가진 창녀'도 없다는 사실을 명심해야 한다. 현실 속에서 우리는 저마다 자기 자신을 중심 인물로, 주인공으로, 거물로 생각한다. 카메라가 우리만 보고 있는 것이다. 물론 이런 태도를 소설에까지 적용시킨다면 '인상적인' 등장 인물을 창조하기가 좀 어려워질 것이다. 그 대신에 대중 소설에서 흔히 볼 수 있는 일차원적인 얼간이들만 양산하는 일은 피할 수 있을 것이다.

《미저리》에서 폴 셸던을 감금하는 애니 윌크스는 우리가 보기에는 정신병자에 지나지 않을지도 모른다. 그러나 그녀 자신이 보기에는 지극히 멀쩡하고 정상적이라는 사실을 잊지 말아야 한다. 여자의 몸으로 '지독한 말썽꾸러기'들이 우글거리는 이 살벌한 세상에서 살아남으려고 안간힘을 쓴다는 점을 감안하면 오히려 영웅적이라고 해야 할 것이다. 그녀는 몹시 변덕스러운 성격을 가졌다. 그러나 나는 (이를테면 '그날 애니는 마음이 울적해서 자살이라도 하고 싶을 지경이었다'라든지 '그날 애니는 유난히 즐거워 보였다'처럼) 직접적인 표현은 피하려고 노력했다. 그런 말을 군이 해야 한다면 나는 이미 실패한 것이다. 지저분한 머리를 하고 혼자 묵묵히 앉아 마치 강박감에 사로잡힌 듯 케이크와 사탕을 정신없이 집어먹는 여자를 여러분에게 보여주는 것, 그래서 여러분으로 하여금 애니가 조울증 때문에 울적해진 상태라는 결론을 내리게 하는 것, 그것이 성공적인 작품이다. 그리고 여러분이 잠시나마 애니의 눈으로 세상을 바라보도록 만들 수 있다면—그녀의 광기를 이해하도록 만들 수 있다면—나는 여러분이 공감할 수 있고 더 나아가 일체감마저 느낄 수 있는 등장 인물을 창조한 것이다.

그렇다면 그 결과는? 애니 윌크스는 그만큼 현실에 가까운 인물이 되고, 따라서 더욱 무시무시해진다. 그렇게 하지 못하고 그저 낄낄거리는 여자 하나를 창조하는 데 그친다면 애니 윌크스도 세상에 흔해빠진 마녀들과 다를 게 없다. 그것은 나에게도 독자들에게도 큰 낭패가 아닐 수 없다. 그렇게 케케묵은 마귀 할멈을 누가 원하겠는가? 그런 마녀는 〈오즈의 마법사〉를 처음 공연할 당시에도 이미 한물 간 상태였다.

《미저리》의 폴 셸던이 혹시 내가 아니냐는 질문도 충분히 나올 법하다. 물론 그의 '일부분'은 나였다. 그러나 여러분도 소설을 쓰다 보면 자기가 창조하는 모든 등장 인물이 부분적으로 자신의 모습을 닮는다는 사실을 깨닫게 될 것이다. 그리고 어떤 상황에서 등장 인물이 어떻게 행동할 것인지를 자문해볼 때는 여러분 자신의 행동을 (등장 인물이 악당인 경우에는 그것과 반대되는 행동을) 판단 기준으로 삼게 마련이다. 등장 인물 속에는 이렇게 자신의 모습도 들어가고, 거기에 덧붙여 여러분이 관찰했던 다른 사람들의 (이를테면 아무도 안 볼 때 코를 후비는 남자의) 성격적 특성도 함께 들어간다. 그리고 멋진 세 번째 요소가 있다. 바로 순수한 상상력이다. 상상력 덕분에 나는 《미저리》를 쓰면서 한동안이나마 미치광이 간호사가 되어볼 수 있었다. 애니 윌크스가 되어보는 일은 별로 어렵지 않았다. 사실은 꽤나 재미있었다. 오히려 폴의 경우가 더 힘들었다. 폴도 제정신이고 나도 제정신이라서 도무지 간단한 일이 아니었다.

내 소설 《죽음의 지대》는 두 가지 의문에서 탄생했다. 과연 암살범이 올바른 사람일 수도 있을까? 그것이 가능하다면 암살범을 소설의 주인공으로 삼을 수도 있을까? 즉 선한 쪽에 세울 수도 있을까? 이런 아이디어를 살리려면 위험한 정치가가 한 명쯤 필요할 것 같았다. 유쾌하고 평범한 겉모습을 내세워 출세의 사다리를 오르는 인물, 결코 평범하지 않은 방법으로 유권자들을 사로잡는 인물[내가 20여 년 전에 상상하여 지어냈던 그레그 스틸슨의 선거 운동 전략은 제시 벤추라(Jesse Ventura : 1951~, 프로 레슬러 출신의 미국 정치가 - 옮긴이)가 미네소타 주지사로 당선될 때 실제로 사용했던 전략과 매우 흡사한 것이었다. 벤추라가 스틸슨과 닮은 부분은 그것뿐인 것 같아서 다행이다].

《죽음의 지대》의 주인공 조니 스미스도 평범한 사람인데, 조니의 경우는 단지 겉모습만이 아니다. 다만 한 가지 특이한 점은 그가 어린 시절에 겪은 어떤 사고 때문에 제한적으로나마 미래를 볼 수 있는 능력을 갖게 되었다는 사실이다. 어느 정치 집회에서 그레그 스틸슨과 악수를 나누던 조니는 스틸슨이 나중에 미국 대통령이 되고 결국 3차 세계대전을 일으키는 환상을 본다. 그리고 그런 사태를 막는 방법은—다시 말해서 세계를 구하는 방법은—스틸슨의 머리에 총알을 박는 것뿐이라는 결론을 내린다. 이 책에서 조니가 편집증에 사로잡힌 여느 광포한 신비주의자들과 다른 점은 오직 하나뿐이다. 그는 정말 미래를 볼 수 있다는 사실이다. 그러나 신비주의자들도 모두 그렇게 주장하지 않던가?

이러한 상황은 왠지 무법자를 연상시키는 아슬아슬한 느낌이어서 나에게는 지극히 매력적이었다. 조니를 석고상 같은 성자가 아니라 정말 괜찮은 사내로 만들 수만 있다면 제법 쓸 만한 이야기가 될 것 같았다. 그레그 스틸슨의 경우도 마찬가지였지만 방향은 정반대가 되어야 했다. 나는 스틸슨을 지독하게 나쁜 놈으로 그려 독자들이 정말 두려움을 느끼게 만들고 싶었다. 그러나 그 두려움은 스틸슨이 언제라도 폭력을 휘두를 수 있기 때문이 아니라 너무도 '실감나는' 인물이기 때문이어야 했다. 나는 독자들이 끊임없이 이런 생각을 하게 만들고 싶었다. '이놈은 진짜 정신나간 놈인데… 어째서 아무도 본색을 꿰뚫어보지 못할까?' 그런데 조니만은 스틸슨의 본색을 꿰뚫어볼 수 있기 때문에 나는 독자들이 더욱 확실하게 조니의 편에 서게 될 것이라고 생각했다.

우리가 장래의 암살범을 처음 만날 때 그는 애인을 공원에 데리고 가서 놀이기구도 타고 여러 가지 게임도 한다. 이렇게 정상적이고 즐거운 일이 또 있을까? 더구나 그는 지금 막 사라에게 청혼하려는 참이어서 우리로서는 더욱더 그를 좋아할 수밖에 없다. 그리고 나중에 사라가 이 완벽한 데이트의 대미를 장식하기 위해 동침하자고 넌지시 제안했을 때 조니는 결혼할 때까지 기다리고 싶다고 말한다. 나는 여기가 아주 섬세한 부분이라고 생각했다. 나는 조니가 매우 진실한 남자이며 또한 그의 사랑도 진실하다는 것, 그리고 공명정대하면서도 결코 꽉 막힌 사람이 아니라는 것을 독자들도 느낄 수 있기를 바랐다.

조니의 도덕적인 태도를 조금 완화시키기 위해 나는 그에게 유치한 유머 감각을 붙여주었다. 그래서 그는 사라를 만날 때 야광 할로윈 가면을 쓰고 나타난다(이 가면은 상징적인 의미까지 염두에 둔 것이었다. 스틸슨 후보에게 총을 들이대는 장면에서 조니는 확실히 괴물 같은 존재로 인식된다). 사라는 웃음을 터뜨린다. '정말 못 말린다니까.' 그리고 두 사람이 조니의 낡은 폴크스바겐 딱정벌레를 타고 공원을 떠날 무렵이면 조니 스미스는 우리의 친구 같은 존재가 된다. 그 역시 남들처럼 길이길이 행복하게 살게 되기를 기대하는 지극히 평범한 사람이기 때문이다. 길거리에서 지갑을 주으면 돈 한 푼 손대지 않고 고스란히 주인에게 돌려주는 사람, 길가에 서 있는 자동차를 보면 멈춰서서 타이어를 갈아끼울 때까지 도와주는 그런 사람이기 때문이다. 댈러스에서 존 F. 케네디가 암살당한 뒤부터 우리에게 가장 무서운 존재는 소총을 들고 높은 곳에서 우리를 내려다보는 사내였다. 나는 그 사내를 독자들의 친구로 만들어놓고 싶었다.

조니는 까다로웠다. 평범한 사내를 생동감 있고 흥미로운 인물로 만드는 일은 언제나 까다롭게 마련이다. 그레그 스틸슨은(대부분의 악당들이 그렇듯이) 한결 편했고 또한 훨씬 더 재미있었다. 나는 첫 장면에서부터 그의 위험하고 분열된 성격을 드러내고 싶었다. 이 장면은 스틸슨이 뉴햄프셔의 하원의원에 출마하기 몇 년 전에 일어난 사건인데, 여기서 그는 중서부 시골 사람들에게 성서를 팔아먹는 젊은 외판원이다. 스틸슨이 어느 농장에 들렀을 때 사나운 개 한 마리가 그를 위협한다. 그래도 스틸슨은—그야말로 평범한 외판원처럼—상냥한 미소를 지우지 않는다. 그러다가 농장에 아무도 없다는 것을 알게 되자 개의 눈에 최루 가스를 뿌려놓고 발길질을 퍼부어 죽여버린다.

독자들의 반응을 바탕으로 성공을 가늠한다면 《죽음의 지대》(이 책은 내 평생 최초의 하드커버 베스트셀러 1위였다)의 도입 장면은 내 인생에서 최고의 성공작 중의 하나일 것이다. 그 장면은 확실히 독자들의 민감한 곳을 건드렸다. 수많은 편지가 쇄도했는데, 그 대부분은 동물에 대한 잔인성을 성토하는 내용이었다. 그 독자들에게 보내는 답장에서 나는 몇 가지 뻔한 사실들을 지적했다. (a) 그레그 스틸슨은 실존 인물이 아니라는 것, (b) 그 개도 실물이 아니라는 것, (c) 나는 내 것이든 남의 것이든 애완 동물에게 발길질을 한 적이 한 번도 없었다는 것. 그리고 그렇게까지 자명하지는 않은 한 가지 사실도 아울러 밝혔다. 나로서는 그레그 스틸슨이 지극히 위험한 인물이며 또한 위장의 명수라는 것을 독자들에게 일찌감치 각인시켜야 했다는 것.

이어지는 여러 장면에서 나는 조니와 그레그의 성격을 번갈아가며 발전시키다가 소설의 말미에 가서 비로소 정면으로 부딪치게 만들었다. 나는 그 결말이 독자들이 전혀 예상치 못한 것이기를 바랐다. 주인공과 그 적대자의 성격은 내가 하려는 이야기의 내용에 따라—다시 말하면 발견된 화석의 내용에 따라—결정되었다. 내가 할 일은 (그리고 여러분이 이렇게 소설을 쓰는 것이 바람직한 방법이라고 판단한다면 여러분이 해야 할 일도) 이 가공의 인물들이 스토리에 보탬이 되는 방향으로, 그리고 (우리가 그들에 대하여 알고 있는 사실들을 바탕으로 판단할 때, 그리고 물론 우리가 현실에 대하여 알고 있는 사실들도 아울러 감안할 때) 우리가 보기에도 논리적인 방식으로 행동하게 만드는 일이다. 때로는 악당들도 (그레그 스틸슨처럼) 자신감을 잃어버린다. 때로는 악당들도 (애니 윌크스처럼) 연민을 느낀다. 그리고 때로는 착한 인물도 (조니 스미스처럼) 옳은 일을 외면하려고 노력한다. 그것은 예수 그리스도조차도 마찬가지였다. 겟세마네 동산에서의 그 기도('이 잔을 내게서 지나가게 하옵소서')를 생각해보라. 여러분이 일을 제대로 한다면 등장 인물들이 생명을 얻어 스스로 온갖 일들을 해나가기 시작할 것이다. 실제로 경험한 적이 없다면 약간 으스스하게 들리겠지만 막상 그런 현상이 벌어지기 시작하면 정말 신나는 일이다. 그리고 그때는 여러분을 애태우던 여러 골칫거리가 저절로 해결될 것이다. 믿어보시라.

9

지금까지 우리는 좋은 소설을 쓰기 위한 기본적인 방법들을 살펴보았는데, 그 모든 내용은 결국 두 가지로 귀결된다. 연습이 가장 중요하다는 것(그러나 연습처럼 지루하지 않고 오히려 즐거워야 한다는 것), 그리고 진실을 망각해서는 안 된다는 것이다. 묘사와 대화와 등장 인물을 창조하는 모든 기술도 궁극적으로는 명료하게 보거나 들은 내용을 역시 명료하게 옮겨적는 (그리고 그 불필요하고 지긋지긋한 부사들을 안 쓰는) 일로 귀결된다.

물론 그 밖에도 알아두면 좋은 것들은 많다. 의성어, 점증 반복 [incremental repetition : 극적 효과를 위해 각 절에서 선행절의 일부를 용어만 조금 바꾸어 되풀이하는 것 - 옮긴이], 의식의 흐름, 내면적 대화, 동사 시제의 변화(요즘은 소설—특히 단편—을 현재 시제로 쓰는 것이 유행이다), 배경 스토리라는 까다로운 문제(그것을 어떻게 집어넣느냐, 어느 정도의 길이가 적당하냐 등등), 주제, 진행 속도(이 두 가지에 대해서는 나중에 다시 이야기하기로 하자) 등을 비롯하여 여남은 가지가 더 있는데, 각종 창작 교실이나 권위 있는 창작 지침서들을 살펴보면 이 모든 것들을—때로는 지겨울 정도로 자세하게—설명하고 있다.

그런 테크닉들을 바라보는 나의 시각은 아주 간단하다. 그 전부가 이미 잘 알려진 것들이고, 따라서 그것이 여러분의 작품을 향상시킬 수 있다면 (단, 스토리에 방해가 되지 않는다면) 무엇이든 당연히 써먹어야 한다. 가령 여러분이 두운을 맞춘 구절들을 좋아한다면—'적막한 집구석에 쥐떼마저 잠들었네'처럼—서슴지 말고 집어넣어라. 그리고 전체적으로 어떻게 보이는지 훑어보라. 잘 어울리는 구절인 것 같으면 그냥 두고, 그렇지 않다면 (내가 보기에도 그 구절은 영 형편없는 듯하니까) 여러분의 컴퓨터 자판에 '삭제' 키가 괜히 달려 있는 게 아니라는 사실을 상기하라.

작품을 쓰면서 완고하고 보수적일 필요는 조금도 없다. 그리고 《빌리지 보이스》나 《뉴욕 리뷰 오브 북스*The New York Review of Books*》가 소설은 죽었다고 주장한다고 해서 군이 줄거리도 없이 오락가락하는 실험적인 작품을 쓸 의무도 없다. 전통적인 방식도 좋고 현대적인 방식도 좋다. 원한다면 글씨를 거꾸로 써도 좋고 아예 상형 문자로 써도 좋다. 그러나 어떤 방식을 택하든 간에 언젠가는 자기가 쓴 것을 앞에 놓고 얼마나 잘 썼는지 점검해봐야 한다는 것을 명심하라. 이때 독자들이 읽기에 큰 불편이 없다는 확신을 가질 수 없다면 그 작품은 절대로 여러분의 서재나 집필실 밖으로 내보내지 말아야 한다. 언제나 모든 독자를 만족시킬 수는 없다. 아니, '일부' 독자도 언제나 만족시킬 수는 없다. 그러나 적어도 가끔은 일부 독자라도 만족시키려고 노력해야 한다. 이 말은 아마 윌리엄 셰익스피어가 했던 것 같다.

그리고 기왕 주의를 주는 김에 다시 말하겠는데, 이미 알려진 모든 테크닉은 누구든지 써먹을 수 있다. 이거야말로 황홀한 일이 아닌가? 나는 그렇게 생각한다. 무엇이든 마음대로 시도해보라. 따분할 만큼 평범해도 상관없고 터무니없을 만큼 특이해도 상관없다. 잘 어울리면 그만이다. 그렇지 않다면 과감하게 버려라. 그때는 아무리 마음에 들어도 버려야 한다. 언젠가 헤밍웨이가 이렇게 말했다. "사랑하는 것들을 죽여야 한다." 옳은 말이다.

나는 대개 기본적인 스토리텔링을 다 끝낸 뒤에 비로소 장식적인 장치를 덧붙이는 편이다. 그러나 가끔은 더 먼저 하기도 한다. 《그린마일*The Green Mile*》을 쓰기 시작한 지 얼마 안 되었을 때 나는 죄없는 주인공이 곧 남의 범죄 때문에 처형될 처지에 놓인다는 것을 깨닫고 그에게 J.C.라는 머리글자를 붙여주었다. 역사상 가장 유명하고 결백했던 사람[예수 그리스도를 가리킴 – 옮긴이]의 머리글자를 딴 것이었다. 내가 이런 수법을 처음 본 것은 《팔월의 빛 *Light in August*》(지금도 포크너의 소설 중에서 내가 가장 좋아하는 책이다)이었는데, 거기 나오는 희생양의 이름은 조 크리스마스였다. 그리하여 사형수 존 바우스는 존 커피가 되었다. J.C.가 죽게 될지 살게 될지는 이 책을 거의 다 끝낼 때까지 나 자신도 알지 못했다. 그가 마음에 들고 또 불쌍하기도 해서 웬만하면 살기를 '바랐지만', 죽든 살든

머리글자 때문에 손해볼 일은 없다고 생각했다(그런데 몇몇 비평가들은 내가 선택한 머리글자의 상징성이 너무 단순하다고 비난했다. 내 반응은 이랬다. '무슨 첨단 과학도 아닌데 꼭 복잡해야 되남?' 제발 그러지들 말았으면 좋겠다).

그러나 대체로 나는 이야기가 다 끝나기 전에는 그렇게 세부적인 문제를 알아차리지 못한다. 일단 끝나고 나면 비로소 내가 쓴 것을 다시 읽어보면서 저변에 깔린 패턴들을 찾아본다. 그런 것이 눈에 띄면 (거의 예외없이 발견되게 마련이다) 더욱 두드러지게 부각시켜 좀더 다듬어진 수정본을 만든다. 수정 작업을 통하여 점검해야 하는 일 가운데 하나가 상징성이고 다른 하나가 주제다.

학창 시절 《모비딕》에 나오는 흰색의 상징성이나 호손의 〈젊은 브라운 씨*Young Goodman Brown*〉 같은 단편에 나오는 숲의 상징적 의미 따위를 공부하면서 스스로 바보 같다고 느꼈던 사람이라면 아마 지금쯤 두 손으로 앞을 가리고 고개를 절레절레 흔들고 뒷걸음질을 치면서 이렇게 중얼거리고 있을 것이다. "아이고, 그런 얘기라면 사양하겠수다."

그러나 기다려보라. 상징성은 그다지 어려운 것도 아니고 천재적인 두뇌가 필요하지도 않다. 그리고 화려한 터키 양탄자처럼 스토리 속에 의식적으로 짜넣어야 하는 것도 아니다. 소설이 땅 속에 이미 존재하고 있는 화석 같은 것이라는 생각에 동의한다면 상징성도 이미 존재하고 있지 않겠는가? 그것도 결국 여러분이 발굴한 유물 중에서 또 하나의 뼈(혹은 몇 개의 뼈)에 지나지 않는다. 물론 상징성이 들어 있다면 그렇다는 것이다. 없다 한들 또 어떻겠는가? 그래도 스토리가 있지 않은가?

그런데 만약 여러분의 작품 속에 상징성이 있고 여러분이 그것을 발견했다면 반짝반짝 빛날 때까지 문지르고 세공인이 보석을 다루듯 깎고 다듬어 더욱 돋보이게 만드는 것이 좋다.

앞에서도 말했듯이 《캐리》는 친구들에게 괴롭힘을 당하다가 자신이 염력을 가졌다는 사실을 알게 되는 한 소녀에 대한 짧은 장편이다. 그녀는 생각하는 것만으로도 사물을 움직일 수 있었다. 캐리의 급우 수잔 스넬은 샤워실에서 다른 아이들과 함께 캐리에게 짓궂은 장난을 쳤던 것을 보상하려고 자기 남자 친구를 구슬러 캐리를 졸업생 무도회에 데려가게 한다. 두 사람은 그곳에서 왕과 여왕으로 뽑힌다. 그런데 축하 의식이 진행되고 있을 때, 또 한 명의 급우인 못된 크리스틴 하겐슨이 다시 캐리에게 장난을 친다. 그러나 이번에는 너무 심했다. 캐리는 염력을 사용하여 급우들을 거의 다 (그리고 사나운 자기 엄마까지) 죽여버리는 것으로 보복하고 자신도 죽어버린다. 사실 그것이 이 소설의 전부다. 짤막한 동화 한 편처럼 단순하다. 그러므로 이것저것 군더더기를 덧붙여 어수선하게 만들 필요는 없었다. 그런데도 나는 내레이션 사이사이에 수많은 삽화들 (가공의 책에서 인용한 구절들, 일기, 편지, 뉴스 속보 등등)을 끼워넣었다. 그것은 현실감을 주기 위한 것이기도 했지만 (당시 나는 오손 웰스가 라디오 드라마로 각색한 《우주 전쟁》을 생각하고 있었다) 무엇보다 이 책의 초고가 너무 짧아서 도무지 장편처럼 보이지 않았던 것이 주된 이유였다.

수정 작업을 시작하기에 앞서 《캐리》를 다시 읽으면서 나는 이 소설의 결정적인 세 장면에 모두 어김없이 피가 등장한다는 사실을 알아차렸다. 도입부에서도 그랬고(캐리의 초능력은 초경을 시작하면서 발현되는 것으로 되어 있다), 클라이맥스에서도 그랬고(무도회장에서 캐리를 폭발하게 만드는 원인은 돼지피 한 양동이를 퍼붓는 장난이었는데, 이 때 크리스틴 하겐슨은 남자 친구에게 "돼지에게는 돼지피"라고 말한다), 결말에서도 그랬다(캐리를 도와주려고 했던 수잔 스넬은 자기가 임신한 줄 알고 희망 반 두려움 반이었는데, 이 대목에서 월경을 시작하면서 임신이 아니었음을 깨닫는다).

물론 공포 소설은 대개 유혈이 낭자하게 마련이다. 피는 우리의 장사 밑천이라고도 할 수 있다. 그런데 내가 보기에《캐리》에 나오는 피는 단순한 피가 아니었다. 뭔가 '의미'가 있는 것 같았다. 그러나 그 의미는 내가 의식적으로 창조한 것이 아니었다.《캐리》를 쓰면서 나는 '아, 이 피의 상징성으로 비평가들에게서 호평을 받을 수 있겠구나'라든지 '히야, 잘하면 이 장면 덕분에 대학 서점에서도 주문이 들어오겠는데' 따위의 생각은 한 번도 하지 않았다. 만약《캐리》가 지식층을 위한 소설이라고 생각하는 작가가 있다면 나보다 훨씬 더 미친 사람일 것이다.

《캐리》가 지적인 작품이든 아니든 간에, 맥주와 홍차로 얼룩진 초고를 읽기 시작했을 때 나로서는 도저히 그 많은 피의 의미를 간과할 수 없었다. 그래서 나는 피가 갖는 이미지와 정서적 함축성에 대하여 이리저리 생각하면서 최대한 많은 것들을 연상해보려고 노력하기 시작했다. 연상되는 개념들은 많았다. 그 대부분은 꽤 심각한 것들이었다. 피는 희생이라는 개념과 밀접하게 연관되어 있다. 젊은 여자들에게는 육체적 성숙과 출산 능력을 연상시킨다. 기독교에서는 (다른 종교에서도 흔히 그렇지만) 죄와 구원을 동시에 상징한다. 마지막으로, 피는 대대로 물려받은 가문의 특징이나 재능을 연상시킨다. 사람들은 흔히 우리가 이렇게 생기고 저렇게 행동하는 데 대하여 '피는 못 속이기 때문'이라고 말한다. 물론 별로 과학적인 생각은 아니다. 사실 그런 것들은 유전자와 DNA의 작용이다. 그러나 우리는 유전자와 DNA를 뭉뚱그려 '피'라는 말로 대신한다.

상징성이 그토록 흥미롭고 유용하고—잘만 쓴다면—매력적인 이유는 그렇게 뭉뚱그려 요약하는 기능 때문이다. 그런 의미에서 상징성은 비유의 한 가지 형태라고 말할 수도 있겠다.

그렇다고 소설이 성공하는 데 상징성이 반드시 필요한 것일까? 그렇지는 않다. 오히려 (특히 정도가 지나치면) 해가 될 수도 있다. 상징성은 일부러 심오한 느낌을 주기 위한 것이 아니라 다만 작품을 장식하고 더 풍요롭게 만들기 위해 존재하는 것이다. 어차피 그런 군더더기는 스토리와는 아무 상관도 없지 않은가? 스토리에서 중요한 것은 스토리뿐이다(지금쯤 이 말을 듣는 데 질리지는 않으셨는지? 아니길 바란다. 나도 아직 그 말을 하는 데 질리지 않았으니까).

그러나 상징성은 (그 밖의 장식물도 마찬가지로) 분명히 쓸모가 있다. 단순한 크롬 도금 따위와는 격이 다르다. 상징성은 여러분과 독자들에게 하나의 렌즈와 같은 역할을 함으로써 더욱 통일성 있고 재미있는 작품을 창조할 수 있도록 도와준다. 자신의 원고를 읽어 볼 때 (그리고 그것에 대해 이야기할 때) 여러분은 그 속에서 상징성을 발견하거나 상징성이 될 만한 것들을 알아차리게 될 것이다. 그런 것이 없다면 그래도 좋다. 그러나 만약 있다면—그리고 그것이 분명 여러분이 발굴하려는 화석의 일부분이라면—서슴지 말고 낚아채라. 그러지 않는 사람은 멍텅구리다.

10

주제의 경우도 마찬가지다. 창작 교실이나 문학 강의에서는 흔히 귀찮을 정도로 (그리고 공연히 우쭐거리면서) 주제에 매달리는데, 사실 주제는 (놀라지 마시라) 별로 중요한 게 아니다. 소설 한 편을 쓰려면 몇 주에서 몇 달에 걸쳐 한 단어씩 차근차근 써내려가야 한다. 그렇다면 작품을 끝낸 뒤에는 차분하게 기대고 앉아 (또는 긴 산책을 하면서) 왜 그런 수고를 감수했는지—어째서 그 많은 시간을 바쳤는지, 어째서 그 일이 그토록 중요했는지—자문해보는 것이 자신과 작품에 대한 예의다. 다시 말해서 작품의 내용이 무엇이냐는 거다.

소설을 쓸 때 여러분은 나무들을 하나하나 살펴보고 확인하면서 하루하루를 보낸다. 그러나 일이 다 끝나면 멀찌감치 물러서서 숲을 보아야 한다. 모든 책에 상징성과 아이러니와 음악적인 언어 따위를 잔뜩 퍼담을 필요는 없다(산문은 운문과 다르니까). 그렇지만 모든 책에는—적어도 읽어볼 만한 책이라면—뭔가 내용이 있어야 한다. 초고를 쓰는 도중이나 그 직후에 여러분이 해야 할 일은 작품의 내용이 무엇인지를 결정하는 일이다. 그리고 작품을 수정하면서 해야 할 일은 그 내용을 더욱 분명하게 만드는 일이다. 그렇게 하려면 더러 큰 변화와 수정이 필요할지도 모른다. 그러나 그 결과로 스토리는 좀더 통일성을 갖게 되고 여러분과 독자들은 작품을 더 분명하게 파악할 수 있게 된다. 실패하는 일은 거의 없다.

내 소설 중에서 쓰는 데 가장 오랜 시일이 걸린 것은 《미래의 묵시록 *The Stand*》이었다. 이 책은 내 오랜 독자들이 지금껏 가장 좋아하는 작품이기도 하다(20여 년 전에 썼던 책이 아직도 최고의 작품이라는 이 한결같은 평가는 어딘가 좀 우울한 감이 있지만 지금은 그 문제를 이야기 하고 싶지 않다). 나는 시작한 지 약 16개월 만에 초고를 끝냈다.《미래의 묵시록》이 그렇게 유난히 오래 걸린 이유는 중간에 한 번 사장될 뻔했기 때문이었다.

나는 수많은 등장 인물이 나오는 방대한 작품을—가능하다면 대하 환상 소설을—쓰고 싶었는데, 그러기 위해 내레이션은 다중적으로 처리하고 기나긴 1부의 각 장에서 중심 인물을 한 명씩 추가해 나가기로 했다. 그래서 1장에서는 텍사스 출신의 공장 노동자 스튜어트 레드먼을 등장시켰다. 2장에서는 메인 출신의 임신한 여대생 프랜 골드스미스를 등장시키고 다시 스튜어트에게로 돌아갔다. 3장은 뉴욕의 로큰롤 가수 래리 언더우드로 시작한 후 프랜을 거쳐 다시 스튜어트 레드먼에게로 돌아갔다.

내 계획은 이 착하고 못된 온갖 등장 인물들을 두 장소에—볼더와 라스베이거스에—집결시키는 일이었다. 나는 그들이 결국 부딪쳐 전쟁을 일으킬 것이라고 생각했다. 그리고 이 책의 전반부에는 인간이 만든 바이러스가 미국은 물론 전 세계를 휩쓸어 인류의 99퍼센트가 몰살당하고 과학 기술을 바탕으로 한 문화가 완전히 파괴되는 이야기도 함께 나왔다.

내가 이 소설을 쓰기 시작한 것은 1970년대의 이른바 에너지 위기가 거의 끝나갈 무렵이었는데, 당시 나는 바이러스가 창궐하는 끔찍한 여름 한 철 사이에 (더 정확히 말하자면 겨우 한 달 남짓한 동안에) 전 세계가 파멸하는 광경을 상상하면서 정말 신나는 시간을 보냈다. 전국적인 규모로 파노라마처럼 펼쳐지는 그 광경은 너무도 상세했으며 (적어도 나에게는) 숨막히게 멋진 장면이었다. 상상의 눈으로 그토록 선명한 장면을 볼 수 있는 날은 내게도 아주 드물었다. 교통이 마비되어 죽음의 터널이 되어버린 뉴욕의 링컨 터널, 랜들 플래그가 붉은 눈으로 유심히 (종종 즐거워하며) 지켜보는 앞에서 나치즘 비슷한 체제로 다시 태어나는 라스베이거스, 그 모든 광경이 눈에 선했다.

이런 상황은 물론 무시무시한 것이지만 나에게는 묘하게 낙관적인 것이기도 했다. 우선 에너지 위기도 없고, 기근도 없고, 우간다의 대량 학살도 없고, 산성비도 없고 오존층에 구멍이 뚫리는 일도 없다. 핵무기로 무장하고 힘을 과시하는 초강대국도 없어지고, 특히 인구 과잉 문제도 말끔히 해결된다. 그리하여 살아남은 얼마 안 되는 인류는 기적과 마법과 예언이 되살아난 세계에서 신을 중심으로 삼고 처음부터 다시 시작할 기회를 얻는다. 나는 이 스토리가 마음에 들었다. 등장 인물들도 마음에 들었다. 그런데도 더 이상 아무것도 쓸 수 없는 순간이 오고 말았다. 나는 무엇을 써야 좋을지 몰랐다. 존 버니언의 서사시에 나오는 순례자처럼 앞에 똑바로 뻗은 길이 사라져버린 지점에 도달했던 것이다. 이 끔찍한 곳을 발견한 작가는 내가 처음도 아니고 물론 마지막도 아니었다. 그곳은 바로 슬럼프의 땅이었다.

이때까지 끝마친 원고가 줄 간격 없이 자그마치 500쪽도 넘는 분량이 아니라 한 200쪽, 아니 300쪽 정도만 되었더라도 나는 그 자리에서 《미래의 묵시록》을 포기하고 다른 작품으로 넘어갔을 것이다. 그런 일은 전에도 있었다. 그러나 500쪽이라면 시간과 창의력 면에서 너무 큰 투자였다. 도저히 그냥 팽개칠 수가 없었다. 게다가 이 책은 정말 괜찮다고 속삭이는 작은 목소리가 끊임없이 들려오고 있었다. 완성하지 못하면 영원히 후회하리라. 그래서 다른 작품으로 넘어가는 대신에 긴 산책을 다니기 시작했다(이 버릇 때문에 20여 년 뒤에 나는 크나큰 위기를 맞게 된다). 산책을 나설 때마다 책이나 잡지를 가져갔지만, 언제나 똑같은 나무들과 언제나 똑같은 다람쥐와 시끄럽게 재잘거리는 심술궂은 어치새들이 제아무리 따분해도 가져간 책을 펼쳐보는 일은 거의 없었다. 창의력의 막다른 골목에 부딪친 사람에게는 따분함도 좋은 약이 될 수 있다. 그렇게 따분한 가운데 그 거창하고 쓸모없는 원고를 생각하며 거닐었다.

몇 주 동안은 아무리 생각해도 진전이 없었다. 작품 전체가 너무 벅차고 복잡하게만 느껴질 뿐이었다. 플롯라인을 너무 많이 집어넣어 자칫하면 뒤엉킬 지경이었다. 나는 이 문제를 이리저리 궁리하면서 주먹질도 해보고 박치기도 해보았다. 그러던 어느 날, 아무 생각도 안 하고 있을 때 느닷없이 해답이 떠올랐다. 그 해답은 한순간 눈부신 섬광과 함께 완전한 형태로—선물 포장까지 되어 있었다고나 할까—나타났다. 당장 집으로 달려가 그 내용을 종이에 받아 적었다. 그런 일은 처음이었는데, 잊어버릴까 봐 그만큼 겁이 났기 때문이었다.

내가 깨달은 것은 《미래의 묵시록》에 나오는 미국이 그 역병 때문에 인구가 대폭 줄었는데도 내 스토리 속에는 너무 많은 인물들이 등장한다는 사실이었다. 마치 캘커타처럼 사람들로 마구 들끓었다. 이 문제의 해결책은 애당초 나의 출발점이었던 상황과 비슷했는데, 이번에는 역병이 아니라 폭발이라는 점이 달랐지만 어쨌든 고르디우스의 매듭을 단번에 끊는 통쾌한 해결책이었다. 볼더에 모인 생존자들은 구원을 얻기 위해 라스베이거스로 향한다. 마치 어떤 희망을 좇거나 신의 뜻을 알아내려고 떠나가는 성서의 인물들처럼 양식도 계획도 없이 무작정 출발한다. 라스베이거스에 도착한 그들은 랜들 플래그를 만나게 되고, 그리하여 마침내 착한 사람들과 나쁜 사람들이 최후의 대결을 벌인다.

　방금까지 아무 생각도 없었는데 한순간에 이 모든 생각이 한꺼번에 떠올랐던 것이다. 내가 글쓰기를 다른 일보다 좋아하는 이유를 딱 하나만 꼽는다면 이렇게 모든 것이 일시에 연결되는 통찰력의 순간이 있기 때문이다. 누군가는 그런 현상을 가리켜 '핵심을 찌르는 사고력'이라고 불렀다. 또 누군가는 '초월적 논리(over-logic)'라고 했다. 뭐라고 부르든 간에 나는 미쳐버린 듯한 흥분 속에서 종이 한두 장 분량의 메모를 휘갈겼고, 그때부터 2, 3일 동안은 마음속에서 그 해결책을 이리저리 굴리면서 혹시 무슨 결함이나 허점은 없는지 궁리해보았다. (그리고 스토리의 전개에 대해서도 연구했는데, 거기에는 두 명의 조연급 등장 인물이 어느 중심 인물의 벽장 속에 폭탄 한 개를 넣어두는 일도 포함되었다.) 그러나 이런 고민은 주로 이 해결책이 너무 기막혀 차마 믿을 수 없다는 생각에서 비롯된 것이었다. 아무튼 나는 깨달음의 순간에 이미 그 해결책이 옳다는 사실을 알고 있었다. 닉 앤드로스의 벽장에 들어 있는 그 폭탄은 내 스토리의 문제점들을 한꺼번에 해결해줄 것 같았다. 그 생각은 정확히 들어맞았다. 그리하여 9주 동안에 소설의 나머지 부분이 완성되었다.

　《미래의 묵시록》의 초고를 끝낸 후 나는 중간에 작업을 완전히 중단하게 된 까닭을 좀더 분명하게 파악할 수 있었다. 머릿속에서 끊임없이 떠들어대던 목소리가 없어졌으니―'이러다간 작품을 잃고 말겠어! 아 젠장, 벌써 500쪽이나 써놨는데 이제 와서 포기해야 하다니! 비상 사태! 비상 사태!!'—생각하기도 훨씬 수월했다. 그리고 다시 작업을 시작할 수 있게 된 까닭에 대해서도 분석하고 그 속에서 아이러니를 발견할 수 있었다. 나는 주요 인물들 중에서 절반 가량을 산산조각으로 날려버림으로써 오히려 작품을 살려냈던 것이다(실제로는 두 차례의 폭발이 있었는데, 볼더에서의 폭발과 함께 라스베이거스에서도 비슷한 파괴 행위가 발생했다).

내가 어려움을 겪었던 진짜 이유는 (내 판단으로는) 그 역병이 발생한 후 볼더에 모인 인물들이—즉 선한 편이—다시 예전과 똑같은 테크놀로지의 함정에 빠져들기 시작한 탓이었다. 사람들을 볼더로 불러들이기 위해 처음에는 시민 밴드(CB) 라디오로 머뭇머뭇 방송을 하더니 곧 텔레비전 방송을 시작했다. 그렇다면 정보 광고나 유료 전화 따위가 부활하는 것도 시간 문제였다. 발전소도 마찬가지였다. 아니나 다를까, 볼더 사람들은 자기들의 목숨을 살려놓은 신의 뜻을 따르는 일보다 냉장고와 에어컨을 다시 작동시키는 일이 훨씬 더 중요하다고 판단했다. 라스베이거스의 랜들 플래그와 그 친구들은 전기를 되살렸을 뿐 아니라 제트기와 폭격기의 조종술까지 익히고 있었지만 그 경우는—악당들이야 그렇게 행동하는 게 당연하니까—문제가 되지 않았다.

내가 막다른 골목에 부딪친 까닭은 선한 인물들과 악한 인물들이 너무 비슷해졌다는 점을 (마음 한구석으로나마) 깨달았기 때문이었고, 다시 일할 수 있게 된 까닭은 그 선한 인물들이 전기라는 황금 송아지를 숭배하기 시작했으니 어떻게든 정신을 차리게 만들어야 한다는 것을 깨달았기 때문이었다. 벽장 속의 폭탄 하나면 효과 만점이겠지.

이같은 일들은 폭력을 해결책으로 생각하는 버릇이 인간의 뿌리 깊은 본성이라는 것을 암시하고 있었다. 바로 그것이 《미래의 묵시록》의 주제가 되었고, 수정 작업을 하는 동안에도 그 생각은 내 마음 속에서 떠나지 않았다. 등장 인물들은 (로이드 헨리드 같은 악당은 물론이고 스튜어트 레드먼이나 래리 언더우드처럼 선한 인물도) '그런 것들이 (즉 대량 살상 무기가) 사방에 널려 있으니 먼저 줍는 사람이 임자라니까' 따위의 말을 연거푸 내뱉는다. 볼더 사람들은—그저 좋은 의도에서 순박하게—예전의 네온 바벨탑을 다시 세우자고 했지만 결국 더 큰 폭력에 휘말려 몰살당하고 만다. 폭탄을 설치한 자들은 랜들 플래그가 시키는 대로 했을 뿐인데도 플래그의 맞수인 마더 애버게일은 '모든 일이 신의 섭리'라는 말을 되풀이한다. 만약 그 말이 옳다면—적어도 《미래의 묵시록》의 문맥 속에서는 분명히 옳은 말인데—그 폭탄은 하느님이 내려주신 준엄한 가르침일 것이다. '내가 너희를 여기까지 데려온 것은 옛날과 똑같은 짓을 반복하라는 뜻이 아니었노라.'

소설의 결말이 가까워질 때 (처음에 완성했던 더 짧은 스토리에서는 거기가 바로 결말이었다) 프랜이 스튜어트 레드먼에게 묻는다. 희망이 있긴 있느냐고, 사람들이 시행 착오를 통하여 뭔가 배울 수 있는 것이냐고. 스튜어트는 '나도 몰라' 하고 대답한 후 잠시 말을 멈춘다. 소설을 읽는 독자에게 이 침묵의 시간은 다음 문장으로 눈을 옮기는 데 걸리는 짧은 찰나에 지나지 않겠지만 서재 안의 작가에게는 훨씬 더 긴 침묵이었다.

나는 스튜어트가 좀더 분명한 말을 덧붙이게 하려고 이리저리 궁리했다. 내가 그런 말을 찾고 싶었던 이유는 (적어도 이 순간에는)

스튜어트가 내 생각을 대변하고 있기 때문이었다. 그러나 결국 스튜어트는 방금 했던 말을 되풀이하고 만다. '나도 모르겠어.' 나로서는 그것이 최선이었다. 때로는 책이 작가에게 해답을 주기도 하지만 언제나 그런 것은 아닌데, 거기까지 수백 페이지를 읽으면서 나를 따라온 독자들에게 나 자신도 믿지 않는 공허하고 진부한 말을 들려줄 수는 없었다. 《미래의 묵시록》에는 '우리가 과거로부터 배우지 못한다면 결국 이 지구를 파괴하고 말 것이다' 따위의 '교훈'은 없다. 다만 이 소설에서 주제가 충분히 선명하게 드러났다면 그 주제에 대하여 토론하는 사람들은 각자 나름대로 교훈이나 결론을 얻을 수 있을 것이다. 그것은 나쁠 게 없다. 그런 토론도 독서 생활이 주는 크나큰 즐거움 가운데 하나이기 때문이다.

나는 대역병을 다룬 이 책을 쓰기 전에도 상징성이나 이미지를 활용했고 남의 작품을 재해석하기도 했지만(가령 《드라큘라》가 없었다면 《세일럼스 롯》도 없었을 것이다), 《미래의 묵시록》에서 글이 꽉 막히기 전에는 주제에 대해 별로 고민해본 적이 없었다. 아마도 그런 것들은 좀더 똑똑한 작가들에게나 어울린다고 생각했던 것 같다. 그때 내가 소설을 살려보려는 필사적인 심정이 아니었다면 언제쯤 그런 고민을 하게 되었을지 모를 일이다.

당시 나는 '주제에 대한 성찰'이 실제로 얼마나 유용한 것인지를 깨닫고 스스로 놀랐다. 주제는 영문학 교수들이 중간 시험 문제로 흔히 내놓는 [《현명한 피 Wise Blood》(미국 작가 플래너리 오코너의 소설 – 옮긴이)의 주제에 대하여 세 문단으로 논리 정연하게 설명하라—30점] 공허한 개념이 아니었다. 그것 역시 연장통에 꼭 필요한 또 하나의 유용한 연장으로, 돋보기와 비슷한 기능을 갖고 있었다.

벽장 속의 폭탄 덕분에 깨달음을 얻은 뒤로 나는 종종 (어떤 작품의 수정 작업을 시작하기 전에, 혹은 초고를 쓰다가 아이디어가 막혔을 때) 다음과 같은 질문들을 던져보곤 한다. 이 작품은 무엇을 말하려고 하는 것인가? 이 시간에 나는 왜 기타를 치거나 모터사이클을 타지 않고 글을 쓰는가? 애당초 이 고달픈 일을 시작한 이유가 무엇이며 또 어째서 그 일을 계속하고 있는가? 그때마다 답이 금방 나오는 것은 아니었지만 대개는 답이 나오게 마련이었다. 그리고 답을 찾기가 그리 어렵지도 않았다.

사실 나는 어떤 소설가의 경우에도 (설령 마흔 권이 넘는 책을 쓴 사람이라고 해도) 관심을 갖는 주제는 그리 많지 않을 것이라고 생각한다. 나에게도 꽤 많은 관심사가 있지만 소설을 쓸 만큼 심오한 것은 많지 않다. 그 심오한 관심사 (군이 강박 관념이라고 말하지는 않겠다) 중에는 다음과 같은 것들이 있다. 테크놀로지라는 판도라의 상자를 열었을 때 그것을 도로 닫는 것이 얼마나 어려운―어쩌면 불가능한!―일인가(《미래의 묵시록》, 《토미노커스》, 《파이어스타터Firestarter》), 만약 신이 존재한다면 어째서 이렇게 끔찍한 일들이 일어나는가(《미래의 묵시록》, 《데스퍼레이션》, 《그린마일》), 현실과 환상의 경계선은 얼마나 보잘것없는 것인가(《다크 하프The Dark Half》, 《자루 속의 뼈》, 《태로우 카드The Drawing of the Three》), 그리고 무엇보다, 본질적으로 착한 사람들에게도 가끔 폭력이라는 것이 얼마나 매력적으로 보이는가(《샤이닝》, 《다크 하프》). 그리고 나는 어린이와 어른의 본질적인 차이점이나 인간의 상상력이 갖는 치유력에 대해서도 되풀이하여 글을 써왔다.

그러나 다시 말하겠다. '주제는 별로 중요하지 않다.' 이런 것들은 다만 나의 삶과 생각에서 비롯되고, 어렸을 때부터 지금까지의 경험에서 비롯되고, 또한 남편으로, 아버지로, 작가로, 또 연인으로 살아온 나의 역할에서 비롯된 관심사들일 뿐이다. 밤이 되어 불을 끄고 혼자만의 시간을 갖게 될 때, 그리하여 한 손을 베개 밑에 넣고 어둠 속을 들여다볼 때 나의 마음 속에 떠오르는 문제들일 뿐이다.

물론 여러분에게도 자기만의 생각과 흥미와 관심사가 있을 텐데, 내 경우처럼 여러분의 경우에도 그것들은 한 인간으로서 지금까지 겪어온 온갖 경험과 모험에서 비롯되었을 것이다. 더러는 내가 앞에서 말한 것들과 비슷할 테고, 또 더러는 판이하게 다를 것이다. 어쨌든 여러분은 그런 것들을 가졌고, 그렇다면 작품 속에 써먹어야 한다. 물론 작품 속에만 써먹을 수 있는 것은 아니겠지만 적어도 하나의 쓰임새인 것만은 틀림없다.

이 짧은 설교를 끝내기 전에 경고의 말을 한마디 덧붙여야겠다. 처음부터 이런 문제나 주제 의식을 가지고 출발하는 것은 형편없는 소설의 지름길이다. 좋은 소설은 반드시 스토리에서 출발하여 주제로 나아간다. 주제에서 출발하여 스토리로 나아가는 일은 좀처럼 없다. 이 규칙에 딱 하나 예외가 있다면 그것은 조지 오웰의 《동물 농장》 같은 우화 소설뿐이다(나는 《동물 농장》의 경우에도 스토리의 아이디어가 먼저 떠올랐던 게 아닐까 짐작하고 있다. 혹시 내세에 조지 오웰을 만난다면 꼭 물어봐야겠다).

그러나 일단 기본적인 스토리를 옮겨적은 뒤에는 그 스토리의 의미에 대해서도 생각해보고 수정 작업을 하면서 여러분 자신의 결론을 집어넣을 필요가 있다. 그렇게 하지 않는다면 그것은 각각의 이야기를 여러분만의 독특한 작품으로 만들어주는 비전을 작품 속에서 (그리고 결국 여러분의 독자들에게서) 빼앗는 일이다.

11

지금까지는 그럭저럭 괜찮았다. 이제 작품을 수정하는 일에 대하여 이야기해보자. 수정 작업은 얼마나 많이 해야 하고 또 몇 번이나 해야 할까? 내 경우에는 언제나 수정 작업이 한 번, 그리고 다듬는 과정이 한 번이었다(다만 워드프로세싱 테크놀로지가 등장하면서부터는 다듬는 과정도 두 번째 수정 작업에 가까운 것이 되었다).

여러분은 여기서 내가 개인적인 글쓰기 방식을 설명하고 있다는 사실을 잊지 말아야 한다. 실제로는 작가마다 작품을 고쳐 쓰는 방식이 크게 다르기 때문이다. 예를 들자면 커트 보네거트는 각각의 페이지마다 정확히 자기가 원하는 모습이 될 때까지 다시 쓰곤 했다. 그래서 완성본으로 겨우 한두 페이지만 쓰고 끝나는 날이 수두룩했다(그때쯤 휴지통 속에는 구겨 내버린 71쪽과 72쪽들이 그득했다). 그러나 원고가 완성되면 그것으로 작품도 완성이었다. 곧바로 출판해도 될 정도였다. 그러나 나는 대부분의 작가들에게 적용되는 어떤 것들이 있다고 생각한다. 내가 지금 이야기하고 싶은 것은 바로 그런 것들이다. 이미 한동안 글을 써본 사람이라면 이 문제에 대해서는 내 도움이 별로 필요하지 않을 것이다. 나름대로 정해진 방식이 있을 테니까. 그러나 이제 막 시작하려는 사람이라면 원고를 적어도 두 번은 써야 한다. 한 번은 서재문을 닫고 써야 하고, 또 한 번은 문을 열어놓고 써야 한다.

문을 닫아걸고 머릿속에 있는 것들을 곧장 지면으로 옮겨놓을 때 나는 최대한 빨리 쓰면서도 편안한 마음을 유지한다. 소설을 쓴다는 것, 특히 장편 소설을 쓴다는 것은 외롭고 힘겨운 일이 될 수도 있다. 그것은 이를테면 욕조를 타고 대서양을 건너는 일과 비슷하다. 이때 자신감을 잃어버릴 가능성이 많다. 그러나 글을 빨리 써 내려가면—즉 필요에 따라 이따금씩 등장 인물의 이름이나 배경 스토리 따위를 다시 확인하는 일 말고는 줄곧 마음 속에 떠오르는 것들을 그대로 받아적고 있노라면—처음에 품었던 의욕을 유지할 수 있고 자신감을 잃어버리는 일도 없다.

이 초고—스토리만 있는 원고—는 누구의 도움도 (또는 방해도) 받지 않고 혼자서 써야 한다. 간혹 집필중인 원고를 가까운 친구에게 (흔히 한 침대를 쓰는 친구가 제일 먼저 떠오르게 마련이다) 보여주고 싶을 때도 있을 텐데, 그 이유는 아마도 자신의 작품이 자랑스럽거나 혹은 미심쩍기 때문일 것이다. 그러나 나는 이 충동을 억누르라고 충고하겠다. 긴박감을 계속 유지하라. 자기 작품을 '바깥 세상'의 누군가에게 보여주고 그들의 의견을 듣게 되면—불신의 말이든 칭찬이든 호의적인 질문이든 간에—긴박감이 줄어든다. 아무리 힘들어도 성공에 대한 희망을 (그리고 실패에 대한 두려움을) 품은 채 계속 나아가라. 작품을 끝마치고 나면 자랑할 시간은 얼마든지 있다. 그러나 웬만하면 초고를 완성한 뒤에도 조심하는 것이 좋다. 방금 눈이 내린 들판처럼 작품 속에 오직 자신의 발자국만 찍혀 있을 때 좀더 생각할 시간을 가져야 한다.

문을 닫아놓고 글을 쓰는 것은 그 밖의 모든 일들을 배제한 상태에서 오직 스토리에만 집중할 수 있어서 좋다. '가필드의 유언은 무엇을 표현하려고 한 것이냐'라든지 '이 녹색 드레스는 무슨 의미를 갖느냐' 따위의 질문을 듣지 않아도 되는 것이다. 여러분은 가필드의 유언을 쓰면서 아무것도 표현하려고 하지 않았을 수도 있다. 모라가 초록색 드레스를 입은 까닭은 단지 그녀가 여러분의 마음 속에 떠오를 때 그 옷을 입고 있었기 때문일 수도 있다. 그러나 또 한편으로는 그런 것들이 실제로 어떤 의미를 지녔을 수도 있다(즉 여러분이 나무가 아니라 숲을 보기 시작하면 뭔가 의미를 지니게 될 것이다). 어쨌든 초고를 쓰는 동안은 그런 일을 생각할 때가 아니다.

이런 경우도 생각해보자. 가령 누가 여러분에게 '오, 샘 (또는 에이미)! 이거 정말 멋있어!' 하고 감탄한다면 자칫 긴장감이 풀어지거나 엉뚱한 일에 (스토리를 쓰는 일보다 멋을 부리는 일에) 집중하기 쉽다는 것이다.

이제 여러분이 초고를 완성했다고 가정해보자. 축하합니다! 참 잘했어요! 샴페인도 한 잔 드시고, 피자도 한 판 주문하시고, 아무튼 평소 자축할 일이 있을 때마다 즐겨하던 일들을 마음껏 해보시라. 혹시 여러분의 소설을 하루빨리 읽고 싶어 안달하던 사람이 있다면—이를테면 남편이나 아내, 즉 여러분이 꿈을 좇는 동안 날마다 바삐 일하면서 각종 요금을 대신 내주던 사람—바로 지금이 작품을 내보일 순간이다. 그러나 이때 여러분은 그 최초의 독자나 독자들에게서 먼저 약속을 받아내야 한다. 작가 자신이 이야기할 준비가 되기 전에는 그 작품에 대하여 아무 말도 하지 않겠다는 약속이다.

얼핏 생각하면 건방진 소리 같지만 전혀 그렇지 않다. 여러분은 힘든 일을 해냈고 이제 휴식의 시간이 (사람에 따라 길고 짧은 차이는 있겠지만) 필요하다. 여러분의 정신과 상상력—이 두 가지는 서로 연관되어 있지만 동일한 것은 아니다—도 재충전되어야 하는데, 적어도 방금 완성한 작품에 관해서는 꼭 필요한 과정이다. 나는 이 시기에 여러분이 이틀쯤 푹 쉬고—낚시를 하든지, 카약을 타든지, 아니면 조각그림 맞추기를 하면서—곧 뭔가 다른 작품을 써보라고 권하고 싶다. 웬만하면 짤막한 작품이 좋겠고, 또한 방향이나 진행 속도 면에서 방금 완성한 소설과는 전혀 다른 작품이 좋겠다(내 경우에는 《죽음의 지대》나 《다크 하프》처럼 긴 소설을 끝냈을 때 흔히 중편 소설을 썼는데, 그중에는 〈스탠 바이 미 *The Body*〉나 〈우등생 *Apt Pupil*〉처럼 제법 괜찮은 작품도 있다).

작품을 얼마나 오랫동안 묵히느냐—이것은 빵 반죽을 대충 주무른 뒤에 한동안 그대로 놓아두는 것과 비슷하다—하는 문제는 순전히 여러분 자신이 판단해야 할 일이지만 적어도 6주는 필요하다고 본다. 이 기간 동안은 원고를 서랍 속에 안전하게 모셔두고 잘 익혀 (희망 사항이지만) 더욱 맛있게 숙성시킨다. 물론 걸핏하면 생각날 테고, 다시 꺼내보고 싶은 충동도 여남은 번쯤 솟구칠 것이다. 특히 좋았다고 기억되는 어떤 대목을 다시 읽어보고 싶어서, 그러면서 자신이 얼마나 대단한 작가인지를 새삼 느껴보고 싶어서 말이다.

그러나 유혹을 뿌리쳐라. 다시 읽은 뒤에는 그 대목이 생각했던 것만큼 흡족하지 않다는 결론을 내리고, 당장 뜯어고치겠다고 덤빌 가능성이 많기 때문이다. 바람직하지 않은 일이다. 하지만 그보다 더 심각한 것은 그 대목이 기억보다도 더 훌륭하다고 생각하는 경우이다. 아니, 그렇다면 만사 제쳐놓고 당장 작품 전체를 다시 읽어 봐야 하지 않을까? 당장 작업을 다시 시작하자! 젠장, 난 그럴 준비 가 됐단 말야! 셰익스피어도 울고 갈 만한 작가니까!

그렇지만 아쉽게도 여러분은 아직 그런 작가가 아니다. 그리고 원고를 다시 들여다볼 준비가 되려면 본격적으로 새 작품에 몰두 하여 (혹은 일상 생활로 돌아가서) 지난 3~5개월이나 7개월 동안 날마 다 오전 또는 오후에 세 시간씩 여러분의 시간을 꼬박꼬박 빼앗아 갔던 그 터무니없는 물건을 거의 잊어버릴 정도가 되어야 한다.

그리하여 어느 적당한 날 (미리 달력에 날짜를 표시해두는 것도 좋겠 다) 저녁에 비로소 서랍 속에서 원고를 꺼낸다. 이때 그 원고가 어 느 고물상에서 구입한 골동품처럼 낯설어 보인다면 정말 준비가 된 것이다. 이제 문을 닫고 (머지않아 세상을 향해 그 문을 열어젖힐 때가 온다) 자리에 앉는다. 손에는 연필 한 자루를 들고, 옆에는 공책 한 권을 놓아둔다. 그리고 원고를 읽기 시작한다.

가능하다면 (물론 400~500쪽이 넘는 분량이면 어렵겠지만) 한자리에 서 전체를 다 읽어보도록 하라. 메모는 마음대로 해도 좋지만 주로 오자를 고치거나 앞뒤가 안 맞는 말들을 찾는 데 집중하라. 아마 꽤 많을 것이다. 단번에 모든 것을 완벽하게 해내는 분은 오직 신뿐이 고, '에라 모르겠다, 그냥 넘어가자, 이건 편집부에서 할 일이니까' 하고 말하는 사람은 게으름뱅이다.

처음 해보는 사람이라면 자기 원고를 6주 동안 묵혔다가 다시 읽 어보는 일이 매우 신기하고 또한 신나는 경험이라는 것을 알게 될 것이다. 여러분 자신이 쓴 글이기 때문이다. 여러분은 그것이 자기 글이라는 것을 금방 알아볼 수 있을 테고, 어쩌면 어떤 문장을 쓰고 있을 때 전축에서 어떤 노래가 흘러나왔다는 것까지 생각날지도 모른다. 그러나 또 한편으로는 남의 (혹은 영혼이 하나로 이어진 쌍둥이의) 작품을 읽는 듯한 느낌도 있을 것이다. 마땅히 그래야 한다. 지금까지 기다린 이유가 바로 그것이니까. 자기가 사랑하는 것들을 죽이는 일보다 남이 사랑하는 것들을 죽이는 일이 훨씬 더 쉬운 법이다.

그동안 6주의 회복기를 가졌으니 이제 플롯이나 등장 인물의 성격에서 명백한 허점들을 발견하는 일도 충분히 가능해졌을 것이다. 여기서 내가 말하는 것은 트럭도 지나갈 만큼 크나큰 구멍들이다. 작가들이 한창 글을 쓰는 동안에는 그런 것들을 모르고 넘어가는 일이 얼마나 많은지 참으로 놀라울 지경이다. 그러나 이렇게 큰 허점들을 발견하더라도 결코 실망하거나 좌절해서는 안 된다. 제아무리 뛰어난 사람도 누구나 실수하게 마련이다. 옛날 플랫아이언 빌딩[1901년 대니얼 버넘(Daniel Burnham : 1846~1912)이 설계한 뉴욕의 삼각 기둥형 오피스 빌딩 - 옮긴이]을 지은 어느 건축가는 낙성식 테이프를 끊기 직전에 자기가 이 선구적인 마천루에 남자 화장실을 한 개도 만들지 않았다는 것을 깨닫고 자살해버렸다고 한다. 그 이야기는 아마 사실이 아니겠지만, 이것만은 잊지 말기 바란다. 타이태닉 호를 설계한 사람은 그 배가 절대로 가라앉지 않는다고 장담했다는 것을.

내가 초고를 읽을 때 발견하는 오류 중에서 가장 명백한 것들은 주로 등장 인물의 동기(이것은 등장 인물의 성격과 연관되어 있지만 동일한 것은 아니다)에 관한 오류이다. 그럴 때 나는 손바닥으로 머리를 한 대 때린 후 공책을 집어들고 이렇게 적는다. '91쪽 : 샌디 헌터는 셜리가 사무실에 감춰놓은 돈에서 1달러를 슬쩍 훔친다. 그런데 왜? 젠장, 샌디는 절대로 그런 짓을 할 여자가 아니다!' 그리고 원고의 해당 페이지에는 큼직하게 '∨'라는 부호를 표시한다. 이 페이지에 뭔가 삭제하거나 변경할 부분이 있는데, 혹시 구체적인 내용이 기억나지 않으면 공책의 메모를 확인하라는 뜻이다.

이 단계는 수정 작업 중에서도 내가 아주 좋아하는 부분인데 (사실 전 과정을 다 좋아하지만 이 부분은 특히 더 즐겁다), 이때는 내 작품을 재발견하는 시간이고 또 대개는 작품도 마음에 들기 때문이다. 이런 기분은 곧 달라진다. 책이 실제로 출판될 무렵이면 벌써 여남은 번이나 그 이상 되풀이해 읽어본 다음이라서 몇몇 대목쯤은 통째로 외울 정도가 되고, 그때는 그저 이 지긋지긋한 물건이 빨리 사라지기만 바랄 뿐이다. 그러나 그것은 나중의 일이다. 처음 읽어볼 때는 대개 즐겁기 그지없다.

그렇게 원고를 읽는 동안에 내가 표면적으로 가장 신경쓰는 것은 스토리와 연장통에 관한 문제들이다. 이를테면 선행사가 분명치 않은 대명사들을 빼버리는 일(나는 대명사를 불신하고 혐오하는데, 모든 대명사는 협잡꾼 변호사처럼 교활하기 때문이다), 필요한 곳에 말을 덧붙여 의미를 좀더 명확하게 만드는 일, 그리고 물론 굳이 없어도 되는 부사들을 모조리 삭제하는 일(그래도 전부 지워버리지 못하고 또 충분히 지우지도 못하지만) 등등이다.

그러나 속으로는 나 자신에게 '거창한 질문'들을 던져본다. 가장 거창한 질문은 이것이다. 과연 이 스토리에 일관성이 있는가? 만약 그렇다면, 그 일관성을 시처럼 우아하게 만들려면 어떻게 해야 할까? 반복되는 요소들은 어떤 것들인가? 혹시 그 요소들이 함께 어울려 어떤 주제를 이루고 있지는 않은가? 다시 말해서 '이 작품의 내용이 뭐냐, 스티비?' 하고 묻고, 또한 그렇게 내면에 감춰진 문제들을 더 분명하게 드러내려면 어떻게 해야 하느냐고 자문해보는 것이다. 내가 무엇보다 원하는 것은 독자들이 책을 덮고 서가에 꽂은 뒤에도 그들의 정신 속에 (그리고 마음 속에) 한동안 잔잔한 '울림'이 남아 있는 일이다. 나는 숟가락으로 일일이 떠먹이지 않고도 독자들에게 메시지를 전달할 방법을 찾아본다. 플롯을 통해 메시지를 전하는 것은 나의 권리이기도 하다. 그렇지만 메시지나 교훈 따위는 몽땅 햇빛이 안 드는 곳에 감춰놓아야 옳지 않겠는가? 내가 원하는 것은 울림이다. 결국 나는 '이 소설에서 내가 전달하려는 의미'를 찾고 있는 것인데, 왜냐하면 수정본을 쓸 때는 그 의미를 더욱 강조하는 몇몇 장면이나 사건들을 덧붙여야 하기 때문이다. 그리고 방해가 되는 것들은 지워버려야 한다. 그런 것들은 늘 수두룩하게 나오는데, 특히 스토리의 도입부에 많이 몰려 있다. 내가 처음에는 좀 갈팡질팡하는 경향이 있기 때문이다. 그러나 통일성 있는 작품을 만들어내려면 오락가락하는 부분들은 없앨 수밖에 없다. 이렇게 읽기를 끝마친 후 사소한 수정 작업까지 째째할 정도로 꼼꼼하게 끝내고 나면 바야흐로 문을 열고, 기꺼이 읽어주겠다고 말하는 네댓 명의 가까운 친구들에게 내 작품을 보여줄 때가 된 것이다.

어떤 사람은—아무리 생각해도 누구였는지 모르겠지만—모든 소설이 실은 어느 한 사람에게 보내는 편지라고 말했다. 나도 그 말을 믿는다. 모든 소설가에게는 반드시 한 명의 가상 독자가 있다고 생각한다. 그리고 소설을 쓰는 동안에 작가들은 이따금씩 이런 생각을 하게 마련이다. '그 독자는 이 부분을 읽으면서 어떤 생각을 할까?' 나에게 이 최초의 독자는 바로 내 아내 태비사다.

그녀는 옛날부터 지극히 호의적이고 든든한 최초의 독자였다. 《자루 속의 뼈》(바이킹 출판사와 더불어 20년 동안이나 좋은 시절을 보내다가 돈 문제로 어리석은 말다툼을 하고 새 출판사를 만나서 처음 출간한 소설이었다)처럼 까다로운 책이나 《제럴드의 게임》처럼 비교적 물의를 일으킬 만한 책을 쓸 때마다 태비사의 긍정적인 반응은 나에게 큰 힘이 되어주었다. 그렇지만 뭔가 잘못됐다고 생각하는 것을 발견하면 가차없이 지적하는 일면도 가지고 있다. 그럴 때는 나에게 크고 분명하게 말해준다.

비평가 겸 최초의 독자라는 역할을 할 때 태비의 모습을 보면 종종 앨프리드 히치콕의 아내 앨마 레빌에 대한 이야기가 떠오르곤 한다. 레빌 여사는 히치콕에게 최초의 독자에 해당하는 사람이었는데, 이 서스펜스의 거장이 독창적인 스타일로 명성을 얻은 뒤에도 그녀는 조금도 아랑곳하지 않고 날카로운 비평을 퍼부었다. 히치콕에게는 행운이었다. 앨마는 남편이 날고 싶다고 말할 때 '먼저 계란이나 다 먹어요' 하고 말할 수 있는 여자였다.

〈사이코〉를 완성한 직후 히치콕은 몇몇 친지들을 불러 시사회를 가졌는데, 모두들 서스펜스의 걸작이라며 극찬을 아끼지 않았다. 하지만 앨마는 남들이 할 말을 다 할 때까지 조용히 기다렸다가 아주 단호하게 말했다.

"저대로 내놓으면 절대로 안 돼요."

사람들은 깜짝 놀라 입을 다물었고, 히치콕은 어째서 안 되느냐고 간단히 물었다. 그러자 앨마가 대답했다.

"왜냐하면 자넷 리가 죽은 뒤에도 침을 삼켰으니까요."

사실이었다. 히치콕은 더 이상 왈가왈부하지 않았다. 마찬가지로 나도 태비가 내 실수를 지적하면 그대로 수긍한다. 물론 그녀와 나는 책의 여러 측면들을 놓고 논쟁을 벌이기도 한다. 주관적인 문제에 대해서는 그녀의 판단에 따르지 않은 적도 많았다. 그러나 그녀가 내 실수를 집어낼 때는 나도 금방 알아차린다. 내가 사람들 앞에 나서기 전에 지퍼가 열렸다고 말해주는 사람이 곁에 있어 고마울 뿐이다.

태비에게 처음 읽히는 것말고도 나는 대개 전부터 내 소설을 비평해주었던 4~8명의 사람들에게 원고를 보낸다. 많은 창작 지침서들은 친구들에게 작품을 읽어달라고 부탁하지 말라고 경고한다. 우리집에서 저녁을 먹은 적이 있거나 우리집 뒷마당에 아이들을 놀러 보낸 적이 있는 사람들은 편견 없는 의견을 내놓기가 어렵다는 것이다. 그 주장에 따르자면 친구들에게 그런 입장을 강요하는 것은 부당한 일이다. 가령 그 친구가 속으로 '미안하지만 말야, 친구. 전에 썼던 소설들은 재미있더니 이번 작품은 아주 형편없구만'이라고 말하고 싶어한다면?

그런 주장도 일리가 있다. 그러나 내가 반드시 편견 없는 의견만을 원하는 것은 아닌 듯하다. 그리고 소설을 읽을 수 있을 만큼 똑똑한 사람이라면 '아주 형편없다'보다 좀더 완곡한 표현을 찾을 수 있으리라 믿는다(물론 '이 작품엔 몇 가지 문제가 있네'라는 말이 실은 '아주 형편없다'는 뜻이라는 것쯤은 누구나 알아차릴 수 있겠지만). 게다가 만일 졸작을 쓴 것이 사실이라면—일찍이 《맥시멈 오버드라이브 *Maximum Overdrive*》를 썼던 사람으로서 말하겠는데, 그런 일은 얼마든지 있을 수 있다—아직 복사본 대여섯 권밖에 내놓지 않았을 때 친구에게서 미리 그 사실을 듣는 편이 더 낫지 않을까?

　여러분이 복사본 예닐곱 권을 나눠주면 그 작품에서 무엇이 좋고 무엇이 나쁜지에 대하여 예닐곱 명으로부터 대단히 주관적인 의견을 들을 수 있다. 그 독자들이 한결같이 잘 썼다고 말한다면 그 말은 아마 사실일 것이다. 그러나 이렇게 의견이 일치되는 것은 친구들 사이에서도 드문 일이다. 대개는 어떤 부분은 좋고 어떤 부분은… 글쎄, 별로 안 좋다는 의견이 나오기 쉽다. 어떤 친구들은 등장 인물 A는 괜찮은데 등장 인물 B는 너무 부자연스럽다고 말할 것이다. 이때 다른 친구들이 나서서 오히려 등장 인물 B가 더 그럴듯하고 등장 인물 A는 과장되어 있다고 말한다면 도로 제자리다. 안심하고 그대로 두어도 된다(야구에서 동점은 주자에게 유리하지만 소설에서는 작가에게 유리하기 때문이다). 어떤 친구들은 그 작품의 결말을 좋아하고 또 어떤 친구들은 싫어하는 경우도 마찬가지다. 역시 동점이니까 작가에게 유리한 것이다.

　최초의 독자 중에는 사실과 어긋나는 잘못들만 전문적으로 지적하는 사람도 있다. 그런 잘못은 바로잡기가 제일 쉬운 편이다. 나의 최초의 독자 중에도 그런 친구가 있었다. 지금은 고인이 된 맥 매커천인데, 훌륭한 고등학교 영어 교사였던 그는 총에 대하여 많이 알았다. 가령 내 소설의 어느 등장 인물이 윈체스터 .330 구경을 갖고 다닌다고 했을 때, 맥은 윈체스터 중에는 그런 구경이 없고 레밍턴에는 있다고 원고 여백에 적어준 일이 있다. 이런 경우는 돌멩이 하나로 두 마리의 토끼를—즉 잘못과 해결책을 동시에—잡는 셈이다. 이것은 서로에게 즐거운 거래가 아닐 수 없다. 나는 전문가처럼 보이게 되어 좋고, 최초의 독자는 나를 도와줄 수 있어서 기분이 으쓱해진다.

그런데 맥이 일러준 잘못 중에서도 가장 한심했던 것은 총과는 무관했다. 어느 날 그는 교사 휴게실에서 원고를 읽다가 별안간 폭소를 터뜨렸다. 하도 웃어서 수염이 텁수룩한 두 뺨에 눈물이 줄줄 흐를 정도였다. 문제의 소설 《세일럼스 롯》은 남들을 웃기려고 만든 작품이 아니었으므로 나는 그에게 대체 무엇을 찾아냈느냐고 물어보았다. 내가 쓴 내용 중에 대충 이런 말이 있었다. '메인 주의 사슴 사냥철은 11월부터지만 10월만 되어도 들판에는 종종 총성이 울려퍼진다. 현지 주민들이 식구들에게 먹일 농사꾼[peasant : 꿩 (pheasant)을 잘못 쓴 말―옮긴이]들을 잡는 것이다.' 물론 이런 오타는 편집부에서도 충분히 찾아냈겠지만 맥 덕분에 창피를 면할 수 있었다.

주관적인 평가는 처리하기가 조금 더 어려운 편이다. 그러나 명심하라. 만약 여러분의 책을 읽어본 사람들이 모두 한결같이 어떤 문제가 있다고 말한다면 (가령 코니가 너무 쉽게 남편에게 돌아왔다든지, 핼의 성격으로 미루어 시험중에 부정 행위를 하는 것은 비현실적이라든지, 소설의 결말이 너무 갑작스럽고 작위적이라든지) 그 문제는 틀림없이 있는 것이고, 따라서 어떻게든 해결해야 한다.

그런데 이같은 상황에서 저항하는 작가들도 많다. 독자들의 기호에 따라 스토리를 수정하는 것은 매춘 행위와 다름없다고 생각하기 때문이다. 혹시 여러분도 정말 그렇게 생각한다면 나는 굳이 그 생각을 바꿔놓으려고 애쓰지 않겠다. 그런 분들은 복사비도 아낄 수 있을 것이다. 애당초 남들에게 작품을 보여줄 필요가 없을 테니 말이다. 더 나아가서, '진심으로' 그렇게 믿는다면 무엇 때문에 책을 출판하겠는가? 작품이 완성될 때마다 곧장 금고 속에 집어넣으면 그만이다. 들리는 말로는 J. D. 샐린저도 그렇단다.

물론 나도 이같은 반감을 (적어도 조금은) 이해한다. 나는 전부터 영화계에서 프로에 가까운 생활을 해왔는데, 그 세계에서는 초고를 보여주는 일을 가리켜 '테스트 시사회'라고 부른다. 이런 행사는 영화계에서 일반적인 관행이지만 그때마다 대부분의 영화 제작자들은 완전히 돌아버릴 지경이 된다. 어쩌면 당연한 일인지도 모른다. 영화사들은 영화 한 편을 만드는 데 자그마치 1,500만에서 1억 달러 정도를 투자한다. 그러면서도 샌타바버라의 영화관에 모인 미용사나 주차 단속원이나 신발 가게 점원이나 실직한 피자 배달원 등의 의견을 바탕으로 필름을 재편집하라고 감독을 다그친다. 그런데 더욱더 참기 어려운 일은? 관객수를 기준으로 본다면 테스트 시사회가 효과적인 것 같다는 사실이다.

나도 테스트 독자의 의견을 토대로 하여 뜯어고친 소설은 보고 싶지 않지만—그런 식으로 한다면 수많은 좋은 책들이 영영 빛을 볼 수 없을 것이다—지금 우리가 여기서 말하고 있는 것은 우리가 잘 알고 또 존경하는 사람들이다. 사람들을 제대로 골라서 부탁하기만 한다면 (그리고 그들이 여러분의 책을 읽어주겠다고 승낙한다면) 많은 것을 얻을 수 있다.

그런데 과연 모든 의견이 똑같은 무게를 가질까? 내 경우에는 아니다. 궁극적으로 내가 가장 주의깊게 경청하는 사람은 태비인데, 그것은 내가 애당초 그녀를 대상으로 글을 쓰기 때문이다. 내가 감동시키고 싶은 사람이 바로 그녀이기 때문이다. 만약 여러분도 주로 자기가 아닌 어느 한 사람을 대상으로 글을 쓰고 있다면 그 사람의 의견에 주의깊게 귀기울여야 한다. (내가 아는 어떤 작가는 이미 15년 전에 죽은 사람을 대상으로 글을 쓴다고 한다. 그러나 그런 처지에 놓인 작가는 별로 많지 않을 것이다.) 그리고 그 사람의 말에 일리가 있으면 작품을 고쳐야 한다. 온 세상 사람들의 의견을 다 감안할 수는 없지만 자신에게 가장 중요한 사람들의 의견은 충분히 감안할 수 있다. 아니, 마땅히 그래야 한다.

여러분이 글을 쓸 때 생각하는 그 대상을 '가상 독자'라고 부르기로 하자. 그 사람은 여러분의 집필실 안에 언제나 함께 있다. 문을 닫아놓고 초고를 쓰는 동안에는 (가끔은 괴롭겠지만 신나는 날이 더 많을 것이다) 정신적으로 존재하고, 나중에 문을 열고 여러분의 꿈을 세상에 내보일 때는 육체적으로 존재한다. 그런데 놀라운 일이 있다. 여러분은 가상 독자가 첫 문장을 읽어보기도 전에 벌써 작품에 영향을 주고 있음을 깨닫게 될 것이다. 가상 독자는 여러분이 자신에게서 조금 떨어져 현재 집필중인 작품을 독자의 눈으로 읽어볼 수 있도록 도와준다. 이것은 아마도 여러분이 스토리에서 벗어나지 않게 해주는 최선의 방법일 것이다. 아직 독자는 한 명도 없고 여러분 자신이 모든 것을 결정할 수 있는 상태에서도 독자들의 요구에 맞춰갈 수 있기 때문이다.

우스꽝스러운 장면—가령 〈스탠 바이 미〉의 파이 먹기 대회나 《그린마일》의 처형 연습 같은 장면—을 쓸 때도 나는 내 가상 독자를 웃기고 있다고 상상한다. 태비가 정신을 못 차리고 웃어대면 정말 기분이 좋다. 그녀는 '항복'이라고 말하는 듯이 두 손을 번쩍 들고 닭똥 같은 눈물을 뚝뚝 떨구며 깔깔거린다. 그때마다 신바람이 난다. 그녀를 그렇게 웃길 만한 장면이 떠오르면 나는 최대한 우습게 만들려고 안간힘을 쓴다. 그런 장면을 (문을 닫고) 쓰고 있는 동안에도 내 마음 한 구석에는 그녀를 웃기겠다는—혹은 울리겠다는—생각이 도사리고 있다. 그리고 (문을 열고) 수정 작업을 할 때는 그 문제가—'이 정도면 충분히 웃길까? 충분히 무서울까?'—전면으로 부각된다. 그녀가 어떤 특정한 장면을 읽고 있으면 나는 적어도 한 가닥의 미소쯤은 볼 수 있지 않을까, 혹시 두 손을 번쩍 들고 마구 휘저으며 그 요란한 폭소를 터뜨리지나 않을까 기대하면서 그녀를 훔쳐본다.

그러나 그녀에게는 그것이 성가신 일일 때도 있다. 언젠가 클리블랜드 로커스와 샬럿 스팅[미국 여성 농구 연합(여자 프로 농구) - 옮긴이]의 게임을 구경하려고 노스캐롤라이나에 갔을 때 나는 그녀에게 중편 소설 《내 영혼의 아틀란티스Hearts in Atlantis》의 원고를 건네주었다. 이튿날 우리는 차를 몰고 버지니아를 향해 북쪽으로 달려가고 있었는데, 태비는 그때 차 안에서 내 소설을 읽었다. 이 작품에는—적어도 내 생각엔—더러 우스운 장면도 있었는데, 나는 그녀가 낄낄거리는지 (적어도 미소라도 짓는지) 보려고 자꾸 그녀를 훔쳐보곤 했다. 나는 그녀가 알아차리지 못할 거라고 생각했지만 물론 착각이었다. 내가 여덟 번이나 아홉 번쯤 (어쩌면 열다섯 번이었을지도 모르지만) 힐끗거렸을 때 마침내 그녀가 고개를 들고 톡 쏘아붙였다.

"둘 다 박살나기 전에 운전이나 신경써요. 그렇게 걸근거리지 말란 말예요!"

그때부터 나는 훔쳐보는 짓을 (거의) 그만두고 운전에만 집중했다. 그리고 5분쯤 지났을 때 옆에서 쿡 하는 웃음소리가 들렸다. 작은 소리였지만 나에게는 그것으로 충분했다. 사실은 모든 작가가 나처럼 걸근거리게 마련이다. 특히 초고와 수정본 사이의 기간, 즉 서재 문이 활짝 열리고 바깥 세상의 빛이 쏟아져 들어올 때는 더욱 그렇다.

12

가상 독자를 갖는 것은 스토리의 진행 속도가 적당한지, 또 배경 스토리를 만족스럽게 처리했는지 가늠하는 최선의 방법이기도 하다.

진행 속도란 이야기를 풀어놓는 속도를 말한다. 출판계에는 어떤 무언의 (따라서 말하는 사람도 없고 검증되지도 않은) 믿음이 존재하는데, 상업적으로 대성공을 거둔 소설들은 모두 진행 속도가 빠르다는 믿음이다. 내가 짐작하기에 이 믿음의 밑바닥에 깔린 생각은 다음과 같다. 오늘날의 사람들에게는 할 일이 너무 많고, 따라서 인쇄된 글을 차분하게 읽을 만한 여유가 없다. 따라서 무슨 즉석 요리사처럼 지글거리는 햄버거와 튀김과 계란 따위를 후딱후딱 내놓지 못하면 독자들을 잃어버릴 수밖에 없다는 것이다.

그러나 검증되지 않은 출판계의 믿음이 흔히 그렇듯이, 이런 생각도 대체로 헛소리에 불과하다. 그렇기 때문에 움베르토 에코의 《장미의 이름》이나 찰스 프레이저의 《콜드 마운틴의 사랑Cold Mountain》 같은 책이 느닷없이 튀어나와 베스트셀러 목록에 오를 때마다 출판인과 편집자들은 경악을 금치 못한다. 내 짐작이지만 그들 대부분은 이런 책들이 뜻밖의 성공을 거둔 이유는 이따금씩 독자들의 취향이 급상승하는 변덕스럽고 개탄스러운 현상 탓이라고 생각하는 것 같다.

물론 소설의 진행 속도가 빨라서 나쁠 것은 없다. 상당히 뛰어난 작가들도—세 명만 말해본다면 넬슨 드밀, 윌버 스미스, 수 그래프턴—그런 소설을 써서 몇백만 달러를 벌어들이곤 한다. 그러나 그것도 지나치면 문제가 된다. 진행 속도가 너무 빠르면 독자들이—어리둥절하거나 기진맥진해서—뒤처지기 때문이다. 그리고 사실 나는 진행 속도가 느리고 분량도 많은 소설을 '좋아한다'.

《머나먼 천막The Far Pavilions》[인도 태생의 영국 작가Mary Margaret Kaye의 대하 소설(1978) – 옮긴이]이나 《어울리는 남자A Suitable Boy》[영어권에서 활동하는 인도 작가Vikram Seth의 대표작(1993) – 옮긴이]처럼 길고 흡인력 있는 소설을 읽노라면 마치 호화 유람선을 타고 느긋하게 여행하는 것 같은데, 이런 경험이야말로 일찍이 최초의 소설들에서부터 볼 수 있었던 소설 형식의 주된 매력이다. 예를 들자면 《클라리사Clarissa》[영국 작가 새뮤얼 리처드슨Samuel Richardson의 작품(1747~48) – 옮긴이]처럼 수많은 장으로 이루어져 끝도 없이 이어지는 서한체 소설들이 그랬다.

모든 소설에는 각기 어울리는 진행 속도가 따로 있으며 작품의 진행 속도가 빠르다고 반드시 빨리 읽히는 것은 아니라고 나는 믿는다. 그러나 조심할 필요가 있다. 진행 속도를 너무 느리게 잡으면 제아무리 참을성 있는 독자라도 불만을 느끼기 때문이다.

그렇다면 적당한 중용을 찾는 최선의 방법은 무엇일까? 당연히 가상 독자다. 문제의 어떤 장면에서 과연 여러분의 가상 독자가 싫증을 느낄지 안 느낄지 상상해보라. 여러분이 가상 독자의 취향을 나의 절반만큼이라도 알고 있다면 별로 어려운 일도 아닐 것이다. 혹시 가상 독자가 이 장면에서 쓸데없는 말이 너무 많다고 생각하지는 않을까? 그리고 여기서는 상황에 대한 설명이 부족하다고, 또는 (이것이 나의 만성적인 단점이다) 지나치게 자세하다고 생각하지 않을까? 혹시 플롯 중에서 중요한 문제 하나를 해결하지 않았다든지, 아니면 언젠가 레이먼드 챈들러가 그랬던 것처럼 등장 인물 한 명을 아예 잊어버렸다고 생각하지나 않을까(《기나긴 잠*The Big Sleep*》에서 살해당했던 운전사에 대한 질문을 받았을 때 챈들러는—술을 즐기는 작가였다—이렇게 대답했다. "아, 그 사람. 사실은 말이죠, 그 친구를 깜박 잊고 있었네요.")?

여러분은 서재 문을 닫고 있을 때도 마음 속으로 끊임없이 이런 질문들을 던져봐야 한다. 그리고 문을 연 뒤에는—가상 독자가 실제로 여러분의 원고를 읽은 뒤에는—직접 물어봐야 한다. 그리고 설령 걸근거린다는 말을 듣게 되더라도 가상 독자가 언제 원고를 내려놓고 다른 일을 하는지 잘 지켜보는 것이 좋다. 그때 가상 독자는 어떤 장면을 읽고 있었나? 어떤 장면에서 그토록 쉽게 중단할 수 있었나? 진행 속도에 대해 생각할 때마다 나는 종종 엘모어 레너드를 떠올리는데, 그는 언젠가 이 문제를 완벽하게 설명했던 사람이다. 따분한 부분들은 그냥 지워버린다는 것이다. 그 말은 진행 속도를 높이기 위해 군더더기를 잘라낸다는 뜻인데, 이것은 대부분의 작가들이 해야만 하는 일이기도 하다. (사랑하는 것들을 죽여라, 사랑하는 것들을 죽여라, 자기 중심적인 마음에 찢어지는 아픔이 오더라도 모름지기 사랑하는 것들을 죽여야 한다.)

십대 시절,《팬터지와 과학 소설》이나《엘러리 퀸 미스터리 매거진》같은 잡지에 열심히 단편 소설을 투고하면서 나는 '친애하는 투고자께'로 시작하는 (차라리 '친애하는 얼간이께'로 시작하는 것이 어울리는) 거절 쪽지에 익숙해졌고, 그러면서 이런 인쇄된 통지서에 이따금씩 짤막하게 덧붙이는 친필 메모를 반가워하게 되었다. 매우 드문 일이었지만 그런 쪽지가 도착하면 언제나 하루가 즐거웠고 내 얼굴에는 미소가 가득했다.

리스본 고등학교 3학년이었던 1966년 봄에도 그런 쪽지를 받았는데, 그 쪽지는 내가 소설을 수정하던 방식을 완전히 바꿔놓았다. 프린터로 인쇄된 편집자의 서명 아래 이런 명언이 적혀 있었던 것이다. '수정본 = 초고 − 10%. 행운을 빕니다.'

그 메모를 쓴 사람이 누구였는지 기억할 수 있었으면 좋겠다. 어쩌면 앨지스 버드리스였는지도 모른다. 누구였든 간에, 그 사람은 나에게 크나큰 도움을 베풀어주었다. 나는 그 공식을 마분지에 베껴 내 타자기 옆의 벽에 테이프로 붙여놓았다. 그 직후부터 좋은 일들이 생기기 시작했다. 그렇다고 잡지사에 팔리는 원고의 수가 갑자기 늘어나지는 않았지만, 적어도 거절 쪽지에 적힌 친필 메모의 수는 급증했다. 《플레이보이》의 소설 담당자였던 듀런트 임보든도 메모를 보내주었다. 그 쪽지를 보는 순간 심장이 멎는 줄 알았다. 《플레이보이》는 단편 하나에 2천 달러나 그 이상을 지불했는데, 2천 달러라면 당시 우리 어머니가 파인랜드 트레이닝 센터의 청소부로 일하면서 일년 동안 벌어들이는 돈의 4분의 1에 해당하는 금액이었다.

물론 이렇게 내가 약간의 성과를 거두기 시작한 이유가 반드시 그 '수정 공식' 때문만은 아니었을 것이다. 또 하나의 이유를 찾는다면 그 무렵 나에게도 마침내 [예이츠가 노래했던 사나운 짐승((재림)의 한 구절—옮긴이)처럼] 때가 왔던 모양이다. 어쨌든 그 공식이 도움이 된 것만은 틀림없다. 그 공식을 보기 전에는, 가령 초고가 4천 단어 분량이었다면 수정본은 5천 단어로 늘어나기 일쑤였다(어떤 작가들은 내용을 점점 줄여나가지만 나는 옛날부터 자꾸 덧붙이는 것이 버릇이었다). 그러나 그 공식을 본 뒤로는 달라졌다. 요즘도 4천 단어짜리 초고는 3,600단어를 목표로 수정 작업을 한다. 그리고 초고가 35만 단어짜리였다면 수정본은 31만 5천 단어, 가능하면 30만 단어까지 줄여보려고 노력한다. 대개는 충분히 가능한 일이다. 내가 그 공식에서 배운 것은 장편이든 단편이든 어느 정도는 압축할 수 있다는 사실이었다. 작품의 기본적인 스토리와 정취를 유지하면서도 10퍼센트 정도는 얼마든지 줄일 수 있다. 그렇게 하지 못한다면 노력이 부족한 탓이다. 적절한 삭제 작업의 효과는 즉각적이며 또한 놀라울 때가 많다. 문학적 비아그라라고 부를 만하다. 그 효과는 여러분 자신도 느끼겠지만 가상 독자도 느낄 수 있을 것이다.

'배경 스토리'란 여러분의 이야기가 시작되기 전에 이미 일어났던 일이지만 중심 스토리에도 어떤 영향을 미치는 그 모든 것을 가리키는 말이다. 배경 스토리는 등장 인물의 성격을 밝히고 행동의 동기를 설정하는 구실을 한다. 내 생각에 배경 스토리는 빨리 꺼낼수록 좋지만, 적절한 방식으로 소개하는 것도 중요하다. 별로 우아하지 않은 방식의 한 예로, 아래 예문을 살펴보자.

도리스가 방으로 들어오는 것을 보고 톰이 말했다.

"우리 전처, 잘 지냈나?"

톰과 도리스가 이혼했다는 사실을 밝히는 것도 중요하겠지만 이 예문보다는 좀더 나은 방법을 찾아볼 필요가 있다. 이 방법은 도끼살인만큼이나 우아함과는 거리가 멀다. 다음은 하나의 제안이다.

톰이 말했다.
"안녕, 도리스."
충분히—적어도 본인이 듣기에는—자연스러운 목소리였지만 그의 오른손은 무의식중에 6개월 전까지 결혼 반지를 끼고 있던 자리를 만져보고 있었다.

그래도 퓰리처상을 타기는 어렵겠지만, 게다가 '우리 전처, 잘 지냈나?'에 비하면 많이 길어졌지만, 앞에서도 지적했듯이 속도가 빠르다고 반드시 좋은 것만은 아니다. 그리고 정보를 전달하는 것만이 중요하다고 생각한다면 차라리 소설을 포기하고 사용 설명서를 쓰는 직업을 구할 일이다. 사무실 칸막이방이 기다린다.

여러분도 '사건의 중심에서(in medias res)'라는 말을 들어보았을 것이다. 매우 유서 깊고 쓸 만한 테크닉이긴 하지만 나는 별로 좋아하지 않는다. 처음부터 사건의 중심으로 들어가버리면 나중에 회상 장면을 넣을 수밖에 없는데, 내가 보기에는 좀 따분하고 진부한 방법이다. 나는 회상 장면을 읽을 때마다 화면도 어지럽고 목소리도 웡웡 울리는 1940, 50년대 영화를 연상하곤 한다. 조금 전까지 진흙투성이가 되어 경찰견들을 피해 허둥지둥 도망치는 죄수를 보았는데, 느닷없이 16개월 전으로 돌아가보니 젊고 전도 유망한 변호사이고 부패한 경찰서장을 죽였다는 누명도 쓰기 전이라는 식이다.

한 사람의 독자로서 나는 '이미 일어난 일'보다 '앞으로 일어날 일'에 훨씬 더 관심이 많다. 물론 이같은 기호를 (혹은 편견을) 뒤집어주는 빼어난 소설도 없지 않지만—이를테면 대프니 듀모리에의 《레베카Rebecca》와 바바라 바인의 《어둠에 적응한 눈A Dark-Adapted Eye》—나는 출발점에서부터 작가와 함께 나란히 걸어가기를 원한다. 나는 A로 시작하여 Z로 끝나는 것을 좋아하는 사람이다. 식사를 할 때도 전채부터 먹고, 후식은 야채까지 다 먹은 다음에 먹는다.

이렇게 순서대로 스토리를 진행하더라도 약간의 배경 스토리는 피할 수가 없다. 진정한 의미에서 보자면 모든 사람의 인생이 '사건의 중심'이다. 만약 여러분이 작품의 첫 페이지에서 마흔 살 먹은 사내를 주인공으로 소개했다면, 그리고 이 시점에서 어떤 다른 인물이나 상황이 그의 삶에 뛰어들면서 본격적인 액션이 시작되었다면—가령 교통 사고가 일어났다든지, 또는 어깨 너머로 자꾸 섹시하게(sexily) 돌아보던 아름다운 여자에게 호의를 베풀었다든지 (이 문장에서는 그 끔찍한 부사를 차마 지울 수 없었는데, 혹시 여러분도 눈치채셨는지?)—조만간 여러분은 주인공의 지난 40년 생애에 대해서도 설명해줘야 한다. 그 세월을 설명하는 부분을 얼마나 많이 넣느냐, 그리고 얼마나 잘 처리하느냐에 따라 스토리의 성공 수준이 크게 달라진다. 그리고 독자들이 '흥미진진하다'고 생각할 수도 있고 '따분하다'고 생각할 수도 있다. 오늘날 배경 스토리의 챔피언은 아마도 해리 포터 시리즈의 작가 J. K. 롤링일 것이다. 이 시리즈는 한 번쯤 읽어볼 만하다. 각각의 작품이 앞에서 일어났던 일들을 능숙하게 요약하여 보여주기 때문이다(더구나 해리 포터 시리즈는 정말 '재미'가 있다. 처음부터 끝까지 순수한 스토리로 이루어진 소설이다).

가상 독자는 여러분이 배경 스토리를 얼마나 깔끔하게 처리했는지, 그리고 수정 작업을 할 때 초고에서 얼마를 빼거나 덧붙여야 좋을지를 파악하는 데도 큰 도움을 준다. 가상 독자가 이해할 수 없는 부분이 있다고 하면 주의깊게 들어봐야 한다. 그리고 여러분 자신은 이해하고 있는지 자문해보아야 한다. 작가 자신은 이해하고 있지만 독자에게 제대로 전달하지 못한 경우라면 수정 작업을 하면서 좀더 명확하게 밝혀줘야 한다. 만약 작가인 여러분 자신도 알지 못한다면—즉 배경 스토리에 대하여 가상 독자가 질문한 부분이 여러분에게도 알쏭달쏭하다면—등장 인물이 지금 그렇게 행동하는 이유를 밝혀주는 과거의 사건들을 꼼꼼하게 생각해볼 필요가 있다.

그리고 배경 스토리 중에서 가상 독자를 따분하게 만든 요소들에 대해서도 주의깊게 살펴봐야 한다. 예를 들어 《자루 속의 뼈》의 주인공 마이크 누넌은 마흔 살 가량의 작가인데, 도입부에서 그는 아내가 두뇌 동맥류 때문에 사망해 막 아내를 잃은 처지로 등장하며 이야기는 그녀가 죽은 날부터 시작된다. 그런데도 이 책에는 배경 스토리가 많이 (평소 내 소설에서 발견되는 것보다 훨씬 많이) 나온다. 그중에는 마이크의 첫 직업(신문 기자)에 대한 이야기도 있고, 그 밖에 첫 소설이 출판사에 팔린 이야기, 대가족인 처가와의 관계, 마이크의 출판 경력 등등이 골고루 소개되고 있다. 특히 중요한 것은 서부 메인에 있는 이들 부부의 여름 별장에 대한 부분인데, 마이크와 그의 아내 조안나가 그 집을 구입한 경위는 물론이고 그 이전의 역사까지 망라한 내용이다. 나의 가상 독자 태비사는 이 모든 이야기들을 사뭇 재미있게 읽고 있었다. 그런데 그중에서 마이크가 아내를 잃은 이듬해, 그러니까 심각한 슬럼프 때문에 작품을 못 쓰게 되어 슬픔이 더욱 가중되었던 그 해에 그가 참여했던 사회 봉사 활동에 대한 2, 3쪽 분량의 이야기가 문제였다. 태비는 사회 봉사에 대한 이야기를 좋아하지 않았다.

"아무도 관심 없다구요. 난 집 없는 알코올 중독자들을 길거리에서 구하려고 시의회로 달려가는 이야기보다 차라리 마이크의 악몽에 대해 좀더 알고 싶어요."

"그래, 하지만 마이크는 슬럼프에 빠져 있었잖아(자기 마음에 드는 부분—즉 자기가 사랑하는 것들—에 대해 비판을 받았을 때 소설가의 대답은 거의 언제나 '그래, 하지만'으로 시작하게 마련이다). 이 슬럼프는 일년이 넘게 계속됐다구. 그 동안에도 뭔가는 해야 하잖아?"

"그야 그렇죠. 하지만 나까지 따분하게 만들 필요는 없잖아요?"

아이쿠. 게임 오버. 좋은 가상 독자가 대개 그렇듯이 태비도 옳은 말을 할 때는 좀 무자비한 면이 없지 않다.

나는 마이크의 자선 활동과 사회 봉사에 대한 내용을 두 페이지에서 두 문단으로 줄였다. 나중에 보니 역시 태비의 말이 옳았다. 인쇄된 책을 보자마자 알 수 있었다. 지금까지 3백만 명 남짓한 사람들이 《자루 속의 뼈》를 읽었고 그중에서 적어도 4천 명 이상이 편지를 보내왔지만, '어이, 멍청이! 마이크가 글을 못 쓰던 해에 뭣 때문에 사회 봉사를 하고 있었던 거야?' 하고 따지는 사람은 아직 한 명도 없었다.

배경 스토리에 관하여 명심해야 할 가장 중요한 점은 (a) 과거는 누구에게나 있다는 것, (b) 대개는 별로 흥미롭지 않다는 것이다.

흥미로운 내용은 넣어야겠지만 자기 도취에 빠져 따분한 내용까지 마구 포함시키는 것은 곤란하다. 남들이 기나긴 인생 이야기를 가장 잘 들어주는 곳은 술집이다. 그러나 그것도 술집이 문을 닫기 한 시간쯤 전에만 해당되고, 그나마 여러분이 술값을 내겠다고 말한 경우에만 성립되는 일이다.

13

자료 조사에 대해서도 잠시 이야기할 필요가 있다. 자료 조사는 전문화된 형태의 배경 스토리라고 말할 수 있다. 그리고 제발 부탁인데, 혹시 여러분이 잘 모르는 분야에 대한 소설을 쓰게 되어 자료 조사가 꼭 필요한 경우가 있더라도 부디 '배경'이라는 말을 명심해 주기 바란다. 자료 조사는 되도록 멀찌감치 배경에 머물면서 배경 스토리를 마련하는 데 그치는 것이 좋다. 여러분 자신은 살을 파먹는 박테리아나 뉴욕의 하수도 시설이나 콜리종 강아지의 I.Q. 따위에 매료될 수도 있겠지만, 여러분의 독자는 등장 인물이나 스토리에 훨씬 더 많은 관심을 가질 테니까.

이 규칙에도 예외가 있을까? 물론 있다. 큰 성공을 거둔 작가들 중에는—아서 헤일리와 제임스 미치너가 제일 먼저 떠오른다—소설을 쓸 때 사실과 자료 조사를 많이 활용하는 사람들도 있다. 헤일리의 소설은 여러 가지(은행, 공항, 호텔 등등) 일에 대한 설명서에 가깝고, 미치너의 소설은 기행문과 지리학 강의와 역사 교과서를 뭉뚱그려놓은 것처럼 보인다. 톰 클랜시나 패트리샤 콘웰 같은 대중 작가는 좀더 스토리 중심적이지만, 그래도 멜로드라마와 더불어 사실에 입각한 정보들을 꽤 많이 (때로는 소화하기가 어려울 정도로 많이) 집어넣는 편이다. 나는 가끔 이런 생각을 하곤 한다. 그런 작가들이 인기를 끄는 것은 소설이란 어딘가 부도덕한 것이라고 믿는 독자들이 그만큼 많다는 뜻이 아닐까, 소설을 읽는 것은 저급한 취미라고 생각하여 자꾸 정당화하고 싶어 하는 게 아닐까 하고 말이다. '글쎄, 으흠, 그래, 나도 (여기에 작가의 이름을 넣는다)의 소설을 읽기는 하지. 그렇지만 그건 비행기를 타거나 CNN이 안 나오는 호텔방에 묵을 때만이야. 그리고 그 소설을 읽으면서(여기에 적당한 주제를 적는다)에 대해서도 많이 배웠다구.'

그러나 사실 지향적인 작품으로 성공을 거둔 소설가가 한 명이라면 그렇게 성공하고 싶어 하는 사람은 1백 명도 (어쩌면 1천 명도) 넘을 텐데, 더러는 책을 출간하는 사람도 있겠지만 대부분은 결국 실패하고 만다. 나는 언제나 스토리가 중심이 되어야 한다고 믿는 쪽이지만 간혹 자료 조사가 불가피한 경우도 없지는 않다. 이때 할 일을 기피하면 자기만 손해다.

1999년 봄, 아내와 나는 플로리다에서 겨울을 보낸 후 차를 몰고 메인 주로 돌아오는 길이었다. 출발한 지 이틀째 되던 날, 나는 기름을 넣으려고 펜실베이니아 고속도로 옆의 작은 주유소에 차를 세웠다. 놀라울 정도로 오래된 주유소였는데, 그곳에서는 아직도 직원이 몸소 나와 기름을 넣어주면서 안녕하시냐는 인사를 건네고 NCAA[미국 대학 체육 연합 − 옮긴이] 토너먼트 중에서 어느 팀을 좋아하느냐고 물었다.

나는 그 직원에게 듀크 팀을 좋아한다고 대답해주었다. 그리고 화장실을 쓰려고 주유소 뒤쪽으로 돌아갔다. 그곳에는 눈 녹은 물이 콸콸 흘러가는 개울이 하나 있었다. 화장실에서 나온 뒤 나는 개울물을 좀더 가까이서 보려고, 버려진 타이어나 엔진 부속품 따위가 흩어져 있는 비탈을 따라 조금 아래로 내려갔다. 아직도 곳곳에 눈이 남아 있었는데, 그중의 한 군데를 밟고 넘어지는 바람에 별안간 제방에서 미끄러지기 시작했다. 그러나 본격적으로 미끄러지기 전에 재빨리 누군가의 낡은 엔진 블록을 붙잡고 간신히 움직임을 멈출 수 있었다. 일어나면서 살펴보니 만약 제대로 넘어졌다면 개울물까지 곧장 미끄러져 물에 휩쓸려갔을 것이 분명했다. 정말 그렇게 되었다면 아까 그 주유소 직원이 펌프 앞에 그대로 서 있는 내 차를 (번쩍거리는 새 링컨 내비게이터였다) 보고 경찰을 부르기까지 과연 얼마나 오랜 시간이 걸릴지 문득 궁금해졌다. 그리고 다시 고속도로 위를 달리기 시작했을 때 나에게는 두 가지 변화가 일어나 있었다. 하나는 그 모빌 주유소 뒤쪽에서 넘어졌을 때 엉덩이가 펑 젖어버린 것이었고, 또 하나는 좋은 소설 아이디어가 떠오른 것이었다.

그 아이디어는 검은 외투를 걸친 수수께끼의 사내가—사실은 인간이 아니라 엉성하게 인간으로 변장한 어떤 괴물이겠지만—펜실베이니아의 작은 시골 주유소 앞에 자신의 탈것을 버려두고 간다는 내용이었다. 이 탈것의 생김새는 낡은 뷰익 스페셜을 닮았지만, 검은 외투의 사내가 인간이 아니듯 그것도 뷰익은 결코 아니었다. 그 탈것은 나중에 서부 펜실베이니아에 있는 어느 가공의 경찰서에서 근무하는 경찰관들의 손에 들어가게 된다. 그리고 그로부터 20년이 지난 후, 그들은 아버지가 순직하여 슬픔에 잠긴 동료 경찰관의 아들에게 그 뷰익에 얽힌 이야기를 들려준다.

아주 좋은 아이디어였다. 그것은 곧 우리가 온갖 지식과 비밀을 후대에 전하는 방식에 대해 이야기하는 어엿한 장편 소설로 발전했다. 또한 이 소설은 이따금씩 사람들을 통째로 삼켜버리는 낯선 기계에 대한 무시무시한 이야기이기도 했다. 물론 여기에도 몇 가지 사소한 문제점들이 있었지만—예를 들면 내가 펜실베이니아의 경찰에 대해 아무것도 모른다는 사실—나는 조금도 고민하지 않았다. 모르는 것이 있으면 그냥 지어냈다.

그것은 내가 문을 닫아놓고 글을 쓰는 중이었기 때문에 가능한 일이었다. 나는 오직 나 자신과 마음 속의 가상 독자를 위해 소설을 쓰고 있었다(내 마음 속의 태비는 현실 속의 아내처럼 톡톡 쏘는 일이 거의 없다. 내 백일몽 속에서 그녀는 늘 박수 갈채를 보내주고 반짝이는 눈빛으로 격려해준다). 이 책을 쓰는 동안에 가장 기억에 남는 시간은 보스턴의 엘리엇 호텔 4층 객실에서 창가에 놓인 책상에 앉아 박쥐 같은 외계 생명체의 해부에 관하여 쓰던 날이었다. 그때 밑에서는 보스턴 마라톤의 행렬이 힘차게 흘러갔고 옥상 위의 대형 카세트에서는 스탠델스[Standells: 1960년대에 활동했던 미국 4인조 록 그룹 - 옮긴이]의 〈더러운Dirty Water〉이 우렁차게 흘러나오고 있었다. 저 아래 길거리에는 1천여 명의 사람들이 있었지만 내 방에는 한 명도 없었다. 이 부분은 사실과 다르다느니, 서부 펜실베이니아 경찰은 그렇게 하지 않는다느니 하면서 흥을 깰 사람은 아무도 없었으니 마냥 신나는 시간이었다.

이 소설은—《뷰익 에이트에서From a Buick Eight》라는 제목이다—초고가 완성되던 1999년 5월 말부터 책상 서랍에 묵혀놓고 있는 중이다. 어쩔 수 없는 사정 때문에 작업이 지연되고 있지만 언젠가는 서부 펜실베이니아에 가서 두어 주쯤 시간을 보낼 계획이다. 그곳의 경찰차에 동승해도 좋다는 조건부 허락을 이미 받아놓았다(조건은—내가 보기에도 아주 합리적인 조건이다—경찰관들을 악당이나 정신병자나 얼간이로 묘사하지 말아야 한다는 것이었다). 그 과정만 거치면 곧 엉뚱한 잘못들을 바로잡고 정말 괜찮은 구체적 사실들을 덧붙일 수 있을 것이다.

그러나 많이 덧붙일 생각은 없다. 자료 조사는 배경 스토리를 위한 것일 뿐이고, 배경 스토리에서 중요한 낱말은 '배경'이기 때문이다. 이 소설은 서부 펜실베이니아의 경찰 관행에 대한 소설이 아니다. 내가 원하는 것은 다만 약간의 진실성을 첨가하는 것뿐이다. 스파게티 소스를 더욱 맛있게 만들기 위해 양념을 집어넣는 것처럼 말이다. 이같은 현실감은 모든 소설에 공통적으로 중요한 것이지만 특히 기이하거나 불가사의한 사건을 다룬 소설에서는 더욱더 중요하다고 본다. 그리고 구체적 사실들을 충분히 넣어두면 나중에 까다로운 독자들로부터 편지가 쇄도하는 것도 웬만큼 방지할 수 있다(그들은 작가에게 실수를 지적해주는 것이 삶의 목적인 듯한데, 그런 편지는 한결같이 즐거운 어조를 띠고 있다). 여러분이 '아는 것에 대하여 쓰라'는 규칙을 무시하려 한다면 자료 조사는 불가피한 일이다. 그것은 여러분의 스토리에도 많은 보탬이 될 것이다. 다만 주객이 전도되어서는 곤란하다. 여러분이 쓰고 있는 것은 연구 논문이 아니라 소설이라는 사실을 명심하라. 언제나 스토리가 우선이다. 제임스 미치너와 아서 헤일리 같은 작가도 그 말에 기꺼이 동의할 것이다.

14

나는 창작 교실이나 세미나에 참석하는 것이 초보 소설가들에게
도움이 되느냐는 질문을 자주 받는다. 그런데 그렇게 묻는 사람들
이 원하는 것은 기적의 특효약이나 비결이나 덤보의 마술 깃털 따
위일 때가 너무 많아서 탈이다. 안내 책자가 제아무리 매력적으로
보여도 교실이나 작가 양성소에 그런 것들이 있을 리 없다. 내 의견
을 묻는다면 창작 교실에 대해 회의적인 편이지만, 그렇다고 전적
으로 반대하지도 않는다.

T. 코라게선 보일의 빼어난 희비극 소설 《동양은 동양이다 *East
Is East*》에는 어느 숲 속의 작가 마을에 대한 묘사가 나오는데, 내가
보기에도 그곳은 동화 속의 세계처럼 완벽했다. 참가자들은 각자
자기 오두막을 갖고 있으며 낮 동안에는 그곳에서 글을 쓰게 되어
있다. 정오가 되면 본관에서 나온 웨이터가 도시락을 가져와서 이
풋내기 작가들의 현관 계단 위에 놓아둔다. 작가들의 창작 삼매경
을 방해하지 않으려고 아주 '조용히' 내려놓고 가는 것이다. 각각의
오두막에는 하나의 집필실과 또 하나의 방이 있는데, 그 방에는 지
극히 중요한 오후의 낮잠을 위해 (혹은 다른 참가자와 더불어 신나는 정
사로 원기를 회복하기 위해) 침대 하나가 놓여 있다.

저녁이 되면 이 마을의 모든 구성원들이 본관에 모여 식사를 하
면서 다른 작가들과 함께 흥미진진한 대화를 나눈다. 그다음에는
벽난로가 이글거리는 응접실에 둘러앉아 마시멜로를 굽고 팝콘을
튀기고 포도주를 마시면서 참가자들의 소설을 소리내어 읽고 서로
비평을 해준다.

내가 보기에도 정말 황홀한 창작 환경이었다. 특히 점심 식사를 문앞에 갖다주는 대목, 마치 이빨 요정이 아이들의 베개 밑에 25센트 동전을 놓아주듯 몰래몰래 내려놓는다는 그 대목이 마음에 들었다. 그것이 그토록 매력적으로 보인 까닭은 아마 나 자신의 상황과는 너무도 달랐기 때문일 것이다. 내 경우에는 변기가 막혔는데 좀 뚫어주겠느냐고 묻는 아내 때문에, 혹은 치과 치료를 받겠다고 예약해놓고 또 시간을 어기면 어떡하느냐고 따지는 전화 때문에 창조의 흐름이 끊어지기 일쑤니까. 그런 일이 있을 때마다 나는 글솜씨의 수준이나 성공 여부를 떠나서 모든 작가의 심정이 나와 똑같을 것이라고 생각하곤 한다. '아, 제대로 된 창작 환경만 갖춰진다면, 나를 진정으로 이해하는 사람들과 함께할 수만 있다면 정말 최고의 걸작을 써낼 수 있을 텐데, 오호 통재라!'

그러나 내 경험에 의하면 이렇게 일상적인 방해를 받고 글쓰기를 중단하는 일은 진행중인 작품에 그리 큰 피해를 주지 않고, 어떤 면에서는 오히려 도움이 될 수도 있다. 결국 진주를 만들어내는 것은 조개 껍질 속으로 스며드는 모래알이다. 다른 조개들과 어울려 진주 만들기 세미나를 연다고 되는 일이 아니다. 그리고 작품에 대한 부담감이 유난히 큰 날은—즉 '쓰고 싶다'가 아니라 '써야 한다'는 쪽으로 마음이 기우는 날은—작품 자체도 엉망이 되기 쉽다. 창작 교실의 심각한 문제점 중의 하나는 그 '써야 한다'가 아예 일반화된다는 사실이다. 애당초 우리가 그런 자리에 동참하는 까닭은 한 떨기 구름처럼 쓸쓸히 배회하기 위해서도 아니고 아름다운 숲이나 장엄한 산의 모습을 감상하기 위한 것도 아니니까 말이다. 그러니 기필코 쓰는 수밖에 없다. 본관에 모인 동료들이 마시멜로를 구워먹으며 이러쿵저러쿵 비평할 건덕지라도 만들어놔야 하지 않겠는가? 그런 반면에, 아이를 야구 캠프에 늦지 않게 데려다주는 일이 지금 진행중인 작품 못지않게 중요한 상황에서는 꼭 써야 한다는 부담감이 훨씬 적다.

그런데 그 비평에 대해서는 어떻게 생각해야 좋을까? 과연 얼마나 소중한 것일까? 미안하지만 내 경험에 의하면 별로 소중하지도 않다. 사람들의 비평 중에는 미치도록 막연한 것들이 많다. 이를테면 이런 식이다. '피터의 소설은, 글쎄, 느낌이 참 좋군. 뭔가 있기는 한데… 일종의, 뭐랄까… 사랑이 담긴, 뭐랄까… 딱 꼬집어 말하기는 어렵지만….'

그 밖에도 창작 세미나에 자주 등장하는 명언 중에는 다음과 같은 것들이 있다. '내가 보기에 작품 분위기는, 거 왜 있잖아.' '폴리의 성격이 좀 상투적인 것 같던데.' '이미지가 참 좋았어. 말하려는 게 뭔지 웬만큼은 짐작할 수 있었거든.'

그런데도 벽난로 앞에 둘러앉은 다른 참석자들은 이렇게 횡설수설하는 바보들에게 방금 구워낸 마시멜로를 집어던지기는커녕, 오히려 이따금씩 '고개를 끄덕이고', '미소를 머금고', '깊은 생각에 잠긴' 표정을 지을 뿐이다. 그리고 대개는 지도를 맡은 교사나 선배 작가마저도 그들과 함께 고개를 끄덕이고 미소를 머금고 깊은 생각에 잠긴 표정을 짓는다. 고작 딱 꼬집어 말할 수 없는 어떤 느낌밖에 갖지 못하는 사람이라면, 글쎄, 뭐랄까, 거 왜 있잖아, 이 자리에 오지 말았어야 하는 게 아닐까, 하고 생각하는 사람은 별로 없는 듯하다.

우리가 수정 작업을 하려고 앉아 있을 때, 그렇게 불분명한 비평은 별반 도움이 되지 않는다. 오히려 해가 될 수도 있다. 위에 나왔던 의견들 중에서 작품의 문장이나 화법 등에 대하여 지적하는 의견은 하나도 없었다. 그런 의견들은 실질적인 조언이 아니라 그냥 허세일 뿐이다.

그리고 날마다 비평을 듣게 되면 항상 문을 열어놓고 글을 써야 하는데, 내 생각에 그것은 목적에 어긋나는 일이 아닐 수 없다. 웨이터가 도시락을 들고 살금살금 오두막으로 다가왔다가 역시 사려 깊게 살금살금 물러가는 것이 우리에게 무슨 소용이 있겠는가? 어차피 밤마다 진행중인 작품을 소리내어 읽어줘야 할 텐데 (혹은 일일이 복사하여 나눠줘야 할 텐데), 그리고 다른 작가 지망생들은 작품 분위기는 마음에 들지만 방울이 달린 돌리의 그 모자는 어떤 상징적 의미가 있느냐고 꼬치꼬치 캐물을 텐데 말이다. 그렇게 되면 항상 설명을 해줘야 한다는 부담감이 떠나지 않을 텐데, 내가 보기에 그것은 창조적 에너지를 엉뚱한 일에 낭비하는 셈이다. 화석의 형태가 마음 속에 아직 선명할 때 마치 무엇에 쫓기듯 부지런히 글을 써야 하는데, 그 시간에도 자신의 글과 의도에 대해 끊임없이 질문을 던지게 될 테니까. 창작 교실에서는 '잠깐, 방금 그 대목의 의미를 설명해봐' 하고 캐묻는 일이 너무 많다.

이쯤에서 내가 약간의 편견을 갖고 있다는 사실을 고백하는 것이 옳겠다. 나도 심각한 슬럼프에 빠진 적이 몇 번 있었는데, 그중의 한 번은 메인 주립대 4학년 때였다. 그때 나는 창작 실습 과목을 한 개도 아니고 두 개나 한꺼번에 듣고 있었다(그중 하나는 내가 지금의 아내를 만났던 그 세미나였으니 완전히 헛일이었다고 말하기는 어렵겠다). 그 학기에 대부분의 동료 학생들은 성욕에 대한 시를 쓰거나 부모에게서 이해받지 못하는 우울한 청년이 베트남으로 떠날 준비를 한다는 내용의 소설을 쓰고 있었다. 한 여학생은 달과 자신의 월경 주기에 대하여 많은 시를 썼다. 그녀는 '달(the moon)'은 꼭 'ㄷㅏㄹ(th m'n)'이라고 표기했다. 그녀 자신은 그렇게 써야만 하는 이유를 설명하지 못했지만 우리 모두는 대강 느낄 수 있었다. 'ㄷㅏㄹ', 그래, 그렇구말구.

나도 시를 써서 강의실에 가져갔지만 기숙사의 내 방에는 더러운 비밀을 숨겨두고 있었다. 인종 폭동을 계획하는 십대 갱단에 대한 미완성 소설이었다. 그들은 그 폭동을 틈타서 하딩 시에 존재하는 스물 몇 군데의 고리대금 업체와 불법 마약 판매상들을 털려는 속셈이다. (이 도시는 디트로이트를 모델로 삼았는데, 디트로이트라면 600마일 이내로 접근한 적도 없었지만 나는 조금도 망설이거나 포기하지 않았다.) 동료 학생들이 성취하려고 노력하는 일에 비하면 《어둠 속의 칼Sword in the Darkness》이라는 제목의 그 소설은 몹시 저속해 보였다. 내가 그것을 강의실로 가져가 비평을 들어보려고 하지 않은 것도 아마 그 때문이었을 것이다. 그리고 내가 사춘기를 막 벗어난 시절의 고뇌와 성욕에 대하여 쓰던 시들보다 그 소설이 훨씬 더 낫고 또 어딘가 더 진실하다는 사실은 오히려 사태를 더욱 악화시킬 뿐이었다. 그 결과로 나는 4개월 동안 거의 아무것도 쓸 수 없었다. 그때 한 일이라고는 맥주를 마시고 펠멜을 피우고 존 D. 맥도널드의 보급판 소설을 읽고 오후 연속극을 시청한 것이 전부였다.

그러나 창작 교실이나 세미나에도 결코 부인할 수 없는 이점이 있다. 그런 곳에서는 시나 소설을 쓰겠다는 욕망을 진지하게 존중해준다. 일찍부터 친구나 친척들의 동정어린 눈길에 익숙해진 작가 지망생들에게 (특히 그들이 자주 듣게 되는 말은 '아직 직장을 그만두지 않는 게 좋을 거야!'인데, 그 말을 하면서 사람들은 대개 흐뭇해하는 그 지긋지긋한 미소를 떠올리게 마련이다) 그것은 정말 멋진 경험이 아닐 수 없다. 다른 곳은 몰라도 창작 교실에서만큼은 자기만의 꿈나라에 틀어박혀 많은 시간을 보내는 것을 지극히 자연스러운 일로 받아들인다. 그러나 꿈나라로 들어가기 위해 과연 남의 허락이나 출입증이 정말 필요할까? 누가 여러분에게 '작가'라는 종이 명찰을 달아주어야만 자신이 작가라는 사실을 믿겠는가? 제발 아니기를 바란다.

창작 교실의 또 하나의 이점은 거기서 지도하는 교사들과 관계가 있다. 미국에서는 현재 수천 명의 재능 있는 작가들이 활동중이지만, 그중에서 작품 수입만으로 가족을 부양할 수 있는 작가는 얼마 안 된다(아마 기껏해야 5퍼센트 정도일 것이다). 각종 지원금이 있긴 하지만 골고루 돌아갈 만큼 충분치는 않다. 정부에서 창작 보조금을 준다는 것은 아예 기대하지 않는 게 낫다. 담배 보조금이라면 모르지만. 보존 처리를 하지 않은 황소 정자의 운동성을 연구하는 데 필요한 보조금이라면 물론 좋다. 그러나 창작 보조금은 어림도 없다. 아마 대부분의 유권자들이 그렇게 생각할 것이다. 노먼 록웰[Norman Rockwell : 1894~1978, 미국 화가 삽화가 – 옮긴이]과 로버트 프로스트는 예외적인 경우일 뿐, 미국은 창조적인 인물들을 별로 존경하지 않는다. 그보다는 차라리 프랭클린 민트[각종 장식품 제작사 – 옮긴이]의 기념 접시나 인터넷 연하장 따위에 더 관심이 많은 편이다. 마음에 들지 않아도 어쩔 수 없다. 그것이 현실이니까. 미국인들은 레이먼드 카버의 단편 소설보다 텔레비전 퀴즈쇼에 훨씬 더 많은 관심을 갖는다.

이렇게 돈이 궁한 수많은 작가들에게는 자기가 아는 것을 남에게 가르치는 일도 하나의 해결책이다. 그것도 좋은 일이거니와, 풋내기 작가들의 입장에서는 오래 전부터 동경했던 선배 작가들을 직접 만나 이야기를 들어볼 수 있으니 역시 좋은 일이다. 게다가 창작 교실을 통하여 사업상의 연줄을 만들 수 있다면 그것도 멋진 일이 아닐 수 없다. 내 경우에는 2학년 때 작문 담당 교수(바로 지방색을 살린 단편으로 유명한 에드윈 H. 홈스였다)의 소개로 나의 첫 저작권 대리인이었던 모리스 크레인을 만났다. 홈스 교수는 소설 중심이었던 작문 시간에 내 단편을 두어 편 읽어본 후 크레인에게 내 작품을 몇 편 읽어보라고 권했다. 크레인도 승낙했다. 그러나 우리는 별로 사귀어볼 기회를 갖지 못했다. 그는 이미 80대의 나이인데다 건강도 나빴다. 그리하여 처음으로 편지를 주고받은 직후에 세상을 떠나버렸다. 나로서는 제발 내가 쓴 초기 작품들 때문에 죽은 게 아니기를 바랄 뿐이다.

사실 창작 교실이나 세미나는 여러분에게 꼭 '필요한' 것이 아니다. 이 책도 그렇고, 글쓰기에 대한 다른 책들도 마찬가지다. 포크너는 미시시피 주의 옥스퍼드 우체국에서 근무하는 동안에 글솜씨를 익혔다. 다른 작가들도 해군에 복무하거나 제강소에서 일하거나 미국의 수준 높은 철창 호텔에 복역하면서 기본기를 다졌다. 그리고 나는 뱅거의 뉴 프랭클린 세탁소에서 모텔 침대보와 식당 식탁보를 빠는 동안에 내 천직에서 가장 귀중한 (그리고 상업적인) 교훈들을 배웠다. 글쓰기를 배우는 가장 좋은 방법은 많이 읽고 많이 쓰는 것이다. 그리고 가장 귀중한 교훈들은 스스로 찾아 익혀야 한다.

이런 교훈을 얻는 것은 서재문을 닫고 있을 때가 거의 대부분이다. 물론 창작 교실에서의 토론도 지적인 자극을 주고 흥미진진할 때가 많지만, 글쓰기의 실질적인 문제들을 도외시하고 곁길로 빠지는 일도 많다는 게 문제다.

그러나 어쩌면 여러분도《동양은 동양이다》에 나오는 것과 비슷한 어느 숲 속의 작가 마을에 들어가게 될지도 모른다. 소나무숲 속에 작은 오두막집들이 있고, 그 안에는 워드프로세서와 새 디스켓들이 갖춰져 있고(백지 한 무더기나 새 컴퓨터 디스켓 한 상자만큼 우리의 상상력을 자극하는 것이 또 있을까?), 옆방에는 낮잠을 잘 수 있는 침대가 있고, 점심 때 살금살금 다가와 계단 위에 도시락을 내려놓고 다시 살금살금 떠나가는 웨이터가 있다. 아마 그것도 괜찮은 경험일 것이다. 그런 마을에 동참할 기회가 생긴다면 주저하지 말고 참여해보라고 권하고 싶다. 거기서 '글쓰기를 위한 마법의 비결'을 배울 수야 없겠지만(아쉽지만 그런 것은 존재하지도 않으니까) 적어도 즐거운 시간을 보낼 수는 있을 것이다. 즐거운 시간을 보낼 수만 있다면 나는 언제든지 적극적으로 찬성하겠다.

15

책을 출판하고 싶어 하는 사람들이 경험자들에게 묻는 질문 가운데, '어디서 아이디어를 얻습니까?'를 제외하고 가장 많이 물어보는 것은 '저작권 대리인은 어떻게 구합니까?'와 '출판계 사람들과 만나려면 어떻게 해야 합니까?'라는 질문이다.

이렇게 묻는 사람들은 대개 어쩔 줄 몰라 당황한 어조일 때가 많고, 더러는 답답하다는 어조이거나 성난 어조일 때도 있다. 신출내기 작가가 자기 책을 출판하는 데 성공하는 경우, 대부분은 출판계에 아는 사람—연줄, 스승, '빽'—이 있기 때문이라고 믿는 사람들이 많다. 그런 오해의 저변에는 출판계가 지극히 폐쇄적이고 근친상간적인 하나의 단란한 대가족 사회라는 가정이 깔려 있다.

그러나 그것은 사실이 아니다. 그리고 저작권 대리인들이 거만하고 잘난 체하는 무리이며 스스로 청하기 전에 보내오는 원고에는 손도 대지 않는다는 믿음도 사실과는 거리가 멀다(물론 그런 사람이 아주 없는 것은 아니지만). 사실 저작권 대리인이나 출판인이나 편집자들은 모두 한결같이 많은 책을 팔아서 많은 돈을 벌어들일 수 있는 미래의 인기 작가를 발굴하는 데 혈안이 되어 있다. 그렇다고 반드시 미래의 '젊은' 인기 작가를 원하는 것도 아니다. 《그리고 클럽의 숙녀분들 *And Ladies of the Club*》을 출간할 당시 헬렌 샌트마이어[Helen Santmyer : 미국 소설가 – 옮긴이]는 이미 양로원에서 지내고 있었다. 《프랭키 *Angela's Ashes*》[1997년 퓰리처상 수상작(전기 및 자서전 부문) – 옮긴이]를 출간할 당시의 프랭크 매코트(Frank McCourt)는 훨씬 젊은 편이었지만 그렇다고 애송이도 아니었다.

이제 막 성인 잡지에 단편 소설을 싣기 시작하던 청년 시절, 나는 내 글이 출판될 가능성에 대하여 상당히 낙관적인 편이었다. 나에게 약간의 재능이 있다는 것도 알았고, 시간도 내 편이라고 생각했기 때문이다. 1960, 70년대를 주름잡던 베스트셀러 작가들은 조만간 죽거나 노망이 날 테고, 그러면 나 같은 신출내기의 시대가 올 테니까.

그러나 《캐벌리어》, 《젠트》, 《저그스》 같은 잡지를 벗어나면 더 넓은 세상이 있다는 것도 알고 있었다. 나는 내 작품에 맞는 시장을 찾고 싶었는데, 그러려면 원고료를 많이 주는 (예를 들자면 그 당시 많은 단편을 게재하던 《코스모폴리탄》 같은) 잡지사들이 청탁 없이 보내오는 소설은 쳐다보지도 않는다는 골치아픈 현실을 뛰어넘을 방법이 필요했다. 나는 저작권 대리인을 구하는 것이 해답이라고 생각했다. 내 소설이 정말 괜찮다면 다른 문제는 대리인이 모두 해결해줄 것이라고 믿었던 것이다. 순진한 생각이었지만 아주 말이 안 되는 것도 아니었다.

그로부터 오랜 시간이 흐른 뒤, 나는 저작권 대리인이 모두 유능한 것은 아니며 유능한 대리인이라면 《코스모폴리탄》의 편집자에게 내 단편을 읽히는 일말고도 여러 모로 도움을 줄 수 있다는 것을 알게 되었다. 그러나 젊은 시절에는 출판계에도 벼룩의 간을 빼먹는 놈들이 간혹—사실은 꽤 많이—있다는 사실을 전혀 몰랐다. 그렇다고 나에게 큰 문제가 되지는 않았다. 처음 출간한 장편 소설 두 권으로 독자들을 확보하기 전에는 누가 훔쳐갈 돈도 별로 없었으니까.

저작권 대리인은 꼭 필요하다. 팔릴 만한 작품만 있다면 대리인을 찾는 일은 그리 어렵지 않을 것이다. 설령 팔릴 만한 작품이 아니더라도 가능성만 보인다면 충분히 대리인을 구할 수 있다. 스포츠계의 대리인들이 겨우 푼돈이나 받는 마이너리그 선수들을 도와주는 것은 자신의 젊은 고객이 언젠가는 메이저리그로 진출할 것이라는 희망 때문이다. 같은 이유로 저작권 대리인들도 종종 출판 경력이 일천한 작가들을 상대해준다. 경력이라고는 고료 대신에 잡지 몇 권을 주는 '군소 잡지'에 실린 것이 전부일지라도 대리인을 구할 가능성은 얼마든지 있다. 그런 잡지야말로 새로운 인재들을 위한 시험장이라고 생각하는 대리인이나 단행본 출판사도 많기 때문이다.

처음에는 스스로 나설 수밖에 없다. 그러려면 자신의 작품과 비슷한 종류의 작품들을 싣는 잡지들을 구독해야 한다. 그리고 작가들을 위한 잡지들도 살펴보고 《작가 시장*Writer's Market*》도 구입해야 한다. 출판계를 잘 모르는 작가들에게는 더없이 귀중한 자료들이다. 정말 찢어지게 가난하다면 크리스마스 때 선물해달라고 누군가에게 부탁하라. 그런 잡지와 《작가 시장》(부피가 굉장하지만 가격은 적당한 편이다)에는 단행본과 잡지를 발행하는 출판사들이 수록되어 있고, 또한 각각의 출판사에서 주로 출간하는 소설의 종류에 대해서도 간단한 설명이 붙어 있다. 아울러 그들이 원하는 작품 분량과 편집진의 이름까지 알 수 있다.

여러분이 풋내기 작가이고 또한 단편 소설을 쓰고 있다면 '군소 잡지'에 관심을 가져볼 만하다. 혹시 장편 소설을 쓰고 있거나 이미 완성했다면 창작 관련 잡지나 《작가 시장》에서 저작권 대리인들의 명단을 살펴보는 것이 좋겠다. 그리고 《문학 장터*Literary Market Place*》도 한 권 장만하여 참고하는 것이 바람직하다. 대리인이나 출판사를 구하려면 신중하고 꼼꼼하고 부지런해야 한다. 그러나—이 말은 몇 번을 강조해도 지나치지 않다—가장 중요한 것은 '시장의 흐름을 읽는 일'이다. 《작가 요람》에 수록된 간략한 개요('… 주로 본격 문학 출간, 2천~4천 단어, 상투적인 등장 인물이나 진부한 연애담은 피할 것')를 훑어보는 것도 도움이 되겠지만 어차피 개요는 개요일 뿐이다. 먼저 시장의 흐름을 읽어보지도 않고 작품을 투고하는 것은 캄캄한 방에서 다트 게임을 하는 것과 같다. 어쩌다가 표적을 맞히는 일도 가끔은 있겠지만 그런 사람은 성공할 자격이 없다.

이제 어느 작가 지망생의 사연을 소개해보겠다. 그의 이름은 프랭크라고 하자. 사실 프랭크는 내가 아는 세 명(남자 둘, 여자 하나)의 젊은 작가들을 조합하여 만들어낸 인물이다. 그들은 모두 20대의 나이에 작가로서 어느 정도 성공을 거둔 사람들이다. 이 글을 쓰고 있는 이 시점에서 롤스로이스를 타고 다니는 사람은 아직 한 명도 없다. 그러나 셋 다 언젠가는 두각을 나타낼 듯싶다. 다시 말해서 마흔 살쯤 되었을 때는 셋 다 정기적으로 꾸준히 책을 출간하고 있을 것이라고 믿는다는 뜻이다(그중의 한 명쯤은 알코올 중독에 빠질지도 모른다).

프랭크의 세 얼굴은 제가끔 관심사도 다르고 문체나 작품 분위기도 서로 다르지만, 목표 달성을 위한 접근 방법이나 책을 출간하고 있다는 점이 비슷하므로 이렇게 한 사람처럼 합쳐놓아도 별 무리가 없으리라고 본다. 그리고 다른 풋내기 작가들이—예를 들자면 독자 여러분이—프랭크의 행적을 따르는 것도 그리 나쁘지 않을 것이라고 생각한다.

프랭크는 영문학을 전공했고 (문학을 전공해야만 작가가 될 수 있는 것은 아니지만 그렇다고 손해 보는 일은 분명 아니다) 대학 때부터 잡지에 단편 소설을 투고하기 시작했다. 창작 과목도 몇 개쯤 들어두었는데, 그가 투고했던 잡지 중에는 창작 담당 교수들이 추천해준 잡지도 많았다. 추천받은 잡지든 아니든 간에 프랭크는 각각의 잡지에 실린 소설들을 꼼꼼하게 읽어보았고, 그중에서 자기 작품이 가장 잘 어울린다고 생각되는 잡지에 투고했다.

"3년 동안 《스토리》 잡지에 실린 소설은 모조리 읽어봤어요."

프랭크는 그렇게 말하고 껄껄 웃는다.

"그렇게 말할 수 있는 사람은 전국에서 나 하나뿐일 거예요."

그렇게 꼼꼼하게 읽었는데도 재학중에는 한 번도 그런 잡지에 작품을 실어보지 못했다. 다만 교내 문학지에 대여섯 번쯤 실리기는 했다(그 문학지의 제목은 《계간 허풍쟁이》였다고 하자). 프랭크는 몇 군데 잡지사의 원고 검토 담당자에게서 친필 메모가 적힌 거절 쪽지를 받는데, 그중에는 《스토리》와 (프랭크의 일부에 해당하는 여성 작가는 "그 사람들이 나한테 메모 한 장쯤 보내는 건 당연한 일이었죠!" 하고 말했다) 《조지아 리뷰》도 있었다. 이 시기에 프랭크는 《작가 요람》과 《작가*The Writer*》를 정기 구독하면서 꼼꼼하게 읽어보고 저작권 대리인에 대한 기사와 거기 첨부된 저작권 대행사들의 목록을 유심히 살폈다. 문학적 관심 분야가 자신과 비슷해 보이는 사람들의 이름은 동그라미로 표시해두었다. 특히 '갈등 수준이 높은' 작품을 좋아한다고 밝힌 대리인들을 눈여겨보았다. 그 말은 서스펜스 소설을 그럴싸하게 표현한 것이기 때문이었다. 프랭크 자신도 서스펜스 소설에 관심이 많고, 그 밖에 범죄 소설이나 초자연적 현상에 대한 소설도 좋아한다.

대학을 졸업하고 일년쯤 지났을 때 프랭크는 처음으로 원고 채택 통지를 받게 된다. 오, 행복한 날이여! 군소 잡지에 속하는 그 잡지는 몇몇 잡지 판매점에서도 구할 수 있지만 주로 정기 구독자들을 대상으로 발행된다. 이 잡지를 《왕뱀》이라고 부르기로 하자. 편집장은 프랭크가 투고했던 1,200단어 분량의 소품 〈트렁크 속의 여자〉에 대하여 25달러를 지불하고 투고자 증정본으로 잡지 열두 권을 주겠다고 제안한다. 프랭크는 물론 기뻐서 어쩔 줄을 모른다. 날아갈 듯 황홀하기만 하다. 친척들에게 일일이 전화를 걸어 알려준다. 자기가 싫어하는 친척들도 빠뜨리지 않는다(내 짐작으로는 아마 싫어하는 친척일수록 더 열심히 연락할 것이다). 25달러로는 집세는커녕 프랭크와 아내가 먹을 일주일분 식료품 값에도 턱없이 부족하지만 그 돈은 그의 야망이 결코 헛꿈이 아니라는 증거이고, 그래서—처음으로 작품을 출간한 작가라면 누구나 동의할 것이다—한없이 소중하다. '내 작품을 원하는 사람이 있다! 이야호!' 소득은 그것만이 아니다. 이번 거래는 하나의 실적이기도 한데, 이제부터 그는 이 작은 눈뭉치를 언덕 아래로 굴리기 시작할 것이다. 언덕 밑에 가닿을 무렵에는 거대한 눈덩이로 불어나기를 기대하면서.

그로부터 6개월 후, 프랭크는 또 한 편의 소설을 《로지파인 리뷰》라는 잡지사에 팔았다(《왕뱀》이 그렇듯이 《로지파인 리뷰》도 여러 개의 잡지를 조합한 것이다). 그런데 '팔았다'라는 말에는 조금 어폐가 있다. 프랭크의 소설 〈두 종류의 인간〉에 대하여 잡지사 측이 제시한 대가는 투고자 증정본 스물다섯 권이 전부였기 때문이다. 그래도 또 하나의 실적이라는 것만은 틀림없다. 프랭크는 기꺼이 승인서에 서명하여(서명란 아래 적힌 설명을 보고 미친 사람처럼 즐거워하면서—'작품 소유권자'라니, 우와!) 이튿날 곧바로 반송한다.

그런데 한 달 후 비극적인 일이 생긴다. 인쇄된 편지가 도착한 것인데, 서두에는 '친애하는 《로지파인 리뷰》 투고자께'라는 말이 적혀 있다. 프랭크는 그 편지를 읽으면서 가슴이 철렁 내려앉는다. 출판 자금을 구할 수 없어 《로지파인 리뷰》가 자폭하게 되었다는 소식이다. 앞으로 나올 여름호가 곧 폐간호라고 한다. 불행하게도 프랭크의 작품은 가을호에 실릴 예정이었다. 편지는 프랭크에게 다른 잡지를 찾아보라면서 행운을 빌어주는 것으로 끝을 맺는다. 좌측 아래쪽에 누군가 친필로 이런 말을 써놓았다. '대단히 유감스럽습니다.'

프랭크로서도 대단히 유감스럽다. (싸구려 포도주를 잔뜩 퍼마신 탓에 아침부터 지독한 숙취에 시달리고 있는 프랭크와 아내에게는 더욱 괴로운 날이 아닐 수 없다.) 그러나 그는 곧 실망을 이겨내고, 거의 출판될 뻔했던 단편 소설을 다시 투고하기 시작한다. 이 시점에서 그는 원고를 대여섯 부로 만들어 한꺼번에 여러 잡지사에 돌린다. 그리고 각각의 원고가 어느 잡지사를 거쳤는지, 각각의 잡지사에서 어떤 반응을 보였는지 일일이 기록해둔다. 또한 조금이라도 개인적인 반응을 보여준 잡지사들은 (설령 친필 메모 두어 줄과 커피 얼룩이 고작이더라도) 따로 정리해놓는다.

《로지파인 리뷰》의 슬픈 소식을 접한 지 한 달이 지났을 때 프랭크에게 대단히 기쁜 소식이 날아든다. 이름조차 들어본 적이 없는 사람에게서 편지가 온 것이다. 그 사람은 새로 창간된 군소 잡지 《수다쟁이》의 편집장이다. 지금 창간호에 게재할 소설 원고들을 청탁하는 중인데, 자기 동창 한 사람이—바로 최근 폐간된 《로지파인 리뷰》의 편집장이다—출간이 취소된 프랭크의 소설에 대해 이야기했다는 것이다. 그 작품을 게재할 지면이 아직 결정되지 않았다면 자기가 한번 보고 싶다고 한다. 현재로서는 아무것도 약속할 수 없지만….

프랭크에게 약속 따위는 필요없다. 풋내기 작가들이 대개 그렇듯이 프랭크의 경우에도 약간의 격려와 수많은 피자가 필요할 뿐이다. 그는 감사 편지를 동봉하여 원고를 보내준다(물론 《로지파인 리뷰》의 전 편집장에게도 감사 편지를 잊지 않는다). 그로부터 6개월 후, 〈두 종류의 인간〉이 실린 《수다쟁이》 창간호가 나온다. '인맥 네트워크'가 이룩한 또 하나의 개가인 것이다. 다른 수많은 분야가 그렇듯이 출판계에서도 인맥은 매우 중요한 역할을 한다. 프랭크가 이번 소설로 받은 대가는 원고료 15달러와 투고자 증정본 열 권, 그리고 또 하나의 귀중한 실적이다.

이듬해부터 프랭크는 고등학교에서 영어를 가르치게 된다. 낮에는 문학을 가르치거나 학생들의 숙제를 고쳐주고 밤에는 자기 작품을 쓰는 생활이 몹시 힘들지만 그는 포기하지 않고 그런 생활을 계속 이어간다. 새로운 단편을 써서 잡지사에 돌리고, 거절 쪽지를 받고, 간혹 더 이상 투고해 볼 잡지사가 생각나지 않으면 작품을 '폐기 처분'하기도 한다. 그는 아내에게 이렇게 말한다.

"나중에 모아서 출판하면 제법 괜찮아 보일 거야."

우리의 주인공은 부업도 시작한다. 인근 도시의 신문사에서 서평과 영화평을 쓰는 일이다. 눈코 뜰 새 없이 바쁘다. 그런데도 마음 한 구석에는 장편 소설을 써보겠다는 생각이 움트고 있다.

이제 막 작품을 투고하기 시작하는 젊은 작가들이 명심해야 할 일 중에서 가장 중요한 것이 무엇이냐는 질문에 프랭크는 별로 망설이지도 않고 이렇게 대답한다.

"원고를 멋있게 만드는 거죠."

뭐라구요?

그는 고개를 끄덕인다.

"그래요, 원고를 보기 좋게 만드는 게 제일 중요해요. 작품을 보낼 때는 원고 맨 윗장에 편집자 앞으로 아주 짤막한 편지를 덧붙여야 해요. 다른 작품을 어디어디에서 출간했다는 것을 밝히고 이번 작품의 내용을 한두 줄로 요약해주는 거죠. 그리고 읽어줘서 고맙다는 말도 빠뜨리지 말구요. 특히 그게 중요해요. 원고는 품질 좋은 종이에 찍어야 해요. 미끌미끌해서 잘 지워지는 종이는 곤란하죠. 줄 간격은 한 줄씩 띄우고, 첫 페이지 왼쪽 윗부분에는 자기 주소를 적어넣어야 해요. 전화번호까지 써서 손해볼 건 없죠. 그리고 오른쪽 구석에는 대략적인 단어수를 적어주고요."

프랭크는 거기서 말을 멈추고 웃으면서 덧붙인다.

"이때 속이려고 하면 안 돼요. 잡지 편집자들은 글자 크기를 확인하고 원고를 대충 넘겨보기만 해도 분량이 얼마나 되는지 금방 알거든요."

나는 여전히 프랭크의 답변에 놀라고 있다. 그렇게까지 현실적인 대답은 기대하지 않았기 때문이다.

"그렇지 않아요. 일단 학교를 벗어나 사회에서 자기 자리를 확보하려고 할 때는 누구나 금방 실리적으로 변하게 마련이죠. 제가 제일 먼저 배운 것은 처음부터 프로처럼 보이지 않으면 아무도 거들떠보지 않는다는 사실이었어요."

프랭크의 어조에서 나는 그가 나를 올챙이 시절을 기억 못하는 개구리로 생각한다는 것을 느낀다. 풋내기들의 처지가 얼마나 힘겨운 것인지를 다 잊었다고 여기는 모양인데, 어쩌면 그의 생각이 옳을지도 모르겠다. 내 방 대못에 거절 쪽지를 잔뜩 꽂아놓던 시절도 어느새 벌써 40년이 되어가니까. 프랭크는 이렇게 말을 맺는다.

"편집자들이 자기 작품을 좋아하게 만들 수는 없지만 적어도 좀 더 좋아하기 쉽게 만들 수는 있지요."

이 글을 쓰고 있는 지금도 프랭크의 인생은 여전히 현재 진행형이지만 그의 미래는 사뭇 밝아 보인다. 지금까지 모두 여섯 편의 단편 소설을 출판했고, 그중의 한 편으로는 상당한 권위를 가진 문학상을 수상하기도 했다. 이 문학상을 (프랭크를 구성하고 있는 작가들 중에서 실제로 미네소타에 사는 사람은 한 명도 없지만) '미네소타 젊은 작가상'이라고 부르기로 하자. 상금은 500달러였다. 지금껏 소설 한 편으로 받은 액수 중에서는 단연 최고액이었다. 장편 소설도 쓰기 시작했는데, 그것이 완성되면—본인의 예상대로라면 2001년 초봄쯤 될 것이다—리처드 챔스라는 (역시 가명이다) 젊고 평판 좋은 저작권 대리인이 출판 절차를 맡아주기로 했다.

장편 소설을 쓰겠다고 진지하게 생각하기 시작하면서부터 프랭크는 저작권 대리인을 구하는 일에도 적극적으로 나서기 시작했다. 그는 나에게 이렇게 말했다.

"기껏 그 고생을 하고 나서 완성된 작품을 어떻게 출판해야 좋을지 몰라 쩔쩔매긴 싫었거든요."

《문학 장터 》와 《작가 시장》에 실린 저작권 대리인 명단을 샅샅이 훑어본 뒤에 프랭크는 정확히 열두 통의 편지를 썼는데, 수신자 성명을 제외하고 나머지는 모두 똑같았다. 다음은 그 편지의 내용이다.

친애하는 _____

저는 저작권 대리인을 찾고 있는 28세의 젊은 작가입니다.《작가 요람》의 '신세대 저작권 대리인들'이라는 기사에서 귀하의 이름을 보고 서로 잘 맞겠다고 생각했습니다. 저는 창작에 전념하기 시작하면서 지금까지 여섯 편의 단편 소설을 출판했습니다. 자세한 내용은 다음과 같습니다.

〈트렁크 속의 여자〉,《왕뱀》, 1996년 겨울호(25달러 + 증정본)
〈두 종류의 인간〉,《수다쟁이》, 1997년 여름호 (15달러 + 증정본)
〈성탄절의 뱀〉,《계간 미스터리》, 1997년 가을호 (35달러)
〈쿵쿵, 뚱보 찰리가 걸어간다〉,《묘지의 춤》, 1998년 1, 2월 합본호
(50달러 + 증정본)
〈운동화 서른 켤레〉,《퍼커브러시 리뷰》, 1998년 4, 5월 합본호(증정본)
〈숲 속의 긴 산책〉,《미네소타 리뷰》, 1998년 겨울호(70달러 + 증정본)

원하신다면 그중에서 어떤 작품이든 (혹은 현재 이곳저곳에 투고중인 대여섯 편의 작품도) 기꺼이 보내드리겠습니다. 제가 특히 아끼는 작품은 미네소타 젊은 작가상을 수상했던 〈숲 속의 긴 산책〉입니다. 저희 집 거실벽에 걸어놓은 상패도 꽤 멋있고, 상금도—500달러—일주일쯤 은행 구좌에 남아 있는 동안에는 아주 근사해 보였습니다 (4년 전에 결혼했는데, 아내 마저리와 저는 둘 다 교직에 몸담고 있습니다).
지금 대리인을 구하려고 하는 까닭은 장편 소설을 집필중이기 때문입니다. 20년 전 자신의 작은 마을에서 일어났던 연쇄 살인 사건의 범인으로 지목되어 체포되는 한 남자에 대한 서스펜스 소설입니다.

이미 써놓은 80페이지 가량은 제법 괜찮아 보이는데, 원하신다면 이 것도 함께 보여드리겠습니다.

제 작품을 보고 싶으시다면 꼭 연락주시기 바랍니다. 바쁜 시간을 쪼 개어 이 편지를 읽어주셔서 감사합니다.

프랭크는 여기에 주소와 함께 전화번호까지 덧붙였는데, 그가 목 표로 삼았던 저작권 대리인 중에서 한 명(리처드 챔스는 아니었지만) 은 실제로 전화를 걸어와 대화를 나누기도 했다. 세 명은 숲 속에서 길을 잃은 사냥꾼의 이야기를 담은 문학상 수상작을 보고 싶다는 답장을 보내왔다. 장편 소설의 앞부분 80페이지를 보여달라고 요 청한 사람도 대여섯 명이나 있었다. 다시 말하자면 뜨거운 반응이 었다. 프랭크가 편지를 보냈던 대리인 중에서 자기가 맡은 고객이 너무 많아 곤란하다면서 프랭크의 작품에 전혀 관심을 보이지 않 은 사람은 딱 한 명이었다. 그런데 당시 프랭크는 '군소 잡지'의 세 계와 약간의 왕래를 가졌을 뿐, 출판계에 아는 사람이라고는 아무 도 없었던 것이다. 사람을 직접 만나본 일도 전혀 없었다.

"굉장한 일이었어요. 정말 놀라웠죠. 누구든지 나를 받아주기만 한다면 얼른 낚아채고 스스로 행운아라고 생각하려 했거든요. 그런 데 여럿 중에서 골라잡을 수 있는 처지가 된 겁니다."

프랭크는 이렇게 좋은 성과를 거둔 이유를 몇 가지로 설명하고 있다. 첫째, 그가 보낸 편지의 문장이 좋았기 때문이다('그렇게 편안 한 어조를 만드느라고 네 번이나 고쳐 쓰고 두 번이나 아내와 토론을 벌였지 요'). 둘째, 실제로 출판된 단편 소설의 목록을 제시할 수 있었고 구 체적인 내용도 제법 실속 있는 것이었기 때문이다. 고료는 많지 않

아도 나름대로 평판이 좋은 잡지들이었으니까. 셋째, 문학상 수상
작이 끼여 있었기 때문이다. 프랭크는 바로 그 점이 열쇠였다고 생
각한다. 정말 그랬는지 나로서는 판단할 수 없는 일이지만, 어쨌든
방해가 되지 않은 것만은 틀림없다.

아울러 프랭크는 영리하게도 리처드 챔스를 비롯한 대리인들에
게 성의 표시로 어떤 명단을 보내달라고 부탁했다. 그러나 그것은
고객들의 명단이 아니라(자기 고객의 이름을 함부로 밝히는 대리인에게
서 과연 윤리적인 행동을 기대할 수 있을까?) 각각의 대리인이 저작권을
매각하여 책을 낸 출판사와 단편 소설을 게재한 잡지사의 명단이
었다. 대리인을 찾느라고 필사적인 작가를 속이는 것쯤은 아주 간
단한 일이다. 풋내기 작가들이 명심해야 할 것은, 누구든지 몇백 달
러만 있으면《작가 요람》에 광고를 내고 저작권 대리인으로 행세할
수 있다는 사실이다. 무슨 사법 시험에 합격해야만 할 수 있는 일은
아니니까.

특히 작품을 읽어주는 대가로 돈을 요구하는 대리인들을 조심해
야 한다. 그런 대리인 중에도 평판이 괜찮은 사람들이 없지 않지만
(스코트 메레디스 저작권 대행사도 검토 수수료를 받았는데, 지금도 그렇게
하는지는 잘 모르겠다). 대부분은 파렴치한 사기꾼들이다. 굳이 돈까
지 바쳐가며 작품을 출간하고 싶어 안달이 났다면 대리인을 찾거
나 출판사에 문의 편지를 보내는 일 따위는 집어치우고 차라리 곧
장 자비 출판 전문 출판사를 찾아가는 게 낫다. 적어도 투자한 금액
만큼의 결과는 얻을 수 있을 테니까.

16

이제 내 이야기는 거의 끝나간다. 물론 더 나은 작가가 되기 위해 꼭 알아야 할 것들을 모두 설명했다고는 말할 수 없고, 여러분의 의문점들을 전부 속시원하게 풀어주지도 못했겠지만, 창작 생활에 대하여 내가 조금이나마 확신을 가지고 말할 수 있는 것들은 모두 말한 셈이다. 그러나 이 책을 실제로 쓰는 동안에는 그런 확신이 별로 많지 않았다는 사실을 밝혀둬야겠다. 나는 오랫동안 육체적 고통에 시달리며 자신감을 잃고 있었다.

내 책을 출판해주는 스크리브너 출판사에게 글쓰기에 대한 책을 써보겠다고 제안할 때만 하더라도 나는 이 분야에 대해 꽤 많이 안다고 생각하고 있었다. 말하고 싶은 것이 너무 많아 머리가 터질 지경이었다. 어쩌면 정말 많이 아는 것도 사실이겠지만, 나중에 보니 그중의 일부는 도무지 따분하기만 했고 나머지도 대부분은 '수준 높은 견해'라기보다 직관에 관련된 내용이었다. 그런데 이 직관적인 진실을 설명한다는 것이 보통 어려운 일이 아니었다. 그리고 이 책을 쓰는 도중에 일이 생겼다. 흔히들 쓰는 말로, 인생을 바꿔놓는 대사건이라고 할 수 있겠다. 그 일에 대해서는 곧 자세히 이야기하겠지만 여기서는 내가 최선을 다했다는 사실만 알아달라고 말하고 싶다.

마지막으로 한 가지 일만 짚고 넘어가겠다. 내 인생을 바꿔놓은 그 사건과도 직결되는 일인데, 앞에서도 간접적으로나마 이미 건드렸던 문제이기도 하다. 이제 그것을 정면으로 바라보고 싶다. 그 문제는 사람들이 여러 가지 형태로 묻는 질문으로, 어떤 이들은 은근

하게 묻고 또 어떤 이들은 우악스럽게 묻지만 그 요지는 언제나 똑같다. '당신은 돈 때문에 일합니까?'

대답은 '아니오'다. 지금도 그렇고 전에도 그랬다. 물론 소설을 써서 꽤 많은 돈을 모은 것은 사실이지만, 돈을 벌겠다는 생각으로 종이에 옮겨놓은 낱말은 단 한 개도 없었다. 더러는 우정 때문에 했던 일도 있지만—출판계의 용어로는 '상부상조'라고 한다—그것은 아무리 깎아내려도 좀 유치한 물물교환이라고밖에는 말할 수 없을 것이다. 내가 글을 쓴 진짜 이유는 나 자신이 원하기 때문이었다. 글을 써서 주택 융자금도 갚고 아이들을 대학까지 보냈지만 그것은 일종의 덤이었다. 나는 쾌감 때문에 썼다. 글쓰기의 순수한 즐거움 때문에 썼다. 어떤 일이든 즐거워서 한다면 언제까지나 지칠 줄 모르고 할 수 있다.

글쓰기라는 것이 신념에 따른 행동일 때도 몇 번 있었다. 그것은 절망의 얼굴에 침을 뱉는 일이었다. 이 책의 후반부도 그런 정신으로 썼다. 우리가 어렸을 때 쓰던 표현을 빌리자면 창자를 쥐어짜면서 썼다. 창작이 곧 삶이라고 말할 수는 없지만 때로는 창작이 삶을 되찾는 한 방법일 수도 있다고 생각한다. 내가 그것을 깨달은 것은 1999년 여름, 한 남자가 푸른 승합차를 몰고 달려와 나를 죽일 뻔했을 때였다.

인생론

후기를 대신하여

궁극적으로 글쓰기란 작품을 읽는 이들의 삶을 풍요롭게 하고 아울러 작가 자신의 삶도 풍요
롭게 해준다. 글쓰기의 목적은 살아남고 이겨내고 일어서는 것이다. 행복해지는 것이다.

S T E P H E N   K I N G

1

우리가 서부 메인의 여름 별장에서 지낼 때—《자루 속의 뼈》에서 마이크 누년이 돌아가는 그 집과 비슷한 별장이다—비가 억수로 퍼붓지만 않으면 나는 날마다 4마일씩 걷는다. 이 산책길에서 3마일은 숲 사이로 구불구불 이어지는 흙길이다. 나머지 1마일은 5번 루트를 지나가는데, 이 길은 베설과 프라이버그 사이를 잇는 2차선 포장 도로이다.

1999년 6월 셋째 주는 아내와 나에게 특별히 행복한 나날이었다. 장성하여 전국 각지로 흩어졌던 우리 아이들이 모두 집에 와 있었기 때문이다. 온 가족이 이렇게 한 지붕 아래 모인 것은 거의 6개월 만의 일이었다. 게다가 보너스라고나 할까. 우리의 첫 손주도 그곳에 있었다. 생후 3개월이었던 이 녀석은 발목에 묶어놓은 헬륨 풍선을 잡아당기며 마냥 즐겁게 놀았다.

6월 19일에 나는 뉴욕행 비행기를 타야 하는 둘째아들을 포틀랜드 공항까지 태워다주었다. 그리고 집으로 돌아와 잠시 낮잠을 잔

후 평소처럼 산책을 나섰다. 우리는 그날 저녁 거기서 가까운 뉴햄프셔 주 노스콘웨이로 〈장군의 딸〉을 함께 보러 갈 계획이었는데, 좀 빠듯하긴 하겠지만 출발하기 전에 산책할 만한 시간은 있겠다고 생각했던 것이다.

내 기억이 옳다면 나는 그날 오후 4시쯤에 산책을 시작했다. 그리고 큰길로 접어들기 직전에 (서부 메인에서는 중앙에 하얀 선을 그어놓은 길은 모조리 큰길이다) 숲 속으로 들어가 소변을 보았다. 내가 다시 선 채로 오줌을 눌 수 있게 된 것은 그로부터 두 달이 지나서였다.

포장 도로를 만났을 때 나는 북쪽으로 향했고, 자갈이 깔린 갓길을 따라 자동차들을 마주보는 방향으로 걸었다. 역시 북쪽으로 가는 승용차 한 대가 지나갔다. 이 차를 운전하던 여자는 나를 지나친 후 3/4마일쯤 갔을 때 남쪽으로 가는 연푸른 다지 승합차 한 대와 마주쳤다. 이 승합차는 도로 이쪽에서 저쪽까지 갈팡질팡하면서 갈짓자로 달려오고 있었다. 승용차 안의 여자는 방황하는 승합차를 무사히 피한 후 동행자에게 이렇게 말했다.

"좀 전에 산책하던 사람은 바로 스티븐 킹이었어요. 저 차를 모는 작자가 그 사람을 치지 않았으면 좋겠는데."

내가 5번 루트를 따라 걷는 그 1마일은 대개 시야가 탁 트인 편이다. 그러나 그중의 한 구간은 짧고 가파른 언덕길이어서 북쪽으로 가는 보행자에게는 앞쪽이 잘 보이지 않는다. 내가 이 언덕을 3/4 가량 올라갔을 때 다지 승합차의 소유자이며 운전자였던 브라이언 스미스가 언덕 꼭대기에 이르렀다. 그는 도로를 벗어나 갓길로 달리고 있었다. 그것도 내 쪽의 갓길이었다. 그 사실을 깨닫는 데 주어진 시간은 3/4초 정도였다. '맙소사, 내가 학교 버스에 받히는구나' 하고 생각한 것이 고작이었다. 나는 왼쪽으로 피하려 했다. 내 기억은 거기서 끊어진다.

의식이 돌아왔을 때 나는 땅바닥에 쓰러진 채 승합차의 뒤꽁무니를 보고 있다. 이 차는 이제 길가에 기우뚱하게 멈춰 있다. 이 광경은 무척이나 선명하고 뚜렷해서 기억이라기보다는 차라리 한 장의 스냅 사진 같다. 승합차의 미등 주변은 먼지투성이다. 번호판과 뒤차창도 지저분하다. 이런 것들을 보면서도 나는 내가 사고를 당했다는 사실은커녕 아무것도 생각하지 않는다. 그저 스냅 사진일 뿐이다. 아무 생각을 할 수 없다. 머리가 텅 비어버린 것이다.

거기서 다시 기억이 끊어지고, 그다음에 나는 눈에 들어간 핏물을 왼손으로 매우 조심스럽게 닦아내고 있다. 그럭저럭 앞을 볼 수 있게 되자 주위를 둘러보다가 가까운 바위에 걸터앉은 한 사내를 발견한다. 그는 무릎에 지팡이를 걸쳐놓고 있다. 바로 이 사람이 마흔두 살의 브라이언 스미스, 즉 나를 승합차로 받아버린 사람이다. 스미스의 운전 기록은 화려하다. 자동차 관련 범죄를 열 개도 넘게 저질렀다.

그날 오후 우리의 삶이 한자리에서 맞닥뜨렸을 순간 스미스는 운전을 하면서 도로를 보지 않고 있었다. 그가 맨 뒤쪽에 태우고 있던 로트바일러가 뒷좌석으로 넘어왔기 때문이었다. 뒷좌석에 놓아둔 '이글루' 아이스박스 속에 고깃덩어리가 들어 있었다. 이 로트바일러의 이름은 불릿[총탄─옮긴이]이다(스미스의 집에는 로트바일러가 한 마리 더 있는데 그 이름은 피스톨이다). 불릿은 아이스박스의 뚜껑을 코끝으로 건드리기 시작했다. 스미스는 그쪽을 돌아보며 불릿을 밀어내려고 했다. 그렇게 불릿을 보면서 개의 머리를 아이스박스에서 밀어내려고 하는 동안에 차는 언덕 꼭대기에 이르렀고, 여전히 개만 보면서 밀어내는 손짓을 계속하다가 그대로 나를 치었던 것이다. 나중에 스미스는 친구들에게, 처음에는 '작은 사슴'을 치었는 줄 알았다고 말했다. 그러다가 앞좌석에서 나의 피묻은 안경을 발견했다. 내가 스미스의 차를 피하려 할 때 벗겨진 것이었다. 테는 구부러지고 망가졌지만 렌즈는 둘 다 말짱했다. 지금 이 글을 쓰면서 내가 끼고 있는 것이 바로 그 렌즈들이다.

2

내가 깨어난 것을 보더니 스미스는 곧 사람들이 올 거라고 말한다. 침착하다 못해 명랑한 말투이다. 무릎에 지팡이를 얹고 바위에 앉아 있는 그의 모습에는 자못 유쾌한 동병 상련의 분위기가 깃들어 있다. '둘 다 정말 재수 옴 붙었죠?' 하고 말하는 듯하다. 나중에 그가 경찰에게 밝힌 내용인데, 그는 불릿과 함께 야영장에 있다가 '가게에서 파는 마지스 바를 사려고' 길을 나섰다고 했다. 몇 주 뒤에 그 말을 전해들었을 때 나는 하마터면 내 소설의 등장 인물 같은 사람 때문에 죽을 뻔했다고 생각했다. 우스꽝스러운 일이었다.

나는 '곧 사람들이 온다' 하고 생각한다. 큰 사고를 당했으니 사람들이 온다는 것은 좋은 소식인 것 같다. 나는 도랑에 처박혀 있고, 얼굴은 피투성이고, 오른쪽 다리가 몹시 아프다. 아래쪽을 내려다보다가 별로 마음에 안 드는 광경을 보게 된다. 다리가 옆으로 돌아가 있어 마치 하반신을 오른쪽으로 반 바퀴쯤 비틀어놓은 듯하다. 나는 다시 사내를 쳐다보며 이렇게 말한다.

"관절이 빠졌을 뿐이라고 말해주시오."

그러자 사내가 대답한다.

"아닌데요."

표정처럼 목소리도 쾌활하지만 큰 관심은 없는 기색이다. 마치 마지스 바를 먹으면서 텔레비전을 보고 있는 사람 같다.

"다섯 군데, 어쩌면 여섯 군데쯤 부러진 것 같습니다."

"미안하게 됐소."

나는 그렇게 말하고—왜 그랬는지는 나도 모르겠다—잠깐 동안 다시 정신을 잃는다. 그러나 기절하는 것과는 다르고, 다만 기억의 필름이 여기저기 끊어진 것 같을 따름이다.

다시 정신을 차려보니 주황색과 흰색이 섞인 앰뷸런스가 길가에 서서 점멸등을 켠 채 공회전을 하고 있다. 구급 의료 기사 한 명이—이름은 폴 필브라운이었다—내 옆에 무릎을 꿇고 있다. 그는 무슨 일인가를 하는 중이다. 아마 내 청바지를 잘라내고 있었던 모양이지만 어쩌면 그건 더 나중의 일이었는지도 모른다.

나는 그에게 담배 한 대 피울 수 있겠느냐고 묻는다. 그는 웃으면서 그건 좀 어렵겠다고 말한다. 나는 이제 죽는 거냐고 물어본다. 그는 내가 죽지는 않겠지만 빨리 병원으로 가야 한다고 대답한다. 그리고 노르웨이사우스 패리스에 있는 병원과 브리지턴에 있는 병원 중에서 어느 쪽을 원하느냐고 묻는다. 나는 브리지턴에 있는 노던 컴벌랜드 병원에 가고 싶다고 말한다. 우리 막내가—내가 아까 공항까지 태워다준 그 녀석이—22년 전에 바로 그 병원에서 태어났기 때문이다. 나는 필브라운에게 내가 죽는 거냐고 다시 묻고, 그는 안 죽는다고 다시 말해준다. 그러더니 나에게 오른쪽 발가락들을 움직일 수 있느냐고 묻는다. 발가락을 움직여보면서 나는 옛날 어머니가 가끔 불러주시던 동요를 떠올린다. '요 꼬마 돼지는 장보러 갔네, 요 꼬마 돼지는 집에 남았네.' 나도 그냥 집에 있을 걸 그랬다고 생각한다. 오늘 산책을 나선 것은 정말 불행한 일이었다. 그때 문득, 몸이 마비된 사람들은 자기가 손발을 움직였다고 믿지만 사실은 그렇지 않을 때가 많다는 생각이 떠오른다. 폴 필브라운에게 묻는다.

"내 발가락이 움직였소?"

그는 건강하게 잘 움직인다고 말한다.

"하늘에 대고 맹세할 수 있소?"

그렇게 물었는데, 그는 아마 그렇다고 대답한 것 같다. 나는 또 의식을 잃어가는 중이다. 필브라운이 나에게 얼굴을 바싹 들이대고, 내 아내가 지금 호숫가의 큰 집에 있느냐고 큰 소리로 아주 천천히 물어본다. 나는 기억을 하지 못한다. 식구들이 어디 있는지는 생각나지 않지만 다행히 우리가 머물고 있는 큰 집과 우리 딸이 가끔 와서 지내곤 하는 호수 건너편 오두막집의 전화 번호는 기억이 나서 둘 다 말해준다. 만약에 그가 내 사회 보장 번호를 물었다면 그것도 얼마든지 불러줄 수 있었을 것이다. 나는 내 번호들을 모두 기억하고 있다. 다만 나머지 일들을 깡그리 잊어버렸을 뿐이다.

이제 다른 사람들도 하나둘씩 나타난다. 어디선가 무전기 소리가 들려온다. 나는 들것에 실려 있다. 너무 고통스러워 비명을 지른다. 나는 앰뷸런스에 실리고, 그러자 무전기 소리가 가까워진다. 문이 탁탁 닫히더니 앞쪽에서 누군가 이렇게 말한다.

"힘껏 밟는 게 좋겠어."

이윽고 자동차가 움직인다.

폴 필브라운이 내 곁에 앉아 있다. 그는 절단기를 손에 쥐고 내 오른손 중지에서 반지를 잘라내야 한다고 말한다. 그것은 1983년, 그러니까 우리가 실제로 결혼한 지 12년이 지났을 때 태비가 나에게 사준 결혼 반지다. 나는 그 반지를 오른손에 끼고 있는 까닭은 왼손 중지에 아직도 진짜 결혼 반지를 끼고 있기 때문이라고 필브라운에게 설명한다. 원래 두 개가 한 세트였던 이 반지는 뱅거의 데이스 보석상에서 한 쌍에 15달러 95센트를 주고 구입한 것이다. 다시 말해서 내가 왼손에 끼고 있던 이 첫 번째 반지는 8달러도 안 되는 싸구려였지만 지금까지 제 구실을 톡톡히 한 셈이다.

나는 이런 이야기를 주절주절 늘어놓았지만 어쩌면 폴 필브라운은 한마디도 알아듣지 못했을지도 모른다. 그러나 그는 줄곧 고개를 끄덕이고 나에게 미소를 던지면서 나의 부어오른 오른손에서 더 값비싼 두 번째 결혼 반지를 잘라낸다. 그로부터 두어 달 뒤에 나는 필브라운에게 전화를 걸어 고맙다는 인사를 했다. 그때 나는 아마도 그가 내 목숨을 구했을 것이라는 점을 알고 있었다. 그는 사고 현장에서 적절한 응급 조치를 해주었고, 너덜너덜하고 울퉁불퉁한 시골길에서 시속 110마일로 병원까지 데려다주었던 것이다.

필브라운은 겸양의 말을 하면서 아마 누군가 나를 지켜준 것 같다고 했다. 그는 전화로 이렇게 말했다.

"저는 벌써 이십 년째 이 일을 했는데, 그 도랑에 쓰러져 있는 선생님을 보고 또 부상이 얼마나 심한지 확인하고는 병원에 도착할 때까지 버티진 못하실 거라고 생각했죠. 그런데 아직도 살아계시니 정말 운이 좋으신 거예요."

부상 정도가 너무 심해서 노던 컴벌랜드 병원의 의사들은 나를 그곳에서 치료하기가 어렵다는 결론을 내린다. 누군가 나를 루이스턴의 센트럴 메인 메디컬 센터로 실어다줄 구조 헬리콥터 한 대를 부른다. 바로 그때 내 아내와 큰아들과 딸이 도착한다. 아이들에게는 짧은 면회만 허용된다. 아내는 좀더 오래 머물러도 좋다는 승낙을 받는다. 의사들은 내가 좀 심하게 다쳤지만 무사할 거라면서 아내를 안심시킨다. 나의 하반신은 가려져 보이지 않는다. 아내는 내 다리가 오른쪽으로 비틀려 있는 그 흥미진진한 모습을 볼 수 없지만 내 얼굴에서 피를 닦아내고 머리카락에서 유리 조각들을 떼어내는 정도는 허락된다.

내 머리에는 브라이언 스미스 차의 앞유리에 부딪쳐 길게 찢어진 상처가 있다. 이때 내가 부딪친 자리는 운전석 쪽의 강철 손잡이에서 2인치도 안 떨어진 곳이었다. 하마터면 손잡이에 부딪쳐 즉사하거나 혼수 상태에 빠져 다리 달린 식물이 될 뻔했다. 그리고 5번 루트의 갓길에 떨어질 때 여기저기 튀어나온 바위에 부딪쳤더라도 즉사했거나 전신이 마비되었을 것이다. 그런데 다행히 그런 사태는 모면했다. 나는 승합차에 받혀 공중으로 4미터 이상 날아올랐지만 아슬아슬하게 바위들을 피해 떨어졌다.

나중에 데이비드 브라운 박사가 말했다.

"마지막 순간에 왼쪽으로 살짝 몸을 돌리신 모양입니다. 안 그랬다면 우리가 지금 이렇게 대화를 나눌 수 없었을 겁니다."

구조 헬리콥터가 노던 컴벌랜드 병원 주차장에 착륙하고 나는 바퀴 침대에 실려 그쪽으로 옮겨진다. 하늘은 화창하고 새파랗다.

헬리콥터의 회전 날개 소리가 굉장히 시끄럽다. 누군가 내 귀에 대고 소리친다.

"헬리콥터 타보신 적 있어요, 스티븐?"

나 때문에 흥분했는지 즐거운 듯한 음성이다. 나는 타본 적이 있다고—사실은 두 번—대답하려고 하지만 말을 할 수가 없다. 갑자기 숨쉬기가 몹시 힘들어진다.

사람들이 나를 헬리콥터에 태운다. 이륙할 때 푸르고 화창한 하늘 한 조각이 눈에 들어온다. 구름 한 점 없다. 아름답다. 무전기에서 다시 목소리들이 들려온다. 오늘은 내가 사람들의 목소리만 듣는 날인 것 같다. 한편 숨쉬기는 점점 더 힘들어진다. 나는 누군가에게 손짓을 한다. 아니, 손짓을 하려고 노력한다. 그러자 눈앞에 거꾸로 뒤집힌 얼굴 하나가 나타난다.

나는 속삭인다.

"물에 빠진 것 같은 기분이오."

누군가 무엇인가를 점검하고 또 다른 사람이 이렇게 말한다.

"허파가 함몰됐군."

무엇인가의 포장을 뜯고 있는지 종이가 바스락대는 소리가 들리더니 아까 그 또 다른 사람이 내 귀에 대고, 회전 날개의 소음 때문에 큰 소리로 말한다.

"가슴에 튜브를 꽂아야 합니다, 스티븐. 약간 좀 아플 거예요. 조금만 참으세요."

내 경험에 의하면 (귓병을 앓던 어린 시절에 터득한) 병원 사람들이 약간 아플 거라고 말하면 그것은 굉장히 아플 거라는 뜻이다. 그런데 이번에는 예상했던 것만큼 아프지 않다. 진통제를 많이 맞은 탓일 수도 있고, 다시 의식을 잃기 직전이기 때문일 수도 있다. 오른쪽 가슴 윗부분을 누군가 짧고 날카로운 물건으로 쿡쿡 찌르는 듯하다. 그러더니 가슴에서 으시시한 휘파람 같은 소리가 나기 시작한다. 마치 내 몸에서 바람이 새는 것 같다. 아마 그것도 사실이었을 것이다. 잠시 후에는 내가 평생 동안 들어왔던 (그리고 고맙게도 대개는 의식조차 하지 못했던) 조용하고 정상적인 숨소리 대신에 '푸욱, 푸욱, 푸욱' 하는 불쾌한 소리가 시작된다. 들이쉬는 공기는 대단히 차갑다. 그러나 어쨌든 공기는 공기니까 계속 들이마신다. 죽고 싶지 않다. 나는 아내를 사랑하고, 아이들을 사랑하고, 오후에 호숫가를 산책하는 것도 좋아한다. 그리고 글쓰기도 좋아한다. 집에 있는 내 책상 위에는 절반쯤 써놓은 글쓰기에 대한 책이 있다. 죽고 싶지 않다. 그리고 헬리콥터 안에 누워 푸르고 화창한 여름 하늘을 쳐다보면서 나는 문득 내가 정말 죽음의 문턱에 와 있다는 사실을 비로소 깨닫는다. 머지않아 누군가 나를 이쪽으로 혹은 저쪽으로 데려갈 것이다. 여기서 내가 할 수 있는 일은 아무것도 없다. 그저 드러누워 하늘만 쳐다보면서 가늘고 바람이 새는 내 숨소리를 듣고 있을 뿐이다. '푸욱, 푸욱, 푸욱.'

10분 후 우리는 센트럴 메인 메디컬 센터 옥상의 콘크리트 착륙장에 내린다. 나에게 그곳은 콘크리트 우물의 밑바닥처럼 느껴진다. 푸른 하늘은 보이지 않고, 회전 날개가 휙휙 돌아가는 소리는 거인의 손뼉 소리처럼 더욱 증폭되어 메아리가 울리기 때문이다.

나는 여전히 숨을 크게 몰아쉬면서 헬리콥터에서 내려진다. 누군가 들것을 들고가다 어딘가에 쿵 부딪치는 바람에 나는 비명을 내지른다. 누군가 말한다.

"죄송해요, 죄송, 괜찮으니 걱정마세요, 스티븐."

심하게 다친 사람에게는 누구나 이렇게 서슴없이 이름을 불러준다. 모든 사람이 친구가 된다.

"태비에게 정말 사랑한다고 전해주시오."

내 몸이 번쩍 들어올려졌다가 바퀴 침대에 실려 아래로 내려가는 콘크리트 통로 같은 곳으로 신속히 옮겨지고 있을 때 내가 그렇게 말한다. 갑자기 울고 싶어진다.

그때 누군가 대답한다.

"나중에 직접 말씀하세요."

우리는 문 하나를 통과한다. 에어컨이 작동중이고 머리 위로 불빛들이 차례로 지나간다. 스피커에서 의사들을 호출하는 소리가 들려온다. 그때 문득 이런 생각이 두서없이 떠오른다. 한 시간 전만 하더라도 나는 산책을 하고 있었으며 케자 호수가 내려다보이는 들판에서 산딸기를 딸 예정이었다. 물론 오래 딸 수는 없었다. 모두 영화를 보러 가기로 했으니 늦어도 다섯 시 반에는 집에 도착해야 했다. 존 트래볼타가 주연한 〈장군의 딸〉. 트래볼타는 나의 첫 장편 《캐리》를 원작으로 만든 영화에도 출연했다. 악역이었다. 오래 전의 일이다.

내가 묻는다.

"언제? 언제쯤 말할 수 있겠소?"

"금방요."

그 대답을 들은 후 나는 곧 정신을 잃는다. 이번에는 기억의 필름에서 작은 파편이 아니라 커다란 덩어리가 뭉텅이로 끊어져나간다. 다만 몇몇 장면이 떠오를 뿐인데, 종잡을 수 없이 얼핏얼핏 스쳐가는 얼굴들, 수술실, 다가오는 엑스레이 촬영기 따위들이다. 모르핀 주사와 딜라우디드[Dilaudid : 진통·진해제인 염산 히드로모르폰 약제의 상품명 - 옮긴이] 때문에 온갖 환상에 시달린다. 그리고 메아리치는 음성들, 박하맛 나는 면봉으로 내 메마른 입술을 문지르는 손길들. 그러나 대개는 어둠뿐이다.

3

알고 보니 브라이언 스미스는 나의 부상 정도를 오히려 과소 평가한 것이었다. 내 다리는 무릎 아래에서 적어도 아홉 군데가 부러졌다. 내 다리를 도로 붙여준 정형 외과의 데이비드 브라운 박사는 내 오른쪽 무릎 아래가 '구슬을 잔뜩 담은 양말' 같았다고 말했다. 이렇게 다리 부상이 심했기 때문에 두 차례의 심층 절개가 불가피했는데—이런 수술을 내측 및 외측 근막 절개술이라고 한다—그것은 박살난 정강이뼈에서 오는 압력을 없애고 또한 무릎 아래로 다시 피가 흘러들 수 있게 하기 위해서였다. 근막 절개술이 없었다면 (혹은 근막 절개술을 너무 늦게 시술했다면) 아마 그 다리를 절단할 수밖에 없었을 것이다. 오른쪽 무릎도 거의 정중앙에서 길게 쪼개진 상태였다. 이런 부상을 가리켜 의학 용어로는 '분쇄성 관절내 경골 골절'이라고 한다. 오른쪽 골반에는 관골구[대퇴골과 연결된 부분 - 옮긴이] 골절이 있었고—다른 말로 하자면 심각한 탈선 사고가 생긴 셈이다—같은 부위에서 대퇴골 전자[轉子 : 대퇴골 상부의 돌기 - 옮긴이]의 개방 골절도 발생했다. 척추는 여덟 군데나 금이 갔다. 갈비뼈도 네 개가 부러졌다. 오른쪽 쇄골은 무사했지만 그 위의 살은 깨끗이 벗겨지고 말았다. 머리가 찢어진 곳은 20~30바늘이나 꿰매야 했다.

그러니 전체적으로 보건대 브라이언 스미스의 판단은 약간 과소 평가였다고 말할 수밖에 없다.

4

이번 사건에서 스미스 씨의 운전 습관은 결국 대배심까지 올라 갔는데, 여기서 그는 두 가지 죄목으로 기소되었다. 운전중 과실 치 상죄(꽤 심각한 잘못이다), 그리고 가중 폭행죄(매우 심각해서 교도소에 갈 만한 잘못이다). 내가 사는 이 지역에서 이런 사건을 담당하는 지 방 검사는 이 사건을 충분히 검토한 끝에 스미스의 간청을 받아들 여 둘 중에서 작은 죄목인 운전중 과실 치상죄로 기소 범위를 줄여 주었다. 스미스는 6개월형을 받았고(그러나 집행 유예로 풀려났다) 아 울러 앞으로 1년간 운전을 할 수 없게 되었다. 그 1년 동안은 눈자 동차나 전지형차(全地形車)를 포함하여 모터가 달린 탈것이라면 아 무것도 운전하지 못하고 보호 관찰을 받아야 했다. 그러나 2001년 가을이나 겨울 무렵이면 브라이언 스미스가 다시 합법적으로 차를 몰고 다닐 수도 있다는 소리였다.

5

데이비드 브라운 박사는 다섯 번의 마라톤 수술로 내 다리를 고쳐주었다. 그 과정에서 나는 여위고 쇠약해졌으며 인내력의 한계에 도달했다. 그러나 그 덕분에 노력만 한다면 다시 걸을 수 있는 가능성이 생겼다. 내 다리에는 강철과 탄소 섬유로 만든 외부 고정기라는 커다란 장치가 부착되었다. 고정기에 연결된 '샨즈 핀'이라는 큼직한 철봉 여덟 개가 내 무릎 아래위의 뼈에 박혀 있었다. 무릎에는 그보다 작은 철못 다섯 개가 방사상으로 꽂힌 상태였다. 이 철못들은 아이들이 그려놓은 햇살 모양과 비슷했다. 무릎은 고정되어 움직일 수 없었다. 하루에 세 번씩 간호사들이 크고 작은 고정핀들을 모두 뽑아내고 다리에 뚫린 구멍들을 과산화수소로 씻어냈다. 나는 다리에 등유를 붓고 불을 붙여본 적이 없지만 아마 그때의 느낌도 이 고정핀 소독과 비슷할 것이다.

나는 6월 19일에 입원했다. 25일경에는 처음으로 일어서서 작은 서랍장까지 비틀비틀 세 걸음을 걸었고, 환자용 변기를 무릎에 얹고 서랍장에 걸터앉아 고개를 푹 숙였다. 울지 않으려고 했지만 어쩔 수가 없었다. 이럴 때 우리는 그나마 불행 중 다행이라고, 정말 믿을 수 없는 행운이라고 생각하려고 노력한다. 그것도 엄연한 사실이므로 대개는 효과를 볼 수 있다. 그러나 때로는 그래 봤자 소용없다. 그때는 울어버릴 수밖에 없다.

이렇게 첫걸음을 내디딘 후 하루나 이틀이 지난 뒤부터 물리 치료를 시작했다. 첫날은 아래층 복도에서 보행 보조기에 의지하여 비틀거리며 열 걸음을 걸었다. 그 시간에는 역시 걸음마를 배우는 다른 환자도 한 명 있었는데, 연약해 보이는 뇌졸중 환자 앨리스였다. 우리는 숨이 차서 말도 못할 정도가 아니면 서로 격려해주곤 했다. 그렇게 아래층 복도에서 사흘을 함께 보냈을 때 나는 앨리스에게 속옷이 보인다고 가르쳐주었다.

"이 사람아, 자넨 엉덩이가 보인다네."

앨리스는 헐떡거리며 그렇게 대꾸하고는 계속 걸음을 옮겼다.

독립기념일인 7월 4일쯤 되자 나는 제법 오래 앉아 있을 수 있게 되어 휠체어를 타고 병원 뒤쪽의 짐 부리는 곳에 가서 불꽃놀이를 구경했다. 굉장히 무더운 밤이었지만 거리에는 사람들이 잔뜩 쏟아져나와 간식을 먹고 맥주나 소다수를 마시며 하늘을 쳐다보고 있었다. 하늘이 빨간색과 초록색, 파란색과 노란색으로 밝게 빛날 때, 태비도 내 옆에 서서 내 손을 꼭 쥐고 있었다. 그녀는 병원 건너편 콘도에 묵으면서 아침마다 삶은 달걀과 홍차를 갖다주었다. 나에게는 자양분이 많이 필요했다. 1997년 오스트레일리아 사막을 횡단하는 모터사이클 여행을 마치고 돌아왔을 때도 내 체중은 97킬로그램에 달했다. 그런데 센트럴 메인 메디컬 센터에서 퇴원할 때는 72킬로그램에 불과했다.

나는 3주간의 병원 생활을 끝내고 7월 9일 뱅거에 있는 우리집으로 돌아왔다. 그때부터 날마다 몸을 쭉쭉 펴거나 구부리거나 목발을 짚고 걸으면서 재활 운동을 했다. 용기를 잃지 않고 즐겁게 지내려고 노력했다. 그러다가 8월 4일에는 다시 센트럴 메인에서 또 한 번의 수술을 받았다. 마취의가 내 팔에 정맥 주사를 꽂으면서 이렇게 말했다.

"좋아요, 스티븐―이제 칵테일 몇 잔 마신 것 같은 기분이 들 거예요."

나는 벌써 11년째 칵테일을 마신 적이 없으니 그것도 재미있겠다고 대답하려고 입을 열었지만 말도 꺼내기 전에 의식을 잃고 말았다. 이윽고 깨어나 보니 넓적다리에 박혀 있던 샨즈 핀들이 사라지고 없었다. 다시 무릎을 구부릴 수 있었다. 브라운 박사는 내가 '순조롭게' 회복중이라면서 집으로 돌아가 재활 운동과 물리 치료를 계속하게 했다. [물리 치료를 받는 사람들은 물리 치료의 약자인 P.T.가 실은 고통(Pain)과 고문(Torture)을 뜻한다는 사실을 잘 알고 있다.] 그사이에 한 가지 일이 있었다. 7월 24일, 그러니까 브라이언 스미스가 다지 승합차로 나를 들이받은 후 5주가 지난 그날부터 나는 다시 글을 쓰기 시작했다.

6

이 책《유혹하는 글쓰기》를 처음 집필하기 시작한 것은 1997년 11월이나 12월이었는데, 대부분의 책들은 3개월쯤이면 초고를 완성할 수 있지만 이번 책은 18개월을 넘긴 뒤에도 절반밖에 쓰지 못한 상태였다. 그것은 1998년 2월이나 3월경 어떻게 이어나가야 좋을지 몰라서, 아니, 계속 써야 할지 말아야 할지 몰라서 한동안 중단했기 때문이었다. 소설을 쓰는 일은 거의 언제나 즐거운 작업이지만 비소설은 낱말 하나하나가 일종의 고문이었다. 책을 쓰다가 미완성 상태로 치워둔 것은 《미래의 묵시록》 이후 처음이었는데, 이 책의 경우에는 책상 서랍 속에서 썩어야 했던 기간이 더욱 길었다.

1999년 6월에 나는 이 빌어먹을 글쓰기 책을 마저 쓰면서 여름을 보내기로 마음먹었다. 그런 다음에 스크리브너 출판사의 수전 몰도와 낸 그레이엄에게 원고를 넘겨 과연 쓸 만한지 아닌지 판단하게 할 계획이었다. 나는 최악의 경우를 각오하면서 원고를 다시 읽어보았다. 그런데 생각보다 마음에 들었다. 원고를 완성할 방법도 뚜렷이 눈에 보였다. 이때까지 끝마친 내용은 내 인생에서 나를 지금의 이런 작가로 만들어준 사건이나 사정들을 밝힌 회고록('이력서')과 기술적인 측면들을—적어도 내가 가장 중요하다고 생각하는 것들을—설명한 부분('연장통')이었다. 이제 남은 것은 이 책의 핵심에 해당하는 '창작론'이었는데, 여기서 나는 각종 강연이나 세미나에서 자주 받던 질문들에 대하여 답변하고 싶었다. 아울러 '내가' 받고 싶은 질문, 즉 문장에 관한 질문들에도 답변할 생각이었다.

6월 17일 밤, 앞으로 48시간 이내에 브라이언 스미스와 (그리고 로트바일러 불릿과) 짧은 만남을 갖게 된다는 사실도 까맣게 모른 채, 나는 우리집 식탁에 앉아서 내가 답변하고 싶은 모든 질문과 더불어 내 답변의 요점들을 목록으로 정리했다. 그리고 18일에는 이 '창작론'의 도입부 4쪽 분량을 썼다. 7월 말에도 원고는 여전히 그 자리였는데, 그날부터 다시 작업을 시작해야겠다고—적어도 노력은 해보겠다고—결심한 것이었다.

일을 다시 하고 '싶어서' 그런 것은 아니었다. 아직도 고통이 심한데다 오른쪽 무릎은 도저히 구부릴 수가 없었고, 여전히 보행 보조기 신세를 져야 했다. 책상 앞은 고사하고 휠체어에도 오랫동안 앉아 있는 것은 상상조차 할 수 없었다. 골반이 박살난 터라 40분만 앉아 있으면 숫제 고문이었고 1시간 15분쯤 지나면 아예 앉아 있는 것이 불가능했다. 게다가 글 자체도 전보다 훨씬 더 쓰기 힘들었다. 지금 당장 나의 최대 관심사는 페르코세트[해열 진통제의 일종 - 옮긴이]를 복용할 때까지 시간이 얼마나 남았느냐는 문제인데 어떻게 대화에 대하여, 등장 인물에 대하여, 그리고 저작권 대리인을 구하는 일에 대하여 시시콜콜 설명할 수 있겠는가?

그러나 이때 나는 더 이상 선택의 여지가 없는 중요한 고비에 이르렀다는 것을 절감하고 있었다. 어려운 상황이라면 전에도 많이 겪었는데, 그때마다 이겨낼 수 있도록 도와준 것은 바로 창작이었다. 적어도 한동안은 나 자신을 잊게 해주기 때문이다. 어쩌면 이번에도 도움이 될지 몰랐다. 이때 나는 육체적으로 무력하기 짝이 없었다. 그 고통의 수준을 감안하면 창작으로 극복하겠다는 발상 자체가 우스꽝스러웠다. 그러나 마음 한 구석에서 들려오는 목소리가 있었다. 단호하고 끈질긴 이 목소리는 체임버스 브러더스의 노래 가사를 끊임없이 되풀이했다. '오늘이 바로 그날이라네.' 그 목소리를 거역할 수는 있었지만 그 말을 불신하기란 여간 어려운 일이 아니었다.

결국 마지막 판단을 내린 사람은 (내 삶의 중요한 고비마다 흔히 그랬듯이) 내가 아니라 태비였다. 나도 가끔은 그녀에게 그런 도움을 주었다고 생각하면 기분이 좋아지는데, 왜냐하면 결혼 생활의 혜택 가운데 하나는 우리가 다음 행동을 결정하지 못하여 머뭇거릴 때 거뜬히 판가름을 내준다는 사실이라고 생각하기 때문이다.

아내는 내가 너무 무리한다고 늘 걱정이 많은 사람이다. 이젠 좀 쉬엄쉬엄 해도 되잖아요, 그 망할 놈의 '대작'도 잠깐만 내려놔요,

스티브, 좀 쉬라고요. 그래서 그 7월 아침 아내에게 일을 다시 시작해야겠다고 말하면서도 나는 그런 설교를 예상하고 있었다. 그런데 그녀는 어디서 일하고 싶으냐고 묻는 것이었다. 나는 모르겠다고, 그 문제는 미처 생각도 못했다고 대답했다.

태비는 잠시 생각해보더니 이렇게 말했다.

"저 뒷문 현관, 식료품실 앞에 책상 하나를 갖다놓을게요. 플러그 꽂을 자리는 넉넉하니까 컴퓨터랑 작은 프린터랑 선풍기까지 쓸 수 있어요."

선풍기는 필수였다. 그해 여름은 끔찍하게 무더웠고, 내가 일을 재개하던 그날도 바깥 기온이 35도였다. 뒷문 현관 안으로 들어와도 별로 나을 게 없었다.

태비가 두 시간 만에 준비를 끝마쳤다. 그리고 그날 오후 4시에는 내 휠체어를 밀면서 부엌을 지나고 새로 설치한 휠체어 경사로를 내려가 뒷문 현관으로 나를 데려갔다. 그곳에는 그녀가 나를 위해 마련해준 작고 아늑한 둥지가 있었다. 랩톱 컴퓨터와 프린터가 나란히 연결되어 있었고, 그 밖에 탁상 램프, 원고(그 위에는 전달에 썼던 메모지도 깔끔하게 정돈되어 있었고), 필기구, 참고 서적 등이 놓여 있었다. 책상 한구석에는 그녀가 그해 초여름에 찍었던 우리 막내 아들의 사진을 넣은 액자도 있었다.

태비가 물었다.

"이만하면 괜찮아요?"

"아주 근사해."

나는 태비를 꼭 껴안았다. 정말 근사했다. 그녀도 그랬다.

메인 주 올드타운 출신이고 처녀 때의 이름이 태비사 스프루스였던 그녀는 내가 과로할 때마다 금방 눈치채지만 가끔은 일이 나를 구해줄 때가 있다는 것도 잘 안다. 그녀는 나를 책상 앞에 데려다놓고 내 관자놀이에 입을 맞춘 후, 아직도 할 말이 남았는지 확인해보라고 자리를 비켜주었다. 알고 보니 할 말은 꽤 많이 남은 상태였다. 그러나 이제 때가 되었다는 것을 그녀가 직관적으로 알아차리지 못했다면 아마 우리는 끝내 그 사실을 깨닫지 못했을 것이다.

그날 나는 꼬박 1시간 40분 동안 글을 썼다. 스미스의 승합차에 받힌 이후부터 그때까지 이렇게 오랫동안 앉아 있어 보기는 처음이었다. 작업이 끝났을 때 나는 땀을 뻘뻘 흘리고 있었으며 너무 지쳐서 휠체어에 똑바로 앉아 있을 기력조차 없었다. 골반의 통증은 숫제 재앙에 가까웠다. 그리고 처음 500개쯤의 단어를 쓰는 동안은 유별나게 힘이 들었다. 마치 난생 처음으로 글을 써보는 것 같았다. 예전에 갖고 있던 글쓰기 요령도 내 머리 속에서 몽땅 사라진 듯했다. 나는 마치 시냇물 속에 비뚤비뚤 놓여 있는 미끄러운 징검다리를 건너가는 힘없는 노인처럼 낱말 하나하나를 어렵사리 써내려가고 있었다. 그날은 영감도 떠오르지 않았다. 다만 오기를 가지고, 그리고 이렇게라도 계속하다 보면 곧 나아질 것이라는 희망을 품고 버텨낼 뿐이었다.

태비가 콜라를 갖다주었는데—시원하고 달콤하고 기막히게 맛있었다—그것을 마시며 주변을 둘러보다가 나는 고통에도 아랑곳없이 웃어버릴 수밖에 없었다. 내가 《캐리》와 《세일럼스 롯》을 쓴 것은 임대 트레일러의 세탁실 안에서였다. 그런데 뱅거에 있는 우리집 현관을 둘러보자니 내가 한 바퀴 돌아서 제자리로 온 듯한 기분이 들었던 것이다.

그날 오후에는 특별히 기적적인 진전은 없었다. 무엇인가를 창조하는 모든 노력에 수반되는 평범한 기적이 있었을 따름이다. 그리고 분명한 것은 다만 얼마쯤 뒤에는 낱말들이 더 빨리 떠오르기 시작했다는 것, 그리고 점점 더 빨라졌다는 것뿐이다. 골반은 여전히 아팠고 등허리와 다리도 쿡쿡 쑤셨지만 이런 통증도 조금은 멀게 느껴졌다. 고통을 이겨내기 시작한 것이다. 그렇다고 신나거나 흥겨운 느낌은 아니었지만—적어도 그날은 아니었지만—성취감만으로도 충분히 흐뭇했다. 어쨌든 시작은 했다는 사실이 중요했다. 무슨 일이든 시작하기 직전이 가장 두려운 순간이다. 그 순간만 넘기면 모든 것이 차츰 나아진다.

7

내 경우에도 사정이 점점 좋아졌다. 물론 현관에서 땀에 젖은 오후를 보냈던 그날 이후 다리 수술을 두 번 더 받았고, 심각한 염증이 생겨 한 차례 고생했고, 대충 하루에 100알쯤 되는 약을 삼켜야 했던 것도 사실이다. 그러나 이제는 외부 고정기도 떼어냈고 글도 계속 쓰고 있다. 어떤 날은 글쓰기가 꽤 힘겹다. 그러나 또 어떤 날은—다리가 나아가고 정신이 예전 상태로 돌아오면서 이런 날들이 많아진다—행복감이 밀려오고, 어울리는 낱말들을 찾아내어 배열하는 즐거움도 다시 느껴진다. 이 느낌은 비행기가 이륙할 때와 비슷하다. 아직은 땅에서 벗어나지 못했고, 아직도, 아직도… 그러다가 문득 공중으로 떠올라 푹신하고 신비로운 허공을 밟으며 세상을 굽어본다. 나는 행복해진다. 바로 이것이 내가 태어난 이유이기 때문이다. 아직도 기운이 별로 없지만—예전에 해내던 일의 절반도 채 못하고 있다—이 책을 끝낼 만한 힘은 있었으니 그저 고마울 따름이다. 글쓰기가 내 목숨을 살려준 것은 아니지만—그것은 데이비드 브라운 박사의 솜씨와 사랑이 담긴 아내의 보살핌 덕분이었다—예나 지금이나 한결같이 나를 도와준다. 글쓰기는 내 삶을 더 밝고 즐겁게 만들어주는 것이다.

글쓰기의 목적은 돈을 벌거나 유명해지거나 데이트 상대를 구하거나 잠자리 파트너를 만나거나 친구를 사귀는 것이 아니다. 궁극적으로 글쓰기란 작품을 읽는 이들의 삶을 풍요롭게 하고 아울러 작가 자신의 삶도 풍요롭게 해준다. 글쓰기의 목적은 살아남고 이겨내고 일어서는 것이다. 행복해지는 것이다. 행복해지는 것. 이 책의 일부분은—어쩌면 너무 많은 부분이—내가 그런 사실을 깨닫게 된 과정을 설명하고 있다. 그리고 많은 부분이 나보다 더 잘할 수 있는 방법을 설명한 내용이다. 나머지는—이 부분이 가장 쓸모 있는 부분일지도 모른다—허가증이랄까. 여러분도 할 수 있다는, 여러분도 해야 한다는, 그리고 시작할 용기만 있다면 여러분도 해내게 될 것이라는 나의 장담이다. 글쓰기는 마술과 같다. 창조적인 예술이 모두 그렇듯이, 생명수와도 같다. 이 물은 공짜다. 그러니 마음껏 마셔도 좋다.

부디 실컷 마시고 허전한 속을 채우시기를.

그리고 한 걸음 더 : 닫힌 문과 열린 문

이 책의 앞부분에서 《리스본 위클리 엔터프라이즈》의 스포츠 기자로 잠시 일했다는 이야기를 하면서[사실은 내가 곧 스포츠부 전체였으니 그야말로 소읍의 하워드 코셀(Howard Cosell : 1918~1995, 유명 스포츠 아나운서—옮긴이)이었던 셈이다] 교정 작업의 한 실례를 제시했었다. 지면 관계상 짤막한 예문이었고 내용도 논픽션이었다. 아래 예문은 픽션이다. 전혀 다듬지 않은 것이므로 문을 닫아놓고 마음껏 주무르기엔 딱 좋은 글이다. 벌거벗은 소설이라고나 할까. 양말과 팬티만 겨우 걸치고 서 있는 꼴이다. 뒤에 나오는 수정본으로 넘어가기 전에 먼저 이 글을 꼼꼼히 살펴보시기 바란다.

호텔 이야기

마이크 엔슬린은 미처 회전문에서 빠져나가기도 전에 오스터메이어를 발견했다. 돌핀 호텔 지배인인 그는 터질 듯한 로비 의자에 앉아 있었다. 마이크의 마음이 조금 무거워졌다. 이번에도 그 망할 놈의 변호사를 데려오는 건데 그랬나 보군, 하고 생각했다. 어쨌든 이젠 너무 늦었다. 그리고 설령 1408호에 못 들어가게 하려고 오스터메이어가 또 무슨 수작을 부리더라도 별로 손해될 일은 없었다. 그럴수록 나중에 마이크가 들려주게 될 이야기도 더욱 흥미진진해질 테니까.

오스터메이어가 그를 보고 벌떡 일어나 다가오더니 막 회전문을 빠져나오는 마이크에게 오동통한 손을 내밀었다. 돌핀 호텔은 5번가에서 61번가로 꺾어지는 모퉁이 너머에 있었다. 아담하지만 고급스러웠다. 마이크가 작은 여행 가방을 왼손으로 옮기고 오스터메이어와 악수를 나눌 때 야회복 차림의 남녀가 지나갔다. 여자는 금발이었고 물론 검은 드레스를 입고 있었는데, 꽃향기 같은 화사한 향수 냄새가 뉴욕을 요약하여 말해주는 듯했다. 그 요약을 더욱 강조하려는 듯, 중이층[中二層 : 두 층 사이에 만들어진 발코니 형태의 작은 층 - 옮긴이]의 바에서 누군가 〈밤과 낮〉을 연주하고 있었다.

"엔슬린 씨. 어서 오십시오."

"오스터메이어 씨. 무슨 문제라도 있나요?"

오스터메이어는 괴로운 표정이었다. 마치 도움이라도 청하려는 듯이 그는 아담하고 고급스러운 로비 안을 잠시 둘러보았다. 수위 대기소 앞에서 한 남자가 아내와 함께 극장표에 대하여 의논하는 중이었고, 수위는 어렴풋이 참을성 있는 미소를 지으며 그들을 지켜보고 있었다. 프런트 데스크 앞에서는 이등석으로 장시간 여행한 사람에게서만 볼 수 있는 헝클어진 모습의 한 남자가 단정한 검은 정장 차림의 여자에게 예약 문제를 의논하고 있었는데, 그녀의 정장도 평상복을 겸할 수 있는 것이었다. 돌핀 호텔은 평소와 다름없었다. 모든 사람에게 도움의 손길이 미치는데 이 작가에게 붙잡힌 가엾은 오스터메이어 씨만 예외였다.

마이크는 그에게 조금 미안한 마음을 느끼며 다시 다그쳤다.

"오스터메이어 씨?"

마침내 오스터메이어가 대답했다.

"아닙니다. 문제는 없습니다. 다만, 엔슬린 씨… 제 사무실에서 잠깐 말씀 좀 나눌 수 있겠습니까?"

역시, 한 번 더 해보겠다는 거지, 하고 마이크는 생각했다.

여느 때였다면 짜증이 났겠지만 지금은 상황이 달랐다. 이런 일은 오히려 1408호에 대한 부분을—'최후의 경고'라는 제목으로—집필하는 데 보탬이 될 테고 독자들이 원하는 대로 적당히 불길한 느낌을 줄 수 있을 터였지만 그뿐만이 아니었다. 마이크 엔슬린은 지금까지 각서에 서명하는 등 번거로운 절차를 밟으면서도 잘 몰랐지만 이젠 확신할 수 있었다. 오스터메이어는 괜히 저러는 것이 아니었다. 그는 1408호를, 그리고 오늘밤 그곳에서 마이크에게 일어날 일을 정말 두려워하는 것이었다.

"물론이죠, 오스터메이어 씨. 내 가방을 데스크에 맡겨둘까요, 아니면 가져갈까요?"

"아, 그냥 가져가십시다."

오스터메이어는 성실한 지배인답게 가방을 향해 손을 뻗었다. 그렇다, 그는 아직도 마이크가 그 방에 묵지 않도록 설득하겠다는 희망을 버리지 않고 있었다. 그게 아니라면 가방을 데스크에 맡기라고 했을 것이다… 아니면 자기가 직접 데스크로 가져갔거나.

"이리 주십시오."

마이크는 사양했다.

"괜찮아요. 갈아입을 옷가지와 칫솔 따위가 고작인 걸요."

"정말 괜찮겠습니까?"

마이크는 그의 눈을 마주보며 대답했다.

"네. 그러믄요."

그 순간 마이크는 오스터메이어가 단념할 것 같다고 생각했다. 검은 양복에 넥타이를 단정히 매고 있는 작고 뚱뚱한 사내는 한숨을 푹 내쉬더니 다시 어깨를 폈다.

"좋습니다, 엔슬린 씨. 따라오십시오."

로비에서 호텔 지배인은 다소 머뭇거렸고 잔뜩 풀이 죽어 마치 탈진한 사람처럼 보였다. 그러나 떡갈나무 판벽널을 두르고 벽마다 이 호텔의 사진들이 걸린 사무실에 들어서자 (돌핀은 1910년 10월에 문을 열었다―마이크는 책을 출간해도 잡지나 대도시 신문에서 서평을 받지 못했지만 그래도 자료 조사는 잊지 않았다) 오스터메이어는 다시 자신감을 얻는 듯했다. 바닥에는 페르시아 양탄자가 깔려 있었다. 두 개의 긴 스탠드가 노랗고 은은한 불빛을 뿌렸다. 책상 위에는 마름모꼴의 녹색 전등갓이 달린 탁상 스탠드가 있었고, 그 옆에는 담배 상자가 있었다. 그리고 그 옆에는 마이크 엔슬린의 책 중에서 가장 최근에 발간된 세 권이 놓여 있었다. 물론 보급판이었다. 양장본은 발행하지도 않았으니까. 그래도 꽤 많이 팔린 편이었다. 우리 지배인 양반께서도 자료 조사를 하고 계셨군, 하고 마이크는 생각했다.

마이크는 책상 앞쪽에 놓인 의자 하나에 앉았다. 그는 오스터메이어가 위엄을 과시할 수 있는 자리, 즉 책상 뒤쪽에 앉을 것이라고 짐작했는데 오스터메이어의 행동은 예상 밖이었다. 오스터메이어는 아마 책상을 기준으로 앞쪽은 부하 직원들의 위치라고 생각할 텐데도 선뜻 그 쪽에 있는 다른 의자에 걸터앉아 다리를 꼬는 것이었다. 그리고 아랫배가 불룩한 상체를 앞으로 숙여 담배 상자를 툭 건드렸다.

"시가 한 대 피우시겠습니까, 엔슬린 씨? 쿠바산은 아니지만 제법 쓸 만합니다."

"아니에요. 담배 안 피워요."

오스터메이어의 시선이 마이크의 오른쪽 귓가에 꽂혀 있는 담배 쪽으로 옮아갔다. 중절모를 쓰고 모자띠에 기자 출입증을 꽂은 뉴욕의 어느 노련한 고참 기자가 중절모 바로 아래에 다음번에 피울 담배 한 대를 끼워두듯이 사뭇 멋들어지게 꽂아놓은 담배였다. 이 담배는 이미 신체의 일부분 같은 것이어서 잠깐 동안 마이크는 오스터메이어가 무엇을 쳐다보는지 미처 깨닫지 못했다. 그러다가 곧 알아차리고 웃음을 터뜨렸다. 그리고 그것을 뽑아내어 잠시 들여다보다가 다시 오스터메이어를 바라보며 말했다.

"9년 동안 담배를 안 피웠죠. 우리 형이 폐암으로 죽었거든요. 형이 죽은 뒤에 곧바로 끊었어요. 귀 뒤에 이렇게 담배를 꽂아두는 건… ."

그는 어깨를 으쓱거렸다.

"폼이기도 하고 아마 미신이기도 하겠죠. 이를테면 사람들이 벽이나 책상 위에 '비상시 유리를 깨뜨리십시오'라고 적힌 작은 상자를 놓아두는 것처럼요. 가끔 저는 핵전쟁이 터지면 이 담배에 불을 붙이겠다고 말하곤 해요. 그런데 1408호도 흡연실인가요, 오스터메이어 씨? 혹시 핵전쟁이라도 터질 경우에 대비해서 묻는 거예요."

"흡연실 맞습니다."

그러자 마이크는 씩씩하게 말했다.

"아, 그렇다면 오늘밤 걱정할 일이 하나 줄어든 셈이군요."

오스터메이어 씨는 이 농담이 재미없다는 듯 다시 한숨을 내쉬었다. 그러나 이번에는 로비에서처럼 수심어린 한숨이 아니었다.

그래, 역시 이 방 때문이야, 하고 마이크는 생각했다. 자기 방이니까. 오늘 오후 마이크가 변호사 로버트슨을 데려왔을 때도 오스터메이어는 이 방에 들어오면서부터 한결 안도하는 기색이 역력했다. 그때 마이크는 오스터메이어가 이제 지나가는 사람들의 시선에서 벗어났고 또한 미련을 버렸기 때문이라고 짐작했었다. 그러나 지금은 생각이 달랐다. 이 방 때문이었다. 그것도 당연한 일이 아닐까? 이 방에는 벽마다 좋은 사진이 걸려 있고, 바닥에는 좋은 양탄자가 깔려 있고, 담배 상자 속에는—비록 쿠바산은 아니지만—좋은 시가도 있다. 1910년 10월부터 지금까지 수많은 지배인들이 이 방에서 업무를 보았을 것이다. 어떤 면에서는 이 방도 지극히 뉴욕다운 곳이었다. 어깨를 드러낸 검은 드레스의 그 금발 여자처럼, 향수 냄새를 풍기면서 깊은 밤의 짜릿한 섹스를—뉴욕식 섹스를—말없이 약속하는 듯하던 그 여자처럼. 마이크는 오마하 출신이었다. 비록 아주 오랫동안 고향에 돌아가지 않았지만.

오스터메이어가 물었다.

"아직도 생각을 바꿀 의향이 없으십니까?"

마이크는 담배를 도로 귓가에 꽂으며 대답했다.

"없고말고요."

다음은 위의 예문을 수정한 내용이다. 이것은 벌써 옷을 걸치고 머리를 빗고 약간의 향수도 뿌린 소설이라고 할 수 있겠다. 이렇게 작품을 고쳤을 때 비로소 나는 문을 열고 세상을 만나게 된다.

호텔 이야기 1408 ①

스티븐 킹 지음

옮긴을 ②

마이크 엔슬린은 미처 회전문에서 빠져나가기도 전에 오스터메이어를 발견했다. 돌핀 호텔 지배인인 그는 터질 듯한 로비 의자에 앉아 있었다. 마이크의 마음이 조금 무거워졌다. 이번에도 그 망할 놈의 변호사를 데려오는 건데 그랬나 보군, 하고 생각했다. 어쨌든 이젠 너무 늦었다. 그리고 설령 1408호에 못 들어가게 하려고 오스터메이어가 또 무슨 수작을 부리더라도 별로 손해될 일은 없었다. 그럴수록 나중에 마이크가 들려주게 될 이야기도 더욱 흥미진진해질 테니까. 2 ∨대신에∨없는∨것도∨있을∨테니까.

오스터메이어가 그를 보고 벌떡 일어나 다가오더니 막 회전문을 빠져나오는 마이크에게 오동통한 손을 내밀었다. 돌핀 호텔은 5번 가에서 61번가로 꺾어지는 모퉁이 너머에 있었다. 아담하지만 고급스러웠다. 마이크가 작은 여행 가방을 왼손으로 옮기고 오스터메이어와 악수를 나눌 때 야회복 차림의 남녀가 지나갔다. 여자는 금발이었고 물론 검은 드레스를 입고 있었는데, 꽃향기 같은 화사한 향수 냄새가 뉴욕을 요약하여 말해주는 듯했다. 그 요약을 더욱 강조하려는 듯, 중이층[中二層 : 두 층 사이에 만들어진 발코니 형태의 작은 층 – 옮긴이]의 바에서 누군가 〈밤과 낮〉을 연주하고 있었다.

"엔슬린 씨 어서 오십시오."

"오스터메이어 씨. 무슨 문제라도 있나요?"

오스터메이어는 괴로운 표정이었다. 마치 도움이라도 청하려는 듯이 그는 아담하고 고급스러운 로비 안을 잠시 둘러보았다. 수위

대기소 앞에서 한 남자가 아내와 함께 극장표에 대하여 의논하는 중이었고, 수위는 어렴풋이 참을성 있는 미소를 지으며 그들을 지켜보고 있었다. 프런트 데스크 앞에서는 이등석으로 장시간 여행한 사람에게서만 볼 수 있는 헝클어진 모습의 한 남자가 단정한 검은 정장 차림의 여자에게 예약 문제를 의논하고 있었는데, 그녀의 정장도 평상복을 겸할 수 있는 것이었다. 돌핀 호텔은 평소와 다름없었다. 모든 사람에게 도움의 손길이 미치는데 이 작가에게 붙잡힌 가엾은 오스터메이어 씨만 예외였다. ③

마이크는 그에게 조금 미안한 마음을 느끼며 다시 다그쳤다.

"오스터메이어 씨?" 올린이 ✓

마침내 오스터메이어가 대답했다.

"아닙니다. 문제는 없습니다. 다만, 엔슬린 씨… 제 사무실에서 잠깐 말씀 좀 나눌 수 있겠습니까?"

역지, 한 번 더 해보겠다는 거지, 하고 마이크는 생각했다.

어느 때였다면 짜증이 났겠지만 지금은 상황이 달랐다. 이런 일은 오히려 1408호에 대한 부분을 '최후의 경고'라는 제목으로 집필하는 데 보탬이 될 테고 독자들이 원하는 대로 적당히 불길한 느낌을 줄 수 있을 터였지만 그뿐만이 아니었다. 마이크 엔슬린은 지금까지 각서에 서명하는 등 번거로운 절차를 밟으면서도 잘 몰랐지만 이젠 확신할 수 있었다. 오스터메이어는 괜히 저러는 것이 아니었다. 그는 1408호를, 그리고 오늘밤 그곳에서 마이크에게 일어날 일을 정말 두려워하는 것이었다.

"물론이죠, 오스터메이어 씨. 제 가방을 데스크에 맡겨둘까요, 아니면 가져갈까요?"

유혹하는 글쓰기
On Writing | Stepehen King

"아, 그냥 가져가십시오."

오스터메이어는 성실한 지배인답게 가방을 향해 손을 뻗었다. 그
렇다, 그는 아직도 마이크가 그 방에 묵지 않도록 설득하겠다는 희
망을 버리지 않고 있었다. 그게 아니라면 가방을 데스크에 맡기라
고 했을 것이다… 아니면 자기가 직접 데스크로 가져갔거나.

"이리 주십시오."

마이크는 사양했다.

"괜찮아요. 갈아입을 옷가지와 칫솔 따위가 고작인 걸요."

"정말 괜찮겠습니까?"

마이크는 그의 눈을 마주보며 대답했다.

"네. 그럼요.

그 순간 마이크는 오스터메이어가 단념할 것 같다고 생각했다.
검은 양복에 넥타이를 단정히 매고 있는 작고 뚱뚱한 사내는 한숨
을 푹 내쉬더니 다시 어깨를 폈다.

"좋습니다, 엔슬린 씨. 따라오십시오."

로비에서 호텔 지배인은 다소 머뭇거렸고 잔뜩 풀이 죽어 마치
탈진한 사람처럼 보였다. 그러나 떡갈나무 판벽널을 두르고 벽마다
이 호텔의 사진들이 걸린 사무실에 들어서자 (돌편은 1910년 10월에
문을 열었다—마이크는 책을 출간해도 잡지나 대도시 신문에서 서평을 받지
못했지만 그래도 자료 조사는 잊지 않았다) 오스터메이어는 다시 자신감
을 얻는 듯했다. 바닥에는 페르시아 양탄자가 깔려 있었다. 두 개의
긴 스탠드가 노랗고 은은한 불빛을 뿌렸다. 책상 위에는 마름모꼴
의 녹색 전등갓이 달린 탁상 스탠드가 있었고, 그 옆에는 담배 상자
가 있었다. 그리고 그 옆에는 마이크 엔슬린의 책 중에서 가장 최근

에 발간된 세 권이 놓여 있었다. 물론 보급판이었다. 양장본은 발행하지도 않았으니까. 그래도 꽤 많이 팔린 편이었다. 우리 지배인 양반께서도 자료 조사를 하고 계셨군, 하고 마이크는 생각했다.

마이크는 책상 앞쪽에 놓인 의자 하나에 앉았다. 그는 오스터메이어가 위엄을 과시할 수 있는 자리, 즉 책상 뒤쪽에 앉을 것이라고 짐작했는데 오스터메이어의 행동은 예상 밖이었다. 오스터메이어는 아마 책상을 기준으로 앞쪽은 부하 직원들의 위치라고 생각할 텐데도 선뜻 그 쪽에 있는 다른 의자에 걸터앉아 다리를 꼬는 것이었다. 그리고 아랫배가 불룩한 상체를 앞으로 숙여 담배 상자를 툭 건드렸다.

"시가 한 대 피우시겠습니까, 엔슬린 씨? 쿠바산은 아니지만 제법 쓸 만합니다."

"아니에요. 담배 안 피워요."

오스터메이어의 시선이 마이크의 오른쪽 귓가에 꽂혀 있는 담배 쪽으로 옮아갔다. 중절모를 쓰고 모자띠에 기자 출입증을 꽂은 뉴욕의 어느 노련한 고참 기자가 중절모 바로 아래에 다음번에 피울 담배 한 대를 끼워두듯이 사뭇 멋들어지게 꽂아놓은 담배였다. 이 담배는 이미 신체의 일부분 같은 것이어서 잠깐 동안 마이크는 오스터메이어가 무엇을 쳐다보는지 미처 깨닫지 못했다. 그러다가 곧 알아지고 웃음을 터뜨렸다. 그리고 그것을 뽑아내어 잠시 들여다보다가 다시 오스터메이어를 바라보며 말했다.

"9년 동안 담배를 안 피웠죠. 우리 형이 폐암으로 죽었거든요. 형이 죽은 뒤에 끊바로 끊었어요. 귀 뒤에 이렇게 담배를 꽂아두는 건 …."

그는 어깨를 으쓱거렸다.

"폼이기도 하고 아마 미신이기도 하겠죠. 이를테면 사람들이 벽이나 책상 위에 '비상시 유리를 깨뜨리십시오'라고 적힌 작은 상자를 놓아두는 것처럼요. 가끔 저는 핵전쟁이 터지면 이 담배에 불을 붙이겠다고 말하곤 해요. 그런데 1408호도 흡연실인가요, 오스터메이어 씨? 혹시 핵전쟁이라도 터질 경우에 대비해서 묻는 거예요."

"흡연실 맞습니다."

그러자 마이크는 씩씩하게 말했다.

"아, 그렇다면 오늘밤 걱정할 일이 하나 줄어든 셈이군요."

오스터메이어 씨는 이 농담이 재미없다는 듯 다시 한숨을 내쉬었다. 그러나 이번에는 로비에서처럼 수심어린 한숨이 아니었다. 그래, 역시 이 방 때문이야, 하고 마이크는 생각했다. 자기 방이니까. 오늘 오후 마이크가 변호사 로버트슨을 데려왔을 때도 오스터메이어는 이 방에 들어오면서부터 한결 안도하는 기색이 역력했다. 그때 마이크는 오스터메이어가 이제 지나가는 사람들의 시선에서 벗어났고 또한 미련을 버렸기 때문이라고 짐작했었다. 그러나 지금은 생각이 달랐다. 이 방 때문이었다. 그것도 당연한 일이 아닐까? 이 방에는 벽마다 좋은 사진이 걸려 있고, 바닥에는 좋은 양탄자가 깔려 있고, 담배 상자 속에는 —비록 쿠바산은 아니지만— 좋은 시가도 있다. 1910년 10월부터 지금까지 수많은 지배인들이 이 방에서 업무를 보았을 것이다. 어떤 면에서는 이 방도 지극히 뉴욕다운 곳이었다. 어깨를 드러낸 검은 드레스의 그 금발 여자처럼, 향수 냄새를 풍기면서 깊은 밤의 짜릿한 섹스를 —뉴욕식 섹스를— 말없이 약속하는 듯하던 그 여자처럼. 마이크는 오마하 출신이었다. 비록 아주 ~~오랫~~동안 고향에 돌아가지 않았지만.

~~오스터메이어가 물었다~~ 몰런이 ✓

"아직도 생각을 바꿀 의향이 없으십니까?"

마이크는 담배를 도로 귓가에 꽂으며 대답했다.

"없고말고요."

이렇게 고친 까닭은 대부분 명백하다. 위의 두 예문을 비교해보면 누구나 그 이유를 납득할 수 있을 것이라고 믿는다. 그리고 잘 살펴보면 소위 '전업 작가'라는 사람들의 초고가 얼마나 한심한 상태인지도 아울러 짐작할 수 있을 것이다.

고친 부분 중에는 주로 삭제가 많은데, 이것은 소설의 속도감을 높이기 위해서였다. 이런 부분들을 삭제하면서 나는 스트렁크를 염두에 두었고—'불필요한 단어를 생략하라'—또한 앞에서 말한 공식에 맞추려고 노력했다. '수정본 = 초고 − 10%.'

다른 몇 개의 변화에 대해서는 짤막한 설명이 필요하겠다.

① 누가 봐도 〈호텔 이야기〉라는 제목으로는 〈살인 불도저!〉나 《흰개미 여왕 노마 진》 등의 상대가 될 수 없다. 그런데도 초고에 그런 제목을 붙여놓은 것은 나중에 더 나은 제목이 떠오를 것을 알기 때문이었다(더 좋은 제목이 끝내 떠오르지 않으면 편집자가 대신 찾아주기도 하는데, 그런 제목은 대개 형편없게 마련이다). 내가 〈1408호〉라는 제목을 좋아하는 것은 이 소설이 '13층'에 대한 이야기이며 숫자를 모두 더하면 13이 되기 때문이다.

② 오스터메이어라는 이름은 너무 길고 거창했다. 그것을 전부 올린으로 바꾼 덕분에 이 소설은 단숨에 약 열다섯 행이나 짧아졌다. 게다가 〈1408호〉를 완성할 즈음에 나는 이것을 오디오 단편집에 포함시키기로 마음먹었다. 내가 이 단편 소설들을 직접 낭독할 예정이었는데, 손바닥만 한 녹음실에서 오스터메이어, 오스터메이어, 오스터메이어 하고 하루 종일 중얼거리기는 싫었다. 그래서 바꿔버렸다.

③ 여기서 나는 독자들의 생각을 대신 해주고 있다. 대부분의 독자는 스스로 생각하는 능력을 가졌으므로 나는 과감하게 몇 행을 줄일 수 있었다.

④ 설명이 너무 많았다. 자명한 내용을 주절주절 늘어놓았고 어설픈 배경 스토리가 너무 길었다. 지워버릴 수밖에.

⑤ 아, 여기서 행운의 셔츠가 등장한다. 물론 초고에도 나오지만 거기서는 30페이지쯤 뒤에서 처음 등장하게 되어 있었다. 중요한 소품을 그처럼 늦게 소개하는 것은 곤란한 일이므로 이렇게 앞쪽으로 뽑아냈다. 연극계에는 이런 규칙이 있다. '1막에서 벽난로 선반 위에 권총이 놓여 있다면 3막에서는 그 총을 쏘아야 한다.' 이 말은 뒤집어놓아도 역시 옳다. 주인공이 입고 있는 행운의 셔츠가 소설의 뒷부분에서 어떤 역할을 맡게 된다면 일찌감치 소개해둬야 한다. 그렇게 하지 않으면 작위적으로 보이기 쉽다(물론 실제로도 작위적이고).

⑥ 초고에서 '마이크는 책상 앞쪽에 놓인 의자 하나에 앉았다.' 맙소사. 의자에 앉지 않으면 어디에 앉을까? 방바닥에? 그럴 수는 없는 노릇이고, 그렇다면 빼버려야 한다. 아울러 쿠바산 시가에 대한 부분도 삭제했다. 워낙 진부한 내용이기도 하지만 흔히 삼류 영화에 나오는 악당들이 이런 말을 지껄인다. '시가나 한 대 피우게! 쿠바산일세!' 웃기지 마쇼!

⑦ 초고든 수정본이든 그 속에 담긴 기본적인 정보와 생각은 엇비슷하다. 그러나 수정본에서는 한결 간략하게 표현되었다. 그리고 여길 보시라! 저 구질구질한 부사 '곧바로'가 끼어 있지 않은가? 그래서 뭉개버렸다. 무자비하게!

⑧ 그런데 여기서는 부사일 뿐 아니라 '스위프티'인데도 그냥 두었다. '그러자 마이크는 씩씩하게 말했다.' 이 경우에는 부사를 지우지 않은 내 판단이 옳았다고 믿는다. 이런 예외는 오히려 규칙이 옳다는 것을 증명해준다. '씩씩하게'를 남겨둔 까닭은 마이크가 가엾은 올린 씨를 놀려대고 있다는 점을 독자들에게 알리기 위해서였다. 심하지는 않지만 그는 분명히 조롱하고 있다.

⑨ 이 대목은 자명한 내용을 장황하게 늘어놓았고 게다가 반복까지 하고 있다. 없애야 한다. 그러나 자기만의 특별한 장소에서 마음이 편해진다는 부분은 올린의 성격을 더욱 뚜렷하게 만들어주는 듯하여 여기 덧붙였다.

완성된 〈1408호〉의 전문을 이 책에 실을까 하는 생각도 해보았다. 그러나 이번만은 좀 간략한 책을 쓰겠다던 당초의 결심에 어긋나는 것이어서 포기했다. 소설 전체를 들어보고 싶은 분은 오디오 단편집 《피와 연기*Blood and Smoke*》를 구입하면 된다. 사이먼 앤드 슈스터 출판사의 웹사이트 http://www.SimonSays.com에서도 그 일부를 맛볼 수 있다. 어차피 우리의 목적을 위해서는 군이 이 소설을 끝까지 읽을 필요가 없다. 지금은 엔진 정비 기술을 배우자는 것이지, 한바탕 드라이브를 즐기자는 것은 아니니까.

그리고 두 걸음 더 : 도서목록

　창작에 대해 이야기할 때 나는 이 책의 후반부에 해당하는 '창작론' 부분을 간추려 설명하곤 한다. 거기에는 최우선 원칙도 물론 포함된다. '많이 쓰고 많이 읽어라.' 그리고 그 뒤에 이어지는 질의 응답 시간에 누군가는 틀림없이 이런 질문을 던진다. '댁은 어떤 책을 읽으슈?'

　이 질문에 대해서는 지금껏 그리 만족스러운 대답을 해주지 못했다. 두뇌 회로에 과부하가 걸리기 때문이다. 물론 간단한 답변도 있고—'아무 거나 닥치는 대로'—그 말도 틀린 것은 아니지만 별로 도움은 안 된다. 다음 목록은 위의 질문에 대한 좀더 구체적인 답변이다. 이 책들은 지난 3, 4년간 내가 읽은 책 중에서 가장 좋았던 것들이다. 같은 기간에 나는《톰 고든을 사랑한 소녀》,《내 영혼의 아틀란티스》,《유혹하는 글쓰기》, 그리고 아직 출판되지 않은《뷰익 에이트에서》등을 썼다. 목록에 있는 책들은 어떤 면에서든 내가 쓴 책에도 영향을 미쳤을 것이다.

　목록을 훑어볼 때는 부디 내가 오프라[오프라 윈프리, 미국 여배우, 토크쇼 진행자. 매월 '오프라 북클럽' 도서를 선정 발표함 - 옮긴이]도 아니고 이 목록이 나의 북클럽도 아니라는 사실을 명심해주기 바란다. 그저 나에게 도움이 되었던 책들일 뿐이다. 그래도 아주 형편없는 것들은 아니다. 이 가운데 꽤 많은 책이 여러분의 작업에 새로운 길을 열어줄 것이다. 설령 그렇지 않더라도 재미는 있을 것이다. 어쨌든 나는 재미있게 읽었다.

Abrahams, Peter : *A Perfect Crime*

Abrahams, Peter : *Lights Out*

Abrahams, Peter : *Pressure Drop*

Abrahams, Peter : *Revolution #9*

Agee, James : *A Death in the Family*

Bakis, Kirsten : *Lives of the Monster Dogs*

Barker, Pat : *Regeneration*

Barker, Pat : *The Eye in the Door*

Barker, Pat : *The Ghost Road*

Bausch, Richard : *In the Night Season*

Blauner, Peter : *The Intruder*

Bowles, Paul : *The Sheltering Sky*

Boyle, T. Coraghessan : *The Tortilla Curtain*

Bryson, Bill : *A Walk in the Woods*

Buckley, Christopher : *Thank You for Smoking*

Carver, Raymond : *Where I'm Calling From*

Chabon, Michael : *Werewolves in Their Youth*

Chorlton, Windsor : *Latitude Zero*

Connelly, Michael : *The Poet*

Conrad, Joseph : *Heart of Darkness*

Constantine, K. C : *Family Values*

DeLillo, Don : *Underworld*

DeMille, Nelson : *Cathedral*

DeMille, Nelson : *The Gold Coast*

Dickens, Charles : *Oliver Twist*

Dobyns, Stephen : *Common Carnage*

Dobyns, Stephen : *The Church of Dead Girls*

Doyle, Roddy : *The Woman Who Walked into Doors*

Elkin, Stanley : *The Dick Gibson Show*

Faulkner, William : *As I Lay Dying*

Garland, Alex : *The Beach*

George, Elizabeth : *Deception on His Mind*

Gerritsen, Tess : *Gravity*

Golding, William : *Lord of the Flies*

Gray, Muriel : *Furnace*

Greene, Graham : *A Gun for Sale*(aka This Gun for Hire)

Greene, Graham : *Our Man in Havana*

Halberstam, David : *The Fifties*

Hamill, Pete : *Why Sinatra Matters*

Harris, Thomas : *Hannibal*

Haruf, Kent : *Plainsong*

Hoeg, Peter : *Smilla's Sense of Snow*

Hunter, Stephen : *Dirty White Boys*

Ignatius, David : *A Firing Offense*

Irving, John : *A Widow for One Year*

Joyce, Graham : *The Tooth Fairy*

Judd, Alan : *The Devil's Own Work*

Kahn, Roger : *Good Enough to Dream*

Karr, Mary : *The Liars' Club*

Ketchum, Jack : *Right to Life*

King, Tabitha : *Survivor*

King, Tabitha : *The Sky in the Water*(unpublished)

Kingsolver, Barbara : *The Poisonwood Bible*

Krakauer, Jon : *Into Thin Air*

Lee, Harper : *To Kill a Mockingbird*

Lefkowitz, Bernard : *Our Guys*

Little, Bentley : *The Ignored*

Maclean, Norman : *A River Runs Through It and Other Stories*

Maugham, W. Somerset : *The Moon and Sixpence*

McCarthy, Cormac : *Cities of the Plain*

McCarthy, Cormac : *The Crossing*

McCourt, Frank : *Angela's Ashes*

McDermott, Alice : *Charming Billy*

McDevitt, Jack : *Ancient Shores*

McEwan, Ian : *Enduring Love*

McEwan, Ian : *The Cement Garden*

McMurtry, Larry : *Dead Man's Walk*

McMurtry, Larry, and Diana Ossana : *Zeke and Ned*

Miller, Walter M. : *A Canticle for Leibowitz*

Oates, Joyce Caro : *Zombie*

O'Brien, Tim : *In the Lake of the Woods*

O'Nan, Stewart : *The Speed Queen*

Ondaatje, Michael : *The English Patient*

Patterson, Richard North : *No Safe Place*

Price, Richard : *Freedomland*

Proulx, Annie : Close Range : *Wyoming Stories*

Proulx, Annie : *The Shipping News*

Quindlen, Anna : *One True Thing*

Rendell, Ruth : *A Sight for Sore Eyes*

Robinson, Frank M. : *Waiting*

Rowling, J. K. : *Harry Potter and the Chamber of Secrets*

Rowling, J. K. : *Harry Potter and the Prisoner of Azkaban*

Rowling, J. K. : *Harry Potter and the Sorcerer's Stone*

Russo, Richard : *Mohawk*

Schwartz, John Burnham : *Reservation Road*

Seth, Vikram : *A Suitable Boy*

Shaw, Irwin : *The Young Lions*

Slotkin, Richard : *The Crater*

Smith, Dinitia : *The Illusionist*

Spencer, Scott : *Men in Black*

Stegner, Wallace : *Joe Hill*

Tartt, Donna : *The Secret History*

Tyler, Anne : *A Patchwork Planet*

Vonnegut, Kurt : *Hocus Pocus*

Waugh, Evelyn : *Brideshead Revisited*

Westlake, Donald E. : *The Ax*

| 옮긴이의 말

스티븐 킹에게는 '공포의 제왕(King of Horror)'이라는 별명이 따라다닌다. 그의 성이 '킹'이기 때문만은 아니다. 공포 소설이라는 말을 들으면 누구나 스티븐 킹을 떠올리게 되기 때문이다.

그의 소설은 장편이든 단편이든 기막힌 말솜씨로 독자를 사로잡는다. 단편은 읽는 이의 허를 찌르는 의외성과 놀라운 상상력을 보여주고, 장편은 1천 쪽이 넘는 분량이라도 책을 덮으면서 아쉬움을 느낄 만큼 파란만장한 구성과 지칠 줄 모르는 수다를 보여주고, 중편은 차분하고 빈틈없는 흐름으로 작가의 진짜 역량을 짐작할 수 있게 해준다.

나는 스티븐 킹의 소설을 거의 다 갖고 있지만 일부러 읽지 않은 작품도 여럿 있다. 만찬이 기다리고 있는 것처럼 흐뭇하기 때문이다. 나도 스티븐 킹 중독자인 것 같다.

이 책은 크게 네 부분으로 나눌 수 있다. 1) 스티븐 킹 자신이 작가가 되기까지의 과정을 자서전 형식으로 서술한 부분, 2) 창작에 필요한 자세와 작가로서 갖춰야 할 기본적인 도구들을 이야기한 부분, 3) 창작의 방법을 구체적으로 설명한 부분, 4) 이 책을 쓰는 도중에 일어났던 교통 사고와 그 결과로 얻은 깨달음을 이야기한 부분이다.

창작론은 자칫 딱딱해지기 쉽지만 스티븐 킹은 결코 우리의 기대를 저버리지 않는다. 작가가 되고 싶어 하는 사람들이 창작 과정에서 부딪히게 마련인 문제들을 하나하나 풀어놓는데, 수많은 일화들을 섞어가며 평이하고 재미있게 설명하고 있어서 마치 자상한 선배의 이야기를 듣고 있는 듯하다. 이따금씩 저명한 작가들에 대한 짤막한 평가를 볼 수 있어 더욱 흥미롭다.

작가 지망생들에게 이 책은 대가의 목소리를 들으며 창작 생활의 현실을 미리 맛볼 수 있는 기회가 될 것이다. 그리고 스티븐 킹의 애독자들에게는 그의 창작 과정을 엿보는 듯한 즐거움을 줄 것이다. 누구나 많은 생각을 하게 만드는 이 책을 여러분에게 선보이게 되어 한없이 기쁘다.

김진준